Jürgen Ehlers
Mordgesellen

Jürgen Ehlers

Eiszeitforscher und Krimiautor, geboren 1948 in Hamburg. Seit 1992 schreibt er Kurzkrimis und Kriminalromane. Er ist Mitglied im »Syndikat« und in der »Crime Writers' Association«. Er lebt mit seiner Familie in Schleswig-Holstein. Wer mehr über ihn und seine Bücher erfahren möchte, findet viele Informationen auf seiner Webseite

https://www.juergen-ehlers-krimi.de

Jürgen Ehlers

Mordgesellen

Adolf Petersen
der Lord von Barmbeck
und seine Bande

Die Nacht von Barmbeck, KBV:
1. Auflage Juni 2008
2. Auflage Dezember 2009
3. Auflage Oktober 2011
4. Auflage September 2012
Mordgesellen, BoD:
5. Auflage Juni 2025
6. Auflage Oktober 2025

Originalausgabe
© 2025 Jürgen Ehlers
E-Mail: jehlersqua@outlook.de
Covergestaltung: Laura Newman
- lauranewman.de -
Impressum:
Jürgen Ehlers, Hellberg 2a, 21514 Witzeeze
Verlag: BoD · Books on Demand GmbH,
Überseering 33, 22297 Hamburg, bod@bod.de
Druck: Libri Plureos GmbH, Friedensallee 273,
22763 Hamburg
ISBN: 978-3-8192-3188-9

I. Sieg

Tod eines Wachtmeisters

19. Mai 1919

Thérèse. Das ist Thérèse.« Wilhelm Berger tippt auf die sepiafarbene Fotografie. Niemand hört ihm zu. Es ist Nacht, er ist betrunken, und von Thérèse Charpentier-Deterville, deren Bild er seit einem dreiviertel Jahr mit sich herumschleppt, hat er seit jener Nacht in Huppaye nie wieder etwas gehört. »Warum schreibst du nicht?«, murmelt er. Sie hatte es ihm fest versprochen. Unter einer Straßenlaterne hält er an, betrachtet das Bild. Das Foto ist in einem Studio aufgenommen. Der Park im Hintergrund ist nur gemalt. Und dieses hölzerne Ding, was soll das sein? Eine Bank? Vielleicht. Ungestüm sieht sie aus, die Thérèse. Das Foto fällt ihm aus der Hand. Er bückt sich danach, gerät ins Straucheln, fängt sich wieder. Noch ein Zettel ist heruntergefallen. Die Seite, die er immer in sein Tagebuch kleben wollte, aber nie dazu gekommen ist.

Am 24. April Sturmangriff auf den Kemmel-Berg. Nachts um 3.30 Uhr Beginn des Trommelfeuers. Gasschießen. Wir setzen Masken auf, Regen. Noch vor 7 Uhr in den großen Sprengtrichter. Um 7.00 Uhr Sturm. Viel Gas und Pulverdampf, Blasen, Gefangene, Verluste, Halt. Splitter gegen Bein. Trull tot. Straße Kemmel-Ypern, Schlafen in Freien,

Regen. Oft in Gefahr. Am Abend des 27. abgelöst. In unserer Kompanie 12 Tote, 30 Verwundete. Zwölf Tote, dreißig Verwundete. Fast die Hälfte ist das gewesen. Zum Teufel damit. »Zum Teufel mit dem Krieg!« Hat er das wirklich laut gerufen? Und, was da knallt, sind das wirklich Schüsse? Hier, in Hamburg, mitten im Frieden? Nein, er träumt.

Undeutlich nimmt er wahr, dass Leute auf ihn zu rennen; sie sehen ihn, verschwinden nach links zwischen den Häusern. Und vor ihm, vor ihm liegt etwas auf der Kreuzung. Vielleicht sollte er ... Da scheppert es unmittelbar neben ihm. Die Männer, die eben noch in die Gärten gerannt sind, kommen zurück, klettern über ein Gitter.

»He, he! Nun mal langsam!«, ruft er.

Sie stoßen ihn zur Seite.

2.

»Jetzt haben wir es gleich geschafft!« Wernicke hält sich die Hand vor den Mund, gähnt.

»Ja«, sagt Brandt. So hat er sich den Dienst bei der Polizei nicht vorgestellt.

Die beiden Schutzleute stehen an der Ecke Peterkampsweg und Wandsbeker Chaussee in Eilbeck. Eigentlich sind sie auf Streife, aber man kann ja nicht die ganze Zeit herumlatschen, schon gar nicht mit den neuen Stiefeln. Es ist drei Uhr morgens; die Straßen sind leer.

»Ich hör auf«, sagt Brandt.

Wernicke lacht. »Das hat schon mancher gesagt.«

»Doch, ganz im Ernst. Dieser Schichtdienst, der macht einen kaputt.«

»Gleich ist er ja vorbei!«Wernicke, der ältere der beiden Schutzleute, will diese Leier nicht schon wieder hören. Auch er ist nicht begeistert davon, sich die Nächte auf diese Weise um die Ohren zu schlagen, aber er hat sich damit abgefunden. Es wird ja alles besser. Und sicherer. Die Hungerunruhen vom April – vorbei. Keine Gefahr mehr, dass der Mob die Polizeiwache stürmt. Sogar neue Stiefel hat er gekriegt inzwischen. Die drücken zwar, aber wenn er sie gut fettet, wird sich das schon geben. »Und was willst du machen, wenn du wirklich hier aufhörst?«

Darüber hat sich Brandt noch keine Gedanken gemacht. »Ich bin doch jung, ich kann überall Arbeit finden.«

»Denk dran, du hast hier 'ne Lebensstellung ...«

»Lebenslänglich, ja, das kannst du wohl sagen. Von den 300 Piepen kann man ja nicht leben und nicht sterben. Und wenn wir jetzt heiraten, die Irmi und ich ...«

»Heiraten willst du?«

»Ja, wir wollen heiraten.« Es klingt etwas kleinlaut.

Wahrscheinlich muss er heiraten, denkt Wernicke. »Wenn ich dir mal was sagen darf, mein Lieber, dann ist es dieses: Bleib bloß in dieser Stellung und erzähl keiner Menschenseele, dass du hier weg willst. Denn wenn die da oben das erst spitz kriegen, dann kannst du sicher sein ...«

»Moment mal!«

»... dann kannst du ganz sicher sein, dass sie dir hinterher...«

»Sei doch mal still!«

»Was ist denn los?« Wernicke sieht sich um.

»Da hinten, da sind welche!«

»Wo?«

»Da, bei der Kreuzung!«

Wernicke sieht niemanden.

»Beim Roßberg muss das sein«, sagt Brandt. »Ja, das ist die Ecke Roßberg. Und da auf der anderen Seite, das ist die Maxstraße.« Wernicke weiß, wie die Straßen heißen. »Was hast du gesehen?«, fragt er.

»Da sind zwei Männer rübergegangen!«

»Um diese Zeit?« Mist, das sind Einbrecher, denkt Wernicke.

»Das sind Einbrecher! – Komm, die schnappen wir uns!«

»Die sind bestimmt längst weg.«

»Die haben uns doch nicht gesehen! Komm, wir teilen uns auf: Ich geh hier drüben rein, Fichtestraße, und dann nach links. Du gehst hier runter und dann in die Maxstraße. Da haben wir sie in der Zange.«

»Ja, das können wir versuchen.« Wernicke ist nicht begierig darauf, jetzt kurz vor der Ablösung auf ein paar Einbrecher zu treffen. Über den Eifer des Kollegen kann er nur den Kopf schütteln. Eben wolltest du noch den Dienst an den Nagel hängen, denkt er.

Brandt eilt davon.

Wernicke geht die Wandsbeker Chaussee entlang. Nur nichts überstürzen. Da ist schon die Maxstraße. Er guckt erst einmal, was hier überhaupt los ist. Einbrecher, denkt er. Wo können die herkommen? Aus jedem der anliegenden Häuser natürlich, das ist klar. Oder hier aus dem Laden. An der Ecke Roßberg/Wandsbeker Chaussee gibt es ein Textilgeschäft. Lehmann, Weißwaren. Die Scheiben sind unversehrt, die Tür ist geschlossen. Wernicke tritt heran, fasst an die Klinke. Die Tür lässt sich öffnen! Scheiße. Tatsächlich ein Einbruch.

Schlagartig wird Wernicke klar, dass sein Kollege in Gefahr ist. Er rennt los.

3.

Brandt läuft die Fichtestraße entlang und biegt dann in die Schellingstraße ein. Er ist gut im Training, aber er weiß natürlich, dass er sich beeilen muss. Sein Weg ist mehr als doppelt so lang wie der der beiden Männer, die er gesehen hat. Nur mit Glück kann er sie noch erwischen!

Schon hat er die Kreuzung vor sich. Alles frei, niemand zu sehen. Brandt hört auf zu rennen, fällt in einen gemächlichen Trab. In dem Augenblick kommen sie. Zwei Männer sind es, die einen Sack zwischen sich tragen. Jeder hat einen Zipfel gepackt, und gemeinsam schleppen sie die offensichtlich schwere Last über die Kreuzung. Brandt ist keine fünfzig Meter entfernt, er fängt wieder an zu rennen. Da bemerken die Männer ihn.

»Halt!«, ruft Brandt, aber da haben die beiden schon den Sack fallen gelassen und rennen in verschiedene Richtungen davon. Kein Zweifel, das sind Einbrecher!

»Halt! Polizei!«

Sie hören nicht auf ihn.

Brandt will hinterher, da sieht er, dass auf der anderen Straßenseite noch jemand steht. Er bewegt sich jetzt, will sich offensichtlich davonmachen, so tun, als ob er nicht dazugehört. Aber er gehört dazu, keine Frage, was hätte er sonst zu dieser Stunde hier auf der Straße zu suchen?

Brandt packt ihn am Arm.

»He, was soll das?« Der Kerl will sich losreißen.

»Mitkommen!« Brandt lässt nicht locker. Er zerrt den Mann auf die Kreuzung, ins Licht, zu dem liegen gebliebenen Sack. Der Kerl windet sich wie ein Aal. Da bemerkt Brandt, dass der Bursche mit der freien Hand etwas aus der Tasche zieht. Eine Waffe!

Der Wachtmeister greift danach. Zu spät.

4.

Wernicke sieht die Männer vor sich auf der Kreuzung. Plötzlich kracht ein Schuss, dann noch einer. Zwei Schüsse in rascher Folge. Wernicke springt in Deckung. Er reißt seine Waffe heraus. Wo ist Brandt? Da vorne steht er!

»Schieß doch, schieß!«, ruft er.

Aber der Mann, der da vor ihm auf der Kreuzung steht, wendet sich ab und rennt. Als Wernicke hinterher will, sieht er, da steht noch jemand, nicht auf der Kreuzung, sondern weiter vorn, hinter dem Baum!

»Brandt!« schreit Wernicke.

Da blitzt es auf. Nicht Brandt! Jemand schießt auf ihn!

Wernicke zückt die Trillerpfeife. Über ihm im Haus, über dem Krämerladen, wird ein Fenster aufgerissen.

»Was ist denn los hier?« Eine kräftige Männerstimme. Auch von den Fenstern auf der anderen Straßenseite werden Stimmen laut. Als Wernicke sich wieder gefasst hat, ist der Mann verschwunden.

Wernicke rennt auf die Kreuzung. Da liegt etwas groß und schlapp mitten auf der Fahrbahn. Um Himmels willen, denkt Wernicke. Aber es ist nicht der Kollege. Es ist der Sack, den die Einbrecher fallen gelassen haben.

Brandt liegt ein paar Meter weiter, auf halbem Wege zur Schellingstraße, aus der er gekommen ist, und rührt sich nicht.

»Brandt!«, schreit Wernicke. Er kniet sich neben ihn.

»Mensch, Brandt, was machst du für Sachen?«

Der Kollege antwortet nicht.

»Junge, komm hoch, so – schlimm wird's schon nicht ...« Wernicke bricht ab. Er bemerkt jetzt, dass er sich in einen Blutfleck gekniet hat.

»Sag doch was!«, bittet er.

Umsonst. Der Schutzmann Brandt ist tot.

5.

Was wollen diese Leute von ihm? »Ich will nach Hause«, sagt Berger. »Ich will einfach nur nach Hause und schlafen.«

Der Polizist schüttelt den Kopf. »Ich fürchte, so einfach geht das nicht. Hier ist ein Einbruch verübt worden, und ein Mord. Sie wurden zur Tatzeit am Tatort angetroffen und haben uns bisher keine glaubhafte Erklärung darüber abgeben können, was Sie da gemacht haben!«

»Gar nichts hab ich gemacht. Ich hab gesoffen und bin auf dem Weg nach Hause.«

»Wo haben Sie gesoffen?«

»In Hamburg. Unten am – am Hafen.«

»Und wo sind Sie zu Hause?«

»Wandsbek. – Aber was geht Sie das an?«

»Und warum irren Sie dann hier mitten in der Nacht durch Eilbeck, anstatt mit dem Zug direkt bis vor die Haustür zu fahren?«

»Fährt doch kein Zug mehr, um diese Zeit!«

»Können Sie sich ausweisen?«

»Ja, wo hab ich denn – ach, im Mantel. Wo ist denn der – ach, da drüben.«

Einer der Polizisten prüft den Inhalt der Taschen, findet nur ein vollgerotztes Taschentuch.

»Innen.«

Der Polizist zieht das Foto von Thérèse aus der Tasche. »Was ist das denn für 'ne Schlampe?«

»Andere Tasche.«

»Ist das Ihre Freundin?« Der Polizist greift in die andere Tasche. Da steckt tatsächlich ein Dokument; er zieht es heraus. »Oh«, sagt er. »Das ist ein Dienstausweis.«

»Was denn sonst?«, lallt Berger. »Wir bei der Kripo haben alle Dienstausweise!«

6.

Die Kriminalwachtmeister Jastorf und Krohn kommen fast gleichzeitig in Eilbeck an. Wache 38. Berger liegt in der Arrestzelle und pennt.

»Ja, das ist er«, sagt Krohn. »Wie lange ist das jetzt

her? Fast sechs Stunden? Gut, dann ist das Meiste wieder abgebaut, dann müssen wir ihn nur noch wach kriegen.«

»Das mache ich«, sagt Jastorf. »Man reiche mir einen Eimer Wasser!«

Zu dritt lassen sie sich berichten, was die Kripo vor Ort unternommen hat.

»Wir haben drei Dinge gemacht. Zum einen haben wir festgestellt, was es mit diesem Einbruch auf sich hat. Wir haben den Sack auf die Wache gebracht. Er enthielt Kleidung. Der Sack war in der Tat so schwer, dass man ihn mit zwei Mann tragen musste. Festgestellt wurde, dass der Inhalt des Sackes bei dem Manufakturwarenhändler Hermann Lehmann, Wandsbeker Chaussee 160, mittels Einbruch gestohlen war. Die Täter sind vom Hausflur aus in den Keller gelangt, haben die Tür zu dem Keller, welcher unter dem Laden liegt, mit zwei Brecheisen aufgebrochen ...«

»Zwei Brecheisen?«, fragt Krohn.

»Ja, das sieht man an den unterschiedlichen Spuren. Die Täter haben vorher es wohl mit einer Brustleier versucht, aber damit haben sie die Tür nicht aufbohren können. Da haben sie die Brecheisen genommen und sind so in den Laden gelangt.«

»Und dieser Lehmann – wo wohnt der?«

»Oben. Im ersten Stock. Aber der hat nichts gehört. Wir haben den Laden zunächst gesperrt und das chemische Staatslaboratorium in Kenntnis gesetzt – wegen der Fingerabdrücke.«

»Und?«

»Leider vergeblich.«

»Das waren Berufsverbrecher«, sagt Jastorf.

»Der Herr Lehmann hat uns ein Verzeichnis der gestohlenen Sachen erstellt.«

»Darf ich mal sehen?« Jastorf nimmt sich die Liste.

»Die abgehakten Teile sind in dem Sack gefunden worden«, erläutert Wernicke.

»Da fehlt also noch ein ganz erheblicher Teil?«

»Ja, mindestens die Hälfte. Sofort nach Bekanntwerden der Tat haben wir die Wohnungen der hier bekannten Verbrecher durchsucht. Nur einen davon haben wir zu Hause angetroffen: Fritz Wehner. Wir haben seine Kleidung kontrolliert ...«

»Wozu das?«, fragt Krohn.

»Die Täter haben das Diebesgut in einem Sack transportiert, in dem vorher Federn gewesen sind. Wir gehen davon aus, dass Spuren von den Federn an dem gestohlenen Zeug zu finden sein müssen.«

»Und? Haben Sie Federn gefunden?

»Nein. – Dann kam noch dieser Schmied infrage. Willi Martens heißt der. Wird wegen verschiedener Einbrüche gesucht. Aber der war nicht zu ermitteln.«

Berger zieht die Stirn kraus. So kann man doch nicht arbeiten! Auch Krohn scheint nicht überzeugt, dass die Herren Martens und Wehner für diese Tat in Betracht kommen.

»Außerdem haben natürlich unsere Leute die Zeugen vernommen. Hier sind die Aufzeichnungen.«

Warum müssen immer die Kollegen mit der größten Sauklaue das Protokoll schreiben? Die Zeilen der Sütterlinschrift fließen ineinander; Oberlängen und Unterlängen überlappen sich. Berger hat große Mühe, den Text zu entziffern.

Der Zeuge Milchhändler Wilhelm Knoor, wohnhaft Maxstr. 13, daselbst befragt:

»Am 19.5.1919 kurz vor 3½ Uhr vormittags hörte ich Laufen bei uns in der Straße. Ich sprang aus dem Bett und öffnete die Tür, um zu sehen, was los war. Ich hörte, wie jemand rief:»Schieß ihn.«Dann hörte ich mehrere Schüsse. Ich lief hinaus und sah nun den Wachtmeister Brandt erschossen Ecke Max- und Ottostraße liegen. Auf Bitten des Wachtmeisters Wernicke bin ich so lange bei der Leiche geblieben, bis die Feuerwehr kam und Brandt abholte. Die Täter habe ich nicht gesehen.«

Die Zeugin Ida Sahlmann, geborene Brügge, wohnhaft Ottostraße 33 ptr daselbst befragt:

»Ich habe in der Nacht vom 18./19.5.1919 drei Schüsse gehört. Wie ich aus dem Fenster sah, lag der uns bekannte Wachtmeister Brandt auf dem Bürgersteig. Von dem Einbrecher habe ich nichts gesehen.«

Wenn sie alle Aussagen von den Leuten aufschreiben wollen, die nichts gesehen haben, dann haben sie viel zu tun, denkt Berger.

Die ermittelte Zeugin, Ehefrau Wilhelmine Graupner geb. Warnke, wohnhaft Ottostraße 29 I, daselbst befragt:

»In der Nacht zwischen 3-3½ Uhr vom 18./19.5.1919 hörte ich zwei Schüsse fallen. Ich stand auf und sah aus dem Fenster. Ich sah nun, wie zwei Personen aus der Fabrik von Gierner Ottostr. 27 kamen und die Ottostraße nach dem Eilbecker Weg zu fortliefen. Der eine war 1,80-83 groß, und der zweite viel kleiner. Ich bin der Meinung, dass einer eine Schirmmütze trug und der andere einen weichen Hut, ver-

mag aber nicht sicher anzugeben, wer von den beiden Hut oder Mütze aufhatte. Näher beschreiben kann ich sie nicht, da es noch zu dunkel war. Sachen hatten sie nicht bei sich.«

»Wunderbar«, sagt Jastorf. »Zwei oder drei Schüsse, zwei Männer, einer größer als der andere, was bei zwei Personen in der Regel der Fall ist, der eine hat einen Hut getragen, der andere eine Mütze, aber vielleicht war es auch umgekehrt. Und dann noch ein sturzbetrunkener Kriminalbeamter, der am Tatort herumtorkelt. – An die Presse werden wir geben: Die Polizei verfolgt bereits verschiedene konkrete Spuren. Nähere Einzelheiten können nicht bekannt gegeben werden, um den Gang der Ermittlungen nicht zu behindern.«

7.

Als sie wieder unter sich sind, sagt Jastorf: »Na, Berger, nun zeig mal, was du gelernt hast! Was haben die Kollegen in Eilbeck falsch gemacht?«

Berger überlegt. Die kalte Dusche hat ihn aufgeweckt; die nassen Haare sind inzwischen wieder getrocknet. Er ist fast wieder einsatzbereit – bis auf die Kopfschmerzen. Es ist klar, dass bei einem Mord, noch dazu einem Polizistenmord, jedem noch so unwahrscheinlichen Hinweis nachgegangen wird. Das ist kein Fehler. Auch, dass die Beschreibungen der Täter praktisch wertlos sind, kann Jastorf nicht meinen. Dafür können die Kollegen nichts.

»Der Sack«, sagt Berger schließlich. »Nur die Hälfte der Beute ist sichergestellt worden. Die Kollegen glauben, dass die Täter zu zweit waren und zweimal gegangen sind. Aber das muss nicht sein.«

»Weiter«, sagt Jastorf.

»Wenn sie zu viert gewesen sind, dann konnten sie zwei dieser Säcke gleichzeitig wegschleppen. Bleibt aber noch das Einbruchswerkzeug. Zwei Brecheisen und eine Handleier. Das wiegt einiges. Die haben sie sicher nicht zu der Wäsche in den Sack geworfen. Und da war ja auch noch der Mann, der auf Wernicke geschossen hat. Ich denke, sie werden mindestens zu fünft gewesen sein.«

»Selbst im Suff kann er noch nachdenken«, sagt Krohn. »Da sieht man, wozu so ein Abitur gut ist!«

»Große Einbrecherkolonnen sind aber selten«, sagt Jastorf. »Hier in Hamburg haben wir zur Zeit von dieser Art Gruppierung eigentlich nur die Bande des Adolf Julius Petersen.«

»Wer ist das denn?«

»Die Barmbecker Verbrechergesellschaft.«

»Wir sind hier aber in Eilbeck«, gibt Berger zu bedenken.

»Ach, das Abitur ist doch nicht mehr, was es mal war«, sagt Jastorf. »Siehst du das Wasser da drüben? Das ist der Eilbeck-Kanal, dahinter fängt Barmbeck an.«

8.

»Das ist er, der Petersen«, sagt Jastorf. Er schiebt Berger die Akte hin. »Da hat sich einiges angesammelt im Laufe der Jahre!«

Berger überfliegt die Zusammenfassung:

Julius Adolf Petersen, geboren am 17. Oktober 1882.

9.6.1896 verurteilt wegen gemeinschaftlichen schweren Diebstahls zu 5 Tagen Gefängnis,

22.9.1897 verurteilt wegen einfachen und schweren Diebstahls zu 1 Monat Gefängnis,

18.11.1897 verurteilt wegen eines gemeinschaftlich begangenen schweren Diebstahls zu 1 Monat Gefängnis,

22.4.1898 verurteilt wegen eines gemeinschaftlich begangenen schweren Diebstahls und Raubes zu 6 Monaten Gefängnis,

14.3.1901 verurteilt wegen schweren Diebstahls und wegen Raubes zu 1 Jahr Gefängnis,

25.6.1901 verurteilt wegen schweren Diebstahls und Raubes in zwei Fällen zu 4 Jahren Gefängnis und 4 Jahren Ehrverlust,

24.4.1906 verurteilt wegen versuchter Gefangenenbefreiung zu 3 Tagen Gefängnis,

8.1.1908 verurteilt wegen gemeinschaftlich begangenen schweren Diebstahls zu 3 Jahren Zuchthaus, 5 Jahren Ehrverlust und Polizeiaufsicht,

8.6.1912 verurteilt wegen Hehlerei und Widerstands zu 1 Jahr 7 Monaten Gefängnis und 3 Jahren Ehrverlust sowie Polizeiaufsicht,

23.7.1919 verurteilt wegen Widerstands zu 1 Jahr Gefängnis.

»Im Krieg war er natürlich interniert«, sagt Jastorf.

»Ab 1916. Das steht hier nicht drin.«

Berger weiß, dass Gewohnheitsverbrecher vorbeugend in Haft genommen worden sind, um bei der Knappheit der Polizeikräfte die Sicherheit an der »Heimatfront« zu erhöhen. Genützt hat es nicht viel.

»Wenn man sich das so anguckt«, sagt Berger, »hat man eigentlich nicht den Eindruck, dass der Mann besonders erfolgreich gewesen sein kann. Zehnmal geschnapp und verurteilt, und diese Strafen, das sind zusammen – Moment mal – 11 Jahre 2 Monate. Dann kommt noch die Internierung dazu – der Mann hat ja fast ein Drittel seines Lebens im Gefängnis gesessen.«

»Nicht lange genug«, brummt Jastorf.

»Schade, dass kein Foto dabei ist«, sagt Berger.

»Das können wir dir besorgen, aber das hilft auch nicht viel. Er bezeichnet sich als Kaufmann, und so sieht er auch aus, als ob er vielleicht einen Kolonialwarenladen betreiben würde. Völlig unauffällig. Aber wie er aussieht, ist nicht das Problem. Das Problem ist, wie wir ihn kriegen.«

Krohn sieht Berger an: »Du wunderst dich vielleicht, dass wir so viel über ihn wissen und ihn dennoch nicht festsetzen können? – Das liegt daran, dass diese Burschen so eng zusammenhalten. Ganze Verbrecherfamilien sind das. Nimm zum Beispiel die Petersens. Vier Geschwister. Da ist nicht nur der Adolf Petersen, sondern auch noch sein Bruder Arnold – ebenfalls mehrfach vorbestraft. Der zweite Bruder Karl, der lebt in Amerika. Was er da macht, weiß ich nicht, aber vermutlich auch nichts Gutes. Die Schwester Martha – eine obstinate Person. Und die Eltern – beides Galgenvögel, wenn du mich fragst. Der Vater ist ja inzwischen tot – im Gefängnis gestorben. Die Mutter hat natürlich gleich wieder geheiratet, einen Mohnsen. Den kennen wir noch nicht, aber der wird schon zum Rest der Familie passen.«

»Das vererbt sich«, sagt Jastorf. »Das ist doch ganz offensichtlich: Das Verbrechertum vererbt sich.«

»Ich weiß nicht, ob die Vererbung wirklich so einfach funktioniert.« Berger denkt: Wenn das stimmen würde,

dann wäre ich ja genau wie mein Vater!
»Wie dem auch sei. – Die Amerikaner sagen: Nur ein toter Indianer ist ein guter Indianer. Das lässt sich auch auf Gewohnheitsverbrecher anwenden. Nur ein toter Einbrecher ist ein guter Einbrecher.«
»Das geht mir zu weit.«
»Tot oder lebenslänglich weggesperrt, damit er keinen Schaden mehr anrichten kann. Alles andere ist verlorene Liebesmüh.«
Berger schüttelt den Kopf. Aber er weiß, dass Jastorf nicht der einzige Polizist ist, der in äußerster Härte das einzige Mittel gegen die wachsende Kriminalität sieht.

9.

»Wie geht's deinem Sohn?«, fragt Schacht.
»Danke der Nachfrage.«
Hjalmar Schacht sieht Friedrich Berger fragend an.
»Du weißt ja, wie es ist«, erläutert Berger. »Er hat bei der Polizei angefangen.«
»Das ist eine ehrliche Arbeit, denke ich.« Schacht spricht es so aus, als ob es eine Spur anrüchig sei.
»Ich hab ja versucht, ihn zum Studium zu bewegen. Das hat er leider abgelehnt. Kein Interesse. Er hätte alles haben können. – Früher, da war er ganz anders. Voller Ehrgeiz und Lebenslust. Aber jetzt – der Krieg, der hat ihn total verändert.«
»Ich habe mich schon immer gefragt: Hast du ihn da nicht raushalten können?«
Berger zuckt mit den Achseln. »Er wollte nicht.«
»Immerhin ist er heil zurückgekehrt. Das können die wenigsten von sich und ihren Kindern behaupten.«

»Ah, da kommt er ja! – Wilhelm, der Herr Schacht isst heute Abend mit uns!«

»Guten Abend, Herr Schacht!« Nicht der erste und nicht der letzte Bankier, den ich auf diese Weise kennenlerne, denkt Wilhelm. Er weiß, dass sein Vater mit dem jetzigen Chef der *Nationalbank für Deutschland* zusammen die Schule besucht hat. Das Johanneum, genau wie er selbst.

Schacht hat einen kräftigen Händedruck. »Ihr Vater hat mir von Ihnen erzählt. Sie waren ja auch in Belgien, habe ich gehört?«

»Im Krieg, ja, 1918«, sagt Berger. Dieses Thema möchte er lieber meiden. Aber Schacht will sowieso nichts von ihm wissen; er redet offenbar am liebsten von sich selbst. Sehr von sich eingenommen, dieser Mensch. Er bestreitet die Unterhaltung fast im Alleingang.

»Ich war ja auch in Belgien«, sagt er. »Schon 1914, gleich nach Kriegsausbruch ist man an mich herangetreten und hat mich gebeten, ob ich nicht vielleicht banktechnische Verwaltungsaufgaben in den besetzten belgischen Gebieten übernehmen könne. Sie wissen ja, dass ich aufgrund meiner Augen vom Wehrdienst freigestellt war.«

»Dabei guckt er wie ein Adler!«, lacht Wilhelms Vater.

Schacht sieht ihn etwas pikiert an. »Das würde ich nun nicht sagen!«

Eher wie ein Geier, denkt Wilhelm.

»Wie dem auch sei – nun war natürlich zunächst die Frage meiner Stellung innerhalb dieses Kreises hoher Offiziere in der belgischen Hauptstadt zu klären. Und um gar keine Missverständnisse aufkommen zu lassen, da habe ich gesagt, dass ich wünsche, im Offizierskasino zu speisen. – Dieses Huhn ist übrigens ausgezeichnet, mein lieber Berger!«

»Danke, ich werde das Kompliment gern weitergeben. – Und? Wie ist das ausgegangen? Hat man dich im Kasino speisen lassen?«

»Nein. Ich habe mich also an den Generalmajor von Lumm gewandt. Ich weiß nicht, ob du dich an den noch erinnerst?«

Wilhelm hat den Namen noch nie gehört, und selbst sein Vater schüttelt den Kopf.

»›Unmöglich‹, hat der gemeint, und das könne höchstens der Generalgouverneur genehmigen. Da habe ich gesagt: ›Dann fragen wir ihn eben!‹ Von Lumm hat gelacht und bloß gesagt, das sei völlig undenkbar, ihn in einer solchen Angelegenheit zu belästigen. Daraufhin habe ich mich an den zuständigen Herrn des Auswärtigen Amtes gewandt. Das war damals der Herr von der Lancken, und auch der hat abgelehnt. Da bin ich einfach hingegangen und habe mich beim Generalgouverneur angemeldet. Das war ja damals noch der General von der Goltz ...«

Wilhelm Berger hört nicht mehr hin. Er denkt: Damit haben sich die hohen Herren also beschäftigt, während wir im Schützengraben gehockt haben, bis zu den Knöcheln im Matsch, und gewartet haben, dass der Feind kommt. Tanks sollten sie haben, unzerstörbare Panzerfahrzeuge, die Engländer, und Gas natürlich sowieso. Todesangst haben wir gehabt.

»... und ehe ich überhaupt mein Anliegen vorbringen

konnte, da hat der Goltz mich direkt gefragt: ›Sie essen doch heute mit mir im Kasino?‹, und da haben dann die anderen natürlich nicht schlecht gestaunt, als ich nicht nur im Kasino gegessen habe, sondern obendrein noch direkt an der Seite des Generalgouverneurs!«

»Köstlich, mein Lieber! – Du bleibst doch sicher noch auf eine Tasse Kaffee?«

»Nein, Friedrich«, Schacht faltet die Serviette zusammen, »ich fürchte, das Angebot muss ich heute ausschlagen. Ich hatte dir ja schon telegraphiert, dass ich nur kurz vorbeischauen kann; wir haben noch eine Besprechung in wichtigen Bankangelegenheiten.«

»Um diese Zeit?«

»Zu jeder Zeit, wenn es der Sache dient. Ich bin mit den Herren im Schauspielhaus verabredet.«

»Was hat er eigentlich gemacht in Belgien – abgesehen vom Essen?«, fragt Wilhelm, als der Besucher gegangen ist.

»Hat er doch gesagt. Hast du nicht zugehört?«

»Ich war nicht besonders aufmerksam, fürchte ich«, sagt Wilhelm. »Es war ein anstrengender Tag.«

»Hjalmar Schacht hatte dafür zu sorgen, dass die Belgier die Besatzungskosten in bar bezahlen.«

»Wie?«, sagt Berger. »Wir haben das Land überfallen, und dieser Schacht hat dann die Belgier obendrein noch dafür bezahlen lassen?«

Sein Vater schüttelt den Kopf. »Deine Ausdrucksweise ist unangemessen, Wilhelm. Wir haben alle nur das getan, was getan werden musste.«

10.

Beerdigung auf dem Ohlsdorfer Friedhof. Ein riesiges Areal, bemessen für die Toten einer Millionenstadt. Einige davon in prunkvollen Mausoleen, andere nicht. Der Wachtmeister Brandt bekommt ein schlichtes Grab. Auch die Trauergemeinde ist klein; die meisten sind Polizisten. Der Pastor hält eine kurze Ansprache. Es regnet in Strömen. Berger friert.

Es ist eine Art Unglück gewesen, hat Krohn gesagt, muss ein Unglück gewesen sein. Die Einbrecher sind zwar fast alle bewaffnet, aber gewöhnlich schießen sie nicht. Schon gar nicht auf die Polizei. Es geht nur um die Abschreckung. Aber wo Waffen im Spiel sind und der Einsatz so hoch ist, da kann leicht etwas passieren. Ein falsches Wort, eine falsche Bewegung, und schon fällt ein Schuss. Wer eine Waffe führt, muss bereit sein, sie zu ziehen; wer eine Waffe zieht, muss bereit sein, sie abzufeuern. Das gilt für Einbrecher wie für Polizisten.

Berger sieht in die Gesichter der Kollegen. Jetzt, wo die Aktivität vorbei ist, wo man nichts mehr tun kann, um die Täter direkt zu fassen, sieht er Leere, Hilflosigkeit und Wut. Brandt ist schon der dritte Polizist, der in diesem Jahr ermordet worden ist, wenn man den Hilfspolizisten aus Harburg mitzählt. Eines Tages könnte es dich selber treffen, Berger! Er wischt den Gedanken zur Seite.

Sie defilieren am Grab vorbei, werfen Erde auf den Sarg, kondolieren den Hinterbliebenen. Die Eltern sehen erschrocken aus, so als ob sie es noch immer nicht wahrhaben wollen. Eine junge Frau weint.

»Wir kriegen ihn!«, verspricht Jastorf ihr.

Sie nickt.

Berger bezweifelt, dass es sie tröstet.

11.

»So sieht's aus, Krohn, so sieht's aus!« Jastorf ist deprimiert.

»Jetzt setz dich erst mal hin«, sagt Krohn. Sie sind nach dem Dienst zu ihm in die Wohnung gezogen, nicht zum ersten Mal, und es ist auch nicht das erste Mal, dass der Kollege eine Aufmunterung braucht.

»Es heißt doch, es gibt so viele Arbeitslose und so wenige offene Stellen; nun haben wir einen Posten zu besetzen, und wen schickt man uns: diesen Herrn Berger. Bürgersöhnchen, Abiturient!«

»Reg dich ab.« Krohn öffnet das Fenster. Ein Schwall kalter Luft dringt in das Wohnzimmer. Krohn langt in den Blumenkasten, da lagert er den Alkohol.

Jastorf nimmt einen Stapel Zeitungen vom Stuhl, weiß nicht recht, wohin damit.

»Einfach fallen lassen!«, sagt Krohn.

Jastorf lässt sie fallen. Es setzt sich auf den Stuhl, immer noch angespannt. Krohn sitzt ihm gegenüber, völlig locker, der Stuhl ächzt unter seinem Gewicht. »Hier, trink dies!«, sagt er. Er gießt Jastorf einen Schnaps ein.

»Puh!«, sagt Jastorf. »Ist das wieder irgend so ein königlich-hannoversches Zeug?«

»Nicht reden, trinken!«

Jastorf schließt die Augen, kippt den Schnaps mit einem Zug hinunter. »Oh Mann!«, sagt er.

»Das ist der Hundertjährige«, sagt Krohn. »Seit 1816 machen sie den in Hittfeld. Da war mein König noch gar nicht geboren. Das kam erst später. Du weißt ja wahrscheinlich, dass er als legitimer Nachfolger Georgs III in der englischen Thronfolge an zweiter Stelle stand ...«

»Wenigstens dieses Unglück ist den Briten erspart geblieben!«

»Ich sehe, dir geht es schon wieder zu gut!«, sagt Krohn. Er schraubt die Flasche zu. »Was nun den Berger angeht, so muss ich dir recht geben: Er ist ziemlich jung.«

»Nicht nur das«, sagt Jastorf.

»Der Rest sind Vorurteile. Ja, es ist richtig, er ist ein verzogenes Bürgersöhnchen, aber was hast du erwartet? Du als Maurerkind und ich als Sohn eines Landarbeiters – wir sind die krassen Ausnahmen. Das war doch schon immer so: Die Zweitgeborenen der reichen Familien – ganz gleich, ob das nun Adel oder Bürgertum ist – die hatten nichts zu erben; die sind dann Offiziere geworden. Oder Beamte, zum Beispiel bei der Kripo.«

»Er ist das einzige Kind, soweit ich weiß.«

»Spielt das eine Rolle? Er ist intelligent, aufgeschlossen, gutwillig. Pfeffersack, aber kein Angeber. Abiturient, aber kein Besserwisser. Was willst du mehr?«

»Ach, ich weiß auch nicht.« Jastorfs Blick ruht auf der Schnapsflasche.

Krohn tut so, als ob er das nicht bemerkt. »Ich will dir sagen, was dich in Wirklichkeit wurmt: Er ist besser ausgebildet als wir. Heute sagen wir ihm, wo es langgeht, aber morgen ist er unser Chef. Das ist so, das bleibt so, da kannst du nichts dran drehen. Ich weiß ja, wie ehrgeizig du bist, und sie haben dir ja alles Mögliche versprochen, aber ich sage dir: Du wirst trotzdem kein Kommissar. Oben bleibt oben und unten bleibt unten. Das war beim Kaiser so, und das ist in der Republik nicht anders. Sieh mich an! Wenn du das akzeptierst, wie die Dinge liegen, dann kannst du ein feines Leben führen. Wenn nicht, machst du dich nur kaputt.«

»Es geht doch sowieso alles kaputt«, sagt Jastorf.

»Hast du das gehört? In der Kleinen Reichenstraße sollen sie heute eine Sülzefabrik demoliert haben.«

»Ich mag keine Sülze«, sagt Krohn.

12.

Am nächsten Morgen ist der Aufruhr noch immer nicht vorbei.

»Was sollen wir tun?«, fragt Berger.

Den Lärm vom Rathausmarkt hört man bis zum Stadthaus.

»Nichts«, sagt Krohn. »Wir haben keine Anweisungen.«

»Aber – das können wir doch nicht einfach hinnehmen!«

»Doch. Das Stadthaus wird verteidigt, denke ich jedenfalls, aber mehr ist nicht drin. Was willst du denn machen mit ein paar Pistolen gegen den gesamten Pöbel der Stadt? Das sind über tausend Leute da draußen. Und wir sind im Gegensatz zur Schutzpolizei noch nicht mal als Ordnungsmacht zu erkennen. Wenn wir uns denen in den Weg stellen, da werden wir einfach weggefegt. Bei diesen Massen – da hilft nur noch Reichswehr.«

»Wolter sagt, Reichswehr sei unterwegs«, weiß Jastorf.

»Was für ein Wahnsinn!«

Angefangen hat es gestern mit dem Gerücht, in der Sülze vom Heil werde Hundefleisch verarbeitet. Die aufgebrachte Menge hat die Fabrik gestürmt, die Einrichtung verwüstet. Den Besitzer hatten sie aus seiner Wohnung geholt, im Triumphzug zum Rathausmarkt geschafft und in die Kleine Alster geschmissen, um ihn zu ertränken. Volkswehr und Polizisten hatten den alten Mann mit Mühe herausziehen können und waren mit ihm ins Rathaus geflüchtet.

»Ich war vorhin draußen«, sagt Jastorf. »Hab mir das angesehen. Die Kommunisten sind das, die wiegeln das Volk auf. Es heißt, zwei andere Sülzefabriken in der Lindenallee und an der Reismühle sind ebenfalls gestürmt worden. Angeblich sind die Angestellten gefangen genommen worden und sollen der Justiz des Volkes übergeben werden. Sie sind unterwegs zum Rathausmarkt.«

Berger sieht vom einen zum anderen. Schließlich nimmt er seine Pistole, schiebt das Magazin ein, lädt die Waffe durch.

»Was hast du vor? Mach keinen Fehler!«, beschwört ihn Krohn.

Berger ist klar, dass die Kollegen auch Angst haben. »Ich geh raus«, sagt er.

Krohn hält ihn zurück. »Wenn du in einer solchen Situation die Waffe ziehst, bist du ein toter Mann, Wilhelm!«

»Ja. – Lass mich los, Krohn!«

Das Gejohle ist lauter geworden. Berger will zum Rathaus, doch als er auf die Straße tritt, merkt er, dass das Geschehen sich in seine Richtung verlagert. Im Neuen

Wall strömt ihm eine Menschenmenge entgegen. In der Mitte ein Pferdekarren mit einer Gruppe von Frauen. Man hat ihnen Schilder um den Hals gehängt: *Wir machen die Sülze.*

»In die Alster mit ihnen!«, ruft jemand aus der Menge. »Ratten geben sie uns zu fressen, jetzt werden sie wie die Ratten ersäuft!«

Berger sieht sich um, wägt das Risiko ab. Es sind keine tausend Leute, ein paar hundert höchstens, aber zu viele, als dass er allein etwas ausrichten könnte.

»Tod den Ausbeutern!«, ruft einer, offenbar der Rädelsführer.

Es ist absurd. Selbst dem größten Idioten sollte klar sein, dass diese zu Tode verängstigten Frauen keine Ausbeuter sind, sondern schlecht bezahlte Arbeiterinnen.

»Werft sie in das Alsterfleet!«

Den Rädelsführer würde er jedenfalls wiedererkennen.

In dem Augenblick, als der Zug auf Bergers Höhe ist, wagen zwei junge Frauen die Flucht.

Ein Aufschrei geht durch die Menge. »Lasst sie nicht durch!«

Aber sie sind schon durch. Berger springt hinzu, reißt eine Haustür auf, die Frauen rennen hinein. Die Menge drängt nach, aber in der Enge des Hausflurs ist der Einzelne im Vorteil. Berger und noch zwei andere, ihm völlig unbekannte Männer versperren dem nachdrängenden Volk den Weg.

»Platz da!«, verlangt ein junger Kerl. Er baut sich drohend vor Berger auf.

»Nein.«

Einen Augenblick herrscht Stille. Sie starren sich an. Der Mann hat eine Narbe im Gesicht. Er ist größer als Berger. Kein Zweifel, er ist auch stärker. Die Frauen sind nicht mehr zu sehen, haben sich irgendwo versteckt.

»He, was steht ihr hier rum?«, ruft jemand vom Eingang. »Jetzt schmeißen sie sie ins Wasser! Komm mit, Hannack, das musst du gesehen haben!«

Der Flur leert sich. Schließlich zieht auch der Große ab. Berger ist mit seinen beiden Helfern allein.

»Danke«, sagt er. »Mehr konnten wir nicht tun.«

Die beiden nicken.

13.

»Na, Adolf, wie war's draußen in der Stadt?«, fragt Helmi Petersen.

»Ruhig. Reichswehr ist eingerückt, der Aufruhr ist zu Ende.« Zu seinem Sohn sagt er: »Hatzel, ich hab dir etwas mitgebracht!«

»Was ist das?«

»Das ist ein Würfelspiel.«

Der kleine Adolf Petersen, den die Eltern Hatzel nennen, ist fünf Jahre alt. Allzu viele Spiele hat er nicht. Auch dies ist nicht gekauft, sondern ein Reklamespiel der Hamburger Sparcasse von 1827. Es heißt *Spar Dir was, dann hast Du was!* Petersen hat es bekommen, als er seinen Anteil aus dem letzten Einbruch eingezahlt hat.

Hatzel würfelt eine Zwei.

»Oh, eine Zwei«, sagt Petersen. »Da kannst du gleich vorrücken bis zur Zwölf.«

»Was steht da auf dem Pfeil?«, fragt Hatzel.

»Da steht: Zur Sparkasse.«

»Mama, willst du nicht auch mitspielen?«, fragt Hatzel.

Helmi ist in der Küche. »Ich mache gerade das Abendbrot«, sagt sie. »Spielt ihr mal!« Petersen selbst hat eine Sechs gewürfelt, aber die nützt ihm nichts. Auf dem Feld mit der Sechs ist ein Junge eingezeichnet, der seine Taschen umkrempelt: leer. *1x aussetzen* steht da. Das ignoriert Petersen. Er behauptet: »Wer eine Sechs hat, darf noch einmal würfeln!« Die Drei bringt ihn auf das Feld mit dem Spielwarenladen. Ach du Schreck, das ist bestimmt nicht gut. Aber der Junge ist clever, er kauft sich einen Roller und ist damit schneller in der Schule. Vorrücken auf die Siebzehn! Das Spiel zieht sich in die Länge. Schon ist Hatzel wieder vorn. Er ist auf dem Feld mit der Sparkasse gelandet, kriegt fünfzig Mark ausgezahlt und fährt nun mit der Eisenbahn zum Feld Sechsundzwanzig.

»Das Fleisch ist wieder teurer geworden!«, ruft Helmi aus der Küche.

Macht nichts, denkt Petersen. Mit unserem kleinen Zuverdienst kommen wir schon über die Runden.

»Und ein neues Kleid bauche ich auch.«

»Schon wieder?« Sie gibt einfach zu viel Geld aus, denkt er.

»Ich kann doch nicht noch mal dasselbe anziehen wie im letzten Jahr!«

Hatzel hat inzwischen eine neue Wohnungseinrichtung gekauft. Für 1560 Mark. Wie ist das möglich? Das kluge Mädchen auf dem Spielbrett erläutert es mit erhobenem Zeigefinger der dummen Freundin: *Spare!*

»Spare!«, ruft Petersen in die Küche.

Helmi tut so, als habe sie das nicht gehört. Kann sie sich nicht selbst was schneidern wie andere Frauen auch? Aber dazu ist sie sich ja zu fein! Hatzel liegt weit vorn. Petersen hat schon wieder Pech. Diesmal ist er auf dem Feld mit den Pokerspielern gelandet. *Zurück auf 9* steht da. »Einmal aussetzen«, sagt Petersen. Gut, dass der Kleine noch nicht lesen kann. »Was ist das da für eine Zahl?«, fragt Hatzel. Er weist auf die Neun. »Das ist gar keine Zahl«, behauptet Petersen. »Das ist ein Fragezeichen.«

Gut, denkt er, dass im wirklichen Leben das Glücksspiel eine Menge einbringt. Solange man nicht selbst spielt, natürlich. Solange man die Spielbank leitet. Alles legal, ein privater Klub, wie er zu sagen pflegt, völlig ohne Steuern.

Doch hier auf dem Sparkassenspiel bringt alle Mogelei nichts. Schon ist Hatzel auf der Fünfundfünfzig angelangt, und von dort geht es per Flugzeug zur Sechzig, zum Ziel. Dort ist der Großvater eingezeichnet, wie er im Lehnstuhl sitzt, und jemand reicht ihm einen großen Sack voll Geld. *Rente* steht da drauf. Das war Hatzels Großvater nicht vergönnt. Der hat sich aufgehängt im Gefängnis, aber das weiß Hatzel nicht. Petersen vergleicht die Größe des Sacks mit den anderen Geldsäcken auf dem Spiel. Er ist mittelgroß. Schätzungsweise siebenhundert Piepen. Nicht schlecht, solch eine Rente. Sparen, sparen, sparen! Da wird er noch einige Tresore knacken müssen, bis er da hinkommt.

14.

Ich möchte erwachen beim Sonnenschein
Und es müsst alles wie früher sein:
Kein Krieg, kein Elend, kein Mühn und Plagen
Die Meinen müssten verwundert sagen:
Hast lang geschlafen,
Hast viel versäumt,
Du sprachst vom Kriege –
Du hast geträumt.

»Was hörst du für traurige Lieder?«

Wilhelm Berger hat nicht gemerkt, wie sein Vater hereingekommen ist. Er nimmt behutsam den Tonarm ab; die Grammophonplatte von Otto Reutter dreht sich stumm weiter.

»Entschuldige, ich wollte dich nicht stören. – Nachher kommt Hjalmar zu Besuch. Hast du Lust, mit dabei zu sein?«

Wilhelm schüttelt den Kopf. »Danke für die Einladung«, sagt er. »Aber ihr werdet ja doch nur über eure Geschäfte reden. Da störe ich nur.«

»Wie du willst.«

»Ich bin hundemüde.«

»Ich lasse dir etwas Essen auf dein Zimmer bringen.«

»Danke.«

Es ist grotesk, denkt Wilhelm. All das Elend, das ich Tag für Tag bei der Arbeit sehe, und dann dies. Ich bin wahrscheinlich der einzige Polizist in Hamburg, dem das Abendessen auf sein Zimmer gebracht wird. Bei uns ist in der Tat die Zeit stehen geblieben.

15.

»Dein Sohn ist nicht zu Hause?«, fragt Hjalmar Schacht. Friedrich Berger schüttelt den Kopf. »Schon zu Bett gegangen. – Diese Polizisten haben sehr unregelmäßige Arbeitszeiten.«

»Das ist schlecht für die Gesundheit.«

»Ich weiß. Er sollte sich einen anderen Job suchen – und heiraten!«

»Es muss ja nicht jeder so früh heiraten wie du! – Aber wie alt ist er jetzt? Dreiundzwanzig? Und noch immer keine feste Beziehung?«

»Überhaupt keine Beziehung, soweit ich weiß.«

»Er ist doch nicht etwa ...«

»Schwul meinst du?« Friedrich Berger schüttelt den Kopf. »Er hat Briefe bekommen aus Belgien, von einer Thérèse irgendwas. Ich hab sie ins Feuer geworfen. Was soll er mit einem Soldatenliebchen?«

»Sehr vernünftig«, sagt Schacht. »Aber vielleicht solltest du mal selbst etwas arrangieren? Deine Geburtstagsfeier zum Beispiel, das würde sich doch anbieten. Wie alt wirst du? Lass mich nachdenken – fünfundvierzig, stimmt's? Wenn du nun ein paar Leute einlädst, die Töchter im heiratsfähigen Alter haben?«

»Ich kenne nur wenige Leute, die in diese Kategorie fallen.«

»Denk drüber nach! – Und wie gehts mit der Firma, was macht das Geschäft?«

»Mäßig«, sagt Berger. »Die Handelsbeschränkungen machen alle Bemühungen zunichte. Deutschland liegt am Boden. Wir müssen wieder ganz von vorn anfangen. Bei Null.«

»Bei Null?« Der Bankier lacht. »Mein lieber Berger, du bist gut! Das geht nicht. Wir können nicht bei Null anfangen.«

»Die Staatsverschuldung, ich weiß. – Noch ein Glas Wein?«

»Ja gern, danke. – Im Augenblick belaufen sich die Verbindlichkeiten Deutschlands auf knappe 90 Milliarden Mark. Die Finanzierung des Krieges durch Anleihen war ein Fehler.«

»Das überrascht mich jetzt. Hast du nicht selbst seinerzeit gedrängt, ich sollte die Kriegsanleihen zeichnen? Ich habe auf dein Anraten immerhin einige tausend Mark in diese Papiere investiert.«

»Das war damals auch richtig. Aus deiner Sicht jedenfalls. Für den Staat war es falsch.«

»Wie hätte der Krieg denn sonst finanziert werden sollen?«

»Durch Steuererhöhungen. So haben es die anderen gemacht. Das wäre zwar unpopulär gewesen, aber es hätte gleichzeitig die überschüssige Kaufkraft abgeschöpft. Es ist ein ziemlich ungesunder Zustand, wenn die Kaufkraft das Warenangebot übersteigt. – Aber das brauche ich dir ja nicht zu sagen!« Der Bankier zieht an seiner Zigarre. »Gutes Fabrikat! Wo hast du die denn bekommen?«

»Beziehungen. Man kennt halt ein paar Leute, wenn man im Im- und Export tätig ist.«

»Ja, das hat seine Vorteile.«

»Der Frieden hat überhaupt seine Vorteile.«

»Das soll sich noch zeigen.«

»Was meinst du damit?«

»Die neue Regierung hat es versäumt, finanzpolitisch einen harten Schnitt zu machen ...«
»Abwertung der Mark?«
»Eine völlig neue Währung. Hundert zu eins oder so ähnlich ...«
»Das hätte einen Aufruhr gegeben!«
»Und wenn! – Mein Lieber, das Problem ist doch jetzt nur vertagt. Die Preise steigen immer schneller, und die Regierung druckt mehr Geld, um die Nachteile für die Gehaltsempfänger auszugleichen. Das ist krank. Der Haushaltsplan für 1919 hat ein Gesamtvolumen von knapp 18 Milliarden Mark. Weißt du, wie hoch der Anteil des Schuldendienstes ist? Zahlung deiner vier Prozent auf die Kriegsanleihen inklusive?«
»Ein Drittel?«, mutmaßt Berger.
Der Bankier lacht. »10 Milliarden!«
»Da bleibt ja kaum noch ein Handlungsspielraum ...«
»Da bleibt gar kein Handlungsspielraum!«
»Und – worauf läuft das hinaus?«
»Ist das nicht offensichtlich? Die dänische Lösung.«
»1813 meinst du? Staatsbankrott?«
»Ja. – Wenn wir den Mut nicht aufbringen, ist das das Ende dieser Republik.«
Berger schüttelt den Kopf.
»Das Ende dieser Republik!«, beharrt der Bankier. »Verlass dich drauf! Wie lange hat die Räteregierung in Sachsen sich halten können? Ein paar Monate. Und jetzt hier unsere Sozialdemokraten? Auch nicht länger, da bin ich mir ganz sicher. Und das ist auch gut so, weil sie von der Wirtschaft einfach keine Ahnung haben. Ganz im Vertrauen, es gibt bereits Gespräche zwischen ver-

antwortungsbewussten Führungspersönlichkeiten aus Kreisen der Wirtschaft und der Reichswehr, die darauf abzielen, diesem traurigen Schauspiel ein Ende zu bereiten.«

Noch einmal schüttelt Berger den Kopf.»Das kann ich nicht glauben!«

»Glaub, was du willst.«

»Wer ist denn da drin verwickelt?«

»Die Namen habe ich jetzt nicht parat«, lügt Schacht.

»Lettow-Vorbeck wahrscheinlich«, mutmaßt Berger.

»Und dieser Wangenheim hier in Hamburg auch? Ja, der vermutlich auch.«

Es wird geschossen!

Wilhelm Berger sitzt in Heimfeld in der Wohnung der Eltern von Fritz Wehner. Wehner ist der einzige Verdächtige, der ihnen noch geblieben ist, reichlich Vorstrafen hat er, und er gilt als Mitglied der Barmbecker Verbrechergesellschaft, aber sie können ihm die Beteiligung an dem Einbruch in das Wäschegeschäft Lehmann nicht nachweisen. Die Befragung der Eltern ist eine reine Formsache. Dennoch hat es Monate gedauert, bis die Einwilligung aus dem preußischen Harburg im Stadthaus eingetroffen ist.

»Dieser Polizistenmord? Ja, wir haben davon in der Zeitung gelesen«, sagt Frau Wehner vorsichtig. Fünfzig Jahre mag sie alt sein, und es ist klar, dass Berger nicht der erste Polizist ist, mit dem sie zu tun hat. Einen Kaffee bekommt er hier nicht angeboten.

»Aber ob Ihr Sohn etwas damit zu tun haben könnte, das wissen Sie nicht zufällig.«

»Mein Fritz?« Sie schüttelt den Kopf.

»Wann haben Sie ihn denn zuletzt gesehen?«

»Das ist schon eine Weile her. So um Weihnachten muss das gewesen sein.«

Berger nickt. Er denkt: Hier gibt es für uns nichts zu holen.»Und Ihr Mann – der ist bei der Arbeit?«

»Der Otto, ja der ist vorsichtshalber hingegangen. Ist ja Streik, angeblich, aber ob die Jute nun mitmacht oder nicht, das hat er nicht gewusst.« Ja, der Generalstreik, der hat auch Bergers Anreise erschwert. Die Reichsbahn fährt nicht; da hat er die Straßenbahn nehmen müssen. An der Süderelbbrücke mussten alle aussteigen und sich kontrollieren lassen, Berger hat den normalen Ausweis vorgezeigt; die Einwohnerwehr hat ihn durchgewinkt.

»Und Sie verdienen sich durch Schneiderei ein paar Mark dazu?«

»Ja, Änderungen sind das vor allem. Die Leute haben ja kein Geld mehr, sich was Neues zu kaufen.« Berger nickt. Er denkt: Änderungen können natürlich auch bei gestohlener Ware recht nützlich sein. Er nimmt eine Tischdecke zur Hand:»Es gibt tatsächlich Leute, die das Monogramm ändern lassen?«

»Ja, wenn die Decke verschenkt werden soll ...«

Auf der Kommode stehen drei gerahmte Fotografien von jungen Männern in Uniform.

»Das sind unsere Ältesten«, sagt die Frau.»Jetzt haben wir nur noch den Fritz.«

Und den verdächtige ich, ein Einbrecher zu sein. Wenn nicht Schlimmeres.

»Das hier, das ist er mit seiner Minna und der kleinen Erna.« Frau Wehner nimmt das Foto von der Wand.

Wachsam sieht er aus, der Fritz Wehner. Seine Frau eher gutmütig. Wehner hat den Arm um die Schulter seiner Tochter gelegt. Wie alt mag sie sein, diese Erna?

Sechzehn? Ganz offensichtlich eine glückliche Familie. Berger verabschiedet sich und macht sich auf den Rückweg. Das Wetter ist trübe wie seine Stimmung. Drei Brüder tot, nur einer noch am Leben. Furchtbar. Aus anderen Familien ist keiner der Söhne zurückgekommen. Aber – ein Gutes hat er jedenfalls gehabt, der Weltkrieg, denkt Berger. Die Völker haben daraus gelernt. Krieg wird es so schnell nicht wieder geben.

2.

»Die Straße frei! – Es wird geschossen!«

Die Menschenmenge vor ihm gerät in Bewegung, zögerlich erst, dann in blinder Panik, als ein Maschinengewehr losfetzt. Berger rettet sich in einen Hauseingang. Mein Gott, denkt er, wo bin ich hier hineingeraten? Schreiende Menschen hasten vorbei. Das MG schießt wieder, diesmal nicht mehr über die Köpfe, diesmal gezielt. Wer sich jetzt nicht in Sicherheit gebracht hat, wird getroffen. Direkt vor Berger, mitten auf der Straße, bricht ein junger Mann zusammen, rührt sich nicht.

Ich muss ihn holen, denkt Berger. Er zögert. Muss ich wirklich? Das MG schweigt. Weiter entfernt brüllt ein Verwundeter. Sie werden nicht schießen, denkt Berger. Ich bin unbewaffnet, ich bin keine Gefahr. Er tritt auf die Straße.

»In Deckung!« Erst jetzt bemerkt Berger, dass auch auf der anderen Straßenseite Leute im Hauseingang stehen. Zwei Männer in Zivil, genau wie er. Einer hat ein Gewehr.

Berger geht weiter. Langsam, aufrecht, den Blick nur auf den Mann gerichtet, der da hilflos am Boden liegt. »Ich hole dich!«, sagt er, mehr zu sich selbst als zu dem Mann. Da fällt ein Schuss. Berger greift sich an den Arm, rennt zurück in den Hauseingang. Eine Schramme, denkt er, das ist nur eine Schramme. Aber es tut höllisch weh. Und wofür? Für nichts. Soviel hat er jedenfalls gesehen: Der Junge, der da draußen in seinem Blut liegt, der ist tot.

Der Mann drüben im Hauseingang gibt einen Schuss ab in Richtung des großen klassizistischen Gebäudes, das Berger vorhin nur unbewusst registriert hat. Auch woanders fallen Schüsse. Berger wird bewusst, dass er nirgendwo hin kann. Er sitzt in der Falle.

»Rein hier!« Hinter Berger hat sich die Haustür geöffnet.

Der Mann, der ihn in die Küche führt, mag vielleicht vierzig Jahre alt sein. Ein großer, kräftiger Kerl mit einem Vollbart.

»Lamprecht«, stellt er sich vor. »Ich bin der Lehrer.«

»Lehrer?«, fragt Berger. Er registriert, dass der Mann nur ein Bein hat.

»Ja, drüben in der Mädchenschule. Heute fällt der Unterricht aus.«

»Was ist denn los hier?«, fragt Berger.

»Gleich.«

»Gibt es hier irgendwo ein Telefon? Ich muss dringend telefonieren!«

»Gleich. Jetzt wollen wir uns erst einmal ihren Arm angucken.«

»Das ist nur eine Schramme!«, wehrt Berger ab.

»Das habe ich auch gedacht damals«, erwidert der Lehrer. Er weist auf sein Bein. »Aber dann war es doch ein kleines bisschen mehr. – Hertha, hol mal bitte das Verbandszeug!«

Die kleine Frau hat Berger erst jetzt bemerkt. Das ist der Schock, denkt er. Mein Gott, ich stehe tatsächlich unter Schock. Er lässt es mit sich geschehen, dass der Lehrer ihm das Jackett auszieht. Berger betrachtet den blutigen Ärmel. Das Loch – ob man das wohl stopfen kann?

»Und jetzt das Hemd!«

Berger beißt die Zähne zusammen.

»Ich schneide den Ärmel auf«, sagt der Lehrer. »Das Hemd ist sowieso nicht zu retten!«

Berger schreit auf, als der Mann ihm schließlich die Stofffetzen vom Arm reißt.

»Na, das sieht ja gar nicht so schlecht aus! Es ist tatsächlich nur eine Schramme.«

Hertha verbindet ihn fachgerecht.

»Das machen Sie sicher nicht zum ersten Mal«, sagt Berger anerkennend.

»So haben wir uns kennengelernt«, sagt der Lehrer. »Im Lazarett in Flandern. Ich habe damals geglaubt, ich hätte nur eine Schramme abbekommen, und sie hat gemeint, ich müsste sterben. Ja, und da haben wir uns halt auf die Hälfte geeinigt!« Er lacht.

Einige werden damit fertig, denkt Berger. Die meisten nicht. Es gibt mehr als genug bettelnde Krüppel auf den Straßen Hamburgs.

»So, jetzt können Sie wieder unter Menschen gehen!«

Hertha hat eines der Hemden ihres Mannes geholt. Die Länge stimmt fast; nur am Bauch hat es zu viel Spiel. Draußen fallen wieder Schüsse.

»In was bin ich hier eigentlich hineingeraten?«, fragt Berger.

»Das weiß noch keiner so genau. – Fest steht nur, dass heute früh Soldaten aus Stade gekommen sind und die Schule besetzt haben.«

»Aus Stade? Reichswehr?«

Der Lehrer schüttelt den Kopf. »Irgend so ein Freikorps ist das.«

»Was wollen die hier? Und warum wird geschossen?«

»Das weiß ich nicht. – Jedenfalls wird die Schule jetzt belagert. Von Einwohnerwehr und Schutzpolizei.«

Der Lehrer hat kein Telefon. »Schmidt vorn an der Ecke, der Arzt, der hat ein Telefon«, sagt er. »Aber da können Sie jetzt schlecht hin. Sie haben ja gesehen, was passiert, wenn Sie auf die Straße gehen.«

Es muss einen Weg geben, denkt Berger. »Kann man nicht hintenrum, durch die Gärten?«

Der Lehrer sieht ihn zweifelnd an. »Mit Ihrem Arm?«

»Es wird schon gehen«, sagt Berger.

Und es geht, wenn auch mit Mühe. Wozu muss man sein Grundstück so massiv gegen die Nachbarn absichern? Berger verflucht die hohen Zäune. Er muss noch dazu einen Umweg machen; einer der Höfe ist mit einer Mauer gesichert, an deren Oberkante aufgeschlagene Glasflaschen einzementiert sind.

»He, was machen Sie denn da in unserem Garten?«

»Polizei!«, ruft Berger.

»Das wird auch Zeit!«, brummt die Alte und verzieht sich wieder in Richtung ihres Hauses.

Schließlich erreicht Berger das Eckhaus.

3.

»Hier sieht es ja aus wie ein Schlachtfeld!«

»Das ist ein Schlachtfeld.«

Berger hat nur einen kurzen Blick in das Vorderzimmer geworfen. Die Arztpraxis ist im zweiten Stock, der Schule direkt gegenüber. Die Fenster sind zerschossen, und Putz ist von den Wänden gefallen. In dem Zimmer hocken drei Männer, alle mit Karabinern bewaffnet, aber sie können ihre Waffen nicht einsetzen; das Haus ist von der Schule aus genauso gut einsehbar wie die Schule von hier. Aber die Schule ist höher.

»Wer höher sitzt, ist im Vorteil«, sagt der Arzt.

Berger nickt. Das hat er gelernt im Frühjahr 1918, als sie den Kemmel-Berg gestürmt haben. Der Arzt und seine beiden Sprechstundenhilfen haben sich in ein Zimmer auf der Rückseite des Hauses zurückgezogen. Die Frauen zucken bei jedem Schuss leicht zusammen, obwohl sie hier völlig sicher sind.

Berger darf telefonieren. Er wählt Jastorfs Nummer.

»Berger, wo stecken Sie denn?«

Berger berichtet, dass er in Harburg festsitzt. »Was ist denn eigentlich los?«

»Wissen Sie es denn noch nicht? Die Regierung ist gestürzt! Berlin ist besetzt; der Kanzler ist geflohen, irgendwohin, keine Ahnung wo.«

»Und – die Reichswehr?«

»Die Reichswehr macht mit. Hier in Hamburg ist Militär aus Altona eingerückt und hat das Rathaus besetzt. – So wie es aussieht, ist der sozialistische Spuk endlich vorbei!«

Berger schluckt. Er hätte es sich eigentlich denken können, dass der markige Jastorf der Demokratie wenig Sympathie entgegenbringen würde.

»Machen Sie, dass Sie da wegkommen und gehen Sie nach Hause. Heute können wir sowieso nicht arbeiten!«

4.

»Die Reichswehr ist nicht beteiligt«, sagt Dr. Schmidt. Er hat das Gespräch zwangsläufig mit angehört. »Das sind Freikorps, auf die sich dieser Kapp stützt.«

»Aber die Reichswehr könnte doch diesem Spuk ein schnelles Ende bereiten«, sagt Berger. »Und hier in Harburg liegt Reichswehr. Warum zeigt sie sich nicht?«

»So einfach ist das wohl nicht. Die Armeeführung sympathisiert nämlich mit den Putschisten. Die Mannschaften nicht. Die Pioniere hier in Harburg haben ihre Offiziere abgesetzt und unter Arrest gestellt.«

»Und diese Leute in der Schule da drüben? Was ist das für ein Haufen?«

»Das ist das Freikorps ›Eiserne Schar‹. Baltikumtruppen.«

»Und was wollen die hier?«

»Die Freilassung der Reichswehr-Offiziere.«

»Werden sie die erreichen?«

»Sieht nicht so aus. Es sind zu wenige. Nicht viel mehr als hundert. Sie sind umstellt. Und wenn nicht bald etwas passiert, kommen sie hier nicht mehr lebend raus. Die Leute sind ziemlich erregt. Hier auf den Dächern sitzen schon Scharfschützen der Einwohnerwehr. Und die Schule hat ziemlich große Fenster; da kann sich keiner mehr bewegen.«

Warum sind alle Ärzte Zyniker?«»Das muss aufhören«, sagt Berger. »Wer ist der Anführer da drüben?«
»Hauptmann Berthold, der Flieger.«
»Hauptmann ist er? – Dann bin ich Major. Wie ist die Telefonnummer der Schule?«

5.

Berger lässt sich zur Schule durchstellen; er bekommt Berthold ans Telefon.
»Was gibt's?«
»Major Müller, Reichswehr«, lügt Berger. »Ich überbringe den Befehl zur sofortigen Feuereinstellung.«
Einen Augenblick herrscht Stille am anderen Ende der Leitung. »Können Sie sich legitimieren?«, fragt Berthold schließlich.
»Legitimieren?«, entrüstet sich Berger. »Ich überbringe einen Befehl von Oberst Freiherr von Wangenheim, dem haben Sie gefälligst Folge zu leisten.« Gut, dass er wenigstens den Namen des Hamburger Reichswehr-Kommandeurs kennt!
Berthold zögert.
»Hören Sie das Maschinengewehr?«, fragt Berger. In der Tat wird in diesem Augenblick die Schule von mehreren Maschinengewehren unter Beschuss genommen. »Reicht das nicht als Legitimation? Ihnen steht Reichswehr gegenüber! Jeder weitere Widerstand ist Meuterei und wird entsprechend geahndet!«
Bevor irgendwelche Fragen kommen, die er vielleicht dann nicht mehr beantworten kann, legt Berger auf. Jetzt kann er nur noch hoffen, dass sein Bluff gelingt. Von Reichswehr ist weit und breit keine Spur. Lediglich

Gruppen von Pionieren haben sich der Einwohnerwehr angeschlossen, und die haben ihre Waffen mitgebracht. Wenig später lässt das Feuer nach. Berger atmet auf. Um acht Uhr abends beginnt die »Eiserne Schar«, die Schule zu verlassen. Abgabe aller Waffen, freier Abzug zurück nach Stade, so ist es vereinbart. Plötzlich, als alles schon beendet scheint, fallen erneut Schüsse. Jetzt gibt es kein Halten mehr. Die Menge stürmt die Schule. Aus!, denkt Berger. Und es ist aus. Die Gefangenen werden zur Buxtehuder Straße hinuntergeführt. Es setzt Schläge und Fußtritte. Bewaffnete Arbeiter versuchen halbherzig, ihre Gefangenen zu schützen. Die Stimmung ist äußerst gereizt. Wohin mit den Kerlen? Bis zur Klärung des Weitertransports erst einmal zum *Gambrinus*. Doch die wütende Menge drängt nach, zerrt Berthold aus dem Tanzsaal zurück auf die Straße. Er wird geschlagen und getreten, zieht mit der linken Hand seine Pistole, die wird ihm entrissen, dann fallen Gewehrschüsse.

6.

»Tja, Majestät, und ich hatte schon gedacht, Sie kämen jetzt wieder ans Ruder!« Krohn hält Zwiesprache mit dem Bildnis des hannoverschen Königs auf seinem Schreibtisch. König Georg beachtet ihn nicht; es sieht aus, als ob er aus dem Fenster guckt. Doch der letzte Welfenherrscher guckt nirgendwo hin; er ist in dieser eigenartigen Pose porträtiert worden, damit man nicht sehen kann, dass er blind ist.

Berger weiß längst, dass das Bild hier nur steht, weil es unerwünscht ist, wenn auch nicht direkt verboten.

Georg V., blind und politisch dickköpfig, hatte sich mit Preußen angelegt und verloren. Der Fortschritt hatte sich durchgesetzt. Genau wie heute.

»Die Demokratie hat gesiegt«, sagt Berger. »In Berlin wie in Hamburg, wenn auch nur knapp.«

Krohn sieht ihn an. »Ich weiß nicht recht, ob die Demokratie auf diesen Sieg allzu stolz sein kann«, sagt er. »Es heißt, Hauptmann Rudolf Berthold, übrigens der zweiterfolgreichste Flieger nach Richthofen, hatte sich bereits ergeben, als sie ihn abgemurkst haben. Entmenschte Weiber haben ihm die Kehle durchgeschnitten, wird gesagt. Und sein Kopf ...«

»Das weiß ich besser«, unterbricht ihn Berger. Er hat die Vorgänge bis zum Schluss verfolgt. Inzwischen kennt er auch die Zahlen: fünfundzwanzig Tote, vierzig Verletzte – und das mitten im Frieden.

»Wie dem auch sei – das ist vorbei und jedenfalls können unsere Bürger jetzt wieder ruhiger schlafen.«

»Ich weiß nicht ...«

»Der Kollege Jastorf meint etwas anderes«, erläutert Krohn. »Das weißt du noch gar nicht: Als du in Harburg herumgeschossen hast ...«

»Ich habe nicht geschossen!«

»Also gut: Als du in Harburg warst und nicht geschossen hast, da haben wir Adolf Petersen verhaftet.«

Prügel

17. Juli 1920

Petersen ist wieder draußen! Nichts haben sie ihm nachweisen können. Welch ein Triumph! Den Antrag auf Haftentschädigung hat er schon gestellt. Sein erster Gang führt ihn nach Barmbeck, in Ansorges Gaststätte. Die Freunde begrüßen ihn mit großem Hallo. So viel ist geschehen in den paar Wochen, die er weg war; so viele neue Möglichkeiten haben sich aufgetan. Er weiß gar nicht, was er zuerst anpacken soll.

Windhorst kommt gleich wieder mit dem 58er Verein und mit dem Stahlschrank der Seewarte. »Alles todsichere Tipps!«

Buhl ruft: »Die Post! Wir müssen uns um die Post kümmern!« Er hat einen der Angestellten ausgehorcht.

Aber Wellmann sagt: »Farmsen. Das lohnt sich am meisten. Da sind Millionen zu holen!«

Das Projekt kennt Adolf Petersen noch nicht, das stellt alles in den Schatten. »Was ist das für eine Geschichte?«

»Die Wettgelder von der Trabrennbahn.«

»Trabrennbahn? – Das geht nicht, da sind viel zu viele Leute!«

Wellmann schüttelt den Kopf. »Die Sache läuft so: Am Ende des Renntages werden die ganzen Gelder durchgezählt, die Scheine gebündelt und dann alles in einen Sack getan. Und der wird dann mit der Break nach Hamburg gefahren.«

»Wieso Brigg? Ist das nicht irgendsoein Segelschiff?«, sagt Karl Lau.

»Keine Brigg, sondern eine Break. Das ist eine kleine, offene Kutsche mit Bänken hinten.«

»Wie viele Leute sitzen da drin?«, fragt Adolf Petersen.

»Zwölf Mann!«

Petersen schüttelt den Kopf. »Zu viele«, sagt er. »Und so ein Überfall auf offener Straße – das haben wir noch nie gemacht. Das klappt nicht.«

»Aber sie sind völlig unbewaffnet!«

»Trotzdem.«

»Denk an das Geld – das ist durchschnittlich eine Million, die da transportiert wird!«

»Wirklich eine Million?«

»Mal etwas mehr, mal etwas weniger. Das Geld liegt immer vorn beim Kutscher. Da kommt man ganz leicht ran.«

»Eine Million«, wiederholt Lau. »Eine Million!«

»Sei doch mal still«, sagt Petersen. »Wie viel ist es denn mindestens?«

Das weiß Wellmann nicht. »Ein paar hunderttausend auf jeden Fall.«

»Und woher wissen wir, dass wir nicht gerade den schwächsten Tag des Jahres erwischen?«

»Ich arbeite doch beim Totalisator, ich weiß ja, was eingenommen worden ist.«

»Aber woher wissen wir das dann?«

»Einer muss die Nachricht weitergeben, das ist doch ganz einfach!«

»Das gefällt mir nicht«, sagt Petersen.

»Was soll schiefgehen?« Eine Million, denkt Lau, eine Million! Und dieses Rindvieh zögert noch! »Wir machen es so: Windhorst alarmiert seine Freunde – Lau, Schade, Brandt, du alarmierst deine Freunde – Reinig, Junge, Neuberger, Helm, Heitmann, Menke und natürlich deinen Bruder, das muss doch reichen!«

»Ihr könnt so viele Leute nehmen wie ihr wollt«, sagt Wellmann. »Geld ist ja genug da!«

»Nein«, sagt Adolf Petersen. Das Risiko ist ihm zu hoch. Er ist froh, dass er wieder draußen ist. Jastorf hatte versucht, ihn festzusetzen. Fast wäre es ihm gelungen. Jetzt nichts wie nach Hause, denkt er.

2.

»Ich besauf mich«, sagt Jastorf. So deprimiert hat Berger den Kollegen noch nie gesehen. »Das ist die schwerste Niederlage, die ich je einstecken musste!«

Elf Einbrüche hatte er Petersen nachgewiesen. Das hatte gereicht für den Haftbefehl. Aber für mehr nicht. Als sechs der Fälle durch Alibis ausgeräumt waren, hatte der Untersuchungsrichter sich geweigert, der Sache weiter nachzugehen.

»Beim nächsten Mal besser ermitteln!«, hatte er Jastorf mit auf den Weg gegeben. Aber selbst die besten Ermittlungen sind wertlos, wenn jedesmal genügend Zeugen auftreten und heilige Meineide schwören, dass der Beschuldigte zur Tatzeit unmöglich am Tatort gewesen sein kann. Alles junge Mädchen, eine hübscher als die andere. Jastorf kennt nicht eine Frau, die bereit wäre, für ihn einen Meineid zu schwören, nicht mal 'ne hässliche. Und mit ihm ins Bett gehen will erst recht keine. »Ich besauf mich jetzt!«

»Ich komm mit«, sagt Krohn.

Jastorf schüttelt den Kopf. »Lass mich allein.«

Besorgt sieht Berger ihm zu, wie er Hut und Mantel nimmt und ohne ein weiteres Wort verschwindet. Er will ihm nach; Krohn hält ihn zurück. »Ich weiß, wo er hingeht«, sagt er. »Ich lass ihm zwei Stunden Vorsprung, dann geh ich hinterher.«

»Er wird sich doch nichts antun?«

»Nein. – Aber Niederlagen steckt er sehr schwer weg, der gute Jastorf. Sollte sich ein Beispiel an meinem König nehmen! Der hat in Saus und Braus gelebt, nachdem er abdanken musste.«

Berger hat das Gefühl, dass Krohn auch in Saus und Braus lebt, soweit sein Gehalt das zulässt. Kein Zweifel, der Kollege ist noch dicker geworden. »Wir kriegen ihn schon noch, den Petersen und seine Bande.«

»Ja, wahrscheinlich. Aber das ist natürlich schwer. Das kennst du ja, Wilhelm, diese Ganovenehre, da kommt man nicht gegen an. Die Jungs helfen sich gegenseitig aus, wo sie nur können, sie halten zusammen wie Pech und Schwefel, da kann man als Polizist gar nichts ausrichten. Und was den Petersen angeht – diese Runde hat er eindeutig gewonnen!«

3.

Diese Runde hat Adolf Petersen eindeutig verloren. In dem Moment, als er die Tür zu seiner Wohnung aufschließt, ist klar, dass nichts wieder so werden wird, wie es war.

»Mein Gott, Adolf, hast du mich erschreckt! Dich hätte ich jetzt nicht erwartet!«

»Ja, so kann's gehen«, sagt er. Seine Frau hat im Bett gelegen, mitten am Tag; jetzt steht sie im Morgenmantel vor ihm, die Haare zerzaust. Er geht an ihr vorbei ins Wohnzimmer. »Was ist denn hier passiert?«

Die Möbel sind weg. »Mein Gott, Adolf, reg dich nicht auf, wir haben doch nicht gewusst, wann du wieder rauskommst. Es musste doch Geld her, wir mussten doch was zu essen haben.«

Petersen schiebt sie zur Seite, öffnet die Tür zum Schlafzimmer.

»Halt, nicht!«, ruft sie.

Ihre Sorge ist unnötig. Das Bett ist zerwühlt, aber leer. Das Fenster steht offen.

»Loesch?«, fragt Petersen.

»Ich bitte dich, Adolf, ich konnte doch nicht ...«

Also Loesch. Petersen packt seine Frau und verprügelt sie, wie er sie noch nie verprügelt hat, bis sie am Ende wimmernd in einer Ecke des Zimmers liegen bleibt. Aber was geschehen ist, lässt sich dadurch nicht rückgängig machen.

4.

Jetzt ist alles egal. Die wahnsinnigsten Pläne, die er bisher immer als undurchführbar von sich gewiesen hat, jetzt werden sie angepackt und durchgezogen. Die sollen ihn kennenlernen, diese Pfeffersäcke! Der Tresor in der Seewarte, diese Post in Altona, was auch immer!

Aber zuerst ist jetzt die Trabrennbahn an der Reihe. Eine Million, denkt er, eine Million! Da wirst du staunen, Helmi, wenn du das in der Zeitung liest! Aber das Geld ist nicht für dich. Das ist für Hatzel und für mich. Vor allem für mich.

Auf dem Weg zu seiner Kneipe trifft er auf Menke. Der kommt ihm gerade recht. Auch so eine Pfeife, genau wie der Loesch! Den schnappt er sich jetzt:»Du machst mit!«

»Was?«

»Farmsen ist wieder aktuell. Du machst mit!«

»Ich weiß gar nicht, worum es geht«, lügt Menke. Sie sind in der Auenstraße, direkt vor der Wohnung von Frieda, Adolf Petersens Freundin. Petersen hat schlechte Laune, und Menke hat nicht die geringste Lust, sich auf irgendetwas einzulassen.

»Du weißt sehr wohl, um was es geht.«

»Was soll ich in Farmsen?«

Petersen packt ihn am Kragen.»Mitmachen sollst du, was denn sonst! Wenn du dich sträubst, dann hast du Hintergedanken.«

»Ich hab keine Hintergedanken«, sagt Menke.

Petersen lässt ihn los.»Ich traue dir nicht! – Aber das sage ich dir: Hier steigt keiner aus, bei mir nicht! Wer einmal dabei ist, der bleibt auch dabei, bis an sein Lebensende!«

»Odsche«, sagt Menke.»Warum ...?«

»Komm mit!«, befiehlt Petersen.

»Wo willst du denn hin?«

Petersen antwortet nicht. Menke ist mulmig zumute. Sie marschieren zur Ottostraße.

»Hier«, sagt Petersen. Er geht ein paar Schritte zurück, deutet mit der Zigarre auf den Bürgersteig. »Hier hat er gelegen. Der hat auch nichts mehr gesagt hinterher.«

Der Schutzmann Brandt! Menke schluckt. Mein Gott, Petersen hat den erschossen, denkt er.

»Du musst nicht glauben, dass ich Rücksicht nehme, weil du Familie hast. Ich kann abdrücken, das solltest du wissen!«

»Odsche, was für ein Blödsinn, du kannst dich auf mich verlassen!«, beteuert Menke.

»Farmsen«, sagt Petersen. »Du bist mit dabei!«

5.

»So, da steht der Kasten!« Ferdinand Peper, Möbelhändler aus der Banksstraße, ist erschöpft, aber hochzufrieden. Man verkauft nicht alle Tage ein Elektrisches Klavier. »Jetzt brauche ich ein Bier!«

»Ich auch!« Der Gastwirt wischt sich den Schweiß von der Stirn. Er hat beim Transport mit angefasst.

Emmi Schween zählt die Scheine, die der Wirt ihr gegeben hat. Ein Zwanziger zu viel. »Stimmt«, sagt sie.

Peper quittiert den Empfang des Geldes.

»Sollen wir es nicht anschließen?«, fragt Emmi. Emmi Schween, zweiundzwanzig Jahre, seine Assistentin, die ihm bei An- und Verkauf zur Hand geht.

»Unbedingt«, sagt ein junger Mann, der an der Theke steht. »Ich heiße übrigens Richard. Richard Buhl.«

»Ja ja«, sagt Peper. Was mischt der Kerl sich ein? Es ist offensichtlich, dass er sich mehr für Emmi als für sein Bier interessiert.

Max Wiese, der Gastwirt, bückt sich und steckt den Stecker in die Steckdose. »Passt«, sagt er. »Und jetzt?« Peper legt eine Rolle ein und setzt die Kiste in Betrieb. »Na, das ist doch etwas!« Er denkt: Dämliches Geklimper. Mit echter Klaviermusik nicht zu vergleichen. Natürlich kann man das Gerät auf normalen Handbetrieb umschalten, aber er bezweifelt, dass diese Kneipe sich einen eigenen Klavierspieler leisten kann.

Emmi hört fasziniert zu, wie die ersten Töne erklingen. Sie singt mit:

> »*Schorschl, ach fahr mit mir im Automobil,*
> *Das kostet nicht viel*
> *Von Hamburg nach Kiel!*«

Sie hat eine hübsche Stimme. Im Nu ist Buhl bei ihr. »Darf ich bitten?«

»Gern.« Sie lacht.

Buhl nimmt sie bei der Hand. Unter den missbilligenden Blicken Ferdinand Pepers legen die beiden einen flotten Rheinländer aufs Parkett.

»Warum eigentlich nicht?«, fragt Buhl, als die Rolle zu Ende ist.

Emmi guckt ihn an. »Bitte?«

»Im Auto nach Kiel, meine ich. Wenn du Lust hast!«

»Im Ernst?«

»Ja, natürlich.«

Das kommt jetzt etwas überraschend, aber so ein Angebot kann man nicht ausschlagen. »Ja klar, ich komme mit«, sagt sie. Sie ist noch nie in einem Auto gefahren.

»Morgen?«, fragt Buhl.

Nein, morgen kann sie unmöglich weg. »Sonntag?«, fragt sie. »Geht das?«

»Es geht alles, was man will, Mädchen!«

6.

Buhl hat während des Krieges Autofahren gelernt. Da musste er vor den kritischen Blicken eines Feldwebels einen Lastwagen einmal hin- und herfahren, und damit hatte er dann seine Fahrerlaubnis. Das Auto, das er sich jetzt ausgeliehen hat, sieht vollkommen anders aus. Aber er hat keine Zweifel, dass er damit umgehen kann. Für diesen Opel 5/14 PS, muss Buhl einige Scheine hinblättern. Ein wunderschöner weißer Zweisitzer, offen natürlich, für das Sommerwetter genau das Richtige. Außerdem gefällt Buhl der Name »Puppchen«, den dieses Modell trägt. Der Händler zeigt Buhl die wichtigsten Handgriffe, und mit äußerster Vorsicht lenkt dieser das teure Gefährt durch das morgendliche Hamburg zur Banksstraße.

Am Sonntagmorgen ist zum Glück nicht viel Verkehr, aber es sind schon genügend Leute auf den Beinen, um staunend zuzuschauen, wie Fräulein Emmi an der Seite des kühnen Wagenlenkers Platz nimmt und mit ihm in Richtung Kiel losbraust. Emmi genießt die Aufmerksamkeit. Endlich, endlich ein richtiger Mann, jung und voller Tatendrang. Kein Vergleich mit Peper, dem alten Miesmacher.

Und Buhl freut sich, dass er das Mädchen so leicht beeindrucken kann.

»Er hat vier Zylinder, der Wagen!«

Emmi nickt. Sie sieht keine Zylinder, aber das ist

egal, solange sie auf diese Weise durch den Sommermorgen fahren können.

»14,5 PS! – Weißt du, was das heißt?«

Emmi schüttelt den Kopf.

»Der Motor hat die Kraft von vierzehn und einem halben Pferd!«

»Das arme halbe Pferd«, sagt Emmi.

Buhl lacht. Er tutet, und ein paar Kinder springen erschrocken zur Seite. »Dumme Gören!«

Der Fahrtwind ist kühl. Emmi hätte sich wärmer anziehen sollen. So bleibt ihr nichts weiter übrig, als so dicht wie möglich an Buhl heranzurücken.

Buhl hat den Autohändler gefragt, wie sie am besten nach Kiel kommen. Zunächst über die Kieler Straße, das ist ja ganz offensichtlich, und dann Richtung Neumünster, Reichsstraße 4.

Schon bald sind sie aus der Stadt heraus. Wie weit es ist bis nach Kiel, hat Buhl nicht gefragt. Sicher nicht so sehr weit, denkt er. Mit der Bahn ist man in wenigen Stunden da. Und dieses Auto – ihm scheint, dass es schneller fährt als die Eisenbahn.

Jetzt auf der freien Strecke traut er sich, ein bisschen mehr Gas zu geben. Der Geschwindigkeitsmesser zeigt über vierzig Kilometer in der Stunde an. Der Händler hat ihm versichert, der Wagen schaffe auf gerader Strecke gut und gern fünfundfünfzig Stundenkilometer, aber das traut sich Buhl nicht. Auch Emmi sitzt bei dem hohen Tempo etwas verkrampft da. Zwar lacht sie fröhlich, als sie ein Pferdefuhrwerk überholen und in einer Wolke von Staub hinter sich lassen, aber dann sagt sie doch: »Nicht so schnell, bitte!«

Buhl fährt langsamer. Für ihn kann die Fahrt gar nicht lange genug dauern.

Emmi sieht ihn von der Seite an. Womit mag er sein Geld verdienen? So, wie er damit umgeht, ist es leicht verdientes Geld. Aber er ist keiner von diesen arroganten Schnöseln mit Abitur und Studium. Er ist jemand wie sie. Ein Schieber. Aber das macht nichts. Wer in diesen Zeiten nicht schiebt, der ist verrückt.

Inzwischen ist es deutlich wärmer geworden, aber trotzdem rückt sie noch enger an Buhl heran.

7.

In Neumünster ist die Fahrt zu Ende. Ein Gewitterschauer entlädt sich über ihnen, Buhl schafft es nicht, das Verdeck zu schließen, und schließlich müssen sie tropfnass in einem Hotel unterkriechen. Emmi zittert vor Kälte, aber dennoch fühlt sie sich unendlich wohl. Als Herr und Frau Buhl hat er sie angemeldet, mit der größten Selbstverständlichkeit, und niemand hat das infrage gestellt. Emmi hat ihre nassen Sachen zum Trocknen aufgehängt; jetzt sitzt sie in ein großes Handtuch gehüllt neben Buhl auf dem Bett und trinkt einen Becher heiße Schokolade. Auch Buhl hat sich ausgezogen. Gut sieht er aus, denkt sie. Wie alt mag er sein? Dreißig?

Richard Buhl ist siebenundzwanzig Jahre alt. Er ist Elektriker, hat den Krieg durch angeblich kriegswichtige Arbeiten in der Heimat weitgehend unbeschadet überstanden. Jetzt, nach Kriegsende, hat er keine feste Anstellung. Er bemüht sich, durch alle möglichen Geschäfte zu Geld zu kommen. Am einträglichsten sind dabei die Kontakte zur Barmbecker Verbrechergesellschaft. So einträglich immerhin, dass er sich diesen kleinen Ausflug ohne Probleme leisten kann.

»Was arbeitest du eigentlich, Richard?«

Er legt ihr den Arm um die Schultern. »Danach darfst du mich nicht fragen«, sagt er.

Also ein Schieber. »Dann will ich das auch gar nicht wissen.«

Er sieht sie an. Was für ein hübsches Mädchen, so jung, so naiv! »Ist es eigentlich schlimm, wenn du morgen früh zu spät zu Peper zurückkommst?«

Sie schüttelt den Kopf. Peper, der alte Lustmolch. Umsonst muss sie für ihn arbeiten, nur für Kost und Logis, und wenn seine Frau nicht da ist ...

»Und – wäre es schlimm, wenn du überhaupt nicht wieder zu Peper zurückgehen würdest?«

»Nein«, sagt sie mit ihrer unschuldigsten Kleinmädchenstimme, »das wäre gar nicht schlimm.«

Buhl küsst sie. Sie stellt den Kakao zur Seite und lässt es sich gefallen, dass Buhl sie aus dem Handtuch wickelt.

8.

»Elende Schlampe!«

Adelheid Loesch ignoriert Petersen, aber der lässt nicht locker. Er läuft zu ihr hin, packt sie bei der Schulter.

»Was soll das?« Sie sind auf offener Straße, auf dem Hansaplatz; Frau Loesch fühlt sich sicher. Irgendwo musste ihr Petersen ja über den Weg laufen; dass es Ärger geben würde, war auch klar. Besser hier als irgendwo anders, denkt sie, aber als sie sein Gesicht sieht, fährt ihr doch der Schrecken in die Glieder. Der Mann ist ja außer sich!

»Wage es nicht noch einmal, deinen Bastard in den gestohlenen Sachen von unserem Hatzel auf die Straße zu lassen!«

Sie ist nicht feige:»Gestohlene Sachen?«, fragt sie schnippisch.»Hat jemand Anzeige erstattet?«

Er schlägt ihr mitten ins Gesicht. Ihre Lippe blutet. Fassungslos starrt sie den Rasenden an. Als er zum nächsten Schlag ausholt, fängt sie an zu rennen.

Petersen lässt nicht locker. Sie läuft durch die Lüneburger Straße zum Steindamm. Da steht Menke, aber der guckt weg, gibt vor, sie nicht zu sehen. Sie läuft weiter, Petersen neben ihr her.»Die Freunde beklauen, das kannst du!«

Mein Gott, sonst ist doch die ganze Gegend voller Polizisten, und ausgerechnet jetzt ist keiner da! In Panik rennt Frau Loesch weiter in Richtung Hauptbahnhof.

»Aber prahl nur weiter rum von dem Mord an dem Wachtmeister! Du wirst sehen, was du davon hast!«

»Ich hab nicht geprahlt!«, ruft sie verzweifelt. Eine unbedachte Äußerung war das, unter Freunden. Herrgott, wer kann schon auf jedes Wort achten?

Jetzt sind sie am Hauptbahnhof vorbei, auf der Mönckebergstraße. Petersen ist immer noch neben ihr. Im größten Gewühl der Passanten schlägt er noch einmal mit voller Wut auf die Frau ein.

»He, hören Sie mal!«, ruft jemand, aber das ist alles, was sie an Hilfe bekommt.

Sie rennt weiter, das Taschentuch auf die Lippe gepresst. Sie rennt bis fast zum das Thalia-Theater. Und da steht endlich ein Polizist.

»Herr Wachtmeister, Herr Wachtmeister!«

»Ja, bitte?« Gemächlich dreht sich der Polizist um, schaut die völlig aufgelöst wirkende junge Frau an. »Was ist Ihnen denn passiert? Hatten Sie einen Unfall?« Sie sieht sich um. Petersen ist weg. »Ja«, sagt sie rasch. »Ja, ein Unfall.«

»Na, ich glaub da gehen Sie am besten mal eben bei Karstadt rein und bringen sich wieder in Ordnung.«

»Ja, danke, das wird wohl das Beste sein.«

9.

Petersen sitzt bei Ansorge, trinkt sein Bier. Auf einmal fliegt die Tür auf, Rudolf Loesch stürmt herein. Im Lokal wird es auf einen Schlag still. Jeder weiß, was sich heute Mittag in der Innenstadt abgespielt hat. Adolf Petersen bleibt ruhig sitzen. Er sieht aus den Augenwinkeln, wie sein Bruder Arnold an der Theke die Hand in die Tasche gleiten lässt.

Loesch baut sich vor Adolf Petersen auf: »Hör zu, Adolf! Du kannst meine Alte schlagen, du kannst sie ficken, wenn du willst, das ist mir egal. Aber wenn du es jemals wagen solltest, mir zu nahe zu kommen ...«

»Hau ab, du Lude«, sagt Petersen. »Du bist das größte Miststück, das Gott werden ließ. Hinterrücks Polizisten ermorden und Freunde feige bescheißen, wenn sie sich gerade nicht wehren können, das kannst du!«

»Halt die Fresse, du Maulkönig!«

Petersen springt auf und streckt Loesch mit einem Faustschlag zu Boden. »Verpiss dich!«, sagt er. Er setzt sich wieder hin.

Loesch rappelt sich auf; einen Moment lang starrt er Petersen hasserfüllt an, dann macht er auf dem Absatz kehrt und trollt sich. Jemand klatscht Beifall. Von der Tür aus ruft Loesch zurück:»Wir sprechen uns noch, Petersen!«

»Wohl kaum«, sagt Adolf.»Ich habe nicht die Absicht, zu deiner Hinrichtung zu kommen.«

Aber das hört Loesch schon nicht mehr; er hat sich eilig aus dem Staub gemacht.

Adolf Petersen wischt sich den Schweiß von der Stirn.»Das war das«, sagt er.»Jetzt brauch ich ein Bier!«

Und zu Arnold, mit gedämpfter Stimme:»Du kannst hier doch nicht schießen!«

Arnold zuckt mit den Achseln.»Durchsuch mich! Ich bin unbewaffnet.«

Sieg und Platz

29. August 1920

Das mit diesen Pferdewetten ist ganz einfach«, behauptet Schade.

»Ja ja«, sagt Windhorst. Er interessiert sich nicht für Pferdewetten. Die beiden radeln hinter der Break her, die von der Trabrennbahn in Farmsen in Richtung Innenstadt fährt. Dieses elende Kopfsteinpflaster! Wenn man sich nicht voll auf das Fahren konzentriert, liegt man auf der Schnauze!

»Wenn du jetzt auf Sieg wettest, also vielleicht eine Mark auf Hansa setzt, und es sind insgesamt sechstausend Mark gesetzt worden, dann kommt es darauf an, wie viele Leute auf Hansa gesetzt haben. Ach ja, und natürlich darauf, dass dein Pferd gewinnt.«

»Jetzt könnten sie eigentlich geradeaus weiterfahren«, sagt Windhorst.

»Machen sie aber nicht. – Wenn jetzt nämlich vielleicht von den sechstausend Mark insgesamt nur fünfhundert Mark auf Hansa gesetzt worden sind, das Pferd also ein Außenseiter gewesen ist, dann kriegst du für deine Mark am Ende – das wäre dann fünftausend durch fünfhundert – ja, also, dann kriegst du glatte zehn Mark.«

»Aha.« Windhorsts Bein macht wieder Schwierigkeiten. Er muss sich auf das Fahren konzentrieren, und er hofft, dass der Schade endlich mal den Mund hält.

»Wenn du jetzt aber selbst der Totalisator bist, dann kannst du diesen ganzen Quotentütel gleich vergessen. Du zählst, was eingezahlt worden ist, und davon nimmst du dir einfach ein Sechstel raus. Wenn sechstausend Mark gesetzt werden, hast du also auf jeden Fall schon mal tausend Mark verdient. Auf Ausländisch heißt das ›Take out‹. Und das ist das Geld, hinter dem wir her sind.«

»Fein. – Warte! Wir sind zu schnell! Nicht dass die am Ende noch merken, dass wir hinter ihnen her sind!«

»Ach, die merken sowieso nichts!«

Dennoch lassen die beiden Radfahrer den Abstand zur Kutsche wieder etwas größer werden.

»Uhlandstraße«, sagt Schade. »Ich wette, sie fahren wieder durch die Uhlandstraße.«

Windhorst wettet nicht. Dies ist das dritte Mal, dass sie der Break folgen, und jedes Mal hat der Kutscher denselben Weg eingeschlagen. Sie können wohl davon ausgehen, dass er immer dieselbe Route fährt.

»Tatsächlich: Wieder Uhlandstraße. Wie kann man nur so sorglos sein, wenn man Millionen durch die Gegend kutschiert?«

»Dummheit muss bestraft werden!« Schade fährt freihändig neben Windhorst her.

Max Windhorst flucht. Er hat nicht aufgepasst und kann nur knapp einen Sturz vermeiden.

2.

»Na, Hatzel, guck mal, ich hab dir was mitgebracht!«

»Ein Buch?« Zweifelnd schaut Hatzel auf den dicken Wälzer, den Papa vor ihm auf den Tisch gepackt hat.

»Adolf, dafür ist unser Hatzel doch noch zu klein!« Helmi kann es nicht fassen, was ihr Mann glaubt, das der Kleine schon alles können soll.

»Zu klein? Der Hatzel doch nicht! – Hier, guck mal: *Das Neue Universum* heißt das. *Ein Jahrbuch für Haus und Familie!*«

Helmi guckt ihm über die Schulter. »Besonders für die reifere Jugend, das steht auch da. Das hast du vergessen, vorzulesen!«

»So ein Quatsch! Guck doch nur, all die schönen Bilder! Hier gleich vorn ein großes buntes Bild – nein, lass mich mal! Das muss man ganz vorsichtig auseinander falten!«

Petersen nimmt dem Kleinen das Buch aus der Hand und entfaltet das Farbbild. »Na, was ist das denn? – *Der Tagebau eines Braunkohlenbergwerks*, hier steht es ja.«

Hatzel betrachtet das Bild. Männer stehen auf Leitern, rücken mit Spitzhacken dem Gestein zu Leibe. An der Grubensohle wird die Kohle in Loren geschaufelt. Obwohl die Männer mit ihren Schlapphüten hell gekleidet sind, macht das Bild einen eher düsteren Eindruck.

»In der Lausitz ist das«, sagt Petersen.

Hatzel denkt: Ich werde sowieso Eisenbahner. Der Braunkohleabbau interessiert ihn nicht. Er blättert weiter. Abenteuer in der Durststeppe. Die Zeichnung zeigt einen Löwen, der zwei erschöpfte Wanderer überrascht. Jedenfalls scheint das Buch spannend zu sein. Und voller Bilder. Hatzel blättert weiter.

»Adolf«, sagt Helmi.

Ihr Mann sieht sie an. Jetzt nicht, denkt er. Stör uns jetzt nicht.

»Adolf, ich muss mit dir reden!«

Petersen seufzt. Er weiß, was jetzt wieder kommen wird. Vorwürfe wegen irgendwelcher Weibergeschichten. Nichts als Vorwürfe, tagaus tagein. Und sie selbst? Sie haben nie wieder über dieses Thema gesprochen, aber die Sache mit Loesch ist nicht vergessen. Es macht keinen Spaß mehr. Wenn der Hatzel nicht wäre ...

»Adolf, so geht das nicht mehr weiter. Ich lass mich scheiden.«

Das verschlägt ihm die Sprache.

»Ich kann so nicht leben. Diese ganze Unehrlichkeit, die Leute, die hier ein- und ausgehen – das sind doch alles Verbrecher.«

Wenn es nicht so ernst wäre, würde er laut lachen.

»Es sind Leute wie du und ich«, sagt er.

»Es sind Leute wie du, Adolf, nicht wie ich!«

Jetzt wird er ernsthaft böse. Er möchte sie anschreien, sie packen, sie verprügeln, aber das geht nicht, was würde Hatzel denken! Er antwortet mit leiser Stimme, so beherrscht, wie es ihm nur möglich ist: »Darf ich dich daran erinnern, wie wir uns kennen gelernt haben? Wer hat mit einer Blechbüchse für die Heilsarmee gesammelt? Du warst das.«

Sie wird rot im Gesicht.

»Und? Hat die Heilsarmee jemals einen Pfennig von diesem Geld gesehen? Nein, das hat sie nicht. Du bist nicht besser als ich, Helmi, keinen Deut besser als ich!«

Petersen mag leise gesprochen haben, aber der Kleine hat doch den scharfen Unterton in seiner Stimme mitbekommen. Die Eltern sollen sich nicht streiten. »Guckt mal, Mama, Papa, was ist das hier denn?«

»Eisenbahnen sind das«, sagt Petersen. »Neue Eisenbahnen.« Er wirft einen Blick auf den Text. *Akkumulatorentriebwagen der preußisch-hessischen Staatsbahn.* »Mit Strom sollen die fahren.«

»Wie eine Straßenbahn?«

Petersen schüttelt den Kopf. »Nein, das geht natürlich nicht. Bei den großen Strecken, die die Züge fahren müssen, da würde sich ein Fahrdraht wie bei der Straßenbahn überhaupt nicht bezahlt machen. Diese Kästen da vorn und hinten an dem Zug, das sind große elektrische Batterien, da nehmen sie den Strom her.«

Hatzel betrachtet die Bilder. Petersen wendet sich Helmi zu: »Wenn es denn sein muss, können wir drüber reden.«

Helmi schluckt. Sie hat geglaubt, er würde kämpfen wie ein Löwe, um die Ehe zu erhalten.

»Aber nur, wenn Hatzel bei mir bleibt!«

Seine Frau sieht ihn entrüstet an. »Das kommt überhaupt nicht infrage!«

Hatzel zupft sie am Ärmel. »Guck mal, hier, dieser Wagen hat einen Propeller, wie ein Flugzeug!«

»Ja ja«, sagt Helmi.

Petersen streicht dem Kleinen über das Haar. »Das ist ein Triebwagen, der mit einer Luftschraube angetrieben wird. Hier steht, dass man vielleicht auf diese Weise eine Geschwindigkeit von neunzig bis hundertdreißig Kilometer in der Stunde erreichen könnte. Das wird jetzt in Berlin ausprobiert.«

»Und wie schnell ist ein gewöhnlicher Schnellzug?«

»Etwas langsamer«, behauptet Petersen.

Helmi guckt unwillig. Sie interessiert sich nicht für diesen technischen Kram. Das Foto mit dem Propeller-Triebwagen sieht aus, als hätten sich Kinder eine Seifenkiste gebaut. Und die Mannschaft, die sich links und rechts des Ingenieurs aufgebaut hat, unterscheidet sich nicht von den Leuten, mit denen Petersen auf Diebestour geht.

Ihr Mann sieht sie an: »Du interessierst dich überhaupt nicht für unseren Sohn. Du hast nur dein eigenes Vergnügen im Kopf. Du kannst ihn gar nicht erziehen!«

»Aber du?«

Petersen nickt.

Es ist absurd, denkt Helmi. Sie sagt nur ein einziges Wort: »Brandt.«

Petersen springt auf, versetzt ihr eine Ohrfeige. »Bist du verrückt? Was habe ich damit zu tun? – Niemals darf dieses Wort hier fallen, niemals!«

Helmi reibt sich die Wange. Hatzel kämpft mit den Tränen. Sie dürfen sich nicht streiten! »Guckt mal hier«, sagt er verzweifelt. »Hier ist eine Eisenbahn entgleist!«

Petersen wendet sich wieder dem Sohn zu. »Schneidemühl«, sagt er. »Das ist der Anschlag von Schneidemühl.« Er überlegt, wie er dem Sohn den Vorfall erklären soll.

Diesmal ist Helmi schneller. Rasch hat sie den Text überflogen. Sie liest laut:

»Auch die menschliche Seele scheint an den Folgen des Krieges aus den Fugen gegangen zu sein! – Nacht liegt über der Strecke. Da schleichen drei Mordgesellen an den Schienen entlang. Sie haben sich einen eigenartigen, wahrhaft teufli-

schen Plan ausgedacht, sich in den Besitz fremden Eigentums zu setzen ...«

Empört blickt Petersen auf.

»Brandt«, sagt Helmi noch einmal.

Diesmal schlägt er sie nicht. »Ich habe ihn nicht erschossen«, sagt er nur, aber es klingt wie eine schwache Entschuldigung, an die er selbst nicht ganz glaubt.

3.

Emmi Schween und Martha Blixen sitzen bei Vernimb in der Spitalerstraße und trinken Tee. Unfassbar, denkt Emmi, wir sitzen hier und lassen es uns gut gehen, und rings um uns her müssen alle arbeiten und haben nichts von dem schönen Tag.

»Was für ein unerhört glücklicher Zufall, dass ich meinen Buhl kennengelernt habe!«

Martha lächelt. »Manchmal muss man Glück haben!« Sie weiß, dass das Zusammentreffen kein unerhörter Zufall gewesen ist. Peper betätigt sich auch als Hehler; Buhl hatte ihn gesucht, weil er heiße Ware loswerden wollte.

»Weißt du – ich war so arm, hatte gar nichts, und auf einmal ist alles ganz anders. Manchmal denke ich, dass es geradezu ungerecht ist, so viel Glück zu haben!«

»Ungerecht? – Nein, das siehst du falsch. Wenn die Gelegenheit da ist, muss man sie beim Schopf packen. Meine Devise ist: Nimm dir was, dann hast du was! – Und nur deshalb sitze ich heute hier.« Martha ist die Braut von Arnold Petersen, und ganz gleich, was für Ansprüche sie an ihn stellt, er wird sie ihr erfüllen.

»Es ist so – so unglaublich schön.«

Ja, denkt Martha Blixen, besonders wenn man die zwei Mark für Tee und Kuchen in dem Bewusstsein ausgeben kann, dass der holde Schatz sie genau an dieser Stelle zuvor aus dem Tresor geholt hat. Schade, dass er jetzt nicht hier sein kann.

4.

Arnold Petersen geht unruhig auf und ab. Noch zehn Minuten, denkt er. Mindestens noch zehn Minuten. »Wo steckt Junge?«, fragt sein Bruder. Keiner weiß es. »Hat wahrscheinlich kalte Füße gekriegt. So viele Beteiligte – das ist ja auch riskant!«
»Unsinn!«
»Heitmann ist auch nicht da. – Ach ja, der Tilkowski lässt sich entschuldigen, seine Frau ist krank, da kann er nicht aus dem Haus!«
»Blöder Schnarchsack!«
Adolf Petersen zählt seine Leute durch. Karl Lau, Paul Reinig, Karl Helm, Max Mählmann, Fritz Zimmermann und Conrad Menke. Sechs Mann, das ist wenig. Aber dazu kommen natürlich noch er selbst und sein Bruder, und außerdem sind ja Schade und Windhorst mit ihren Fahrrädern bei der Break. Und dann ist da noch der zuverlässige Chauffeur. Karl Ellerbrock heißt er. Den haben sie sich von einem anderen Ganoven ausgeliehen. Wellmann, der Tippgeber, hält sich natürlich im Hintergrund.
»Also noch einmal: Mählmann und Conrad Menke bringen die Pferde zum Stehen. Arnold und ich holen zusammen mit Lau das Geld aus der Kutsche. Die anderen halten Wache in ca. 15 Schritt Abstand, damit uns

nicht irgendwelche Passanten dazwischenkommen. Helm dreht kurz vor Ankunft der Break die Lampe an der Ecke Lenaustraße aus. Der Chauffeur wendet den Wagen und steht in der Lenaustraße in Fahrtrichtung zur Günterstraße. Windhorst und Schade verfolgen die Break; Schade sagt sie an und Windhorst folgt ihr, sodass die beiden uns dann noch verstärken.«

»Alles klar.«

Menke denkt: Wann kommt denn diese Kutsche nun endlich? Das muss doch auffallen, dass wir hier alle rumstehen!

»Denkt dran, zwei Mann nach vorn, die Pferde anhalten.«

»Ja doch!«

Alle sind nervös. Adolf Petersen sagt: »Tücher umbinden!«

Menke bekommt plötzlich Angst. Das kann nicht gutgehen, denkt er. Mein Gott, was mache ich hier? Das kann überhaupt nicht gutgehen. Ich will hier weg! Da kommt Schade auf dem Fahrrad herbeigeflitzt. »Noch drei Minuten!«, schreit er. »Noch drei Minuten!«

Arnold Petersen stößt Menke an: »Los, die Maske aufsetzen!«

Menke starrt ihn an.

»Was, hast du das Ding etwa weggeworfen?«

Menke hat die Maske nicht weggeworfen, er hält sie zusammengeknüllt in der Hand.

»Odsche hat doch recht gehabt mit dir!«

Menke schüttelt den Kopf, ist unfähig zu irgendeiner Reaktion. Nicht einmal weglaufen kann er. Und da kommt schon die Kutsche. Max Windhorst auf dem

Fahrrad direkt dahinter. Zwei Mann springen auf die Straße, greifen den Pferden in die Zügel.»Halt, stehen bleiben!« Die Pferde bleiben stehen. Einer der Wageninsassen will aussteigen, Adolf Petersen schlägt ihm den Gummischlauch über den Schädel. Der Kutscher will weiterfahren; Mählmann springt auf das Trittbrett, schießt zweimal; der Kutscher bricht zusammen.

Das Auto steht etwa fünfzig Meter entfernt in der Lenaustraße mit abgeblendeten Scheinwerfern. Einwohner kommen gelaufen, jemand bläst in eine Trillerpfeife. Polizei? Nichts wie weg! Menke erwacht aus seiner Erstarrung, rast wie ein Wahnsinniger los, quer über die Kreuzung, springt in das Auto:»Los, los!«

Der Chauffeur ruckt an, hält wieder. Er hat den Wagen abgewürgt. Neuer Versuch, wieder abgewürgt. Nichts klappt hier, denkt Menke. In der Break herrscht indessen Chaos. Petersen schnappt sich einen Segeltuchsack, gibt ihn an Lau weiter. Da schreit Arnold plötzlich:»Der Wagen!« Reinig sieht, dass der Wagen abfährt. Er rennt los, schmeißt den Revolver in den nächsten Garten. Nur weg hier! Schade hat sich schon mit dem Fahrrad aus dem Staub gemacht.

Beim dritten Anlauf ist der Fluchtwagen angesprungen und macht jetzt einen Satz nach vorn. Jemand kommt mit einem großen Pappkarton gelaufen, die Maske noch vorm Gesicht. Es ist Mählmann. Er springt auf das Trittbrett, zerrt an der Tür, aber er kriegt sie nicht auf. Schließlich schmeißt er den Karton über das Fenster in das offene Auto. Vermutlich Geld, denkt Menke. Scheiße, sie dürfen mich nicht mit dem Geld erwischen! In Panik wirft er den Karton nach draußen. Er will nichts, aber auch gar nichts mit dieser Geschichte zu tun haben.

Und schon sind sie weg. Nein, nicht weg. Sie sind zu langsam. Als sie um die Ecke biegen, kommen Arnold Petersen und Lau gelaufen, hinter ihnen auch Adolf Petersen mit dem Geldsack in der Hand, sie schwingen sich in das fahrende Auto. In der Neubertstraße sind sie jetzt. Arnold Petersen stößt Menke zur Seite, klettert nach vorn zum Fahrer, schreit ihn an, droht mit der Faust. Schließlich verlangsamt der seine Fahrt, lässt sich von Petersen dirigieren.

Lau und Adolf Petersen dreschen derweil auf Menke ein, der blutet aus der Nase, schreit in Todesangst. Der Fahrer guckt sich um.

»Fahr weiter!«, befiehlt Petersen.

»Macht mir bloß kein Blut auf die Sitze!«, ruft Ellerbrock.

»Halt's Maul und fahr!«

Arnold dirigiert sie kreuz und quer durch Hamburg, bis sie sicher sein können, dass niemand hinter ihnen herkommt.

Menke heult. Die anderen haben aufgehört ihn zu schlagen, aber Arnold Petersen bebt vor Wut: »Das Schwein wollte allein abhauen!«, ruft er nach hinten. »Und den Karton mit dem Geld hat er vom Wagen geworfen!«

Da verprügeln sie ihn aufs Neue. Schließlich hält der Wagen. Menke richtet sich auf. Sie sind am Eingang zum Stadtpark. »Los, raus hier!«, befiehlt Adolf Petersen. »Beweg dich! Du trägst das Geld!«

Menke muss das Säckchen tragen. Er hat Angst, in

den dunklen Park hineinzugehen. Die bringen mich um, denkt er, die bringen mich einfach um! Und niemand da, der helfen könnte. Petersen nimmt jetzt das Geld an sich. Menke muss den leeren Sack vergraben. Sie ziehen weiter, machen schließlich mitten auf der großen Wiese Halt, auf halbem Wege zwischen dem Stadtparksee und dem Wasserturm. Und jetzt wird die Beute geteilt.

»Du kriegst nichts!«, schnauzt Arnold Petersen. »Feiger Hund, du!«

Menke sagt nichts; er ist froh, dass sie ihn überhaupt am Leben lassen.

Adolf Petersen schüttelt den Kopf. Er nimmt seinen Bruder zur Seite: »Er muss seinen Anteil nehmen! Dann steckt er mit drin und muss den Mund halten!«

»Er kriegt nur fünftausend«, sagt Lau. »Höchstens.«

Adolf Petersen nickt. »Das reicht.«

Sein Bruder belegt Menke mit allen Schimpfnamen, die ihm einfallen. Schließlich beruhigt er sich, gibt Menke ein Paket mit Fünfmarkscheinen und einen kleinen Packen Zwanziger. »Hier hast du dreißig Mille. Mehr kriegst du nicht, du Feigling.«

Menke zittert noch immer. Er will das Geld nicht bei sich haben, auf keinen Fall; er fragt Lau: »Kannst du das nicht bitte für mich aufbewahren? Ich hole es morgen ab!«

Lau stimmt sofort zu. Er wird einiges für sich selbst abzweigen. Dreihundert? Nein, besser fünfhundert Mark. Geschäft ist Geschäft.

5.

Jastorf ist außer sich. »Habt ihr das gelesen?« Er wedelt

mit der neuesten Ausgabe des *Hamburger Fremdenblatts* herum.

Berger und Krohn schütteln den Kopf.

»Das ist der Gipfel, der absolute Gipfel!«

Berger fragt sich, wie nach diesem dreisten Überfall noch eine Steigerung möglich wäre. Zusammen mit Krohn liest er:

Zu dem Attentat auf den Farmsener Trabrennwagen hatten wir die Vermutung ausgesprochen, dass der bekannte Ein- und Ausbrecher Adolf Petersen der Täter sein könnte. Heute erschien Herr Julius Adolf Petersen, der als kaufmännischer Angestellter am Pulverteich 25 wohnt und polizeilich angemeldet ist, auf der Redaktion und teilte uns mit, dass er nicht der Attentäter sei. Er sei überhaupt kein Einbrecher, sondern höchstens ein Ausbrecher. Der Untersuchungsrichter habe ihn selbst freigelassen, weil die elf Einbrüche, die man ihm habe nachweisen wollen, nicht von ihm ausgeführt worden seien. Seine letzte Straftat liege zwölf Jahre zurück, und wenn immer von ihm als einem Ein- und Ausbrecher gesprochen werde, so könne es ihm nicht gelingen, wieder eine ehrliche Stellung zu erringen. Um diese Möglichkeit nicht zu behindern, teilen wir diese Aussagen des Herrn Petersen unseren Lesern mit.

»Kaufmännischer Angestellter?«, schnaubt Jastorf. »Bei wem denn? Und polizeilich gemeldet am Pulverteich? Ja gemeldet schon, aber da wohnt er nicht!«

Berger schüttelt den Kopf. So entsetzlich kann er diesen Artikel nicht finden. Eine Eulenspiegelei, schön und gut, aber so etwas führt nirgendwo hin. Am Ende werden sie ihn doch zu fassen kriegen. Er findet den Artikel eher amüsant.

Krohn sieht ihn an: »Wilhelm, das ist nicht lustig. Ganz und gar nicht. Die ganze Stadt weiß, dass Adolf Petersen diesen Überfall durchgeführt hat. Der Mann führt uns an der Nase herum, nach Strich und Faden. Und wer diesen Artikel liest, der muss doch denken, hier in Hamburg ist alles möglich. Das reizt zur Nachahmung. Was der Petersen kann, das kann ich auch.« Jastorf sagt: »Petersen ist jetzt wirklich der ungekrönte König der Diebe!«

6.

Adolf Petersen sitzt auf einer Bank im Stadtpark und starrt auf das Wasser. Es ist dunkel; außer ihm ist niemand mehr draußen. Auch die Lichter des nächtlichen Barmbeck verlöschen jetzt eins nach dem anderen. Irgendwo hinten auf dem Südring fährt ein Wagen vorbei. Wahrscheinlich Theaterbesucher auf dem Weg nach Hause. Die Liebesinsel ist in dem schwachen Licht kaum zu erkennen. Liebesinsel! Mit ihren dunklen Säulenpappeln wirkt sie wie eine Toteninsel.

Scheidung. Alles zusammengebrochen, was er sich aufgebaut hat. Dass Helmi längst mit einem anderen ins Bett geht, hat sie ihm jetzt erst erzählt. Ein gewisser Hillesheim. Erst hat er vorgehabt, den Kerl zu verprügeln. Doch das hat er aufgegeben. Nicht einmal Helmi hat er geschlagen. Alles sinnlos. Und wahrscheinlich ist sie längst schwanger.

Der arme Hatzel. Sie hat sich nie richtig für ihren Sohn interessiert, und jetzt natürlich erst recht nicht. Warum gibt sie ihn nicht frei? Adolf Petersen fragt sich, ob er das Kind nicht einfach entführen und zu Mohnsens zum Pulverteich bringen lassen soll. Seine, Petersens Mutter würde jedenfalls eine richtige Mutter für ihn sein, und dass er, Adolf, seinen Sohn über alles liebt, das ist doch offensichtlich. Hat er nicht ein Sparkonto auf seinen Namen angelegt, tausende von Mark darauf eingezahlt? Mündelsicher, wie es heißt. Das ist gut, was immer auch geschehen mag, dieses Geld kann dem Hatzel keiner mehr nehmen. Da kann Helmi nicht ran und dieser Schnösel von Hillesheim auch nicht. Damit hat der Kleine eine Basis, ein Startkapital für die Zukunft.

Und er selbst? Ja, er hat auch in seine Zukunft investiert. Die Pension für Frieda, seine Freundin, hunderttausend Mark hat die gekostet! Und wenn schon. Ein Zimmer für ihn ist immer frei. Colonnaden 21. Und von den Einnahmen kriegt er auch seinen Anteil. Frieda Goedje kennt er ja schon aus der Schule. Die ist zuverlässig. Dass auch sie eine gescheiterte Ehe hinter sich hat, macht sie ihm noch sympathischer.

Den Rest seines Geldes hat er zu einem Drittel nach Amerika geschickt; sein Bruder Karl soll es in Dollar umtauschen und drüben gut anlegen. Ein weiteres Drittel liegt auf verschiedenen Bankkonten. Und den Rest, den hat er vergraben, hier im Stadtpark. Das ist der einzige Anteil, der wirklich absolut sicher liegt.

Adolf Petersen sitzt und starrt in die Nacht. Eine Sternschnuppe fällt vom Himmel. Er darf sich etwas wünschen. Viel Geld, denkt er schnell. Als ihm bewusst wird, dass das der falsche Wunsch ist, ist die Schnuppe schon verglüht. Petersen sitzt und wartet. Doch alle Sterne stehen jetzt fest am Himmel; ein weiterer Wunsch ist ihm in dieser Nacht nicht vergönnt.

Schlag auf Schlag

26. September 1920

Der Tipp stammt von einem gewissen Rösberg; Max Windhorst hat den kennengelernt und sich alle möglichen Einzelheiten erzählen lassen. Schließlich hat Adolf Petersen angeordnet, dass sich zwei Mann unter einem Vorwand zur Seewarte begeben und herausfinden, wie die Lage nun wirklich ist, wie man in das Gebäude kommt, wie drinnen die Türen gesichert sind, wo der Tresor genau steht und – vor allem – ob sie ihn öffnen können. Die Entwicklung der Panzerschränke ist inzwischen vorangeschritten; aufknabbern, so wie Petersen das macht, kann man nur die älteren Modelle.

Am 26. September ist es soweit. Adolf und Arnold Petersen, Reinig, Tilkowski, Friedrich Junge und Lau machen sich auf den Weg. Plötzlich hören sie Schritte hinter sich. Adolf Petersen dreht sich um. Es ist Max Windhorst.

»Wo bleibst du denn?«

»Mein Bein wollte nicht.«

»Wir hatten schon gedacht, du kommst nicht mehr!«

Der Kerl wird auch immer wunderlicher, denkt Petersen. Wahrscheinlich hat er einfach verschlafen. Aber gut, dass er jetzt da ist. Einer mehr, der mithelfen kann, die eigentlichen Einsteiger vor unliebsamen Überraschungen zu schützen. Und die können hier in dem unübersichtlichen Gelände am Elbhang von allen Seiten kommen.

Die erste unliebsame Überraschung bietet das Fenster des Kassenraums. Sie können es nicht öffnen. Nach einer Reihe vergeblicher Versuche entscheidet Adolf Petersen:»Wir gehen durch das Nebenzimmer!«

Das klappt. Zu dritt steigen sie ein. Auch die beiden Schlösser der Tür zum Kassenraum sind kein Hindernis; beide lassen sich mit Sperrhaken öffnen. Aber die Tür geht trotzdem nicht auf; sie ist zusätzlich auf der Innenseite durch eine Eisenstange gesichert. Es gelingt ihnen schließlich, mit roher Gewalt die Tür aus der Mauer zu brechen.

Endlich! Jetzt stehen sie im Kassenraum.

»Scheiße«, sagt Reinig.»Das ist ein neuer!«

In der Tat ist der Tresor, den sie vor sich sehen, ein ganz neues Modell. Beton zwischen den Panzerplatten. Da haben sie keine Chance, mit dem Knabbergeschirr anzusetzen.

»Feierabend«, sagt Arnold Petersen.

Adolf dreht sich um:»Und was ist mit dem hier?«

In der Tat, an der anderen Wand steht noch ein Tresor. Und der hat das richtige Alter.

»Na, dann los«, sagt Reinig.»Ich pass auf, wenn der Wächter kommt. Dann müsst ihr auf mein Zeichen sofort aufhören!« Er stellt sich auf die Fensterbank.

Es dauert endlos, bis sie den Schrank offen haben. Wieder und wieder müssen sie die Arbeit unterbrechen. Einmal sind sie nahe dran, das Unternehmen abzubrechen, weil draußen ein Hund überhaupt nicht aufhören will zu bellen. Aber schließlich ist es dann doch geschafft. Die Tür springt auf; fasziniert starren sie auf das viele Geld.

»Na bitte«, sagt Adolf. »Der Tipp war richtig. Das sind mindestens Fünfzigtausend.«

2.

»Seewarte«, schnaubt Jastorf. »Was machen die denn überhaupt?«

»Keine Ahnung«, sagt Krohn. »Das ist doch dieses große Gebäude da oben am Hafen? Das steht einfach nur da und wartet.«

»Von mir aus! – Aber warum diese Heinis bei ihrer Warterei auch noch zweiundsiebzigtausend Mark im Tresor liegen haben, das begreife ich nicht.«

»Das wird schon seine Richtigkeit haben. Ist ja schließlich 'ne Behörde.«

Berger seufzt. »Regt euch ab«, sagt er. »Dieser Einbruch ist doch geradezu ein Geschenk des Himmels. Er ist der Schlüssel, mit dem wir an die Bande herankommen. Kein normaler Mensch würde in dieser Behörde einen Panzerschrank mit so viel Geld vermuten. Die Einbrecher haben aber gewusst, dass er da ist. Sie sind genau an der richtigen Stelle in das Gebäude eingedrungen und haben genau den richtigen Tresor geöffnet. Das geht nur über einen Tipp von innen. Hier ist die Liste der Belegschaft. Dreißig Mann – einer davon hat den Tipp gegeben.«

»Ja, danke«, sagt Jastorf. »Du hast recht, wie meistens, einer dieser Namen ist der Schlüssel. Könntest du jetzt bitte noch kundtun, welcher von diesen Namen der richtige ist?«

Drei Tage später trifft Adolf Petersen sich mit seinen Leuten am Bahnhof Sternschanze.

»Hast du die Masken?«, fragt er.

Buhl nickt.

Petersen ist misstrauisch. »Wie hast du das denn angestellt, sechs Masken zu kaufen, jetzt im September?«

»Ich hab Emmi geschickt.«

»Deine Braut? Bist du verrückt?«

»Ich hab ihr doch nichts erzählt, Mensch! Die glaubt, die Dinger sind für irgend so einen Maskenball.«

Na gut. »Hat jeder seinen Kracher dabei?«

Buhl zeigt seinen Browning. Die anderen haben Revolver, lediglich Lau hat bloß einen Gummiknüppel.

»Die Schusswaffen müssen gesichert werden«, sagt Reinig.

Alle Waffen sind gesichert.

Lau schnuppert. »Was ist denn mit dir los, Buhl, bist du besoffen?«

»Wieso?«

»Du hast getrunken, Mensch, das riech ich doch!«

»Ach was, nur ein, zwei Gläser!«

Er hat sich Mut angetrunken, denkt Mattofski. Hoffentlich macht er keinen Unsinn.

Auch Petersen ist unzufrieden: »Du schluckst zu viel!«

Jedenfalls hat Buhl die Knabberzange geholt. Petersen besitzt zur Zeit kein eigenes Geschirr; diese Zange haben sie von einem Mann namens Westphal besorgen müssen. Petersen hat behauptet, es sei seine, und der

Mann hat keine Schwierigkeiten gemacht. Gut, wenn man einen schlechten Ruf hat, denkt Petersen. Die Leute tun jedenfalls, was man ihnen sagt. In Wirklichkeit gehört die Zange Fritz Wehner; aber der kann sich ja eine neue machen lassen.

Buhl, Reinig und Adolf Petersen dringen von der Bahnseite her in den Posthof ein. Buhl versucht, die Kellertür aufzubohren. Ein Loch neben das andere setzt er – ohne Erfolg.

»Scheiße, das geht nicht!«

»Lass mich mal«, brummt Petersen. Doch auch er hat keinen Erfolg. Die Tür ist auf der Innenseite durch eine Eisenplatte gesichert.

»Was mag da drinnen vorgehen?«, fragt Reinig.

»Irgendwo sitzt der Wärter und löst Kreuzworträtsel«, sagt Mattofski. »So ist das normalerweise.«

»Hier ist 'ne Leiter«, sagt Buhl, der inzwischen die Bohrerei aufgegeben hat.

Vorsichtig stellen sie die Leiter auf. Die Fenster sind mit Holzschotten abgedichtet; man kann nicht hineingucken.

»Oben drüber!«

Tatsächlich. Wenn Reinig sich auf die oberste Sprosse stellt, kann er durch den Spalt über der Luke hinweg in den Raum hineinsehen. Eine Weile ist es völlig still. Reinig guckt.

»Was siehst du?«, fragt Mattofski schließlich.

»Das glaubt ihr nicht!«, sagt Reinig.

»Ist der Tresor offen?«, fragt Petersen.

»Nee, der ist doch von hier nicht zu sehen«, sagt Buhl.

»Reinig, was ist los?«, fragt Petersen. Er schickt sich an, gleichfalls die Leiter zu besteigen.

»Ein Mädchen«, sagt Reinig schließlich. »Dieser Wächter hat irgendein Mädchen da drin!«

»Wie sieht sie aus?«, fragt Buhl.

Petersen dreht sich zu ihm um: »Hast du sonst keine Sorgen?«

»Mensch, ich will doch nur wissen, ob das die Olle von dem Wärter ist. So 'ne dürre Zicke, schon ein bisschen angegraut ...«

»Nee«, sagt Reinig. »Ne dürre Zicke ist das nicht!« Petersen bedeutet ihm, dass er den Mund halten soll.

»Was machen sie?«, fragt Tilkowski.

»Nichts«, sagt Petersen. Er hat inzwischen gleichfalls die Leiter erklommen und starrt neben Reinig durch die Luke. Die Sprosse knarrt bedenklich, aber sie hält. Bis jetzt jedenfalls. »Sie reden nur«, sagt Adolf Petersen. Zusammen mit Reinig guckt er zu, wie der Nachtwächter dem Mädchen die Bluse aufknöpft.

»Wozu das denn?«, fragt Buhl. »Wozu hat er denn 'ne Frau hier in der Post? Er soll doch Wache halten!«

»Versteh ich auch nicht«, sagt Petersen. Scheinbar ungerührt sieht er zu, was die beiden miteinander treiben. Das Mädchen ist inzwischen völlig nackt; auch der Wächter ist dabei, sich auszukleiden. Reinig beißt sich auf die Lippen. Das Mädchen kniet sich vor den Wächter, nimmt seinen Schwanz in den Mund.

»Jetzt gibt er ihr was zu essen«, sagt Petersen.

»Das kann ja dauern«, mault Mattofski.

»Nee, glaub ich nicht. Sie guckt so, als ob sie das nicht mag, als ob sie lieber ein Mettwurstbrot hätte!«

Reinigs linker Fuß droht einzuschlafen. Er muss das Gewicht verlagern. Die Leiter gerät ins Schwanken; Petersen greift mit einer Hand an die Mauer; die Leiter steht wieder fest.

»Willst du nicht wieder runterkommen?«, fragt Buhl. »Reicht doch, wenn einer guckt.«

»Nee, lass man«, brummt Reinig. »Vier Augen sehen mehr als zwei!«

Das Geschehen in der Post hat sich inzwischen in die Horizontale verlagert. Wild ineinander verschlungen wälzen die beiden sich über den Boden.

»Ich glaube, sie haben so eine Art Auseinandersetzung«, sagt Petersen. »Die bleibt nicht mehr lange.«

Tatsächlich lösen sich die beiden Körper in diesem Augenblick voneinander, und das Mädchen bleibt mit ausgebreiteten Armen auf dem Rücken liegen. Der Wächter verharrt einen Moment, dann erhebt er sich und fängt an, sich wieder anzukleiden. Er sagt irgendetwas, was sie draußen nicht hören können, dann steht auch das Mädchen auf und sucht seine Sachen zusammen.

»Jetzt sind sie fertig. – Eigentlich gehört es sich ja, dass man sich nach dem Backskram die Hände wäscht ...«

»Was redet ihr denn da? Was haben die denn gegessen? Das muss ja ganz unglaublich gewesen sein!«, wundert sich Buhl.

»Ja, ganz unglaublich«, sagt Petersen. »Ich könnt so was nicht runterkriegen.«

»Nee, ich auch nicht.« Reinig schüttelt sich. Nicht vor Ekel, sondern weil er sich vor Lachen nicht mehr halten kann. Die Leiter schwankt. Petersen greift wieder zur Wand, damit sie nicht herunterfallen.

Reinig starrt nach drinnen. »Weg, alle weg!«, ruft er plötzlich. »Sie kommt!«

In der Tat verabschiedet der Nachtwächter jetzt seine Geliebte, nicht ahnend, dass im Schatten des Gebäudes sieben Mann jeden seiner Küsse beobachten.

»Hach, muss Liebe schön sein«, brummt Reinig, als das Mädchen endlich durch das Tor in Richtung Susannenstraße verschwunden ist. »Ich glaube, im nächsten Leben werde ich Nachtwächter!«

»Zehn Minuten geben wir ihm«, sagt Petersen. »Dann statten wir ihm unseren Besuch ab.« Bis hierher war es Spaß. Nun kommt alles darauf an, wie der Wächter sich verhält. Wenn sie schießen müssen, und sei es nur ein Warnschuss, dann war alles umsonst; dann müssen sie sehen, wie sie hier heil wieder herauskommen. Aber sie werden nicht schießen müssen. Der ermattete Wächter wird sich wohl in sein Schicksal fügen.

4.

»Hier, diese Nachricht ist eben gerade aus Altona gekommen!«

In der Nacht zum 30. September wurde in das Postamt 6 in der Susannenstraße eingebrochen. Es wurden die Eisenstangen der Kellerfenster von der Hofseite her ausgebrochen und nach unten heruntergebogen. Sodann wurde das Fenster mit einem 8 mm starken Bohrer durch Hochheben des Fensterriegels geöffnet. Beim Herbeieilen des wachhabenden Postbeamten wurde dieser von 6 maskierten Männern unter Vorhalt von Pistolen in einen Schrank eingesperrt und dieser mit

Draht respektive einem Tau umwickelt. Sodann erbrachen die Diebe einen im Erdgeschoss stehenden Geldschrank und stahlen daraus

60.000 Mark in 1000-Markscheinen,
15.000 in 100-Markscheinen,
100.000 in 50-Markscheinen
35.000 in 20-Markscheinen,
10.000 in 5-Markscheinen,
2000 in 1- + 2-Markscheinen,
300 Mark in 10- und 5-Pfennigstücken,
116 Mappen mit je 10.000 Marken, meistens 30- und 40-Pfennigmarken, aber auch 10-, 20- und 60-Pfennigmarken – insgesamt für 356.000 Mark Briefmarken.

»Da stehen wir nun«, sagt Jastorf. »Ich wette mit dir, dass das wieder unsere Freunde aus Barmbeck gewesen sind. So ein großes Ding. Und so viele Ansatzpunkte für Ermittlungen! Mit diesem Einbruch könnten wir sie packen, das ist ganz sicher.«

»Dann sollten wir es tun.«

Jastorf sieht Berger an, als ob der nicht ganz gescheit sei: »Susannenstraße, Berger! Das ist Preußen! Zwar nur hundert Meter hinter der Landesgrenze, aber das reicht. Die Kollegen in Altona werden diesen Fall bearbeiten.«

»Kann man denn nicht einfach ...«

»Das sind Behörden, Wilhelm! Da gibt es ganz klar definierte Zuständigkeiten, und für den Kontakt zu Nachbarbehörden gibt es den Dienstweg. Die Beamten da drüben werden es auf gar keinen Fall zulassen, dass einer von uns persönlich in ihrem Fall herumrührt. Sie werden uns über alles informieren, das schon, aber eben auf dem Dienstweg. Schriftlich. So wie heute.«

5.

»So«, sagt Jastorf, » jetzt haben wir endlich den vollständigen Bericht aus Altona. Was haben wir heute für ein Datum? 3. Oktober? Drei Tage haben sie gebraucht dafür!«

»Immerhin haben sie sich Mühe gegeben«, sagt Krohn. »Alles sauber abgetippt in dieser originellen Schnörkelschrift. – Was schreiben sie denn, unsere lieben Kollegen?«

Jastorf liest vor: »*Der überfallene Postschaffner Otto Fritz Müller, geb. 15 Januar '89 in Hamburg, wohnhaft Marthastraße 44, 2. Stock bei Serbitzer, erklärt, zur Sache befragt, Folgendes: ›Ich habe die Hamburger Volksschule Altonaer Straße bis zu meiner 1903 erfolgten Konfirmation ...‹* – na schön, das mit der Konfirmation lasse ich jetzt mal aus! Ah, hier geht es weiter: ›Seit etwa 6 Monaten versehe ich nebst 5 anderen Kollegen namens Müller, Helms, Schuldt, Ullmer und Hommel nachts den Wächterdienst im Postamt 6. In der Nacht vom 29. zum 30. September machte ich planmäßig Dienst. Der Vorschrift gemäß hielt ich mich in der Packkammer auf, woselbst ich mir auch das Ruhebett hergerichtet hatte. In der Packkammer hatte ich 3 elektrische Lampen brennen und zwar ...‹ Ach, das ist alles unwichtig. Hier geht es weiter: ›Bis gegen 12 Uhr habe ich auf dem Ruhebett gelegen, ohne zu schlafen. Ich stand dann auf, weil ich durch das Knistern der im Packraum liegenden Pakete unruhig geworden war. – Ich blieb im Packraum und hörte gegen 12½ Uhr ein Geräusch, als ob sich jemand an der Toreinfahrt bzw. an der Planke zu schaffen machte. Dieses Geräusch hörte ich, als gleichzeitig ein Zug auf dem Bahndamm entlangfuhr. Ich* *konnte daher über die Art und die Ursache des Geräusches nicht recht schlüssig werden. Um die Ursache des Geräusches zu ergründen, begab ich mich nun in die 1. Etage und sah vom geschlossenen Fenster aus auf den durch den Mond erleuchteten Hof, woselbst ich jedoch nichts Verdächtiges sehen konnte.‹«*

Sie haben ihn offensichtlich aufgefordert, jeden einzelnen seiner Schritte in dieser Nacht aufzuschreiben, denkt Berger. Und genau das hat er dann auch getan.

»›Ich ging dann rechts an ein Fenster, dessen Scheiben undurchsichtig sind, und öffnete dieses; so konnte ich gerade auf die Toreinfahrt sehen, aber auch hier war nichts Verdächtiges zu erblicken. Ich ging dann wieder zurück und öffnete eins der nach hinten gelegenen Fenster, sah den Hof ab, aber auch jetzt konnte ich nichts Auffälliges bemerken. Nachdem ich den Briefträgersaal abgeschlossen hatte, ging ich in den Keller und prüfte sämtliche Türen und Fenster auf ihren Verschluss hin, es war aber alles in Ordnung. Ich ging dann wieder nach oben in den Packraum. Die Windfangtür im Parterre ließ ich offenstehen, während ich die 1. Tür, die vom Korridor aus in den Packraum führt, wohl hinter mir einklinkte, aber nicht abschloss; dagegen ließ ich die zweite Tür, die unmittelbar in den Packraum führt, offenstehen. Ich setzte mich dann an den Tisch am Paketschalter, verzehrte mein Brot und las in einem Buch. Ich mag wohl ¾ Stunde da gesessen haben, dann hörte ich plötzlich, dass der Drücker der ersten Tür zum Packraum niedergedrückt wurde, darauf hastige Schritte, und gleich darauf sah ich einen Mann, der in den Packraum trat, mit Blick auf das Ruhebett, als ob er den Wächter suche, und hinter ihm schnellen Schritts fünf andere Männer. Als der erste Mann zum Vorschein gekommen war, rief ich ihn

an mit Hallo, während ich gleichzeitig den uns als Waffe zur Verfügung stehenden Knüppel hob. *Der erste Mann richtete eine Browning-Pistole auf mich und rief: Kamerod, wenn du di muckst, kriegst du eenen brennt; sünst doht wi di nix.‹* Danach hatten sie den Wächter in den Garderobenschrank gesperrt.

›Als ich die ersten Schläge gegen den Geldschrank hörte, rief ich dem Posten zu, es hätte gar keinen Zweck, dass sie dort arbeiteten; das Geld ginge abends weg. Darauf erwiderte er: Dat wüllt wi all finnen.‹ Der gefangene Wächter berichtet dann ich allen Einzelheiten, was er in seinem Schrank alles gehört hat.

›Insgesamt haben die Leute vielleicht – mit Unterbrechungen – 20 Minuten lang gehämmert, während sie etwa 1½ Stunden lang gebohrt und aufgebrochen haben. Als diese Geräusche aufhörten, nahm ich an, dass der Geldschrank aufgebrochen sei. Gleich darauf hörte ich oben in der ersten Etage ein wildes Hin- und Herlaufen. Später hörte ich Leute die Treppe herunterkommen, und dann in der Packkammer ein Knistern, als ob dort etwas verpackt würde. Einer sagte: Man nich so ilig, wie hebbt noch een Barg Tied!‹ Als es schließlich ruhig geworden war, hatte sich der Mann aus dem Schrank befreit und von der Schalterhalle aus die Polizei angerufen.

›Ich glaube, ich bin verbunden worden von der Polizeizentrale mit der Polizeiwache Carolinenstraße. Ich sah nun den erbrochenen Geldschrank und lief dann nach oben in den Briefträgerraum, um die Adressen des Postdirektors und des Oberpostsekretärs Claussen festzustellen, weil diese Beamten bei Ausbruch eines Feuers sofort benachrichtigt werden sollen. Ich ließ mich jetzt mit dem Telegrafenamt verbinden und

habe dem Direktor und dem Obersekretär ein Telegramm des Inhalts gesandt, dass in das Postamt eingebrochen sei. Dies Telegramm ist aufgegeben worden um 3.45 Uhr. Bis zum Eintreffen der Schutzleute, die um 4 Uhr kamen, bin ich in den unteren Räumen des Postamts planlos umhergelaufen, denn ich war von der Sache natürlich erregt.«

»Warum hat das so lange gedauert, bis die Polizei da war?«, fragt Berger. »Das muss ja deutlich über eine halbe Stunde gewesen sein!«

»Carolinenstraße ist Hamburg«, sagt Krohn. »Die Alarmierung ist über Hamburg gelaufen, nicht über Altona.«

»Unglaublich!«

»Was mich viel mehr erschüttert«, sagt Berger, »ist dieser Bericht. Der Text verschweigt mehr, als er enthüllt. Dies ist ja alles nur das, was der Wächter gesagt hat. Aber was genau haben die Kollegen gefragt? Warum hacken sie so auf diesen unwichtigen Details herum?«

»Woher sollen wir das wissen?«, regt sich Krohn auf. »Es ist ja geradezu so, als ob wir nicht nur die Herren Räuber, sondern obendrein noch die Kollegen von der Nachbardienststelle durch die Mangel drehen müssten, um an brauchbare Informationen zu kommen. So kann man doch nicht arbeiten!«

»So kann man nicht arbeiten«, stimmt Jastorf zu. »Aber so arbeiten wir alle Tage!«

6.

Berger hat sich zu einem nicht näher spezifizierten Dienstgang abgemeldet. Er besteigt am Rödingsmarkt die U-Bahn der Ringlinie, fährt bis zur Station Stern-schanze und von dort aus mit der Vorortsbahn weiter nach Altona.

»Ich hätte gern den Herrn Kriminalassessor Fehlandt gesprochen.«

»Sind Sie angemeldet?«

Berger schüttelt den Kopf. »Es dauert nicht lange«, sagt er.

»Worum geht es denn?«

»Um den Postraub in der Susannenstraße.«

»Nehmen Sie doch bitte einen Augenblick Platz.« Die Frau geht los und kommt kurz darauf mit Fehlandt zu-rück.

»Das ist ja eine Überraschung«, sagt der. »Willst du ein Geständnis ablegen?«

»Ja«, sagt Berger. »Grenzüberschreitung. Und Kom-petenzübertretung noch dazu.«

»Au, das sieht ja übel aus!« Fehlandt lacht. »Ich wür-de dir ja gern einen Kaffee anbieten, aber das Gebräu, das man hier bekommt, das kann ich dir wohl kaum zumuten.«

»Ich bin nicht wählerisch«, sagt Berger. »Im Stadt-haus haben wir auch nur irgendeine zusammengefegte Mischung aus Eicheln und Bucheckern.«

»Jetzt übertreibst du aber!«

»Unwesentlich.«

Fehlandt und Berger kennen sich, sind zusammen zur Schule gegangen.

»Komm«, sagt Fehlandt, »wir setzen uns in mein Zimmer. Ich hab ein Dreierzimmer; da sind wir fast un-gestört. Und Fräulein Schmidtke ist sicher so gut und

bringt uns einen Kaffee.«
»Susannenstraße«, sagt Berger.
»Ja. – Hast du den Bericht gelesen?«
»Hab ich. Und was war nun wirklich los?«
»Ich habe keine Ahnung. Wir haben Fingerabdrücke nehmen lassen; die sind dann im chemischen Staatslaboratorium untersucht worden – so weit funktioniert die Zusammenarbeit über die Ländergrenzen hinweg! – aber das Ergebnis war gleich Null. Alle Abdrücke, die wir sicherstellen konnten, stammen von Postbediensteten. Und von der Polizei. Die Täter haben wahrscheinlich Handschuhe getragen.«
»Das muss dieser Nachtwächter doch gesehen haben!«
»Muss er eigentlich, ja, hat er aber nicht. Dieser Nachtwächter ist sowieso noch ein Fall für sich, aber dazu komme ich gleich noch. – Jedenfalls, als wir bei der Post eingetroffen sind, da waren schon alle Spuren vernichtet. Diese Heinis haben nichts Besseres zu tun gehabt, als das Chaos so schnell wie möglich zu beseitigen. Sogar gefeudelt haben sie! Sie waren so gründlich, dass wir darauf verzichtet haben, den Tatort zu fotografieren.«
»Unglaublich«
»Nur den Geldschrank, den konnten sie nicht wieder geradebiegen. Der ist auf klassische Weise aufgeknabbert worden.« Fehlandt legt ein Foto auf den Tisch. »Du kennst die Handschrift?«
Berger nickt.
»Ach ja, die Täter haben übrigens Hamburger Platt gesprochen. Es sind ohne Frage Einheimische. Wir wis-

sen, dass sie über die Bahn abgezogen sind. Wahrscheinlich sind sie auch von da gekommen. Auf dem Hof eines der Nachbargrundstücke, Schulterblatt 93, haben sie ihr Einbruchswerkzeug versteckt. Eine Zange mit einem 1,7 Zentimeter breiten Maul. Das Metall ist stark gehärtet; das Werkzeug offenbar speziell zum Zweck des Geldschrankknackens hergestellt worden. Im freien Handel nicht zu bekommen. Und auch die beiden Spitzeisen, die wir gefunden haben, sind typische Tresorknacker-Werkzeuge. Es sind Berufsverbrecher, die das gemacht haben, aber das ist natürlich ohnehin klar. Wahrscheinlich die Barmbecker Verbrechergesellschaft ...«

»Adolf Petersen.«

»Du sagst es. – Du weißt, wie diese Bande arbeitet. Es wird immer im Voraus ein hieb- und stichfestes Alibi arrangiert, und da man weder Diebesgut noch Einbruchswerkzeuge bei den Verdächtigen finden kann, können wir keine Anklage erheben.«

»Es muss doch möglich sein, diese Burschen irgendwie zu packen!«

»Das sollte man annehmen. Und wir glauben, dass wir diesmal tatsächlich eine Chance haben. Es gibt nämlich ein paar Besonderheiten, die wir bisher nicht nach außen getragen haben: So ist es zum Beispiel auffällig, dass der Einbruch gerade jetzt durchgeführt worden ist, wo ein ungewöhnlich hoher Betrag in dem Stahlschrank lag. Außerdem – das weißt du vielleicht aus unserem Bericht – stehen in dem Zimmer zwei Stahlschränke. Bis vor drei Wochen wurde das Geld in dem anderen, gegenüberstehenden Schrank verwahrt. Die Täter haben sich aber gleich über den richtigen Tresor hergemacht.«

»Sie haben also einen Tipp bekommen?«

»Ich bin mir ziemlich sicher.«

»Und von wem?«

»Das ist die Frage. Erst hatten wir ja den Nachtwächter in Verdacht. Aber wenn der mit im Boot gesessen hätte, dann hätten sie ja nicht erst stundenlang an Fenstern und Türen herumgebohrt, sondern der Mann hätte sie hereingelassen.«

»Also ein anderer Insider.«

»Es sieht so aus. Aber wer? Diese Postler halten alle zusammen und behaupten, dass sie nur von großartigen, pflichtbewussten Kollegen umgeben sind. – Und damit sind wir wieder beim Nachtwächter.«

Zwischenspiel auf St. Pauli

4. Oktober 1920

In St. Pauli ist es nicht schwer, Anschluss zu finden. Helene Rust und ihre beiden Freundinnen haben auch heute keine Schwierigkeiten. »Kommt doch zu uns an den Tisch!«, haben die Männer gerufen. »Ihr seid alle eingeladen!«

Jetzt sitzen sie im Kaffeehaus Zastrow an der Reeperbahn. Ihnen gegenüber drei Herren in erheblich angetrunkenem Zustand. Vorher haben sie schon ordentlich Glühwein getankt; jetzt sind sie zu normalem Wein übergegangen.

»Wir sind Schwestern«, sagt Martha Manthey. Sie deutet dabei auf die neben ihr sitzende Grete.

»Wir sind auch alles Brüder, wir drei«, versichert derjenige, den die anderen Heini nennen.

Wie Brüder sehen sie nicht aus, denkt Martha, aber was macht das schon.

Heini zieht eine Zeitung aus der Tasche, weist auf den Bericht über den Postraub in der Susannenstraße. »Hier«, sagt er, »seht ihr das? Da haben mein Bruder und ich grade vorher noch hundertfünfzigtausend Mark eingezahlt. Ob wir davon wohl noch mal was wiedersehen?«

»Red keinen Stuss!«, sagt der älteste von den Dreien.

»Wieso? – Ist doch keine Schande, reich zu sein, oder? Jedenfalls ist das Geld jetzt in guten Händen, würd ich mal so sagen. In guten Händen. Das ist mal klar.« Er lacht übertrieben laut.

Die nächste Runde Wein kommt.

»Prost, auf die jungen Damen!«

»Prost!« Die jungen Damen sind vorsichtshalber bei Kaffee geblieben.

Der älteste der Männer nimmt sein Weinglas und schüttet den Inhalt unter den Tisch.

»Was machst du denn?«, ruft Helene entsetzt. Sie zieht die Beine hoch, aber zu spät. Bestimmt ist ihr jetzt was auf das Kleid gespritzt.

»Ich muss nüchtern bleiben. Ich muss doch auf die beiden aufpassen!« Er weist auf Heini. »Das Bürschchen hier, das macht mir viel Kummer!«

Nüchtern ist er nicht mehr, denkt Helene.

Sie kommen wieder auf den Postraub zu sprechen.

»So viel Geld«, sagt Grete, »das kann man sich ja überhaupt gar nicht vorstellen!«

»Ach«, sagt der, der angeblich Heini heißt, »ich kann mir das sehr gut vorstellen. Geld spielt für uns überhaupt gar keine Rolle, stimmt's?«

Die beiden anderen stimmen zu.

Die Mädchen sehen sie zweifelnd an. Alle drei haben Arbeiterhände, das haben sie sofort registriert.

»Hier, wollt ihr mal sehen?« Heini zieht einen Haufen zerknüllter Banknoten aus der Tasche. Zehner, Zwanziger, Hunderter. Er greift in die andere Tasche – noch einmal dasselbe. »Na, ist das nichts?« Er stopft alles wieder in die Taschen zurück.

»Seht ihr? Wir schwimmen im Geld!«

»Pst, nicht so laut!«, stößt ihn sein Nachbar an. »Das muss doch nicht gleich jeder hören.«

»Nee, das muss nicht jeder hören«, ruft Heini beschwingt. »Das darf gar keiner wissen. Sie sind nämlich hinter uns her. Bis Montag müssen wir über die Grenze sein, stimmt's?«

Sein Nachbar hat nicht zugehört, aber die Mädchen, die sind schwer beeindruckt. Sind das am Ende wirklich die Posträuber?

»Wollt ihr nicht mitkommen? Ihr werdet es gut haben bei uns. Richtig gut haben. Kleider und Schmuck und alles, was ihr wollt!«

Die Mädchen kichern.

»Das glaubt ihr wohl nicht?«

»Wie wollt ihr denn über die Grenze kommen?«, fragt Martha. »Habt ihr denn Papiere?«

»Ja klar!« Heini zieht irgendein Dokument aus der Tasche. Er behauptet: »Das ist mein Auslandspass!«

»Zeig mal her!« Das Schriftstück zeigt seine Fotografie, aber den Text darunter kann Martha nicht verstehen, er ist in einer fremden Sprache abgefasst.

»Hast du denn auch deutsche Papiere?«

»Klar.« Heini wedelt mit seinem Meldeschein.

Den Namen kann Martha so schnell nicht entziffern, aber die Straße. Carolinenstraße. Also hier in der Nähe.

»Nee, mal ehrlich«, sagt Heini. »Ich hab auf einem Dampfer nach Finnland angemustert. Als Koch. Dafür ist das alles.«

Martha glaubt ihm weder den Postraub noch den finnischen Dampfer.

»Wir drei, wir haben alle ein Kontor zusammen«, mischt sich jetzt der mittlere ein. »Am Schulterblatt. Das wisst ihr doch, wo das ist? Das war früher Silberstein. Und jetzt heißt das Kontor ...« Der Rest geht im allgemeinen Lärm unter.

Iven und Ahrens glaubt Martha verstanden zu haben, aber ganz sicher ist sie sich nicht.

»Ich bin Silberstein«, behauptet Heini. »Mir gehört der Laden.«

»Was redest du denn?«, weist ihn der ältere zurecht. »Sei still, Sieveking, das ist meine Sache. Kann doch ruhig jeder wissen, dass mir der Laden gehört!«

Schöne Brüder, denkt Martha, alle mit verschiedenen Namen! Aber es macht ihr nichts aus, solange sie Spaß zusammen haben, und solange die Männer bezahlen.

2.

Als sie schließlich das Kaffeehaus verlassen, haben die Herren einige Mühe, noch gerade zu gehen. Sie kommen an einem fotografischen Atelier vorbei.

»Guck mal«, sagt Martha, »die haben noch auf!«

»Kommt mit, wir lassen uns alle fotografieren!«, schlägt Heini vor. Schon ist er im Laden verschwunden. Martha eilt ihm nach. Grete fragt: »Und ihr?«

»Nee, nee«, sagt Silberstein. »Ich nicht.«

Und auch Sieveking schüttelt den Kopf. So gehen die drei Frauen allein mit Heini in das Atelier. Aber der will kein Gruppenbild, wo alle mit drauf sind. Er lässt sich mit Martha aufnehmen. Auch gut, denkt Grete. Amüsiert verfolgt sie den Ablauf des Geschehens.

Martha und Heini stehen da wie ein jung vermähltes Paar, denkt sie. Martha stolz wie eine Schneekönigin, ihr Mann ziemlich belämmert. Als das Bild geknipst ist, fasst sich Heini plötzlich an den Kopf, als habe er eine riesige Dummheit gemacht.

»Nimm mal eben!«, sagt er und drückt Martha seinen Spazierstock in die Hand. Ohne ein weiteres Wort zu sagen, läuft er zum Ausgang und eilt nach draußen.

»Die Aufnahmen sind morgen fertig«, sagt der Fotograf.

»Ja, mein Mann wird sie dann abholen«, verspricht Martha.

Die beiden anderen kichern.

Draußen vor dem Studio treffen sie nur Silberstein und Sieveking.

»Wo ist der Heini denn hin?«, fragt Martha.

»Keine Ahnung. Einfach weggerannt.«

»Um ehrlich zu sein, ich muss auch weg«, sagt Silberstein.

»Ach nee, wieso das denn?«

»Ich – ich fühle mich hier nicht mehr sicher. Sie sind hinter mir her, das wisst ihr ja. Ich muss sehen, dass ich den Zug um 0.56 Uhr noch kriege.«

Sieveking schüttelt den Kopf. Er lallt: »Aber – du kannst doch nicht ohne deinen Überzieher fahren!«

Martha wird bewusst, dass sie noch immer Heinis Spazierstock in der Hand hält. Wohin damit? Hier lassen kann sie ihn nicht. Sie muss ihn mit nach Hause nehmen.

»Ja, dann tschüss«, sagt Grete. Sie ist müde, und

morgen müssen sie alle wieder arbeiten.
Sie verabschieden sich. Doch Silberstein scheint den
Nachtzug vergessen zu haben; als die Mädchen sich auf
den Weg zurück nach Altona machen, kommen die beiden Männer hinter ihnen her.
Das wird jetzt lästig, denkt Helene Rust. Sie haben
sich doch vorhin schon für morgen verabredet, das
muss nun reichen. Sie gehen schneller.
Die Männer diskutieren lautstark. Plötzlich schreit
Silberstein:»Geht weg! Alle weg, sonst schieße ich!« Er
greift in seine Gesäßtasche.
Da fangen die Mädchen an zu rennen.

3.

»Danke, dass Sie gekommen sind«, sagt Fehlandt. Er hat
sich die Geschichte der Mädchen angehört. Vielleicht ist
das eine erste heiße Spur.
»Wir haben uns für heute Nachmittag auf dem Bahnhof Altona verabredet«, sagt Martha.»Um viertel nach
fünf.«
»Ob sie wirklich kommen werden?«, zweifelt Grete.
»Doch, klar, die kommen auf jeden Fall; ich hab ja
noch den Stock von diesem Heini!«
»Gut. Wenn Sie damit einverstanden sind, gehen wir
da nachher zusammen hin, und Sie zeigen mir dann die
Herrschaften.«
Ja, die Mädchen sind einverstanden. Welch ein Abenteuer! Monatelang werden sie davon erzählen können!

Eine Stunde warten die Polizisten am Bahnhof; keiner
der Männer lässt sich blicken. Auch als Fehlandt und

seine Kollegen später am Abend mit den Mädchen nach St. Pauli gehen und mal gemeinsam, mal getrennt durch die Kaffeehäuser streifen, haben sie keinen Erfolg. Heini, Sieveking und Silberstein bleiben verschwunden.

4.

Am nächsten Morgen wird Fehlandt fündig. Das Telefonbuch weist eine Firma Nansen und Ahrens aus, die am Schulterblatt 58 beheimatet ist. Fehlandt macht sich auf den Weg. An der Ladentür prangt der Schriftzug *Boysen & Ahrens, ehem. Silberstein.* Fehlandt glaubt sich am Ziel. Er verlangt den Geschäftsführer.

Der Kaufmann Arthur Silberstein erweist sich dann allerdings als wesentlich älter als der angebliche Silberstein, ihn hatten die Mädchen auf einundzwanzig geschätzt; dieser Herr hier ist vierundvierzig. Er ist im Gegensatz zu dem Silberstein der Mädchen relativ groß. Und glatt rasiert ist er auch nicht; er trägt einen gepflegten Vollbart.

Der echte Silberstein sagt: »Natürlich weiß ich, dass es im Postamt 6 einen Einbruch gegeben hat, das ist ja hier gleich um die Ecke, aber ich habe damit selbstverständlich nichts zu tun, und ich weiß auch nicht, wer die Täter sein könnten. – Ich fürchte, da hat sich jemand einen Scherz erlaubt.«

Eigenartig, denkt Fehlandt. Wenn ich mir einen falschen Namen ausdenken wollte, dann würde ich nicht gerade diesen nehmen. Viel zu auffällig. Und dann auch gleich noch mit der kompletten Firmenbezeichnung. Da muss es eine Beziehung geben.

Der Fall klärt sich rasch auf. Anhand der Fotografie des Ateliers Sonn auf der Reeperbahn, für die Fehlandt sechs Mark berappen muss, findet er in der Carolinenstraße 16 einen einundzwanzigjährigen Heinrich Brokstedt, der dort bei seinen Eltern wohnt. Ja, er ist gestern mit zwei Freunden, dem Schlosser Johann Sieveking aus der Lagerstraße und dem Arbeiter Johannes May zusammen auf Sauftour auf St. Pauli gewesen, und sie haben da drei Mädchen kennengelernt. Ja, das da auf dem Bild ist die eine davon. Wie hieß sie doch noch gleich? Martha? Sie haben im Suff ziemlich angegeben, so viel weiß er noch. Ja, auch vom Postraub sei die Rede gewesen; was genau gesagt worden ist, daran kann er sich nicht erinnern. Das viele Geld? Ja, er habe gerade von einem dänischen Dampfer abgemustert und tausendsiebenhundert Mark Heuer ausgezahlt bekommen. Davon habe er dreihundert Mark gestern auf St. Pauli verjubelt.

Warum er aus dem Fotostudio getürmt sei? Ihm sei schlecht geworden. Er sei rausgerannt, habe sich in eine dunkle Ecke verkrochen und sich übergeben. Als er mit Kotzen fertig war, waren die anderen schon verschwunden.

Fehlandt sucht die Freunde auf und bekommt ähnliche Geschichen zu hören. Die beiden hatten sich von Brokstedt aushalten lassen. Warum sie sich nicht hatten fotografieren lassen wollen? Sechs Mark für ein Foto? Das hatten sie nicht über.

Johannes May ist der angebliche Silberstein. Wie er auf den Namen gekommen sei? Er arbeitet bei Silberstein. Daran, dass jemand die Mädchen bedroht habe, kann sich keiner erinnern. Sie waren einfach sturzbetrunken. Und einen Revolver besitzt sowieso keiner von ihnen.

5.

Es ist kurz vor Weihnachten. Nichts haben wir erreicht, denkt Berger. Die viel versprechenden Spuren – alle sind ins Leere gelaufen. Wir haben weder herausgefunden, wer den Tipp für den Einbruch in die Seewarte gegeben hat, noch wissen wir, welcher der Postangestellten in der Susannenstraße mit den Räubern unter einer Decke steckt. Zwei Listen von Namen, aber keine Übereinstimmung. Wir müssen abwarten. Irgendwann wird Petersen einen Fehler machen.

Berger geht vom Stadthaus in Richtung Innenstadt. Eine Art weihnachtlicher Frieden liegt über Hamburg. In Berlin soll Schnee liegen; hier glänzt die Straße vom Nieselregen. Berger ist auf der Suche nach einem Geschenk für seinen Vater. Das muss sein, klar. Aber was? Alles, was Friedrich braucht, kann er sich selber kaufen, und er zögert auch nicht, das zu tun. Guten Wein, gute Zigarren – beides hat er immer vorrätig. Irgendetwas Originelles wäre nicht schlecht – aber was? Planlos wandert Wilhelm durch die Einkaufsstraßen, guckt in die Schaufenster. Es sind auffällig wenig Menschen unterwegs, denkt er. Das kann nicht nur am Wetter liegen. Die wirtschaftliche Situation ist noch trostloser als im letzten Jahr. Man hat sich an den Frieden gewöhnt; die Not ist geblieben. Auch in Hamburg gibt es Menschen, die hungern.

Berger kommt an einem Buchladen vorbei. Ein Buch, das wäre vielleicht etwas. Das ist einer der Punkte, in dem er sich mit seinem Vater einig weiß. Sie lesen beide gern – wenn auch nicht dieselbe Art von Büchern.

Auch Adolf Petersen ist an diesem späten Nachmittag unterwegs. Am Dammtorbahnhof hat er sich mit Reinig getroffen. Paul Reinig hat seine Herta am Arm, Petersen ist mit Erna Obst verabredet. Erna ist ein junges Ding, die Tochter, die Fritz Wehners Frau mit in die Ehe gebracht hat. Kaum mehr als achtzehn Jahre alt, leicht zu beeindrucken.

»Wo wollen wir hingehen?«, fragt Petersen. »Vielleicht ins Cabaret Esplanade? Da soll doch dieser komische Dichter, dieser Ringeldings, seine Verse vortragen ...«

»Nein, das ist was für alte Männer!«, erklärt Erna.

Auch Reinig ist kein Freund des Cabarets. »Was haltet ihr vom Kino? *Das Zeichen des Zorro* muss hier doch irgendwo laufen. Mit Douglas Fairbanks. Da fliegen die Säbel, da geht es richtig zur Sache!«

Herta ist eher für *Anna Boleyn*. Henny Porten spielt die junge Königin.

»Oder *Das Kabinett des Dr. Caligari*?«, schlägt Petersen vor.

»Das ist nicht dein Ernst«, sagt Herta. »In so ein Zauber-Grusel-Stück kriegst du mich nicht rein.«

»Eigentlich hatten wir gedacht, dass ein paar neue Kleider nicht schlecht wären«, sagt Erna. »In drei Tagen ist Weihnachten. Wollt ihr uns nicht ein paar nette Sachen schenken?«

»Ja, das ist eine gute Idee!« Auch Herta ist einverstanden.

Adolf Petersen sieht Reinig an. So hat er sich den Abend nicht vorgestellt.

»Warum nicht?«, sagt Reinig. »Dann setzt ihr euch am besten hier irgendwo in ein Café, esst ein paar Stücke Kuchen oder ein Eisbein, was weiß ich, und in zwei Stunden treffen wir uns hier wieder. Hinterher können wir ja noch zu uns gehen ...«

»Ja, das ist gut!« Petersen gefällt dieser Vorschlag. Mit Erna Obst kann er weder zu Hause bei Helmi noch in den Colonnaden bei Frieda Goedje auftauchen. Und bei Fritz Wehner sowieso nicht. Aber bei Freund Reinig, da könnte er wohl mit Erna ins Bett steigen. Und Erna ist wichtig. Wieder jemand, der im Notfall für ihn ein Alibi beschwören könnte.

»Und jetzt?«, fragt Reinig. Sie haben die Frauen mit einem Hunderter losgeschickt; nun kommt der schwierigere Teil der Aktion. »Weißt du hier irgendeine gute Gelegenheit?«

»Die wird sich schon finden«, sagt Petersen. »Die meisten Leute sind jetzt beim Weihnachtseinkauf ...«

»Die meisten können sich keinen Weihnachtseinkauf leisten«, widerspricht Reinig.

Petersen schüttelt den Kopf. »So welche interessieren mich nicht. Die, die wir jetzt gleich besuchen wollen, die können sich ihren Einkauf leisten, da kannst du Gift drauf nehmen!«

Sie gehen an der Universität vorbei.

»Da ist jedenfalls nichts zu holen!«, sagt Reinig. Der bombastische Kasten ist dunkel. Wahrscheinlich sind alle schon in den Weihnachtsferien. »Und da drüben auch nicht. Das ist 'ne Schule!«

Doch die Schule interessiert Petersen. »Das ist das Wilhelm-Gymnasium«, sagt er. An dem Gebäude vorbei gelangt man auf den Schulhof. Und der grenzt wiederum an zahlreiche Nachbargrundstücke. Ein idealer Startplatz für einen Einsteiger. Petersen und Reinig sehen sich um. »Siehst du«, sagt Petersen. »Keiner zu Hause.«

In der Tat sind die meisten Fenster dunkel. Die beiden Männer überklettern eine Mauer und gelangen so durch den Garten an die Rückseite eines Hauses in der Beneckestraße. Reinig bohrt ein Fenster an. »Ist doch gut, wenn man sein Werkzeug immer dabei hat!«

Das Fenster lässt sich problemlos öffnen. Sie steigen beide ein, landen in einem Schlafzimmer. Reinig macht Licht.

»Licht aus!«, ruft Petersen. »Bist du verrückt?«

Reinig schüttelt den Kopf. »Ich will doch sehen, was ich mitnehme! Das müssen Kleider sein, die unsere Frauen auch anziehen können – nicht irgend so etwas für eine Großmutter oder so!«

Sie haben Glück. »Das hier, das mag passen. Meinst du nicht?«, fragt Reinig.

»Ja, wahrscheinlich.« Mit Kleidern kennt Petersen sich nicht aus. Sowohl Helmi als auch Frieda haben ihre Sachen immer selbst gekauft. Aber der Pelz, den Reinig da gegriffen hat, der kann wohl kaum falsch sein.

Petersen öffnet verschiedene Schubladen. In einer Frisierkommode findet er einigen Schmuck. »Nimm nicht alles«, sagt Reinig. »Ein Ring oder eine Brosche – das wirkt mehr als eine ganze Hand voll Schmuck.«

»Wieso?« Petersen sackt alles ein. »Wir geben den Mädchen einen Ring, den hier zum Beispiel, und den Rest versilbern wir bei Petrov.«

»Die Armbanduhr!«, ruft Reinig. Die hätte Petersen fast übersehen.

Berger hat eine ganze Weile gebraucht, aber schließlich ist er doch fündig geworden. Der neue Wallenstein-Roman, dafür könnte Friedrich sich interessieren – auch wenn Döblin vielleicht nicht ganz seinem Geschmack entspricht. Andererseits ist er aber für Experimente durchaus zu haben – wie sonst wäre dieses unglaubliche Gemälde im Treppenhaus zu erklären, dieses Selbstporträt mit fiedelndem Tod? Ein Druck nur, für ein Original ist sein Vater zu geizig, aber schon ein sehr starkes Stück.

Berger hat sich das Buch als Geschenk einpacken lassen. Als er den Laden verlässt, stößt er fast mit zwei ausgelassenen jungen Frauen zusammen. »Oh, Entschuldigung ...«

»Schon gut, schon gut! – Fröhliche Weihnachten!« Lachend laufen sie weiter.

Dabei ist es noch gar nicht Weihnachten, denkt Berger.

»Fröhliche Weihnachten!«, sagt Petersen. »Schon mal im Voraus!« Er gibt Erna die Armbanduhr und einen Kuss.

»Nicht doch!«, kichert sie.

Auch Herta ist etwas angeheitert. Die beiden Frauen haben offenbar nicht nur Kaffee getrunken, während sie auf die Rückkehr der Männer gewartet haben. Aber jedenfalls waren sie rechtzeitig wieder am Dammtorbahnhof. Jetzt ziehen sie alle zu Reinig in die Wohnung. »Ich glaube«, sagt Erna, »ich glaube, ich muss jetzt wohl – wohl eigentlich nach Hause!« Die Worte kommen etwas schleppend.

»Nicht doch«, sagt Adolf Petersen, »das Beste kommt ja noch erst!« Er greift nach ihr.

»Nein, nein!«, sagt Erna. Sie kichert, wehrt sich tapsig gegen seine Zudringlichkeit. Aber das glaubt Petersen ihr nicht. Das ist alles nur Spiel. Hinter den Büschen im Stadtpark hatte sie sich auch erst geziert.

6.

Das neue Jahr fängt an, wie das alte aufgehört hat: Regen ohne Ende. Wilhelm Berger hat etwas getan, was die Kollegen sich nicht trauen würden: Er hat sich für eine Nacht in der Pension der Frieda Goedje eingemietet. Schöne, große Räume, geschmackvoll möbliert. Nichts Verdächtiges zu sehen. Natürlich ist dies keine Haussuchung; er kann nicht in alle Zimmer gucken, aber er hat sich doch immerhin einen Eindruck verschaffen können. Von der Wohnung und von Frieda Goedje. Und die hat ihn beeindruckt. Jetzt sitzt er am Frühstückstisch, Frieda kommt mit dem Kaffee.

»Bin ich der einzige Gast hier?«, fragt er.

Frieda schüttelt den Kopf. »Der einzige, der bis 9 Uhr geschlafen hat!«

»Ah.«

Sie gießt ihm den Kaffee ein. Echter Kaffee, nicht das Zeugs, das sie im Präsidium trinken.

»Möchten Sie ein Ei zum Frühstück?«

»Nein, danke.« Berger betrachtet die junge Frau, zögert, dann fasst er sich schließlich ein Herz:»Wie ist das denn passiert?«

»Oh, haben Sie es bemerkt?« Sie hat alle Tricks der Schminkkunst angewandt, aber ein Veilchen bleibt ein Veilchen.»Ich bin gestürzt«, sagt sie.

»Das muss ein sehr unglücklicher Sturz gewesen sein«, sagt Berger leichthin.»Das einzige Mal, dass mir so etwas passiert ist, war, als ich in einem Boxkampf zweiter Sieger gewesen bin.«

Sie lacht.»Ja, das war ein sehr unglücklicher Sturz.«

Was für eine hübsche Frau! Und dann Gefährtin eines Räubers, der sie obendrein noch verprügelt! Er starrt ihr nach, als sie mit der Kaffeekanne verschwindet. In der Tür sieht sie sich um und lächelt ihn an.

Berger sitzt eine Weile da, hofft, dass sie zurückkommen möge. Aber sie kommt nicht zurück. Verdammt, denkt er, wie mach ich's? Sie direkt zu fragen, traut er sich nicht. Die Rechnung – warum nur hat er sie gestern schon beglichen? Sein Frühstück hat er gehabt, bleibt ihm nur noch, zu verschwinden.

Er inspiziert seine Brieftasche. Ja, tatsächlich, er hat eine der Visitenkarten seines Vaters dabei. Die sind neutral. *Berger – Im- und Export* steht da drauf, und die Adresse in Wandsbek. Alles unverdächtig. Er schreibt auf die Rückseite: *Heute Abend, 20 Uhr, Lessing-Denkmal?*

7.

Martha Blixen kichert.

Emmi Schween stupst sie an. Das ist eines der Dinge, die man im Theater nicht tut, wenn man als feine Dame auftritt. Und sie sind feine Damen heute, herrlich herausgeputzt. »Wir brauchen auf jeden Fall neue Kleider«, hatte Emmi gesagt, und ihr Buhl hatte keine Miene verzogen und gezahlt.

Sie ist nicht zum ersten Mal im Theater, aber doch kommt sie sich noch stets so vor, als ob sie gerade etwas Unerhörtes tue, etwas, das ihr nicht zustehe, und Emmi hat immer ein kleines bisschen Angst, dass jemand sie einfach rauswerfen könnte.

Der Vorhang geht auf. Auf der Bühne sitzt ein alter Mann im Lehnstuhl. Ein junger Mann geht nervös auf und ab. Er hält einen Brief in der Hand. Schließlich wendet er sich an den älteren Herrn und sagt: »*Aber ist Euch auch wohl, Vater?*«

Martha hält sich beide Hände vor den Mund, aber man hört doch, dass sie kurz davor ist, loszuprusten. Und auch Emmi muss sich zusammenreißen. Weder bei ihr zu Hause noch bei Pastor Strasser in Lüneburg, wo sie als Dienstmädchen gearbeitet hatte, ist je so viel Aufhebens um einen Brief gemacht worden, mochte er nun aus Leipzig oder gar aus dem früheren Deutsch-Ostafrika kommen.

Was sagt der junge Mann? »*Fasst Euch! Ihr vergebt mir, wenn ich Euch den Brief nicht selbst lesen lasse …*«

Dabei wirkt der Alte ganz gefasst. Aber vielleicht ist es ein Brief vom Finanzamt oder sonst etwas Unangenehmes, was der Vater nicht hören will.

Dieses Gewese um den Brief interessiert Emmi nicht. Sie hatte eigentlich gehofft, dass sich etwas mehr Handlung auf der Bühne abspielen würde. Sie wirft einen Blick nach rechts, wo Buhl neben dem Mann sitzt, den er als Odsche bezeichnet. Marthas Arnold ist nicht mitgekommen; er muss irgendetwas mit Teppichen regeln, hat er gesagt.

Die beiden Männer interessieren sich nicht fürs Theater; sie wollen geschäftlich miteinander reden. Und es geht auch tatsächlich. Erst haben sie sich ja zurückhalten müssen, aber jetzt in der zweiten Szene, wo mehr Leute auf der Bühne herumlaufen und sich über die unglaublichsten Sachen unterhalten, da fällt eine leise Unterredung im Zuschauerraum nicht auf.

»Hasen, Krüppel, lahme Hunde seid ihr alle, wenn ihr das Herz nicht habt, etwas Großes zu wagen!«

»Halt's Maul!«, ruft Buhl in Richtung Bühne. Emmi stößt ihn an.

Auch Petersen stößt Buhl an. Der Bursche soll sich nicht von dem Gezänk auf der Bühne ablenken lassen, sondern sich auf ernsthafte Dinge konzentrieren. »Also, ich nehme Paul Handke, Neuberger, dich und Drescher.«

»Ich weiß nicht«, sagt Buhl. »Der Laden ist so dicht bei der Pension, wenn das nur nicht auffliegt.«

»Mut!«, fordert Spiegelberg inzwischen auf der Bühne. *»Mut sag ich, Schweizer! Mut, Roller, Grimm, Razmann, Schufterle, Mut!«*

»Rösberg holt den Kram mit dem Auto ab.«

»Mal sehen«, sagt Buhl. »Das schafft ihr doch wahrscheinlich auch alleine.«

»Wenn noch ein Tropfen deutschen Heldenbluts in euren Adern rinnt – kommt! Wir wollen uns in den böhmischen Wäldern niederlassen, dort eine Räuberbande zusammenziehen und – was gafft ihr mich an?«

In der Tat haben Buhl und Petersen den Mann gerade fassungslos angestarrt. So ein Schwachsinn! Und dieses ganze Gerede von Mut und Heldentum! – Der Bursche lügt, denkt Petersen. Das ist ein ganz elender Feigling.

Endlich Pause! Buhl zieht los, um für die Mädchen Sekt zu besorgen. Petersen steht abseits und raucht einen Zigarillo.

Er denkt: Dieser Schiller ist ja nicht ganz bei Trost. Das sollen nun Räuber sein? Wenn wir so viel über Mut und Ehre und Gott und Teufel diskutieren würden, dann kämen wir ja nie zu Potte! Und dann allein dieser Aufzug, diese riesigen Schlapphüte und dieses ganze Gezottel mit den Dolchen und Säbeln. Das macht ja einen Heidenlärm, wenn man damit über die Fensterbank klettert!

Auch Buhl ist unzufrieden. Mehr Aktion auf der Bühne, so hatte er sich das vorgestellt! Aber nein, da reden sie davon, wie sie das Nonnenkloster überfallen und was sie alles mit den jungen Nonnen machen, anstatt das auch mal wirklich zu zeigen. Das wäre echtes Theater! Sturm und Drang soll das doch sein! – Bier haben sie nicht an der Theke; als Buhl endlich dran ist, muss er genau wie die Mädchen mit einem Glas Sekt vorlieb nehmen.

»Gut seht ihr aus!« Die Kleider sind zwar teuer gewesen, aber sie zeigen auch was her. Emmi und Martha sind die am besten angezogenen Frauen von allen.

»Hier, euer Sekt!« Buhl schnuppert, zieht die Stirn kraus:»Habt ihr gepupt?«

114

8.

Berger steht unterdessen vor dem Lessingdenkmal. Ein paar Mädchen gehen vorbei, gucken ihn an, gackern los. Gänsemarkt, denkt Berger. Was kann man da schon anderes erwarten?

Noch eine Viertelstunde. Um diese Zeit ist hier nicht mehr viel Betrieb. Eine Straßenbahn fährt vorbei. Noch zehn Minuten. Ob sie wohl kommen wird? Immerhin hat sie ihn angelächelt. Wer weiß. Er summt leise vor sich hin:

»An einem Bach, in einem tiefen Tale,
Da saß ein Mädchen an einem Wasserfalle ...«

Ja, denkt er, das ist genau das, was ich schon immer gewollt habe. Er malt sich aus, wie es sein würde: Vater, darf ich dir meine zukünftige Gemahlin vorstellen? Eine Räuberbraut! – Wie, du hast Einwände? Das verstehe ich nicht; Kaufmann und Räuber, das sind doch verwandte Berufe!

Nein, nichts davon wird er sagen. Es wird gar nicht nötig sein, denn Frieda Goedje kommt nicht. Jetzt ist es schon nach acht Uhr. Eine Viertelstunde gibt er ihr noch.

Doch auch diese Viertelstunde verstreicht. Jetzt kommt sie wirklich nicht mehr.

II. Niederlage

Verhaftet

Rösberg ist derjenige, der den ersten Schritt machen muss. Sie hocken in seinem Elektroladen in der Großen Theaterstraße, und Rösberg wählt die Nummer.

»Nichts«, sagt er. Er hält den anderen den Hörer hin. Sie hören das Freizeichen.

»Lass noch einen Augenblick läuten, zur Sicherheit!« Niemand geht ran. Das wäre um diese Zeit auch ganz unwahrscheinlich, denn es ist Sonntagnachmittag, und die Besitzer wohnen nicht im Hause, sondern irgendwo in Eimsbüttel.

»Das reicht jetzt«, sagt Adolf Petersen. »Komm!«

Zu viert machen sie sich auf den Weg: Adolf Petersen, Paul Handke, Neuberger und Drescher. Buhl ist nicht gekommen. Weit haben sie es nicht zum Wäschegeschäft Flachdecker, Colonnaden 104. Die Ladentür liegt in einem Hauseingang, sodass sie von der Straße aus nicht gut sichtbar ist. Sie ist durch drei Schlösser gesichert. Für zwei davon haben sie Nachschlüssel zurechtgefeilt; das dritte öffnet Petersen mit einem Sperrhaken.

Da sie bei Tag arbeiten, ist der Laden durch die Schaufenster hell genug. Rasch räumen sie die Regale leer. Die vier Männer wickeln sich so viel Kleidung um den Leib, wie sie tragen können. Sie lassen den Laden unverschlossen. Vier fette Gestalten wandern zur Großen Theaterstraße. In Rösbergs Laden werden sie ausgepackt; dann geht es zurück zum Wäschegeschäft, zur nächsten Runde. Dreimal machen sie den Weg. Danach marschieren sie noch zweimal auf dieselbe Weise die zweihundert Meter zu Frieda Goedjes Pension in den Colonnaden 21; dann ist der Laden leergeräumt.

2.

»Diese Burschen werden auch immer dreister!« Frieda Goedje ist ganz aufgeregt.

»Was ist denn passiert?« Petersen tut ahnungslos.

»Ein paar Häuser weiter ist eingebrochen worden! Bei Flachdecker!«

»Die wohnen doch gar nicht...«

»Nicht in der Wohnung! Im Wäschegeschäft!«

»Ach, was!«

Frieda sieht ihn an. »Da hast du doch nicht etwa die Hand im Spiel gehabt, Adolf?«

»Ich?«

»Adolf!«

»Die sind doch wahrscheinlich versichert, oder?«

»Odsche, so einfach ist das nicht. Du siehst ja selbst, wie die Preise steigen! Die Flachdeckers haben den Schaden natürlich an die Versicherung gemeldet, aber die reagiert ja nicht so schnell. Erst muss die Polizei mit ihren Untersuchungen fertig sein, sagen sie, und danach gibt es immer noch eine ganze Menge Verwaltungskram, bis sie schließlich mal zahlen. Und wenn das Geld kommt, dann ist es viel weniger wert.«

»Hätten sie eben höher versichern müssen!«
»Das geht nicht. Man kann nicht überversichern. Da passen die schon auf.«
»Ach, dann hätten sie eben sagen müssen, dass mehr Sachen geklaut worden sind. Die doppelte Menge von dem, was weg ist.«
»Das muss doch alles belegt werden, Odsche!«
»Jeder muss in diesen Zeiten sehen, wie er durchkommt, Frieda. Jeder für sich. Ich sorge dafür, dass es uns gut geht, und der Flachdecker muss dafür sorgen, dass es ihm gut geht.«
»Ja, Odsche, du sorgst gut für uns!«
Ja, denkt Petersen, ich tue, was ich kann. Der Einbruch war leicht, aber nun müssen wir auch sehen, dass wir das Zeug loswerden. Es muss weg, verschwinden, sich in Luft aufgelöst haben, lange bevor irgendjemand darauf kommt, dass ich in die Sache verwickelt sein könnte.

Rösberg soll den Anteil, der bei ihm im Laden lagert, per Auto zu seiner Wohnung in die Isestraße bringen; Petersen schafft seinen Anteil der Beute zunächst zur Wohnung seiner Mutter, wo die Wäsche im Kohlenkeller gelagert wird, bis sie schließlich an Hehler verkauft ist. Der Gesamterlös des Einbruchs dürfte bei etwa vierzehntausend Mark liegen.

3.

»Und jetzt dies noch!« Frau Flachdecker ist empört.
»Wenn alles gut geht, werden wir die Täter bald haben«, tröstet sie Berger.
»Wer's glaubt wird selig!«

Auch wenn es sich nicht um Mord, sondern nur um Einbruch handelt – das Gespräch mit den Opfern ist nie erfreulich.

»Sind Sie denn nicht versichert?«, fragt Berger.

»Natürlich sind wir versichert. Aber – das kennen Sie doch, da kriegt man nie den vollen Betrag. Die finden immer einen Dreh, damit sie nicht zahlen müssen. Irgendetwas stimmt doch immer nicht; notfalls sagen sie einfach, man hat das falsche Schloss an der Tür ...«

Das könnte in der Tat ein Problem sein, denkt Berger. Die Täter sind offenbar ohne jede Gewaltanwendung in den Laden eingedrungen.

»Wir haben so schon schwer genug zu kämpfen. Die großen Kaufhäuser überall – alles Juden! Die halten zusammen, unterbieten alle Preise und machen die ehrlichen deutschen Einzelhändler kaputt. Da sollte mal einer was gegen tun!«

Berger bezweifelt, dass die großen Kaufhäuser jüdisch sind. Die einzigen jüdischen Geschäftsleute, die er kennt, sind kleine Ladenbesitzer genau wie die Frau Flachdecker.

»Diese Deutsche Arbeiterpartei«, sagt Frau Flachdecker. »Die könnte das wohl ändern.«

Berger interessiert sich nicht für Politik. Schon gar nicht für die kleinen Splittergruppen, die überall aus dem Boden sprießen. Was gibt es da nicht alles! Für die Bürgerschaft haben, soweit er sich erinnert, neben den großen Parteien unter anderem auch der *Hamburger Wirtschaftsbund*, das *Grundeigentümer-Wahlbüro*, die *Vereinigten Bürgervereine der inneren Stadt*, die *Friseur-Innung* und der *Hamburger Ausschuss für Leibesübungen* kandidiert – da kennt sich ja keiner mehr aus. Aber diese Frau hat offenbar ihre Partei gefunden.

»In München sitzen die. Anton Drexler heißt der Vorsitzende. Und dann gibt es da noch so einen Hiller oder so, der hat das Parteiprogramm geschrieben. Hier. Hier steht das, Punkt 4: Staatsbürger kann nur sein, wer Volksgenosse ist. Volksgenosse kann nur sein, wer deutschen Blutes ist. ... Kein Jude kann daher Volksgenosse sein.«

»Das interessiert mich nicht«, sagt Berger. »Ich brauche von Ihnen eine Aufstellung der gestohlenen Gegenstände.«

4.

»Meine Herrschaften, ich habe Sie zu mir gebeten, um noch einmal mit Ihnen die aktuelle Lage zu besprechen.« Kriminalrat Wolter macht einen unzufriedenen Eindruck.

Nach einer Besprechung sieht mir das nicht aus, denkt Berger. Eher nach einer Art Standpauke.

»Es kann nicht länger hingenommen werden, dass die Verbrecher in Hamburg mit der Polizei Katz und Maus spielen. Schon wieder ein größerer Einbruch letzte Nacht. Die Presse macht sich bereits lustig über uns!«

»Wir arbeiten nicht für die Presse«, sagt Krohn.

»Selbstverständlich nicht. Wir arbeiten für die Bürger unserer Stadt. Und im Sinne dieser Bürger fordere ich von Ihnen, dass Sie alle Möglichkeiten ausschöpfen, die Ihnen zur Verfügung stehen. Und das meine ich auch so. Lassen Sie nichts unversucht, was nicht nachweisbar illegal ist.«

»Dies ist ein Rechtsstaat«, sagt Berger.

Wolter starrt ihn böse an. Einen Augenblick lang glaubt Berger, der Kriminalrat würde ihn vor versammelter Mannschaft zurechtweisen. Aber das tut er nicht. Er sagt:»Ja, dies ist ein Rechtsstaat. Und ich wünsche von Ihnen, dass Sie auch die äußersten Mittel einsetzen, die Sie zur Verfügung haben. Alles, was nicht direkt strafbar ist. – Meine Rückendeckung haben Sie!«

5.

Doch es scheint, als müssten sie bis an die Grenzen des Rechtsstaats gehen, um den neuen Einbruch aufzuklären. Das Telefon klingelt.

»Berger, Kriminal...«

»Ja, hier ist Elisabeth Garn. Ich rufe an wegen des Wäschediebstahls, der neulich in der Zeitung stand. Bin ich da bei Ihnen richtig?«

»Sie meinen den Einbruch in das Wäschegeschäft Flachdecker, Colonnaden 104? – Ja, da sind Sie bei mir richtig.«

»Hören Sie zu! Bei uns im Haus, da wohnen ja oben die Rösbergs. Und die Frau Rösberg, die hat mich gefragt, ob ich nicht vielleicht Wäsche bei ihr kaufen wollte. Sehr günstig, hat sie gesagt. Und dann hab ich mir die Wäsche mal angesehen. Sie hat eine ganze Menge, und sie sagt, ihr Mann hat die irgendwo billig gekauft. Dabei hat er doch eigentlich ein Elektrogeschäft.«

»Das ist in der Tat seltsam«, sagt Berger.»Ist die Ware noch in der Wohnung?«

»Ja, ich hab gleich bei Ihnen angerufen.«

»Das ist sehr freundlich. Wo ist diese Wohnung?«

»In der Isestraße 13, dritter Stock.«

»Wir kommen gleich vorbei.«

»Gib mir mal bitte diese Frau Garn«, sagt Krohn.

»Mal sehen, was sie noch so weiß. Wilhelm, besorge uns doch mal bitte schnell einen Durchsuchungsbefehl!«

Ganz so schnell geht es dann doch nicht. Berger braucht eine Stunde, bis er den Durchsuchungsbefehl endlich hat. Dann steht kein Wagen zur Verfügung; Krohn und er müssen mit der U-Bahn fahren. »Isestraße? Hoheluftbrücke ist das«, sagt Krohn. Er kennt sich aus in Hamburg.

Berger ist nervös. Fast zwei Stunden verloren. Wenn sie Pech haben, hat dieser Rösberg die heiße Ware inzwischen weggeschafft.

»Rösberg? Kennen wir den?«, fragt er Krohn.

Der schüttelt den Kopf. »Nie gehört.«

»Da sind Sie ja endlich!« Frau Garn erwartet sie schon.

»Tut mir leid«, sagt Berger, »schneller ging's nicht. – Dritter Stock, sagten Sie? Wissen Sie, ob da jemand zu Hause ist?«

»Ja, die Frau Rösberg, die müsste zu Hause sein. Gerade eben habe ich sie noch gehört.«

»Gehört?«

»Ja, sie ist immer so laut. Wir haben doch Holzbalkendecken, und sie geht immer mit Straßenschuhen in der Wohnung umher. Ich habe ihr schon ganz oft gesagt, dass ich das unmöglich finde, aber da ist jedes Wort vergeblich!« Frau Garn folgt den Polizisten ins Treppenhaus.

Krohn sagt:»Liebe Frau Garn, schönen Dank für Ihre Hilfe; ich glaube, jetzt kommen wir auch allein klar.«
»Bitte!« Sie bleibt im Treppenhaus stehen. »Die ist ja gar nicht zu bremsen«, raunt Krohn, als sie außer Hörweite sind. »Die würde am liebsten die Wohnung mit durchsuchen!«
»Es geht doch nichts über nette Nachbarn!«

6.

Frau Rösberg öffnet sofort nach dem Läuten.»Ich hab Sie schon kommen sehen«, sagt sie.»Polizei, nicht wahr? Das war wieder die Garn, stimmt's? – Ja, das war sie. Dauernd macht sie Streit, weil wir angeblich zu laut sind. Das Haus ist nun mal hellhörig, da kann man nichts machen. Und mit dem kleinen Kind – unsere Tochter ist drei – natürlich geht es da manchmal etwas lebhafter zu als bei einer alten Frau wie der Garn!«
Berger unterbricht ihren Redefluss:»Frau Rösberg, es geht um etwas anderes. In Ihrer Wohnung soll eine größere Menge Wäsche gelagert sein, ist das richtig?«
»Oh. – War das auch die Garn?«
»Bitte beantworten Sie meine Frage.«
»Ja, das war sie, das ist wieder typisch! – Ja, wir haben Wäsche hier gelagert. Mein Mann hat einen größeren Posten sehr günstig erstanden, und den wollen wir nun verkaufen.«
»Aber Sie haben eigentlich kein Wäschegeschäft?«
»Nein, eine Elektrohandlung. Aber im Augenblick – Sie wissen ja auch, wie das ist! Das Geschäft läuft schlecht, und wenn wir die Möglichkeit haben, mit irgendetwas Geld zu verdienen, dann nutzen wir natür-

lich die Chance, ganz gleich, ob das nun Elektroartikel sind oder Wäsche oder sonst irgendetwas.«
»Können wir die Wäsche mal sehen?«, fragt Krohn.
»Ja, selbstverständlich.« Frau Rösberg führt die Beamten ins Schlafzimmer. »Das ist jetzt alles noch nicht aufgeräumt«, sagt sie. »Dazu sind wir noch gar nicht gekommen.«
Auf beiden Betten liegen hohe Stapel von Wäsche.
»Und – wo schlafen Sie?«, fragt Berger.
»Im Augenblick im Wohnzimmer.«
»Hast du mal die Liste?«, fragt Krohn. Wilhelm gibt ihm das Verzeichnis der gestohlenen Gegenstände.
»Das ist doch hoffentlich nicht verboten, das mit der Wäsche?«, sagt Frau Rösberg. »Mein Mann hat die Dinge von einem Herrn Becker gekauft. Den hat er, wenn ich mich recht entsinne, im Café Vaterland kennengelernt. Der Mann hat gesagt, dass er diese Waren wegen der ungünstigen Konjunktur unbedingt loswerden müsse, und weil die Sachen wirklich billig waren, da hat mein Mann dann – was machen Sie denn da?«
»Ich zähle die Sachen«, sagt Krohn.
»Die brauchen Sie nicht zu zählen, ich habe eine Aufstellung gemacht!«
»Wunderbar; könnte ich die bitte mal sehen?«
Frau Rösberg reicht ihm die Aufstellung. Krohn vergleicht die Listen. Berger sieht Krohn an. Der verzieht keine Miene. Und Frau Rösberg? Die ist nervös, aber das ist auch kein Wunder, immerhin hat sie die Polizei im Schlafzimmer.
Krohn ist fertig. Er richtet sich auf. »Und wo ist der Rest?«, fragt er.

»Welcher Rest?«

»Was hier liegt, das ist ziemlich genau die Hälfte der Waren, die vor drei Wochen aus dem Wäschegeschäft Flachdecker in den Colonnaden gestohlen worden sind.«

»Mein Gott! – Das kann doch nicht sein! Sind Sie sich da denn auch wirklich sicher?«

»Ganz sicher«, sagt Krohn. »Fabrikate, Stückzahlen, alles identisch. Nur dass eben ein Teil der Ware fehlt.«

»Dies ist alles, was wir gekriegt haben. Das heißt, ein paar Sachen haben wir natürlich inzwischen verkauft. – Mein Gott, gestohlen sagen Sie? Das ist ja furchtbar! Dann – dann sind wir betrogen worden!«

»Das ist bedauerlich«, sagt Krohn. »Vielleicht lässt sich das ja alles ganz leicht aufklären. Wenn Sie uns sagen können, von wem Sie die Wäsche erworben haben. Wer ist dieser Becker, und wo finden wir ihn?«

»Ich weiß nur das, was ich Ihnen schon erzählt habe. Da müssten Sie sich dann wohl an meinen Mann wenden. – Wie schrecklich! Was für ein Verlust!«

»Ja, die Ware ist natürlich beschlagnahmt.«

»Und jetzt?«, fragt Berger. Sie fahren nicht mit der U-Bahn zurück zum Rödingsmarkt; Krohn ist stattdessen zur nächsten Straßenbahnhaltestelle gelaufen.

»Jetzt nehmen wir Rösberg fest«, sagt er.

»Warum?«

»Damit er sich nicht mit seiner Frau abspricht. – Wilhelm, dieses Elektrogeschäft, das ist in der Großen Theaterstraße, ein Katzensprung von da bis zum Wäschegeschäft Flachdecker in den Colonnaden.«

»Was heißt das schon?«

»Nicht viel, aber ich habe vorhin am Telefon ja noch ausführlich mit dieser Frau Garn geplaudert. Und die sagt: Rösberg und seine Frau haben die Wäsche nachts in ihre Wohnung geschafft, und zwar genau in der Nacht nach dem Einbruch. Diesen angeblichen Herrn Becker, den gibt es nicht.«

7.

Es dauert keine zwei Stunden, da haben sie die Haftbeschwerde eines Rechtsanwalts auf dem Tisch. Rösberg möge sofort mangels Tat- und Fluchtverdacht auf freien Fuß gesetzt werden.

Berger überfliegt das dreiseitige Schreiben. Im Kern steht:

Rösberg ist durchaus in der Lage, die Aussage der Frau Garn, die Eheleute Rösberg hätten die Wäsche in der Nacht vom 5. Auf den 6. Juni um 3 Uhr morgens mittels Automobil in ihre Wohnung geschafft, durch folgende Zeugen zu widerlegen:

erstens die Eheleute Hamdorf,

zweitens den Oberkellner Jens,

drittens den Klavierspieler Rademacher im Restaurant Zum Molch, Ecke Theaterstraße und Colonnaden. Die Eheleute Rösberg haben in jener fraglichen Nacht mit Schluss der Polizeistunde, gegen 12 Uhr, jenes Lokal verlassen und sind mit einem Automobil nach Hause gefahren.

»Das werden wir dann wohl nachprüfen müssen«, sagt Berger.

Krohn schüttelt den Kopf. »Ich hab schon angerufen im Molch. Die Herrschaften haben zwar gesehen, dass die Rösbergs um Mitternacht gegangen sind, aber wo sie hingegangen sind, können sie natürlich nicht sagen. Und das bewusste Lokal ist nur einen Steinwurf sowohl von Rösbergs Laden als auch von dem Wäschegeschäft Flachdecker entfernt. Fazit: Rösberg bleibt in Haft.«

»Und er bleibt dabei, dass er die Wäsche von diesem Becker erworben hat?«

»Es gibt sogar eine handschriftliche Quittung ...«

»Aber?«

»Aber die Quittung ist nicht echt. – Natürlich haben wir bei Rösberg erst einmal seinen ganzen Schreibkram konfisziert. Jede Menge Briefe von allen möglichen Leuten. Und beim Sichten der Unterlagen ist herausgekommen, dass die Schrift dieses angeblichen Becker genauso aussieht wie die Schrift eines gewissen Heinrich Sevecke, mit dem Rösberg wohl befreundet ist.«

»Das sieht schon besser aus.«

»Das Beste weißt du noch gar nicht: Sevecke hat gestanden, dem Rösberg zu Gefallen diese Quittung geschrieben zu haben.«

»Und jetzt?«

»Gegenüberstellung. Wir brauchen nicht Sevecke, wir brauchen diesen Rösberg!«

8.

»Herr Rösberg, wir möchten Sie noch einmal zur Sache vernehmen.«

Rösberg reagiert mürrisch:»Ich kann nichts anderes aussagen, als was ich bereits gesagt habe. Das steht alles in den Akten, mehr sage ich nicht.«

Jastorf sagt:»Ich habe hier die Aussage Ihres Freundes Sevecke. Wenn Sie sich die bitte einmal durchlesen würden?«

Rösberg nimmt das Blatt Papier und liest. Er sieht blass aus. Am Ende der Lektüre schüttelt er den Kopf: »Der lügt, der Sevecke. Das hab ich nie gesagt, dass er mir irgendeine Quittung ausstellen soll. Und dass er für mich falsch aussagen soll auch nicht.«

»Haben Sie denn irgendeine Erklärung dafür, warum Sevecke das behauptet?«

Rösberg schüttelt den Kopf.

In dem Augenblick kommt Krohn mit Sevecke herein. Rösberg springt auf, weist auf das Protokoll: »Mensch, da hast du mir ja was Schönes eingebrockt! Wie kannst du so was sagen, das ist doch nicht wahr!«

»Das darfst du mir nicht übel nehmen. Dass das jetzt so gekommen ist, daran hab ich keine Schuld. Das geht alles aufs Konto deiner Frau. Ich muss doch die Wahrheit sagen, ich will ja schließlich nicht ins Gefängnis ...«

Er sieht seinen Freund Rösberg nicht an dabei.

Rösberg ballt die Fäuste, enthält sich aber ansonsten jeden Kommentars.

»Hast du das gehört?«, fragt Jastorf.

Berger nickt. Beide Polizisten haben keine Miene verzogen, aber sie haben sehr wohl registriert, was Heinrich Sevecke gesagt hat: *Das geht alles aufs Konto deiner Frau.*

»Die schnappen wir uns!«

9.

Reinig weiß es zuerst: »Rösberg und Sevecke verhaftet!«

»Verdammt!«

»Die Idioten haben versucht, die Wäsche direkt an irgendwelche Weiber zu verkaufen.«

»Elende Amateure!« Petersen überlegt. »Frau Rösberg, das ist der Schwachpunkt. »Die Alte, die darf auf keinen Fall schwatzen. Komm mit, Reinig, der müssen wir sofort Bremsen anlegen!«

Sie fahren zur Isestraße, doch dort ist niemand. »Die ist bestimmt im Laden!«, sagt Petersen.

Sie kommen zu spät. Als Frau Rösberg ihnen die Tür öffnet, sieht Petersen gleich, was passiert ist.

»Oh«, sagt Paul Reinig, »du hast Besuch?« Mehrere Herren sind dabei, das Kontor zu durchsuchen.

»Ich soll festgenommen werden«, jammert die junge Frau. Sie sieht blass aus.

Auch Petersen ist blass geworden. »Was wirft man dir denn vor?«

»Hehlerei. Ich soll gestohlene Ware verkauft haben. Aber das stimmt doch alles gar nicht ...« Sie weint.

»Lass dich nicht einschüchtern«, sagt Petersen. »Dir kann gar nichts passieren.«

»Kann ich Ihnen helfen, meine Herren?« Der dicke Polizist, der sich bisher im Hintergrund gehalten hat, ist jetzt auf die Gruppe zugetreten.

»Nein, danke. Wir wollten nur ...«

»Herr Petersen, ich kann mir sehr gut vorstellen, was Sie wollten, aber es hat keinen Zweck mehr. Das Spiel ist aus«, sagt Krohn.

Petersen ignoriert ihn. »Lass dich nicht einschüchtern!«

Petersen und Reinig machen sich aus dem Staub.

Die Frau schluchzt:»Und was wird nun aus unserer Kleinen? – Mein armer kleiner Schatz, oh Gott, mein armer kleiner Schatz!«

Gleich haben wir sie soweit, denkt Krohn. Hier hilft am ehesten die sanfte Tour weiter.»Überlegen Sie es sich doch noch einmal«, sagt er.»Frau Rösberg, alles was Sie bisher zu Protokoll gegeben haben, das ist doch nicht wahr. Damit bringen Sie sich nur weiter und weiter in Schwierigkeiten.«

»Ich weiß nichts von gestohlener Wäsche.«

Krohn schüttelt den Kopf.»Damit kommen Sie nicht durch. – Denken Sie doch an Ihre Lage. Ihr Kind, das kleine Mädchen – wer soll sich denn darum kümmern, wenn Sie am Ende jahrelang im Gefängnis sitzen? Das ist falsch verstandene Solidarität. Ihrem Gatten können Sie sowieso nicht helfen!«

Sie schluchzt, murmelt irgendetwas, das Krohn nicht verstehen kann.

»Bitte?«

Sie wischt sich mit dem Ärmel die Tränen aus dem Gesicht.»Nein, das geht doch nicht. Ich kann doch nicht gegen meinen Mann aussagen!«

»Da haben Sie etwas missverstanden«, sagt Krohn mit seiner sanftesten Stimme.»Niemand kann Sie zwingen, gegen Ihren Mann auszusagen, das ist richtig. Aber Sie dürfen schon.«

Frau Rösberg schüttelt den Kopf.

Krohn wartet. Er weiß, er braucht nicht mehr lange zu warten.

10.

»Hör zu«, sagt Petersen. »Es sind ein paar Sachen schiefgelaufen!«

Frieda Goedje nickt. Es muss ernst sein. So aufgeregt hat sie ihren Odsche noch nie erlebt.

»Die Wäsche, die ich dir gegeben habe, die muss verschwinden. Sie haben jetzt auch die Frau Rösberg festgenommen. Die redet bestimmt, und dann wird hier die Wohnung durchsucht.«

»Oh Gott, hoffentlich finde ich das alles zusammen!«

»Das schaffst du schon. Du nimmst die Sachen, tust alles in deine Handtasche und gibst die am Dammtorbahnhof bei der Gepäckaufbewahrung ab. Und den Gepäckschein versteckst du so, dass er bei einer Durchsuchung nicht gefunden wirst, verstehst du?«

Frieda nickt.

11.

»Hier!« Petersen reicht Drescher das *Fremdenblatt*. »Lies mal! Seite fünf.«

Drescher überfliegt den Artikel. »Ach, du Scheiße!«

»Ich war dabei, als die Bullen bei der Rösberg aufgetaucht sind! Ich hab sie beruhigt, auf sie eingeredet, hab ihr gesagt, ihr kann nichts passieren – überhaupt gar nichts! Und was tut die dumme Kuh? Gibt ein Geständnis ab.«

»Dann ist Rösberg dran. – Und wir auch, wenn wir nicht aufpassen. Wir brauchen dringend ein Alibi!«

Petersen überlegt. »Meine Schwester, die hat doch gerade geheiratet. Diesen Flügge.«

»Ja, und? Das war ja wohl nicht am 5. Juni!«

»Nein, jetzt erst. Aber am 5. Juni hat sie sich verlobt!«
»Ehrlich?«
»Nee, nicht an dem Sonntag jedenfalls, zwei Wochen vor der Hochzeit, so'n Quatsch! Aber als Alibi geben wir das einfach an! Wir sind alle auf dieser Feier gewesen: Meine Mutter und mein Stiefvater, du mit deiner Holden, Emmi Schween und Wilhelm Klein ...«
»Das glaubt uns doch keiner!«
»Doch, das wird überhaupt gar niemand in Zweifel ziehen. Wir können es nämlich beweisen: Ich lasse das Datum in den Ringen ändern!«

12.

Jastorf hat Dr. Davidsohn aufgesucht. Er, der sonst so forsch und bestimmt auftritt, wirkt in Gegenwart des Akademikers wie verwandelt. Nicht dass der Untersuchungsrichter ihm Angst einjagen würde, das nicht. Sie verstehen sich, sind sich in allen Grundfragen einig. Aber jetzt will er etwas von Davidsohn, eine Art Generalvollmacht, und für dieses ungewöhnliche Ansinnen hat er wenig in der Hand. Die einzige Straftat, die bisher fast aufgeklärt ist, ist der Einbruch in das Wäschegeschäft Flachdecker. Und selbst da fehlen noch die Verhaftung und das Geständnis der Haupttäter. Jastorf stützt sich bis jetzt nur auf Informationen aus zweiter Hand, Gerüchte – alles was die Frau Rösberg so aufgeschnappt hat. Bei den Straftaten der Bande ist sie ja nicht selbst mit dabei gewesen.

»Ich weiß jetzt alles«, behauptet Jastorf. »Also, der Tipp für die Trabrennbahn kam von einem Holzhändler. Der hat sein Geschäft in Dehnhaide und wohnt da auch in einer Villa. Und dieser Holzhändler kennt wiederum am Toto in Farmsen jemand, der ihm dann sagt, wie hoch die Einnahmen sind. Und der Holzhändler ruft dann in einer Wirtschaft an der Kuhmühle an, wo die Verbrecher warten. Der Chauffeur steht schon bereit mit seinem Auto.«

»Was für ein Holzhändler?«, fragt Davidsohn.

»Den Namen weiß ich noch nicht, den kannte mein Informant nicht.«

»Nun, das müsste sich doch leicht herausfinden lassen ...«

Jastorf hört einen leichten Vorwurf in der Stimme des Untersuchungsrichters. »Das sind ganz frische Informationen«, sagt er. »Ich bin direkt zu Ihnen gekommen.«

»Ja, natürlich.«

»Der Chauffeur heißt Berthold Schwarz«, sagt Jastorf.

Davidsohn wundert sich. Berthold Schwarz? War das nicht der Mönch, der das Schießpulver erfunden hat?

»Neben ihm saß einer, von dem wir bisher nur wissen, dass er Jenky genannt wird.«

»Yankee vielleicht? Ein Amerikaner?«

»Das weiß ich nicht.

»Das ist alles sehr verwirrend. Und Adolf Petersen war jedenfalls auch mit dabei?«

»Ja, natürlich. Der hat ja das Geld an sich genommen. Und Lau hat den Schreckschuss abgegeben.«

»Schreckschuss ist gut, mein Lieber! Er hat dem Kutscher den Arm zerschossen.«

»Der Holzhändler jedenfalls hat einen kleinen, schwarzen Schnurrbart, wettet viel beim Pferderennen und verkehrt in der Wirtschaft von Fischer in der Volksdorfer Straße, Ecke Hamburger Straße.«

»Ja.«

»Und der Chauffeur, dieser Berthold Schwarz, der hat seine Stellung aufgegeben und hält sich verborgen, weil er fürchtet, dass die Polizei nach ihm sucht. Aber ein Halbbruder des Schuhmachers Hein Kloth, der wohnt im Holsteinischen Kamp, und der kann angeblich Auskunft über seinen Aufenthaltsort geben.«

»Mein lieber Jastorf«, unterbricht ihn Davidsohn. »Das ist schön und gut, aber warum erzählen Sie mir das alles?«

»Damit Sie wissen, wo wir jetzt stehen. Dies ist ein sehr großer Fall, Herr Dr. Davidsohn. Wenn ich alle Informationen zusammenzähle, die wir bisher erhalten haben, dann umfasst der Kreis der Beschuldigten bereits einundzwanzig Personen. Nicht alle davon sind unbedingt strafrechtlich zu belangen. Aber es besteht die Hoffnung, dass wir die Leute gegeneinander ausspielen können. Zum Beispiel ist wohl die Beute nicht immer gerecht geteilt worden. Da können wir ansetzen!«

»Einundzwanzig Personen – mein lieber Jastorf, Ihre Fähigkeiten in allen Ehren, aber das ist eine Größenordnung, die einer allein nicht mehr handhaben kann.«

Jastorf wird rot. »Da bin ich anderer Ansicht. Um ehrlich zu sein – das ist genau der Punkt, um den ich Sie bitten wollte. Es sollte sichergestellt sein, dass alle Ermittlungen von mir, das heißt von Krohn und mir durchgeführt werden. Und Berger natürlich. Wenn die Arbeiten auf verschiedene Sachbearbeiter verteilt wer-

den, gibt es zu große Reibungsverluste, und die Feinab-
stimmung der polizeilichen Maßnahmen, zum Beispiel
wer wann verhaftet werden soll, die würde darunter
leiden.«
»Ich sehe, was Sie meinen«, sagt Davidsohn. Er überlegt. »Gut«, sagt er schließlich. »Wir machen es so: Sie
führen zunächst alle Ermittlungen. Sie sind mit der
Materie vertraut, und ich will auf keinen Fall, dass jetzt
irgendein besser bezahlter aber ahnungsloser Oberpoli-
zist die Geschichte an sich reißt ...«
»Danke!«
»Das ist das eine! Das andere ist aber, dass wir den
Fall aufteilen in eine ganze Reihe von Einzelverfahren,
also zum Beispiel Adolf Petersen und Genossen, Lau
und Genossen, Junge und Genossen – und so weiter. So
viele Prozesse wie wir eben Beschuldigte haben. Wenn
wir dann in einem der Verfahren Schiffbruch erleiden
sollten, was man ja leider nie ganz ausschließen kann
...«
Jastorf wird noch roter. Dass er Petersen im letzten
Sommer wieder freilassen musste, wurmt ihn zutiefst.
»... dann haben wir ja immer noch zwanzig andere
Verfahren. Das hat, nebenbei gesagt, auch den Vorteil,
dass die Strafen in der Summe viel höher ausfallen, als
wenn wir das alles in einem einzelnen Mammutprozess
aufrollen würden. Ich denke, das ist auch in Ihrem Sinne!«
»Ja, natürlich.«
Vor allem ist es natürlich in meinem Sinne, denkt
Davidsohn. Auf diese Weise wird ein unübersichtliches Knäuel von Verfahren erzeugt, das am Ende nur

noch einer entwirren kann, und dieser eine bin ich! Da wird sich Kapital draus schlagen lassen, falls es mit dem Sprung nach Berlin nicht klappen sollte.

»Wen wollen Sie denn zuerst festnehmen?«

»Adolf Petersen natürlich, wenn wir ihn kriegen können, dann seine derzeitige Braut, die Frau Goedje.«

»Ich wünsche Ihnen viel Glück.«

Das werde ich brauchen, denkt Jastorf.

Petersen verhaftet

29. Juni 1921

Ja, bitte?«
Sie sind am Abend gekommen. Frau Goedje starrt die Polizisten mit großen Augen an. Dass sie Berger schon kennt, gibt sie durch nichts zu erkennen.
»Frau Goedje, könnten wir bitte den Herrn Julius Adolf Petersen sprechen? Gegen ihn liegt ein Haftbefehl vor.«
»Der Herr Petersen ist nicht hier«, sagt sie. Lügt sie? Berger ist sich nicht sicher.
»Wenn Sie vielleicht morgen Abend wiederkommen könnten ...?«
Berger schüttelt den Kopf. »Nein, wir bleiben hier. Wir müssen Ihre Wohnung durchsuchen.«
»Haben Sie einen – wie heißt das – einen Durchsuchungsbefehl?«
Berger gibt ihr das Schreiben. Sie legt es zur Seite, ohne es zu lesen.
Die Polizisten machen sich an die Arbeit. Gestohlene Wäsche, denkt Berger. Woran erkenne ich gestohlene Wäsche? Die Tischtücher, die er aus dem Schrank nimmt, sehen nicht neu aus. An der Ecke eingestickt ein Monogramm FF.
»FF?«, fragt Berger.

Er erfährt, dass Frieda Goedje mit einem Herrn Follmer verheiratet ist.

»Dann heißen Sie also eigentlich Follmer?«

»Ja.«

»Und wo ist der Herr Follmer jetzt?«

»Einen Meter unter der Erde«, witzelt einer der Polizisten.

Berger ist ärgerlich: »Lassen Sie diese Bemerkungen!«

»Er hat sich aus dem Staub gemacht«, sagt Frau Goedje.

In dem Augenblick wird es im Nachbarzimmer laut.

»Holla, wen haben wir denn da?«

»Julius Adolf Petersen«, sagt Petersen. »Sie wollten mich sprechen?«

»Als wir ins Zimmer kamen, war er gerade dabei, aus dem Schrank zu steigen!«, ruft der Beamte.

Berger verzichtet darauf zu fragen, was Petersen in dem Schrank gemacht hat. »Sie sind verhaftet«, sagt er.

»Ich habe mir nichts zuschulden kommen lassen!«

»Einbruch im Wäschegeschäft Flachdecker«, sagt Berger. »Sie sind als einer der Täter identifiziert worden.«

»Ich kann nachweisen ...«

»Nicht jetzt«, sagt Berger. »Das können Sie im Präsidium tun. Kommen Sie mit!«

»Frieda, kannst du das bitte für mich aufbewahren?«, sagt Petersen scheinbar ungerührt. Er steckt seiner Gefährtin einen größeren Umschlag zu.

»Moment mal, bitte!« Berger nimmt ihr den Umschlag aus der Hand und schüttet den Inhalt aus. Ein

Ring will vom Tisch kullern; Berger schlägt mit der Hand drauf. Insgesamt vier Ringe sind in dem Umschlag, Gold mit Brillanten. Außerdem ein Wechsel über dreiunddreißigtausend Mark und ein Scheck über fünfzehntausend Mark, beides ausgestellt von einer Baronin Ada von Thorvald. Außerdem verschiedene Quittungen über den Verkauf von Teppichen, Schmuck und einem silbernen Kaffeeservice. In einem Seitenfach stecken zusammengefaltete Hypothekenpapiere.

Berger sieht Frieda Goedje an, wartet einen kleinen Moment. Wenigstens »Was ist das denn?« hätte sie jetzt sagen müssen. Aber sie schweigt.

Berger sagt: »Frau Goedje, auch Sie sind vorläufig festgenommen. Diese Gegenstände sind beschlagnahmt.«

2.

»Herr Berger?«

»Ja, bitte?« Das muss einer der Anwälte sein, denkt Berger.

»Schröder ist mein Name. Ich vertrete den Herrn Adolf Petersen.«

»Freut mich sie kennenzulernen«, sagt Berger. Es freut ihn nicht im Geringsten. Ganz offensichtlich hat der Mann ihn hier vor dem Stadthaus abgepasst, um mit ihm in Abwesenheit von Jastorf und Krohn reden zu können.

»Sagen Sie – was ist es eigentlich genau, was gegen meinen Mandanten vorliegt?«

Das ist dreist, denkt Berger. »Darüber kann ich Ihnen nun wirklich keine Auskunft geben.«

»Schade. – Falls Sie jemals etwas haben, was ich wissen sollte – ich gebe Ihnen auf jeden Fall mal meine Karte mit, damit Sie wissen, wie Sie mich erreichen können.«

»Dankeschön.«

»Es liegt mir sehr am Herzen, dass hier keine unnötigen Missverständnisse aufgebaut werden. Es stehen ja für meinen Mandaten abgesehen von seinem guten Ruf durchaus auch größere Summen auf dem Spiel.« Ist das nun ein Bestechungsversuch? »Ich glaube auch, dass mehr auf dem Spiel steht als nur das Geld und der gute Ruf des Herrn Petersen«, sagt Berger. »Und jetzt entschuldigen Sie mich bitte; ich habe zu tun.«

3.

Krohn und Berger vernehmen Rösberg. Der sagt: »Herr Kriminalrat, eins möchte ich gleich von Anfang an völlig klarstellen: Ich bin ein ehrlicher Mensch. Ich habe niemals, also zu keinem Zeitpunkt mit dieser Petersen-Bande, von der Sie da sprechen, irgendwelche strafbaren Handlungen begangen.«

»Ja, ja«, sagt Krohn. »Das freut mich zu hören. – Sie haben aber immerhin gestern bei einer Vernehmung durch unseren Kollegen Strauch zu Protokoll gegeben, dass Sie in der Lage wären, Aufklärung über verschiedene Straftaten zu bieten, die wir Adolf Petersen und Genossen zur Last legen.«

»Ja, das stimmt.«

Krohn nimmt die Brille ab, sieht Rösberg forschend an. »Nun könnte man sich natürlich fragen ...«

»Herr Kriminalrat, Sie haben ja recht. Aber ich muss zu meiner Entschuldigung anführen, dass ich kein besonders mutiger Mensch bin, und solange dieser Petersen noch frei herumgelaufen ist, da hatte ich einfach Angst. Ich meine, ich hätte ja das Schlimmste befürchten müssen; diese Kerle schrecken vor nichts zurück. Die hätten sich an mir gerächt, die hätten mich abgemurkst, das ist so sicher wie das Amen in der Kirche.«

»Da ist es ja gut, dass Sie jetzt erst einmal unter unserem Schutz stehen! – Wie sind Sie denn überhaupt in diese ganze Geschichte reingeraten?«

»Durch einen ganz dummen Zufall, Herr Kriminalrat. – Ich kann eigentlich gar nichts dafür.«

»Das habe ich mir schon gedacht.« Krohn zündet sich eine Zigarre an, nimmt ein paar Züge, lässt sich Zeit. Rösberg rutscht unruhig hin und her, weiß nicht, ob er einfach weiterreden soll, traut sich aber nicht.

»Nun erzählen Sie mal«, sagt Krohn schließlich.

»Ja, also, mein Onkel, der hat doch diese Gaststätte in der Volksdorfer Straße, und da ...«

»Langsam, langsam!«, bremst ihn Krohn. »Wir haben Zeit. Fangen Sie ruhig ganz von vorne an.«

Krohn kennt den Lebenslauf schon aus den Akten, aber Berger nicht, und der soll auch ins Bild gesetzt werden. »Keiner wird als Verbrecher geboren«, hat Krohn gesagt. Und der Lebenslauf, den der Untersuchungshäftling vor ihm ausbreitet, unterscheidet sich zunächst kaum von Bergers eigenem.

Rösberg ist am 9. August 1895 geboren – als Sohn rechtschaffener Eltern, wie er betont. Nach der Schulzeit hat er eine Lehre bei einer Exportagentur begonnen, und hat dann schließlich bei der *Kaufmännischen Krankenkasse von 1858* angefangen zu arbeiten. Dann kam der Krieg; Rösberg wurde 1915 eingezogen, kam zum *Ersatz-Reserve-Regiment 213* und ist bei St. Eloi schwer verwundet worden. Beckenschuss, dreizehn Monate Lazarett, danach als Invalide ausgemustert. Er konnte bei der Kasse wieder anfangen ... Glückspilz, denkt Berger. Bei den vielen Arbeitslosen! Aber es nützt dem Rösberg nichts, die Kasse zahlt schlecht, das Geld reicht nicht aus. Alles ist teurer geworden inzwischen, und Rösberg – er hat zu früh geheiratet – muss jetzt nicht nur seine Frau ernähren, sondern nach dem Tod des Vaters obendrein auch noch die Mutter. Und dann ist da noch das Töchterchen. Sie leben zusammen in einer Wohnung.

»Da habe ich beschlossen, mich selbstständig zu machen. *Wirtz und Rösberg, Elektrowaren en gros.* Haben Sie vielleicht schon mal gelesen irgendwo.«

Krohn schüttelt den Kopf.

»Wir inserieren im *Fremdenblatt* und im *Echo*. Und unser Laden, der ist in der Großen Theaterstraße, gar nicht weit von hier.«

»Wo Ihr Laden ist, weiß ich«, sagt Krohn.

»Wer ist Wirtz?«, fragt Berger. Möglicherweise ein weiterer Verdächtiger? Der Name ist schon mal irgendwo aufgetaucht, so viel steht fest.

»Der Tobias Wirtz, der hat nicht lange mitgemacht. Ist schon nach fünf Monaten wieder aus der Firma ausgetreten. Mai 1919 ist das gewesen. Er war ja eigentlich Intendantursekretär bei der Marineverwaltung, ja und den Posten wollte er natürlich nicht aufgeben ...«

»Und da hat er sein Geld zurückhaben wollen«, mutmaßt Berger.

»Ja, natürlich.«

»Was die Firma nicht verkraftet hat.«

Rösberg schüttelt den Kopf. »Herr Kriminalrat, so war das nicht. Das Geschäft lief blendend. Läuft noch immer blendend. Ich habe zur Zeit sechs Angestellte, und der Bruttogewinn von Januar bis Mai dieses Jahres liegt immerhin bei fünfundachtzigtausend Mark. Aber die allgemeine Entwertung des Geldes ...«

»Sie mussten also aktiv werden, um die Firma zu retten?«

»Ich habe meinem Onkel von meinen Problemen erzählt. Paul Ansorge heißt der.«

Berger sieht Krohn an. Der schüttelt den Kopf. Ansorge ist bisher unbekannt, soll das heißen. Rösberg erklärt: »Der hat eine Gastwirtschaft in der Volksdorfer Straße 12. Und da habe ich dann einen Gast getroffen, der sich für meine Probleme zu interessieren schien.«

»Wer war das?«, fragt Berger.

»Ein gewisser Max Windhorst ...«

Krohn nickt lebhaft. Er sitzt so, dass Rösberg das nicht sehen kann.

»Max Windhorst?«, fragt Berger so gleichgültig wie möglich.

»Ja. Wir haben ein paar Bier zusammen getrunken, und er hat mich alles Mögliche gefragt. Ich habe ihm von meiner Firma erzählt und von meinen privaten Problemen – wir haben ja auch obendrein noch seit September 1918 eine kleine Tochter. – Ich glaube, ich habe im Augenblick gar kein Foto ...«

»Macht nichts«, sagt Berger. »Aber von der Tochter wollte der Herr Windhorst vermutlich nichts wissen?«

»Doch, er hat sich schon dafür interessiert, aber vor allem hat er mich nach dem Herrn Wirtz gefragt, meinem früheren Teilhaber. Er hat gesagt, dass der Herr Wirtz da ja einen guten Posten habe, bei der Marineintendantur, und dass das ja wohl eine ziemliche Vertrauensstellung sei, und dass da vermutlich große Summen durch seine Hände gingen. – Herr Kriminalrat, ich war ja völlig arglos, ich hab doch schließlich nicht wissen können, dass der Max Windhorst vorbestraft ist!«

»Und was geschah dann?«

»Nichts. – Zunächst jedenfalls. Der Herr Windhorst hat mir erklärt, dass er zur Zeit leider auch kein Geld flüssig habe, aber dass er sich mal umhören wolle – und dann hat er sich verabschiedet und ist gegangen.«

»Aber er hat sich wieder gemeldet?«

»Ich hab ihn wieder getroffen, ungefähr eine Woche später, wieder in dem Lokal von meinem Onkel. Er hat mich noch alles Mögliche gefragt, über Referenzen und so etwas, und ich hab ihm gesagt, er könne sich gern bei der *Hanseatischen Electrizitäts-Gesellschaft* über mich erkundigen. Oder bei *Hermann Strube & Co.* – Ja und dann hat er mich mit dem Herrn Petersen zusammengebracht.«

»Adolf Petersen?«

»Ja.«

»Den kannten Sie vorher nicht?«

»Nein. Max Windhorst hat uns vorgestellt. Und Petersen hat sich dann die ganze Geschichte angehört, selbst auch noch ein paar Fragen gestellt, und ein paar

Tage später habe ich dann von ihm fünfzigtausend Mark erhalten.«

»Großzügig«, sagt Berger.

»Na ja, ich musste das Geld natürlich verzinsen, zunächst mit zwanzig Prozent, später dann mit zwölf Prozent. Und damit war der Fall dann zunächst einmal für mich erledigt.«

Berger nickt, sagt aber nichts.

»Später hab ich dann gerüchteweise gehört, Max Windhorst und noch irgendein Mensch hätten unter einem Vorwand die Intendantur aufgesucht und gesagt, dass sie den Herrn Wirtz sprechen wollten …«

Krohn malt im Hintergrund ein großes Fragezeichen in die Luft.

»Und wer war dieser Unbekannte?«, fragt Berger.

»Der hieß Junge oder so ähnlich. Aber den kenne ich nicht. – Sie sind dann tatsächlich da hingegangen, aber der Herr Wirtz war nicht da, sodass sie nur mit seinem Vertreter sprechen konnten. – Und dann hab ich noch gehört, dass da ein Einbruch geplant sei.«

»Bei der Marineintendantur?«

»Bei der Deutschen Seewarte, ja.«

Krohn ist plötzlich hellwach.

»Ach, diese Dienststelle ist bei der Seewarte untergebracht?«

»Ja. – Hab ich das nicht gesagt?«

Berger schüttelt den Kopf. Jetzt fällt ihm auch ein, woher ihm der Name Wirtz bekannt ist: der Kassierer der Seewarte!

Krohn fragt nach: »Und Sie haben diese geplante Straftat nicht zur Anzeige gebracht?«

»Nein. – Ich hab das für leeres Gerede gehalten.«

»Ach, wirklich?«

Rösberg schlägt die Augen nieder. »Natürlich wollte ich mich auch nicht bei Petersen und seinen Freunden unbeliebt machen, denn immerhin hatten die mir ja diesen Kredit gegeben, den ich so dringend brauchte.«

»Das ist verständlich«, sagt Berger. Er geht davon aus, dass der Richter später diese Handlungsweise weniger verständlich finden wird. Aber das ist jetzt unwichtig. Rösberg soll nicht erschreckt werden – er soll reden.

Und Rösberg redet. »In der Zeitung hab ich dann gelesen, dass tatsächlich in der Seewarte eingebrochen worden ist. Ja, und da hab ich dann den Windhorst zur Rede gestellt. Ich hab ihm gesagt, dass ich mich für so etwas nicht hergebe und dass ich den Fall zur Anzeige bringen werde. Der Windhorst hat dann den Petersen geholt, und dem habe ich das Gleiche gesagt.«

»Und wie ist das ausgegangen?«, fragt Berger.

»Petersen hat mir ein Schweigegeld angeboten. Das habe ich abgelehnt.

»Und dann?«

»Dann haben sie mir gedroht. Der Petersen hat gesagt, ich könne gar nichts machen. Max Windhorst und er hätten überall herumerzählt, ich hätte den Tipp für diesen Einbruch gegeben und sei entsprechend dafür bezahlt worden. Das war natürlich gelogen, und ich hab mich gewaltig aufgeregt und herumgeschrien, aber sie sind beide ganz ruhig geblieben und haben gesagt, ich komme da nicht mehr heraus. – Da habe ich schließlich einsehen müssen, dass das alles keinen Zweck hat, und ich musste mich wohl oder übel in das Unvermeidliche fügen ...«

Berger nickt, aber jetzt ist sein Auftritt zu Ende. Krohn hat sich von seinem Sitz erhoben. Er sagt:»So, Jungchen, das hast du gut gemacht, aber nun lass mich mal ran!« Berger macht ihm Platz. Rösberg starrt den massigen Kriminalisten an, und es ist klar, dass er große Angst vor dem Mann hat.»Das ist die Wahrheit«, sagt Rösberg.»Das ist alles, was ich weiß!«

»Das reicht nicht«, sagt Krohn.»Etwas mehr brauchen wir schon, sonst müssen wir davon ausgehen, dass du mit drin hängst. Mittendrin!«

»Was soll ich denn nur sagen?«, jammert Rösberg.

»Die Namen!«, verlangt Krohn.

»Ich weiß doch nichts ...«

Einen Moment lang hat Berger das Gefühl, dass sein Partner zu weit geht. Besorgt sieht er ihn an. Aber Krohn hat die größere Erfahrung, lässt sich nicht beirren:»Die Namen!«, fordert er, jetzt etwas lauter, drohender.

Und dann knickt Rösberg ein.

»Reinig«, haucht er.

»Lauter bitte!«

»Reinig. Paul Reinig.«

»Weiter!«

»Außerdem dieser Junge. Friedrich Junge. – Und Arnold Petersen. Und einer, der hieß Lau, glaube ich.«

»Karl Lau?«

»Ja. Neuberger vielleicht auch, aber das weiß ich nicht sicher. Und – und ein Stade. Adolf Stade, aber den hab ich nie gesehen. Ja und natürlich Adolf Petersen und Max Windhorst.«

Krohn sieht in seine Unterlagen. »Ja«, lügt er, »das stimmt wohl, das habe ich hier auch stehen.«

Berger kann im Gegensatz zu Rösberg sehen, was für ein Blatt Krohn aufgeschlagen hat. Es ist der Speiseplan der Polizeikantine.

»Reingelegt«, sagt Krohn. Rösberg ist inzwischen wieder in Untersuchungshaft.

»Was geschieht nun mit ihm?«, fragt Berger.

Krohn zuckt mit den Achseln. »Mal sehen«, sagt er.

Berger denkt, dass der junge Mann seine Frau so bald nicht wiedersehen wird. Und das kleine Mädchen auch nicht.

Krohn durchschaut ihn. »Du hast ein zu weiches Herz«, sagt er. Es klingt jetzt überhaupt nicht mehr bedrohlich.

Berger sagt: »Wie schnell das gehen kann! Ein falscher Schritt, und schon ist man auf der falschen Seite. Und dann gibt es keine Rettung mehr ...«

»Ganz so ist es ja nun nicht«, sagt Krohn. »Zunächst einmal ist klar, dass dieser Junge gelogen hat. Aber er ist nicht gut im Lügen. Er ist noch zu unerfahren. Er hat natürlich geahnt, worauf das hinausläuft, wenn wir ihn vernehmen. Und da hat er dann ein paar besonders schöne Sätze schon einmal vorsichtshalber auswendig gelernt: ›... und ich musste mich wohl oder übel in das Unvermeidliche fügen!‹ So redet doch kein Mensch, Berger!«

»Kann es nicht wirklich so gewesen sein? So oder ähnlich?«

Krohn schüttelt den Kopf. »Dafür weiß er zu viel. Die

Namen kann er nur wissen, wenn er wirklich tief mit drinsteckt.«

»Kann das nicht immer noch ein dummer Zufall sein? Ist er vielleicht nichts weiter als ein Pechvogel?«

Krohn lacht. »So viel Pech ist polizeilich verboten! Seine Umgebung scheint ja geradezu vom Unglück verfolgt zu werden ...«

Krohn tippt auf eine dünne Mappe, die vor ihm auf dem Tisch liegt. »Kennst du diesen Vorgang?«

Berger schüttelt den Kopf. *Einbruch zum Nachteil der Kaufmännischen Krankenkasse von 1858* steht auf der Mappe. Offensichtlich geht Krohn davon aus, dass bei dieser Geschichte auch Rösberg seine Finger im Spiel hat.

»Und was werden wir jetzt tun?«, fragt Berger. »Nehmen wir uns den Petersen vor?«

Krohn schüttelt den Kopf. »Wir werden ihn vernehmen, das ist klar, aber das ist nur eine Formsache. Petersen ist ein alter Hase, der lässt sich nicht überrumpeln. – Nein, wir werden einen kleinen Umweg machen müssen. Bei unserer Arbeit ist es genau wie beim Skat, Wilhelm. – Spielst du Skat?«

Berger spielt Skat. »Die Kleinen holen die Großen«, sagt er.

Krohn nickt. »Die Kleinen holen die Großen.«

Jetzt werden Haftbefehle ausgestellt für Drescher, Reinig, Lau, Junge, Stade, Schröter und Neuberger. Die Petersens haben sie schon. Jetzt bewegt es sich, jetzt kommt die Sache ins Rollen!

Doch nicht alles gelingt auf Anhieb. Reinig ist untergetaucht. Neuberger versucht, sich der Verhaftung durch einen Sprung aus dem Fenster zu entziehen; er bricht sich die Beine und wird ins Krankenhaus eingeliefert.

4.

Unruhig geht Frieda Goedje in ihrer Zelle auf und ab. Die Festnahme hat sie schwer erschüttert. Was soll nur werden? Wie soll sie hier wieder herauskommen? Bei der Verhaftung Odsches hat sie keine gute Figur gemacht. Es ist klar, dass die Polizei sie als Mittäterin einstuft. Dabei hat sie doch nur ein paar Geschenke angenommen, weiter nichts. Muss man denn bei jedem Geschenk nachfragen, wo es herkommt und ob es nicht vielleicht geklaut ist? Das kann doch nicht sein! Und dieser Affe von Polizist, dieser Berger? Was hat er denn geglaubt, was er hier tut? Lessingdenkmal, 20 Uhr? Fast wäre sie hingegangen. Ins Gesicht hätte sie ihm spucken sollen bei der Festnahme! Schade, dass sie es nicht getan hat.

Die Handtasche fällt ihr ein. Sie hatte geglaubt, dass es gut sei, die gestohlenen Sachen verschwinden zu lassen. Jetzt kommen ihr Zweifel. Wenn die Tasche nun entdeckt wird, dann ist natürlich völlig klar, dass sie versucht hat, die Wäsche zu verstecken, und dass sie sehr wohl gewusst hat, dass etwas damit nicht gestimmt hat. Sie hatte ja vorgehabt, die Tasche so rasch wie möglich auszulösen. Aber nun, wo sie hier festsitzt, kann sie das nicht. Irgendwann wird die Gepäckaufbewahrung feststellen, dass das Gepäckstück nicht mehr zurückgefordert wird. Sie werden die Tasche öffnen, um zu sehen, was es damit auf sich hat; sie ist ja nicht einmal verschlossen! Wann werden sie das tun? Nach einem Monat? Womöglich schon eher. Und natürlich steht ihr Name drin. Die Handtasche muss verschwinden.

Der freundliche Anwalt, den Odsche zu ihr geschickt hat, der hat angedeutet, dass er vielleicht in der Lage wäre, eine Nachricht an ihre Freunde und Verwandten zu überbringen. Das ist die Lösung. Sie wird an Mohnsens schreiben; die werden die Tasche auslösen. Odsches Stiefvater hat den Zweitschlüssel für die Wohnung; er kann hingehen und den Gepäckschein holen, den sie an die Übergardine geheftet hat. Er weiß ja auch, worum es geht. Sie braucht es nicht allzu deutlich zu formulieren, damit unbefugte Augen nichts damit anfangen können, falls die Nachricht doch abgefangen werden sollte.

Ach ja, da ist ja auch noch der Pelzmantel! Auch der muss auf jeden Fall abgeholt werden. Sie macht sich daran, die erforderliche Nachricht zu schreiben.

5.

»Frau Mohnsen?«

»Ja, bitte?« Misstrauisch mustert Petersens Mutter die Beamten.

»Haussuchung«, sagt Jastorf. »Würden Sie bitte zur Seite treten?«

»Oh Gott, oh Gott! Das geht nicht – ich hab doch überhaupt nicht aufgeräumt!«

»Keine Sorge, Frau Mohnsen, das stört uns überhaupt nicht.« Krohn hat diesmal die Rolle des netten Polizisten übernommen.

Den Durchsuchungsbefehl hat Frau Mohnsen keines Blickes gewürdigt. Sie hat ihn achtlos auf den Tisch gelegt, sitzt jetzt in der Küche kerzengerade auf einem der Holzstühle, tut uninteressiert, aber verfolgt das Vorgehen der Beamten aus den Augenwinkeln.

»Ist das der Durchsuchungsbefehl?«, fragt Mohnsen, der inzwischen aus dem Schlafzimmer aufgetaucht ist. »Lass mal sehen!«

Petersens Stiefvater setzt sich hin, studiert das Dokument. Falls es irgendwelche Formfehler geben sollte – er wäre nicht in der Lage, sie zu entdecken. Sein Puls rast. Das musste ja so kommen, denkt er. Und sie werden bestimmt etwas finden. Der Odsche ist immer so sorglos. Viel zu sorglos für jemand, der solch ein riskantes Leben führt.

Einer der Männer hat die Besteckschublade auf den Tisch geschüttet, wühlt in den Messern, Gabeln und Löffeln herum.

»Waren Sie mal in Afrika?«, fragt er.

Mohnsen schüttelt den Kopf.

»Wo kommt denn dieses Messer her?«

D.O.A.=Linie steht drauf. Mohnsen zuckt mit den Schultern. Er hat dieses Messer noch nie gesehen. »Was heißt das denn, D.O.A.?«

»Deutsche Ostafrika-Linie. Eine Reederei ist das. – Und W.R.?«

»Ein Monogramm.«

»Ja, das sehe ich. Wessen Monogramm ist das?«

»Keine Ahnung.«

Jedenfalls nicht Petersen oder Mohnsen, denkt Berger.

Frau Mohnsen räuspert sich. »Wir haben manchmal von Einlogierern solche Sachen gekriegt«, sagt sie. »Als Teil der Mietzahlung. Wenn die knapp bei Kasse waren.«

»Von wem zum Beispiel?«

»Das weiß ich nicht mehr.«

Alles gelogen, denkt Berger. Aber vor Gericht kann man damit nichts anfangen.

Jastorf hat sich inzwischen das Schlafzimmer vorgenommen. Mit Erfolg. Er kommt mit einer goldenen Uhr zurück. »Eine Doppelkapsel-Herrenuhr mit Schlagwerk! Die lag in einem Kasten im Vertiko.«

»Müssen Sie denn nun wirklich alle Schränke durchwühlen?«, empört sich Mohnsen. »Diese Uhr – das ist ein Geschenk von unserem Karl aus Amerika.«

»Schönes Geschenk«, brummt Jastorf. »Schade, dass Sie es gar nicht benutzen!«

Mohnsen zuckt mit den Achseln.

»Und dieses Collier, das tragen Sie auch gar nicht? – Brillanten und Smaragde, nicht übel!«

»Wir haben ja nicht gewusst, dass Sie kommen, sonst hätte ich es angelegt!«, faucht Frau Mohnsen.

Jastorf verzieht keine Miene. Er gibt Berger ein Zeichen. Berger folgt ihm ins Schlafzimmer.

»Guck mal, was ich gefunden habe!«

Auf dem Bett liegen zwei Notizbücher. Auf dem dickeren steht Adolf, auf dem dünneren Arnold. Berger nimmt das Buch Adolf in die Hand. Da ist Seite für Seite aufgeführt, was die Mohnsens dem Sohn an Lebensmitteln und Wäsche ins Gefängnis geliefert haben. Außerdem ist aufgeführt, wann sie dem Sohn Nachrichten geschickt haben, und wann sie Nachrichten aus dem Knast erhalten haben. Der Transport dieser Botschaften war offenbar jedes Mal zwischen hundert und zweihundertfünfzig Mark wert.

Jastorf und Berger gehen in die Küche zurück.

»Wer hat die Nachrichten überbracht?«, fragt Jastorf.

»Was denn für Nachrichten?«

»Diese Nachrichten hier, beinahe jeden Tag eine!«

»Nee, das weiß ich nicht, was das sein soll ...«

»Kommen Sie, Frau Mohnsen, das ist doch Unfug, was Sie hier machen; es ist doch völlig klar, dass sie damit bei uns nicht durchkommen!«

Herr Mohnsen erhebt sich.

»Wo wollen Sie denn hin?«

»Zum Klo«, sagt Mohnsen. »Man wird ja wohl noch austreten dürfen!«

Jastorf winkt einen der Schutzleute herbei: »Leibesvisitation!«

Mohnsen wird von einem der Polizisten durchsucht.

»Was soll das?«, ruft Mohnsen, »das ist mein Portemonnaie!«

Der Polizist übergibt es Kriminalwachtmeister Krohn. Der schüttet den Inhalt auf den Tisch. Kleingeld, alle möglichen Quittungen und ein eng zusammengefalteter Zettel. Ein Kassiber:

Liebe Mutti!

Geh sofort nach der Wandsbeker Chaussee oben, bei der Ritterstraße, zu Fichtner. Hol die alte Seide und den Mantel. Mach das sofort in Ordnung, dann geh zu meiner Nichte Friedel, sie soll aussagen, dass im Februar ein Hermann

Wolter aus Berlin das Mittelzimmer gemietet hat. Er hat sich von mir 6000 Mark geliehen und mir dafür den Brillantring dagelassen, den mit dem großen Stein, den haben sie mir hier abgenommen. Welches Jahr waren wir beide in Schleswig? Schreibe es mir unter »der Hund Pussy ist im Jahr 1919 geboren«. Wenn Friedel einverstanden ist, schreib mir: »Friedel ist wieder gesund.« – Die Hochzeit von M., wie lange hat die gedauert am 5. Juni? Im Jahre 1914 war ich verlobt mit einem Amerikaner. Das mögen meine Mutti, Emmi und Martha mir bezeugen. Der brachte mir den Pelzmantel mit und den Pelzkragen. Der Amerikaner hieß John Black und hatte schwarze Haare.

Die Uhr im Mittelzimmer zu Füßen im Bett sofort wegbringen! Rechtsanwalt nehme ich mit A. zusammen. Wegen des Wäschediebstahls verhaftet: L. Nochmals: Die Seide und den Mantel da sofort wegholen. Pelzgeschäft Fichtner. Eilt! Eilt! Überbringer 20 Mark geben.

F.F.

»F.F.?«, fragt Krohn.

»Frieda Goedje«, sagt Berger. »Das ist ihr Geburtsname. Adelheid Franziska Frieda Goedje. Sie hat dann diesen Fiedler geheiratet, ist inzwischen geschieden.«

»Und *Liebe Mutti*?«

»Sie meint Frau Mohnsen.«

6.

Den Laden in der Wandsbeker Chaussee 159 haben sie schnell gefunden.

»Der Pelzmantel? – Ja, den hat mir eine Frau gebracht, für die ich den umändern sollte. Vor einem Monat ungefähr muss das gewesen sein.« Der Kürschner

Otto Fichtner blickt unsicher von einem Beamten zum anderen.

»Wie die Frau hieß, haben Sie das notiert?«

»Ja, natürlich. Aber das weiß ich auch so noch. Ein junges Fräulein war das, ein Fräulein Follmer, aus den Colonnaden.«

Jastorf und Berger sehen sich an. Kein Zweifel, das ist der Mantel.

»Das ist ein sogenannter Elektrik-Bisammantel. Ein ziemlich schlichter Pelzmantel. Das ist natürlich von Vorteil; den kann man auch noch tragen, wenn sich die Mode gerade mal wieder geändert hat. Ich sollte den Mantel umändern. Ich glaube, Fräulein Follmer sagte, sie hätte ihn von einer Tante geerbt. Aber da bin ich mir nicht mehr ganz sicher.«

»Aber Sie haben die Änderungen noch nicht ausgeführt?«

»Nein, sie wollte ja noch zur Anprobe kommen, damit ich alles abstecken kann, aber bisher ist sie noch nicht dagewesen. Stattdessen waren ein Mann und eine Frau da und haben gesagt, dass sie den Mantel abholen sollen. Aber ohne die Quittung habe ich ihn nicht herausgegeben.«

»Das war richtig so«, sagt Berger.

»Ach ja, ein neues Futter sollte der Mantel auch bekommen. Das hat das junge Fräulein mir schon dagelassen!«

»Ich fürchte, Herr Fichtner, wir müssen den Mantel und das Futter jetzt beschlagnahmen«, sagt Berger. »Wahrscheinlich handelt es sich um Diebesgut.«

»Ha!« Jastorf triumphiert. In der Wohnung Colonnaden hatte der Hausmeister auf Wunsch der Polizei das alte Schloss durch ein Steckschloss zusätzlich sichern lassen, sodass Mohnsen den Auftrag nicht ausführen konnte. In dem Bett im Mittelzimmer finden sie die im Kassiber erwähnte goldene Armbanduhr.

»Diebesgut!«

Der Hausmeister ist offensichtlich beeindruckt, gibt aber keinerlei Kommentar ab.

Berger fragt nach: »Sie kennen doch die Mohnsens?«

Ja, die kennt er.

»Haben Sie die vielleicht in letzter Zeit hier in der Nähe der Wohnung gesehen?«

»Ja, vor einigen Tagen hab ich Herrn Mohnsen im Treppenhaus getroffen. Ich hab gegrüßt, aber er hat mich wohl gar nicht bemerkt; jedenfalls hat er nicht zurückgegrüßt.«

»So«, sagt Jastorf, »das war nicht schlecht! Die Mohnsens sind verhaftet, die Vorladung für diese Nichte Friedel ist raus. Ich hab schon mit Davidsohn gesprochen. Jetzt kommt es darauf an, ob die Mohnsens vorher bei ihr gewesen sind oder nicht. Wenn sie diese Sache mit dem Wolter und dem Brillantring vorbringt, vereidigen. Wenn sie bei der Darstellung bleibt, setzen wir sie wegen Meineids fest.«

7.

»Guck dir dies an«, sagt Krohn.

»Das ist eine Streichholzschachtel.«

»Mach sie auf.«

In der Schachtel liegt ein klein zusammengefalteter Zettel. Berger nimmt ihn heraus, faltet ihn vorsichtig auseinander. Ein Antragsformular für einen Gesprächstermin mit dem Anwalt, nicht ausgefüllt. »Was soll das?«

»Diese Schachtel samt Inhalt haben wir auf der Straße Hütten vor dem Gefängnis eingesammelt. Sie ist offenbar aus einem der Fenster geworfen worden.«

»Ja – aber wozu?«

»Das werde ich dir gleich demonstrieren. Jastorf, du hast doch sicher eine Kerze dabei?«

»Bin ich der Weihnachtsmann oder was?«

»Jastorf!«

Jastorf bringt die Kerze. Krohn hält den Zettel vorsichtig über die Flamme. Das Papier beginnt sich zu bräunen. Bevor es jedoch in Flammen aufgehen kann, erscheint plötzlich Schrift auf den unbedruckten Rändern des Formulars.

»Was ist das denn?«, fragt Berger.

»Ein Kassiber natürlich. – Ach, du meinst die Schrift? Da gibt es verschiedene Möglichkeiten. Wenn du das irgendwo nachliest, dann schreiben sie, dass man Zitronensaft nehmen soll. Aber im Knast sind Zitronen leider schlecht zu kriegen. Da nimmt man andere Flüssigkeiten, die gerade zur Hand sind. Urin zum Beispiel.«

Berger streicht den Zettel vorsichtig glatt. Da steht: *Der Elektriker hat gesungen. R soll aufpassen!*

8.

»Eine Baronin – das ist dein Metier«, hat Jastorf gesagt. Berger hat nicht widersprochen, obwohl er als Kaufmannssohn zum Adel bisher überhaupt keine Kontakte hatte.

»Ja, das ist mein Scheck und mein Wechsel«, bestätigt Ada von Thorvald. »Kann ich die wieder haben?«

»Nein, Moment, so geht das nicht!« Berger nimmt die Schriftstücke schnell an sich, bevor die Baronin danach greifen kann. Er sagt: »Achtundvierzigtausend Mark, das ist eine ganz hübsche Summe!« Er denkt: Dafür muss ein Polizist mehr als zehn Jahre arbeiten!

»Ja, das sind Spielschulden.« Sie lacht. »Ich hatte da wohl gerade eine Pechsträhne. Und damit ich nicht aufhören musste, da hab ich mir halt das Geld geliehen. Der Herr Petersen war so freundlich ...«

»Sie waren also mit dem Herrn Petersen zur Spielbank?«

»Spielbank!« Sie bläst einen Rauchring in die Luft. »So was brauche ich nicht. Soll ich vielleicht für ein bisschen Spaß extra nach Baden-Baden fahren oder nach Monte Carlo? Nein, ich spiele hier. In dem Lokal von dem Herrn Petersen. Das mache ich immer.«

»Ja, das ist sicher sehr praktisch«, gibt Berger zu. Es heißt ja, dass der Petersen in seinem Lokal illegales Glücksspiel betreibt. Dies ist nun also der Beweis.

»Ist immer gut besucht. Und ganz normale Leute – Leute wie Sie und ich!«

Einen größeren Unterschied als den zwischen der abgehobenen Baronin, die offenbar ihre Erbschaft verjubelt, und ihm selbst, dem schlecht bezahlten Polizisten, kann sich Berger kaum vorstellen.

»Petersen ist ja auch immer gut bei Kasse. Er hat natürlich nicht nur dieses Lokal; er hat mir anvertraut, dass er sich außerdem mit dem An- und Verkauf von Juwelen beschäftigt.«

Das ist in gewisser Weise richtig, denkt Berger.

»Als ich das Geld gebraucht habe, das ging ganz unkompliziert. Erst hatte ich ja nur fünfundzwanzigtausend Mark haben wollen, aber als dann die Chips wieder alle waren, da hat er mir immer noch weiter Geld nachgesteckt. Ich hab dann schließlich den Wechsel über dreiunddreißigtausend Mark ausgestellt. Keine Ahnung, ob das so stimmt. Ich glaube, das war bestimmt mehr.«

»Schön, wenn man nicht so auf den Pfennig achten muss«, sagt Berger. Er denkt: Gleich fragt sie nach, was denn eigentlich ein Pfennig ist.

»Ja, das ist angenehm. Das gilt für den Herrn Petersen natürlich auch. Er hat mir gesagt, wenn er mal in Schwierigkeiten kommt – das ist bei Geschäftsleuten ja immer leicht so – dann hat er da einen Anwalt, der alles für ihn macht. Auch Sachen, die andere Rechtsanwälte nicht machen würden.«

Berger zückt seine Brieftasche, entnimmt ihr die Visitenkarte. »Dieser da?«

»Dr. Claus Schröder aus der Mönckebergstraße, ja genau, das ist der Anwalt!«

Jastorf ist hochzufrieden, als Berger mit dem Ergebnis seiner Vernehmung ankommt.

»Das reicht!«, sagt er. »Haussuchung! Dr. Claus Schröder, jetzt haben wir dich!«

Die Meineidfalle

2. August 1921

Als Emmi Schween vom Einkaufen zurückkommt, steht Martha Flügge vor ihrer Wohnungstür. »Hallo, Emmi!«

»Guten Tag, Frau Flügge!« Diese Krähe hat ihr jetzt gerade noch gefehlt. Adolf Petersen ist ihr schon suspekt genug, aber seine Schwester, die kann sie nun wirklich nicht ausstehen. Am liebsten würde Emmi Schween ihr die Tür vor der Nase zuschlagen. Aber das geht natürlich nicht. »Kommen Sie doch rein!«

»Ich habe Nachricht von Odsche«, sagt die Flügge. Sie ist auch nervös, ganz offensichtlich.

»Ist er wieder draußen?«

»Nein. Es geht um seine Alibis. Odsche hat zwei Alibis angegeben, für die du beide Male als Zeugin auftreten sollst, einmal zusammen mit Heidel.«

»Lass Heidel aus dem Spiel! Die Schwester von meinem Buhl hat da überhaupt nichts mit zu tun!«

»Odsche hat das so angegeben.«

»Was sind das für Alibis?« Emmi kann nicht verhindern, dass ihre Stimme ganz leicht zittert.

»Das erste kennst du ja schon. Du bist mit auf meiner Verlobung gewesen.«

Emmi schüttelt den Kopf.

»Und das zweite ist, du bist am Sedantag 1920, am 2. September also, abends mit uns und mit Odsche, mit Arnold Petersen und den Mohnsens, Frieda Goedje und deren Nichte Friedel und den beiden Kindern von Odsche und Arnold zusammen in der Großen Allee gewesen.«

»Das weiß ich alles nicht.«

»Jetzt weißt du es! Und die Helmi, Odsches Frau – damals waren sie ja noch nicht geschieden – die ist auch vorbeigekommen und hat uns da gesehen.«

»Warum soll ich das alles machen?«

»Das brauchst du nicht zu wissen. Es ist immer besser, wenn man nicht zu viel weiß.«

»Ich kenne die Helmi doch nur vom Ansehen.«

»Das macht nichts. – Gegen zehn Uhr sind wir dann in Richtung Berliner Tor nach Hause gegangen, und ihr seid zum Pulverteich zurück. Du hast dich vor der Haustür von allen verabschiedet, und dann bist du ins Bett gegangen, und Odsche hat die Frieda Goedje und ihre Nichte noch zur Elektrischen gebracht.«

Das will ich nicht, denkt Emmi, das will ich auf gar keinen Fall! »Da muss ich erst noch drüber nachdenken«, sagt sie.

Frau Flügge fasst ihren Arm, redet beschwörend: »Emmi, wir müssen zusammenhalten in dieser schwierigen Zeit. Und wir müssen Vertrauen haben. Odsche weiß, was für uns alle am besten ist. Wenn wir tun, was er sagt, dann wird alles gut ausgehen.«

»Ich – ich komme heute Abend vorbei und sage Bescheid!«

»Emmi!«

»Frau Flügge, ich kann das hier jetzt nicht so schnell entscheiden. Ich melde mich heute Abend bei Ihnen – Ehrenwort!«

»Emmi, mach bloß keinen Fehler!«

2.

Als Berger nach Hause kommt, ist der Garten hell erleuchtet. Jemand hat überall in den Büschen Lampions aufgehängt, und aus einem Grammophon schallt flotte Musik. Die Geburtstagsfeier! Die hatte er völlig vergessen. Ob er sich einfach heimlich verdrücken kann? Nein, kann er nicht. Sein Vater hat ihn sofort erspäht. »Da bist du ja endlich! Komm, ich muss dich unseren Gästen vorstellen!«

Wilhelm stellt die Aktentasche hinter den großen Wacholder und folgt seinem Vater. Was bleibt ihm anderes übrig, er muss gute Miene zum bösen Spiel machen. Mechanisch schüttelt er verschiedene Hände. Und wer ist dieses junge Mädchen?

»... aus Düsseldorf mit seiner Tochter Jutta.«

Jutta? Die kennt er doch! »Mensch, als ich dich zum letzten Mal gesehen habe, da warst du noch im Kindergarten!«

Das Mädchen kriegt rote Ohren. Berger begreift, dass sie das nicht hören wollte. Aber im Augenblick gibt es keine Gelegenheit, den Fehler zu korrigieren. Andere Hände sind zu schütteln. Es dauert eine halbe Stunde, bis er sich einigermaßen sicher sein kann, die meisten Gäste begrüßt zu haben.

Hjalmar Schacht ist natürlich auch gekommen. Er

sagt gerade: »Da gäbe es eine Möglichkeit, jetzt sofort Geld anzulegen. Wir hatten ja schon darüber gesprochen ...«

Geld anlegen? Berger fragt sich, wo das herkommen soll. Die Inflation frisst doch alles auf, denkt er. Aber das ist nicht mein Problem. Papa muss selbst wissen, was er tut.

Nebenan plaudert ein Oberst der Reichswehr von seinen Erlebnissen im Weltkrieg. »... von Anfang an. Von Anfang an habe ich das gesagt.«

»Und Hindenburg?«, fragt einer der Zuhörer.

»Der hat gar nicht zugehört. Ich hatte immer das Gefühl, der denkt in Wirklichkeit an ganz etwas anderes. Der Schlachtplan, der stammte ja auch gar nicht von ihm, sondern von Hoffmann. Ein überaus fähiger Offizier ...«

Hoffmann? War das nicht dieser unglaublich fette General? Was wohl aus dem geworden ist? Wahrscheinlich geplatzt, denkt Wilhelm.

»... war natürlich völlig klar, was gemacht werden musste. Die Russen waren ja durch die Masurischen Seen in zwei Blöcke gespalten. Wenn diese Sektgläser hier jetzt die Masurischen Seen sind, dann haben wir hier auf der einen Seite den General Samsonov und auf der anderen Seite ...«

Im Hintergrund wird getanzt. Erstaunlich, dass sein alter Herr so flotte Musik aufgetrieben hat. Shimmy ist das. Berger hat seit der Absolvierung des *Tanz- und Anstandsunterrichts* vor sieben Jahren nicht mehr das Tanzbein geschwungen. Und Shimmy stand damals nicht auf dem Programm. Jutta hüpft mit einem der Kaufleute auf der Tanzfläche herum. Wie alt mag sie jetzt sein? Sechzehn oder siebzehn?

Ausgerechnet Bananen
Bananen verlangt sie von mir.
Sie tun nicht erfreuen,
Die schönsten Levkojen,
Und Rosen aus Glanzpapier ...

Unschlüssig sieht Wilhelm Berger sich um.

»... erschüttert«, sagt der Mann, der ihm am nächsten steht. »Ausgerechnet in Hamburg, dem deutschen Tor zur Welt, wird die Auflösung des Kolonialinstituts verfügt!«

»Aber Siegfried, ich nehme an, dass du in deiner Eigenschaft als Leiter des Geographischen Seminars dafür sorgen wirst, dass auch künftig die wirtschaftlichen Interessen unserer Kaufleute im Lehrplan berücksichtigt werden?«

»Da kannst du ganz sicher sein. Ich habe in diesem Sommersemester eine Vorlesung gehalten zum Thema ›*Charakterentwicklung der Völker als Grundlage der Staatenbildung und Politik*‹, und für das Wintersemester habe ich ...«

»Ach, entschuldigen Sie, Herr Berger, könnten Sie mir vielleicht mal eben helfen?«

Eine junge Frau mit einem kleinen Mädchen auf dem Arm. »Ja, gern«, sagt er, etwas verblüfft.

»Ich bin Dagmar«, sagt sie. »Ich glaube, wir kennen uns noch nicht.«

»Ich bin Wilhelm Berger.«

»Ja, ich weiß. – Das Problem ist, ich bräuchte mal ein Tuch, ungefähr so groß.« Sie zeigt es mit den Händen.

»Ein kleines Tischtuch?«, fragt Berger.

Sie schüttelt den Kopf. »Etwas Weicheres wäre besser.«

Berger versteht immer noch nicht.

»Eine Windel«, sagt sie.

»Oh.« Berger ist sich sicher, dass es so etwas in diesem Haus nicht gibt. »Ein Handtuch vielleicht?«, schlägt er vor.

»Danke.«

»... und während jetzt also alles darauf ankam, dass das I. Korps rechtzeitig in Richtung Willenburg vorstieß, um die Russen einzukesseln, da hat Hindenburg schlicht und ergreifend geschlafen, meine Herren, während Hoffmann – er war damals ja erst Oberstleutnant ...«

»... nach dem Zusammenbruch Deutschlands hat es für mich nur einen Weg gegeben, um das seelische Gleichgewicht wiederzuerlangen: die wissenschaftliche geographische Arbeit. Dabei steht für mich ein Problem im Vordergrund: Das Problem des Judentums ...«

»Mein Papa sagt, du bist bei der Polizei?«

Wilhelm nickt. Jetzt hat Jutta ihn gefunden.

»Die Polizisten, die man bei uns auf der Straße sieht,

167

das sind meistens ziemlich alte Knacker mit einem dicken Bauch ...«

»Das kann ja noch kommen«, sagt Berger. »Das mit dem Alter sicher, und das mit dem Bauch wahrscheinlich auch. Guck meinen Vater an!«

»Der ist doch nicht dick! Guck meinen an!«

Wilhelm muss zugeben, dass beim Vergleich der Väter sein eigener als der sportlichere Typ durchgehen würde. Dabei treibt er keinen Sport. Aber wegen seiner Kreislaufprobleme isst und trinkt er äußerst diszipliniert.

»Warst du schon mal in Düsseldorf?«

Berger schüttelt den Kopf, korrigiert sich aber dann. »Doch, einmal schon. Im November 1918.« Er hatte es geschafft, seine Kompanie rechtzeitig nach dem Waffenstillstand über den Rhein zurückzuführen.

»1918? Das zählt nicht! – Du musst kommen und gucken, wie es heute bei uns aussieht!«

»Ich komme erst, wenn meine jetzige Arbeit abgeschlossen ist«, sagt Wilhelm. Er hält inne. Bis jetzt hat er überhaupt nie daran gedacht, nach Düsseldorf zu fahren.

»Wann wird das sein?«

»In einem Jahr vielleicht. Oder in zwei Jahren.«

»Das ist eine lange Zeit. Was ist das für eine Arbeit? Darfst du darüber sprechen?«

»Wir jagen eine große Bande von Räubern und Verbrechern«, sagt Berger. »Es sind sehr viele, über vierzig Personen.«

»Die Männer sind alle Verbrecher – heißt es nicht so im Lied?«

»Frauen sind auch dabei«, sagt Wilhelm.

»Oh.«

»Das ist ein ziemlich unerfreuliches Thema, fürchte ich.«

»Ja.«

Und jetzt?, denkt Berger. »Möchtest du tanzen?«

»Klar.«

»Oder lieber eine Banane?«

Sie läuft auf die Tanzfläche; er eilt hinterher.

»Eins zu eins«, sagt Schacht. »Das ist die Zauberformel. Die Reichsbank steht auf dem Standpunkt Mark ist gleich Mark.«

»Das klingt doch vernünftig«, sagt Friedrich Berger.

»Das ist auch vernünftig, aber in ganz anderer Weise als du jetzt denkst, mein Lieber!« Schacht zieht an seiner Brasil-Zigarre. »Wenn du heute hundert Mark hast, und eine Inflation von fünfzig Prozent, dann hast du morgen nur noch fünfzig Mark. Aber wenn du heute hundert Mark Einkommen hast und eine Inflation von fünfzig Prozent, dann wird man dein Einkommen zwangsläufig erhöhen müssen, weil du sonst ja nichts mehr kaufen kannst. Das heißt, dein Einkommen steigt auf zweihundert Mark.«

»Ja, und? – Davon habe ich doch nichts, wenn die Preise gleichzeitig steigen!«

»Wenn du jetzt aber Schulden hast, hundert Mark Schulden, und dein Einkommen beträgt auch nur hundert Mark, dann kannst du die nicht zurückzahlen. Wenn du jetzt aber plötzlich zweihundert Mark verdienst, sieht das ganz anders aus, denn Mark ist Mark.«

»Du meinst also, man sollte heute leichtsinnig sein und sich verschulden? Das widerstrebt mir völlig, Hjalmar. Das ist das glatte Gegenteil von dem, was wir gelernt haben.«

»Vergiss, was du gelernt hast! Tue genau das Gegenteil! Es ist nicht nur leichtsinnig, sondern geradezu irrsinnig, an seinem Geld festzuhalten. Mark ist Mark; du verlierst jeden Tag an Wert. Wenn du alles ausgibst und dafür Sachwerte kaufst, verlierst du nichts, denn Fabrik ist Fabrik, aber Mark ist eben nicht Mark, auch wenn die Reichsbank das so sagt, sondern morgen ist die Mark nur noch fünfzig Pfennige wert.«

»Du rechnest mit einer Inflationsrate von fünfzig Prozent?«

Schacht lacht. »Fünfzig Prozent? Mein Lieber, in weniger als zwei Jahren werden wir eine Inflationsrate von tausend Prozent und mehr haben. Die brauchen wir auch, um die überschüssige Kaufkraft abzuschöpfen. Danach können wir zu normalen Verhältnissen zurückkehren, nur dass dann eben das überschüssige, gehortete Geld aus dem Verkehr gezogen ist.«

»Das wird ja eine ungeheure Verarmung zur Folge haben!«

»Eine Verarmung der Dummen! Wer klug ist, geht mit Gewinn aus dieser Krise hervor.«

»Du rätst mir also – irgendwelche Dinge zu kaufen?«

Schacht nickt. »Eigentlich würde ich dir raten, dich auf Teufel komm raus zu verschulden und ein Stahlwerk zu kaufen. Oder zwei. Oder eine Reederei, irgendetwas Riesengroßes. Weil ich dich aber kenne, und weil ich weiß, dass du so groß nicht einsteigen wirst, sage ich dir: Wenigstens ein paar Häuser solltest du dir zulegen. Dieser Kasten hier ist doch auch nur gemietet, oder? Kaufe ihn! Der Böcklin im Treppenhaus, das ist doch auch nur ein Druck, oder? Kauf dir das Original! Kaufe alles, was du kriegen kannst und verschulde dich hoch.«

»Was du da sagst – das klingt ungeheuerlich.«

Schacht lacht:»Tu es einfach!«

3.

Emmi hat dem Untersuchungsrichter die Geschichte erzählt, so wie sie sie gelernt hat.

Davidsohn sieht sie prüfend an. Schade, dass ich nicht malen kann, denkt er. Diese junge Frau gäbe ein ideales Gemälde. Titel: Die Lüge. Schon allein wie sie ihre Hände hält! –»Festnageln« hat Jastorf gesagt. Er hat recht. Diese junge Frau werden wir jetzt festnageln.

»Können Sie diese Aussage gegebenenfalls auch beeiden?«

Emmi starrt ihn mit weit aufgerissenen Augen an. »Beeiden?«

»Sie wissen, dass Sie unter Eid unbedingt die Wahrheit sagen müssen, und dass ein Meineid schwer bestraft wird?«

»Ja. – Ich muss mir das überlegen.«

»Überlegen?«

»Ja. Ja, ich muss doch ganz sicher gehen, dass – dass ich mich nicht geirrt habe, dass das auch wirklich alles stimmt!« Sie springt auf und will davoneilen.

»Halt«, ruft der Gerichtsschreiber. »Nicht weglaufen! Erst unterschreiben!«

In großer Hast leistet sie ihre Unterschrift. Dann rennt sie davon.

Davidsohn ist zufrieden. Als Beamter wird er nicht allzu gut bezahlt, aber dafür gibt es andere kleine Freuden, die einen für die Mühen entschädigen. Geld mag schön sein, denkt Davidsohn, aber es gibt etwas, das ist noch viel schöner: Macht. Er genießt es, wenn Leute vor ihm Angst haben.

4.

Als Richard Buhl nach Hause kommt, sitzt Emmi in der Küche und weint. »Was ist passiert?«, fragt er erschrocken.

»Ach, alles ist schiefgegangen. Alles!«

»Jedenfalls bist du nicht verhaftet worden, das ist doch schon einmal etwas! – Komm, setz dich her zu mir und erzähl mir, was passiert ist, und dann sehen wir weiter.«

»Ich wünschte, wir würden einfach mit dem Ganzen aufhören, dem Petersen erzählen, dass wir nichts mehr mit ihm zu tun haben wollen und etwas völlig Neues anfangen.«

»Ja, das wäre schön«, sagt Buhl. Aber er kann nicht mehr so einfach aufhören. Dazu steckt er viel zu tief in der Geschichte mit drin. Der Postraub in der Susannenstraße – das war sein Tipp. Die Verbindung ist doch so offensichtlich. Schanzenstraße 97, der Post beinahe gegenüber haben sie gewohnt! Zwar haben Emmi und er dem Eckel erzählt, dass sie Durwald heißen, und zwar sind sie inzwischen längst wieder ausgezogen, aber Eckel weiß natürlich, dass Emmi nicht Durwald heißt, sondern Schween. Wenn Eckel auffliegt, sind sie auf jeden Fall geliefert. Wenn Petersen auspackt auch.

Buhl streichelt seine Emmi. Er sucht nach einem Ausweg. Es gibt keinen. Die Verstrickung in Petersens Alibi ist fatal, denkt er, aber da kommen wir jetzt nicht mehr raus. Alle müssen dicht halten, das Alibi darf nicht erschüttert werden, sonst sind wir verloren.

»Wenn wir hier heil wieder raus sind, dann höre ich auf. Nie wieder werde ich etwas mit dem Petersen zusammen unternehmen. Nie wieder!«

Emmi seufzt. Das hast du schon einmal versprochen, denkt sie.

5.

Sie treffen sich nach Dienstschluss in einer Kneipe unweit der Landungsbrücken. Nicht gerade die nobelste Gegend, aber jedenfalls ein Ort, wo sie vor Anwälten und Journalisten sicher sind.

»Bier«, sagt Jastorf. »Für alle. Die Runde geht auf mich!«

Davidsohn verzieht das Gesicht, sagt aber nichts. Berger ist sich sicher, dass der Jurist kein Biertrinker ist.

»Jetzt haben wir sie«, sagt Jastorf. »Diese Meineid-Bande! Jetzt haben wir sie alle im Sack. Petersen hat Anweisung gegeben, dass sie schwören, er sei am 5. Juni auf der Verlobung seiner Schwester gewesen. Aber wir haben handfeste Beweise, dass das nicht stimmt. Wir lassen sie jetzt schön in die Falle laufen. Die Mohnsen, die Schween, die Flügge, die Drescher, die Goedje, einfach alle!«

Warum will Jastorf diese Frauen ins Unglück stürzen? Berger räuspert sich.»Das Missgeschick im letzten Jahr«, sagt er.»Ist das der Grund, warum du diese Frauen reinlegen willst?«

Jastorf schüttelt den Kopf.»Das ist nicht persönlich«, sagt er. Seine Stimme verrät das Gegenteil.

»Das darf auch nie persönlich werden«, verlangt Davidsohn.»Aber ich gehe davon aus, dass Sie alle über solche Dinge erhaben sind.«

Niemand ist darüber erhaben, weiß Berger. Auch er selbst nicht. Er will nicht, dass die Goedje ins Gefängnis kommt, und das ist rein persönlich. Er mag sie.»Ich glaube, wir sind im Begriff, einen schweren Fehler zu begehen«, sagt er.»Was wollen wir eigentlich? Das Ziel ist doch offensichtlich das Geständnis von Adolf Petersen.«

»Das kriegen wir nie«, sagt Krohn.»Du hast es doch auch schon versucht ...«

»Das kriegen wir nicht, weil wir ihm nichts anbieten können«, widerspricht Berger.»Irgendwelche dubiosen Versprechen von richterlicher Gnade – dazu ist Petersen zu erfahren, darauf fällt er nicht herein. Aber wenn wir etwas anzubieten haben – zum Beispiel die Freiheit der Frauen, die ihm wirklich etwas bedeuten: Frieda Goedje, vielleicht die Helmi als Mutter seines Kindes und natürlich seine Mutter – dann könnte ich mir vorstellen, dass er darauf ...«

»Ausgerechnet die Mohnsen, die ist in meinen Augen ...«

»Ruhe mal bitte«, verlangt Davidsohn. Er nimmt einen Schluck von seinem Bier. Es schmeckt ekelhaft, genau wie er es sich vorgestellt hat.»Herr Berger, wie stellen Sie sich denn dieses sogenannte ›Angebot‹ vor? Das Strafgesetzbuch lässt uns da wenig Spielraum. Wenn Straftaten begangen worden sind, dann müssen wir die verfolgen, das ist doch selbstverständlich.«

»Ja. Aber nur, wenn sie nachweisbar sind. Die allermeisten Dinge, die wir diesen Frauen vorwerfen, die lassen sich aus der Welt schaffen, solange wir sie nicht darauf festnageln. Wenn Petersen behauptet, er habe alles allein ausgeheckt und durchgeführt, dann sind sie aus dem Schneider. Er hat es in der Hand, sie zu retten. Und zwar durch ein umfassendes Geständnis.«

»Du siehst diesen Mann völlig falsch«, sagt Jastorf. »Du liest zu viel Zeitung. Der ›Lord von Barmbeck‹, wenn ich das schon höre! Das haben diese Schreiber sich ausgedacht! Er ist kein Lord. Er ist kein Gentleman, er ist ein ganz gewöhnlicher, hundsgemeiner Verbrecher.«

Berger lässt sich nicht beirren. »Wenn wir diese Frauen in die Enge treiben, wenn wir sie quasi zum Meineid zwingen, dann haben wir kein Spiel mehr. Deshalb wäre mein Rat: Wir tun es nicht.«

Jastorf will protestieren, aber Davidsohn schneidet ihm das Wort ab. »Jastorf, Sie wissen, wie sehr ich Ihre Erfahrung schätze, aber ich glaube, in diesem Fall hat unser junger Freund recht.«

»So, so!« Jastorf stürzt sein Bier hinunter und gibt dem Ober mit dem leeren Glas ein Zeichen: »Noch mal dasselbe!«

Gewonnen, denkt Berger. Tatsächlich gewonnen!

6.

Endlich ist es soweit. Gut, dass diese Gefängnisaufseher

so schlecht bezahlt werden. Tausend Mark hat Petersen dem Metzendorf versprochen, wenn er es schafft, ihn hier aus dem Knast herauszubringen. Leider ist das Gefängnis Fuhlsbüttel, in dem er sich jetzt befindet, nicht gut geeignet für einen Ausbruch. Es liegt zu weit draußen; man muss nicht nur die Mauer überwinden, sondern obendrein auch noch auf irgendeine Weise in die Stadt kommen. Aber das lässt sich angeblich alles arrangieren.

Den Rohrschneider hat Metzendorf zuerst besorgt. Das schwierigste, größte Teil. Es folgten die Drahtzange, die Eisensäge und jetzt zuletzt noch ein Schlüsselbund mit Dietrich und Zellenschlüssel. Der bestvorbereitete Ausbruch, der je unternommen wurde! Fehlt nur noch das Seil, mit dem er über die Mauer kommt. Sein Schwager Flügge soll es ihm über die Mauer werfen. Schon vor drei Tagen hat er ihn deshalb angeschrieben. Aber die Antwort lässt auf sich warten. Ob Flügge kalte Füße bekommen hat?

In diesem Moment wird die Zellentür aufgeschlossen. Es ist Metzendorf. »Zellenverlegung!«, ruft er. »Geht gleich los! Mach dich bereit!«

Petersen sieht das Entsetzen in Metzendorfs Gesicht. »Schon gut«, sagt er. »Ich bin bereit!«

Metzendorf sperrt die Tür wieder zu.

Petersen ist natürlich nicht bereit. Das Geschirr kann er nicht mitschleppen, vor allem nicht die sperrige Rohrzange! Er wirft sie aus dem Fenster. Er hört, wie sie unten auf dem Hof aufschlägt. Er kann nur hoffen, dass niemand dies Manöver beobachtet hat, und dass die Zange weit genug von seinem Fenster weg liegt, sodass man nicht rekonstruieren kann, wer sie geworfen hat. Die anderen Teile könnte er in der Anstaltskleidung verbergen, aber er nimmt gar nichts mit. Er versteckt die Dinge unter der Matratze. Wenn sie ihn durchsuchen, sollen sie nichts an ihm finden.

So, jetzt ist er bereit. Es wird sich eine neue Gelegenheit ergeben, denkt er, und solange die Verbindung zur Außenwelt durch den Anwalt so gut klappt, solange kann eigentlich gar nichts schiefgehen.

7.

»Emmi, wir müssen mit dir reden.« Die Flügges! »Können wir reinkommen?«

»Ja natürlich!« Nun kommen sie schon zu zweit! Emmi Schween führt ihre unerwünschten Gäste ins Wohnzimmer. Hoffentlich kommt mein Buhl bald nach Hause, denkt sie.

»Wie war's?«, fragt Martha. »Die Vernehmung meine ich.«

»Furchtbar. Ganz, ganz furchtbar.« Emmi berichtet, was sie erlebt hat.

»Das hättest du nicht sagen dürfen! Mein Gott, Emmi, wie dämlich bist du denn? Jetzt muss der Untersuchungsrichter ja denken, dass du gelogen hast!«

Emmi hat Tränen in den Augen.

Dumme Göre, denkt Martha Flügge. Sie sagt: »Das Geflenne bringt nichts. Nimm dich jetzt zusammen.« Sie überlegt kurz, dann behauptet sie: »Mit dem Schwören, das ist nicht so schlimm. Die können dich nur vereidigen, wenn sie selber wirklich glauben, dass du die Wahrheit sagst.«

»Ist das wahr?«

»Ja, natürlich. Und wenn sie glauben, dass das die Wahrheit ist, und du beschwörst das, dann ist das die Wahrheit, und sie hängen genauso mit drin wie du auch!« Hoffentlich glaubt sie das nun auch, denkt Martha. Dämlich genug ist sie ja. Hoffentlich bleibt sie bei der Stange. »Es gibt übrigens etwas Neues ...«

»Ja, ich habe eine neue Vorladung bekommen, und Richard auch!«

»Eben. Deshalb ist es ja wichtig, dass wir noch einmal miteinander reden. Frau Mohnsen hat uns einen Kassiber geschickt, und da steht genau drin, was sie über die Feier gesagt hat. Zum Beispiel hat sie angegeben, Getränke habe es nicht gegeben.«

»Oh Gott! Ich habe jetzt aber doch gesagt ...«

»Da hast du dich eben geirrt. Mit Getränken meint die Mohnsen natürlich Wein und Schnaps. So etwas trinkst du ja sowieso nicht, da hast du deshalb nicht so genau drauf geachtet!«

Emmi trinkt gern Wein und Schnaps. Hat sie dem Untersuchungsrichter nun gesagt, dass sie keinen Wein getrunken hat? Oder hat sie gesagt, dass es keinen Wein gegeben hat? Sie kann sich nicht mehr genau erinnern.

»Außerdem hat Herr Mohnsen etwas Klavier gespielt.«

»Klavier?« Sie hat doch erzählt, es habe Musik vom Grammophon gegeben!

»Und außer den Personen, die du genannt hast, ist auch noch die Henni Pemöller dagewesen. Die ist aber morgens schon um fünf Uhr gegangen, weil sie noch die Gänse füttern musste.«

»Aber Frau Flügge, das passt doch alles nicht zu dem, was ich bisher ausgesagt habe!«

»Doch, doch!«, greift jetzt auch noch Herr Flügge ein.

»Das passt hundert Prozent! Hundert Prozent, mein Mädchen!«

Emmi hasst es, wenn der fette Kerl sie ›mein Mädchen‹ nennt.

»Das ist so gewesen: Was die anderen getrunken haben, das weißt du nicht so genau. Du hast jedenfalls mit meiner Frau ein Glas Weißwein getrunken, und Odsche hat Cognac getrunken. Der trinkt immer Cognac, wenn welcher da ist. Was die anderen getrunken haben, das weißt du nicht. Dazu sagst du besser gar nichts. Wir können ja nicht wissen, was die Frau Drescher und die Frau Goedje aussagen. – Und das mit dem Klavier, also das Geklimper von dem Mohnsen, das würdest du nicht als richtiges Klavierspielen bezeichnen.«

»Aber mit den Namen der Gäste ...«

»Das machst du so: Du lässt dir deine Aussage noch einmal vorlesen, dann weißt du auch gleich wieder, was da genau drin steht, und dann sagst du: Ach, da war ja noch das Fräulein Henni, das ist eine Bekannte von den Mohnsens, die hattest du vergessen.«

»Aber die Henni – weiß die denn auch Bescheid?«

»Verlass dich drauf! Da gehen wir gleich morgen früh hin und machen mit der alles klar!«

»Wenn sie nun nicht mitspielt?«

»Mein Mädchen, da mach dir keine Sorgen. Die Henni muss mitspielen. Ihr Verlobter, der Karl Lau, der hängt ja in der Rennbahnsache mit drin, und beim Einbruch in diese Sternwarte ...«

»Seewarte!«, wirft Frau Flügge ein.

»Sag ich doch! – Jedenfalls, wenn wir hochgehen, dann geht der Lau auch mit hoch, das ist ja wohl klar.« Emmi glaubt nicht, dass das alles gut gehen kann. »Du musst diese Aussagen machen, Emmi, und du musst diese Dinge auch beschwören. Es kann sein, dass sie dich einschüchtern wollen, und dass sie dich zwei bis drei Wochen in Haft nehmen. Davon darfst du dich nicht beirren lassen. Du bleibst auf jeden Fall bei deiner Aussage!«

»Aber – das kann doch gar nicht gut gehen, so viele Leute, so viele Aussagen ...«

»Mein Mädchen!« Flügge packt sie bei den Schultern, schüttelt sie. »Alle Beteiligten bei diesem Alibi sind echt! Keiner fällt um! Da kannst du jetzt doch nicht als Einzige aus der Reihe tanzen! Du kannst doch nicht einfach zehn Menschen unglücklich machen!«

»Nein, nein ...«

»So, und jetzt üben wir noch einmal die Aussage, die du für das Alibi am Sedantag machen musst.«

8.

Termin vor dem Untersuchungsrichter. Alles Üben hat keinen Zweck gehabt. Was soll sie noch sagen? Emmi ist so aufgeregt, dass sie kaum mitbekommt, was der Richter ihr vorliest.

»... wird mit Zuchthaus bestraft!«

Das ist doch nur leeres Gerede, denkt sie. Das meint er nicht so, das kann er doch gar nicht so meinen!

So kommt Emmi Schween in Haft.

Buhl, hilf mir, denkt sie. Hol mich hier raus!

9.

Buhl steht vor dem Untersuchungsrichter. Er sagt: »Ich kann zu dem Thema, über das Fräulein Schween befragt worden ist, überhaupt gar keine Auskunft geben.«
»Aber Sie kennen Fräulein Schween?«, fragt Dr. Davidsohn.
»Ja, natürlich. Emmi Schween ist meine Verlobte.«
»Gut. – Ich möchte Sie aber nicht zu Fräulein Schween befragen, sondern zu einer ganz anderen Angelegenheit, und zwar dem Postraub in der Susannenstraße vom 29. September letzten Jahres. Was wissen Sie darüber?«
Buhl fällt aus allen Wolken. Er hat damit gerechnet, bezüglich der Alibikonstruktionen vernommen zu werden, und sich ausgerechnet, mit völliger Unwissenheit ungeschoren davonzukommen. Aber nun geht es um die Susannenstraße! Da heißt es, vorsichtig sein. Gibt es etwa neue Erkenntnisse? »Ja, von dem Einbruch in das Postamt 6 - die Geschichte habe ich damals in der Zeitung gelesen.«
»Nun stehen Sie allerdings heute nicht als Zeitungsleser vor mir, sondern weil Sie jemand beschuldigt hat, an dem Postraub beteiligt gewesen zu sein. Was sagen Sie dazu?«
Einer hat gesungen, denkt Buhl. Verdammte Scheiße, einer hat gesungen! »Wahrscheinlich habe ich irgendeinen ›guten Freund‹, der auf meinen Erfolg neidisch ist. Sie wissen ja wahrscheinlich, Herr Richter, dass meine Verlobte und ich zusammen eine kleine Wäscherei betreiben ...«
»Ja, das weiß ich.«

»Da hat ja auch schon mal jemand versucht, mich wegen des Verkaufs von Seide anzuschwärzen. Auch das war eine falsche Verdächtigung.«

»Nun gut. – Machen wir mal alles hübsch der Reihe nach. Können Sie sich ausweisen?«

Buhl legt Geburtsurkunde und Meldeschein vor. Davidsohn diktiert dem Schreiber: »Der Erschienene legt Geburtsurkunde und Meldeschein vor und legitimiert sich als Richard Buhl, geboren am 17. Dezember 1893 zu Königshütte.«

Und dann an Buhl: »Herr Buhl, Sie sind angeschuldigt, an dem Postraub im Postamt 6 in Hamburg, Susannenstraße, vom 29. September 1920 beteiligt gewesen zu sein. Die Voruntersuchung wird hiermit eröffnet. Ein Haftbefehl liegt vor ...«

»Haftbefehl?« Damit hat Buhl nicht gerechnet.

»Sie können gegen diesen Beschluss im Rahmen des Beschwerderechts Einspruch erheben.«

»Das ist doch alles nicht wahr!«

»Herr Buhl, das wird sich herausstellen.«

10.

Haussuchung in den Praxisräumen des Anwaltsbüros Dr. Schröder! Der Anwalt wird blass, als Jastorf ihm den Durchsuchungsbefehl präsentiert. Er weiß, dass er erledigt ist.

In der Tat werden genügend Beweise dafür gefunden, dass der Anwalt den Nachrichtenaustausch seiner Mandanten untereinander und auch mit der Außenwelt aufrechterhalten hat. Dr. Schröder wird verhaftet.

Jastorf und Davidsohn sind zufrieden.

Berger bebt vor Zorn. Auf dem Korridor im Stadthaus stellt er Dr. Davidsohn zur Rede. »Was soll denn das jetzt? Hatten wir nicht vereinbart, dass die Frauen geschont werden sollen, damit wir an Petersen herankommen können? Und jetzt setzen Sie diese Emmi Schween doch wegen Meineids fest!«

»Junger Freund«, sagt Davidsohn in seiner herablassendsten Art, »hier liegt, glaube ich, ein Missverständnis vor! Wir hatten vereinbart, dass diejenigen Frauen geschont werden sollen, die in enger Beziehung zum Herrn Petersen stehen. Das kann man von Fräulein Schween nicht behaupten. Sie ist die Geliebte von Richard Buhl. Und den knacken wir auch ohne irgendwelche Zugeständnisse. Bei ihr kommt daher die volle Härte des Gesetzes zur Anwendung.«

»Ich hatte gedacht ...«

Davidsohn schüttelt den Kopf. »So ist die Lage. – Und jetzt entschuldigen Sie mich bitte, ich habe zu tun!«

11.

Natürlich ist es riskant. Metzendorf hat in diesem Block nichts zu suchen, und wenn ihn jemand fragt, was er hier macht, dann könnte er beim besten Willen keine vernünftige Ausrede präsentieren. Er muss einfach darauf bauen, dass ihn niemand zur Rede stellt. Ein Wärter ist ein Wärter; der wird schon wissen, was er tut.

Die Wache guckt nicht einmal von ihrer Zeitung hoch, als Metzendorf den Block betritt. Das ist schon mal gut. Ein rascher Blick auf den Belegungsplan. Petersen liegt in Zelle 38. Adolf Petersen? Ja, es ist Adolf Petersen. Nur nicht nervös werden; Arnold liegt doch noch immer drüben in der anderen Abteilung. Die Treppe hoch und dann nach links. Alles ist, wie es sein sollte. Die Zellen versperrt, die Schemel mit dem Zeug vor der Tür. 37, 38. Hier ist es! Vorsichtig sieht Metzendorf sich um. Niemand beobachtet ihn. Er nimmt den Zellenschlüssel, den er hat anfertigen lassen, und steckt ihn in Petersens Wäschestapel. Jetzt kann er nur hoffen, dass der Schlüssel nicht morgen früh zu Boden poltert, wenn Petersen sein Zeug ausgehändigt bekommt. Ach, wird schon nicht!

Metzendorf eilt zurück. Schon ist er wieder die Treppe herunter, schon an der Wachstube vorbei – nein, doch noch nicht! Die Tür öffnet sich, und der Wärter kommt heraus, leuchtet ihm mit der Lampe ins Gesicht.

»He, he!«, empört sich Metzendorf. »Was soll das?«

»Ach, du bist's! – Was machst du denn hier?«

Ja, das ist die Frage! »Also«, sagt Metzendorf, »bei uns drüben, da hat einer behauptet, der Friedrich Junge sei ausgebrochen. Unsinn, hab ich gesagt, aber er ist nicht davon abgegangen. – Na ja, da hab ich mir gesagt, bevor du groß Krach schlägst, guckst du mal schnell nach, was da los ist!«

»Und?«

»Nichts ist los, genau so, wie ich es mir gedacht habe.«

»Hättste doch anrufen können!«, sagt der Wärter. Er schüttelt den Kopf über so viel Dummheit.

»Ich wollt dich nicht stören!«

»So ein Quatsch!«

Metzendorf macht sich auf den Weg zurück zu seinem Block. Alles gut gegangen! Aber ihm zittern noch die Knie. Der Wärter hat inzwischen vorsichtshalber selbst noch einmal überprüft, was mit dem Junge los ist. Dass er da jetzt nur keinen Fehler macht! Nicht dass der Junge am Ende doch abgehauen ist! Aber Friedrich Junge liegt friedlich auf seiner Pritsche und schläft.

Der Kern

14. September 1921

Landgericht in Hamburg. Untersuchungsrichter VI. Hamburg, den 14. September 1921. In der Strafsache gegen Petersen und Genossen wegen Einbruchsdiebstahls zum Nachteil Seewarte erscheinen vorgeführt Rösberg, Windhorst, Stade. Der Gerichtsschreiber Gundlach legt die Feder zur Seite, wartet ab, was geschieht. Dr. Davidsohn lässt Rösberg vorführen.

»Herr Rösberg, ich habe hier den schriftlichen Bericht von Ihrer Aussage vom 13./14. September. Sie haben diesen Bericht gelesen und unterschrieben. Haben Sie ihrer Aussage noch etwas hinzuzufügen?«

»Nein.«

»Gut. – Gundlach, notieren Sie: Ich beziehe mich auf meinen dem Richter persönlich übergebenen Bericht vom 13./14. September, dessen Inhalt ich zu meiner heutigen gerichtlichen Aussage mache.«

Juristenkauderwelsch, denkt Rösberg. Man sagt eine Sache, und sie schreiben etwas ganz anderes auf. Man kann nur hoffen, dass sie einem da am Ende keinen Strick draus drehen.

»Führen Sie jetzt den Angeklagten Windhorst herein!«

Max Windhorst hat Rösberg schon draußen beim Warten auf den Einlass böse angestarrt, und als der Aufseher einen Moment lang nicht hingesehen hat, hat er ihm mit der Faust gedroht. Jetzt, unter den Augen des Untersuchungsrichters, ignoriert er Rösberg.

»Herr Windhorst, Ihnen wird vorgeworfen, am Einbruchsdiebstahl zum Nachteil der Deutschen Seewarte beteiligt gewesen zu sein.«

»Das ist Unsinn«, sagt Windhorst.

Gundlach schreibt: Windhorst hereingerufen erklärt: Ich habe die Sache nicht mitgemacht.

Dr. Davidsohn ruft Rösberg auf. »Herr Rösberg, würden Sie bitte dem Herrn Windhorst ihre schriftliche Aussage vorlesen? Ich meine den Teil, der sich auf den Einbruch in die Seewarte bezieht?«

Windhorst starrt Rösberg an.

Rösberg bemüht sich, keine Notiz von ihm zu nehmen. Er verliest seinen Text. »... wie ich dann später erfuhr, wurde der Einbruch gemeinsam ausgeführt von Adolf Petersen, Reinig, Lau, Junge, Arnold Petersen, Stade und Max Windhorst.«

»Lüge!«, ruft Windhorst dazwischen.

Dr. Davidsohn ruft ihn zur Ordnung. »Herr Windhorst, Sie werden gleich noch Gelegenheit zur Stellungnahme erhalten. Jetzt ist der Herr Rösberg dran.«

Rösberg liest: »Zur teilweisen Überführung der Täter kann ich die Aussage machen, dass, wie ich hörte, Max Windhorst und Stade Schmiere gestanden haben und einen Wärter, der sich der Seewarte näherte, ablenkten, indem sie Betrunkene markierten und ihm eine Zigarre anboten und ihn somit von dem Gebäude entfern-

ten. Bei einer Gegenüberstellung wird der Wärter Max Windhorst und Stade wohl wiedererkennen können.«
»Das reicht«, sagt Davidsohn. »Herr Windhorst, was sagen Sie jetzt?«
»Ich bleibe dabei: Ich habe bei diesem – diesem Einbruch nicht mitgemacht.«
»Der Herr Rösberg hat an anderer Stelle zu Protokoll gegeben, dass Sie einen Anteil von viertausend Mark an der Beute erhalten haben.«
»Nein.«
»Kennen Sie die Seewarte überhaupt?«
»Kennen? – Na ja, die machen doch solche Wassersachen, also ...«
»Aber dagewesen sind Sie noch nie?«
»Doch, ich bin zusammen mit einem Kollegen schon einmal in der Seewarte gewesen. Wir wollten Zucker verkaufen.«
»Nun ist die Seewarte allerdings meines Wissens kein Kolonialwarengeschäft!«
»Nein, wir kannten da jemand ...«
Rösberg ruft: »Das war doch nur ein Vorwand, um in die Seewarte zu kommen. Das hast du doch nur deshalb gemacht, weil ich mal geäußert habe, dass einer der Mitarbeiter, dieser Wirtz, sich für Zucker interessiert!«
»Das war kein Vorwand! Herr Richter, ich hatte wirklich Zucker zu verkaufen. 8 Zentner waren das. Der Zucker stammte von einem Spediteur ...«
»Name?«, fragt Davidsohn.
»Der Name fällt mir gerade nicht ein. Einer aus dem Hafen war das. Ich hab den bei Ansorge im Lokal getroffen, da kam er ab und zu hin.«

»Was sollte der Zucker denn kosten?«

»Drei Mark oder 3,50 oder so.«

Es ist offensichtlich, dass Windhorst keine Ahnung hat. Das Kilo Zucker kostet etwa eine Mark.

»Und wo lagerte der Zucker?«

»Das hat mir der Mann nicht gesagt.«

»Und warum sind Sie zu zweit zur Seewarte marschiert?«

»Der andere, den ich mit dabeihatte, der verstand auch was von Zucker.«

»Und wer war das?«

»Das weiß ich gar nicht mehr.« Windhorst wischt sich den Schweiß von der Stirn.

Dr. Davidsohn ruft jetzt Stade herein. »Erklären Sie bitte dem Herrn Windhorst, was Sie in Ihrem Geständnis im Zusammenhang mit dem Einbruch in die Deutsche Seewarte geäußert haben.«

Geständnis, denkt Windhorst. Scheiße, der Stade hat ein Geständnis abgelegt! Rösberg ist ein Idiot und weiß gar nichts, aber Stade – das ist übel!

»Max«, sagt Stade, »tut mir leid, aber ich musste alles angeben, was ich weiß. Nicht nur den Überfall auf den Totalisatorwagen, sondern auch alles über die Seewarte, und da habe ich sagen müssen, dass du zusammen mit Junge in der Seewarte gewesen bist, um dem Wirtz diesen Zucker anzubieten. Ich habe auch gesagt, dass das natürlich nur ein Vorwand war, um die Lage der Amtskasse zu erkunden.«

Windhorst schüttelt den Kopf.

»Max, ich musste das alles sagen. Die haben mich beschuldigt, dass ich bei der Seewarte mit dabei gewesen bin. Aber das bin ich doch gar nicht. Du hast die Lage sondiert, und bei dem Überfall hast du dann draußen Schmiere gestanden und dafür deine viertausend Piepen kassiert. Du hast mir doch selbst erzählt, wie du den Wächter mit der Zigarre weggelockt hast.«

»Herr Richter – das brauchen Sie gar nicht erst aufzuschreiben, das ist alles gar nicht wahr!«

»Was ist denn aus Ihrer Sicht wahr?«

»Das – ich muss mir das erst einmal überlegen, und dann gebe ich Ihnen Bescheid. Aber das mit dem Zucker, das war kein Vorwand. Und von dem Geldschrank in der Seewarte, da hast du doch von angefangen, Rösberg! Ich hab da überhaupt gar nichts mit zu tun. Das war doch, als wir uns mit Petersen und Junge in dieser Wirtschaft da am Grindelberg getroffen haben. Ich weiß das noch ganz genau, der Petersen ist doch mit dem Auto vorgefahren ...«

»Herr Windhorst, es geht im Augenblick nicht darum, was Sie irgendwann in irgendeiner Gastwirtschaft gesagt oder nicht gesagt haben. Es geht im Augenblick ganz allein um die Frage: Waren Sie an dem Abend, als der Diebstahl ausgeführt wurde, in der unmittelbaren Nähe der Seewarte, so wie Junge, Stade und Rösberg das angegeben haben oder nicht?«

»Ja.«

Na bitte, denkt Davidsohn. Kannst du das nicht gleich sagen? »Mit wem waren Sie da zusammen?«

»Mit niemand. Ich war ganz allein.«

»Ach. Und was wollten Sie da?«

»Ich wollte sehen, was da abläuft. Die anderen haben da ja das Geld weggenommen.«

»Haben Sie das gewusst?«

»Ja, ich bin doch nicht blöd.«

»Und was wollten Sie da?«

»Ich war neugierig.«

»Mit wem sind Sie da zusammen hingegangen?«

»Ich glaube mit Junge.«

Eben war er noch ganz allein dagewesen, denkt Davidsohn. Der Mann schwimmt total, der verfängt sich immer mehr in seinen Lügen. Er hat zugegeben, dass er zur Tatzeit am Tatort gewesen ist. Da kommt er jetzt nicht mehr heraus. »Und was hat Junge gemacht?«

»Das weiß ich gar nicht mehr.«

Dr. Davidsohn wirft einen raschen Seitenblick auf den Protokollanten. Jetzt kommt es auf jedes Wort an! Ja, der Gundlach schreibt alles mit. »Haben Sie auch Adolf Petersen gesehen?«

»Ja.«

»Haben Sie mit ihm gesprochen?«

»Ja. Die kamen da ja alle die Brücke rüber. Die Brücke über die Helgoländer Allee. Alle, die da mit dabei waren. Adolf Petersen, Reinig und Lau.«

»Und diese Leute kennen Sie alle?«

»Ja, die kenne ich.«

Gut, denkt Davidsohn. Das hätten wir damit also auch geklärt. »War auch Arnold Petersen dabei?«

»Ja.«

»Auch Leo Mittag?«

»Das weiß ich nicht mehr. Stade, weißt du, ob er mit dabei gewesen ist?«

»Du hast mir damals gesagt, dass er mit dabei gewesen ist.«

»Wenn du das sagst – ich kann mich nicht mehr sicher daran erinnern. Ich glaube, dass da noch zwei andere mit bei waren.« Er überlegt. »Der eine, das war so ein Schwarzer, der immer mit dem Paul Reinig geht. Der heißt Josef mit Vornamen. Und wie der zweite heißt, das weiß ich nicht.«

»Ein Schwarzer sagen Sie? Ein Neger?«

»Nee, Neger ist der nicht. Schwarze Haare hat er, das ist alles.«

»Und wie viel haben Sie nun von der Beute abbekommen?«

»Viertausend.«

So, denkt Dr. Davidsohn, jetzt sind wir ein schönes Stück weiter. Max Windhorst, der gehört zum Kern der Bande. Der Erste aus dem Kern, der wirklich geredet hat. Und zwei neue Namen haben wir nun auch. Haftbefehl für Leo Mittag. Und Josef? Das muss Joseph Tilkowski sein. Mal sehen, was es mit dem auf sich hat. Vorladung.

2.

Adolf Petersen schreibt an seinen Bruder:

Mein lieber Arnold! Die Sache nimmt einen unglaublichen Umfang an. Ich mag nicht arbeiten, habe keine Ruhe, laufe mich täglich matt in meinem Käfig! Meine Ruhe im Arrest ist schon mehrere Nächte durch »Sänger« gestört. Das hörst du wohl auch. Es hört sich an, als wenn sie vertrimmt werden, ist aber nicht der Fall. Donnerstag schrie einer, als wenn sie ihn alle an der Kehle hätten, ist aber nicht wahr! Sie können die Einsamkeit in den Zellen und die Stangen vor den Fenstern nicht ab!

Und wie sieht es mit dir aus, Petersen? Kannst du das ab? Berger hat das Gefühl, dass auch dem hartgesottensten Verbrecher der Aufenthalt im Gefängnis stark zusetzt. Sie können sich ein recht genaues Bild der Stimmung unter den Gefangenen machen. Inzwischen werden die meisten Kassiber abgefangen, kopiert und dann weitergeleitet.

Unter Loeschs Fenster hat man einen Rohrschneider gefunden! Deshalb schläft er jetzt in Arrest!

Ja, denkt Berger, die Zeiten sind vorbei, wo man ohne viel Mühe aus dem Gefängnis ausbrechen konnte.

3.

Freistunde! Richard Buhl darf mit anderen Gefangenen auf dem Hof des Untersuchungsgefängnisses im Kreis gehen. Es ist früh am Morgen, die Sonne scheint. Wann komme ich hier wieder raus, denkt Buhl. Wann komme ich hier endlich wieder raus? Da öffnet sich das Tor zum Holstenglacis. Ein Zweispänner fährt auf den Gefängnishof. Der Wagen bringt Kartoffeln für die Gefängnisküche. Buhl sieht das offene Tor; er rennt los.

»Halt!«

Der Posten am Tor hat ihn zu spät bemerkt. Buhl rennt.

»Halt, stehen bleiben!«

Buhl kümmert sich nicht darum. Er rennt und rennt, bis ihm plötzlich bewusst wird, dass er ja nirgendwo hin kann. Seine Emmi sitzt doch auch im Gefängnis.

»Bleiben Sie sofort stehen!« Der Wärter brüllt, so laut er kann. Er kann nicht hinterherlaufen, sonst rücken die übrigen Gefangenen auch noch aus.

Aber Buhl hat jetzt der Mut verlassen. Er bleibt stehen, lässt sich von dem Wärter ins Gefängnis zurücklotsen. Ich habe mich selbst gestellt, denkt er. Das können sie mir doch nicht übel nehmen; dafür können sie mir doch nichts tun!

Strafverfügung:
Buhl wird künftig zur Freistunde gefesselt. Er erhält eine Strafe von sieben Tagen Dunkelarrest bei Wasser und Brot. Für den Aufseher wird eine Belohnung beantragt.

4.

Weder Jastorf noch Krohn sind da, so ist Berger derjenige, der das neueste Geständnis von Wilhelm Rösberg entgegennimmt.

»Bezüglich Farmsen ist mir noch etwas eingefallen!«

»Na, dann erzählen Sie mal!« Berger glaubt nicht, dass Rösberg ihm zum Überfall auf den Totalisatorwagen noch viel Neues erzählen kann. Es ist typisch, dass jemand, der ein Geständnis abgelegt hat, hinterher versucht, noch weitere und immer weitere Details preiszugeben, in der Hoffnung, weiter interessant zu bleiben.

»Das muss Anfang September 1920 gewesen sein, da war ich in Barmbeck bei meinem Onkel Ansorge in der Gaststätte. Dem habe ich ja die Geschäftsbücher geführt. Ich war nachmittags da, mit dem Fahrrad. Wenig später kamen dann noch zwei weitere Radfahrer. Damals hab ich die nicht gekannt, aber heute weiß ich, dass das Max Windhorst und Adolf Stade gewesen sind.«

»Sie sagen Anfang September«, hakt Berger nach.

»Kann das sein, dass das am 2. September gewesen ist?«

»War das der Tag, an dem ...? Ja, dann ist das am 2. September gewesen. Jedenfalls hat mich dann schließlich der Herr Windhorst gefragt, ob ich ihm vielleicht mein Rad leihen könnte, denn sein eigenes sei defekt. Ja, und da habe ich ihm dann mein Fahrrad geliehen.«

»Und er hat nicht gesagt, wofür er das Rad brauchte?«

»Nein. – Selbst als ich dann am nächsten Tag in den Hamburger Nachrichten von dem Raubüberfall gelesen habe, da hab ich das natürlich nicht mit meinem Fahrrad in Verbindung gebracht.«

»Das ist verständlich.«

»Der Überfall soll ja schon Wochen vorher geplant gewesen sein ...«

»Ja. Das wissen wir schon«, sagt Berger.

»Ja. – Wenn mir sonst noch etwas einfällt, dann will ich es Ihnen natürlich jederzeit gern mitteilen. Das habe ich Herrn Dr. Davidsohn ja auch schon zugesichert. Und wenn nun meiner Entlassung nichts mehr weiter im Wege stehen sollte, dann würde ich darum bitten, dass ...«

Das versetzt Berger einen Stich. Haben sie diesen Mann tatsächlich in dem Glauben gelassen, er brauchte nur alles zu sagen, was er wüsste, und dann würde er freikommen? Das muss aufhören, jetzt sofort.

»Herr Rösberg«, sagt Berger. »Ich glaube, ich muss Ihnen eine betrübliche Mitteilung machen. Ihre Freilassung steht überhaupt gar nicht zur Diskussion. Aus Ihren eigenen Angaben und aus den Geständnissen der anderen Bandenmitglieder geht klar hervor, dass Sie an mindestens neunzehn Straftaten beteiligt gewesen sind oder zumindest davon gewusst haben. Das Einzige, was Ihnen bleibt, ist die Hoffnung auf die Gnade der Richter.«

»Mein Gott – und ich hatte gehofft – ich hatte geglaubt – nächsten Monat hat doch unser Püppchen Geburtstag, und da wollte ich doch so gerne ...«

»Es tut mir unendlich leid«, sagt Berger. »Aber hier liegt ein kolossales Missverständnis vor. Wir haben nie den Eindruck erwecken wollen, dass Sie jetzt freikommen würden ...«

Rösberg weint hemmungslos. Berger schafft es, sich jedenfalls so lange zusammenzureißen, bis Rösberg draußen ist.

5.

»Diese Nachricht muss Reinig kriegen!«

Der Wärter nickt. Flügge, diese Pfeife, hat sich nie wieder gemeldet. Keine Entschuldigung für die Panne mit dem Seil, keine Nachricht, nichts. Schwager oder nicht – der Mann ist für ihn erledigt. Da ist es schon besser, man verlässt sich auf die Kumpane, mit denen man jahrelang zusammengearbeitet hat. Paul Reinig ist einer der Letzten, die noch in Freiheit sind. An ihn geht dieser Kassiber:

Heute Nacht eine halbe Stunde nach Mitternacht setz die Leiter an. Leuchte dreimal mit der Taschenlampe zum Kirchenfenster hin. Ich mache nichts, bis du nicht da bist! Odsche.

Endlich ist es soweit! Metzendorf hatte wochenlang Hofdienst gehabt, und Petersen konnte nicht mit ihm in Verbindung treten. Aber jetzt – jetzt ist alles bereit. Dass

Metzendorf am Sonntag Dienst auf der Station haben würde – Petersen hat es auf dem Dienstplan abgelesen, der auf dem Korridor in der Registratur hängt.

»Hier!« Metzendorf gibt ihm Schlüssel und Dietrich. Das Risiko ist extrem hoch, und Metzendorf klopft das Herz bis zum Hals, aber er kann nicht mehr zurück. Schon zweimal hat er Petersen Ausbruchswerkzeug in die Zelle geliefert; beide Versuche sind gescheitert. Ein Wort von Petersen, und er ist seinen Job los! Also muss er weiter mitspielen, und also muss der Ausbruch gelingen. Die versprochene Belohnung ist schon lange uninteressant geworden.

Metzendorf sieht sich ängstlich um. Aber da ist niemand, der sie beobachtet. »Und hier die Feile!«

Petersen nickt. Die Feile ist dazu da, dem Schlüssel den letzten Schliff zu geben. Das ist auch erforderlich; der Schlüssel passt schlecht, wie Petersen feststellen muss. Eine halbe Stunde feilt er daran herum, bis endlich alles reibungslos funktioniert.

Die Sicherheitsmaßnahmen sind verschärft, da Petersen schon einen Ausbruchsversuch unternommen hat. Tagsüber ist er in einer anderen Zelle untergebracht als bei Nacht. Regelmäßig abends um 7.30 Uhr findet die Verlegung statt. Auch heute schließt Metzendorf wie üblich die Tageszelle auf, aber er führt Petersen nicht heraus, sondern es geschieht nichts weiter. Die Zellentür bleibt offen; Petersen ist frei.

Frei? Noch nicht. Petersen wartet, bis Metzendorf vom Hof her das vereinbarte Zeichen gibt. Jetzt! Er öffnet die Zellentür. Vorsichtig lugt er nach draußen. Der Gang ist leer. Petersen schließt die Tür hinter sich und läuft die Treppe zum Hof hinunter. Der Hof liegt verlassen da. Petersen eilt hinüber zur Kapelle. Der Eingang ist extra durch eine eiserne Gittertür gesichert. Petersen greift nach dem Schlüssel. Passt er? Ja, er passt! Die eigentliche Kirchentür ist leicht zu öffnen. Im Nu ist Petersen in die Kirche geschlüpft und hat beide Türen hinter sich wieder zugezogen.

Es dauert eine Weile, bis er sich an die Dunkelheit gewöhnt hat. Er tappt durch die Bankreihen nach vorn. Etwas fällt klirrend zu Boden. Erschrocken hält Petersen inne. Kann das jemand gehört haben? Nein, wahrscheinlich nicht. Es ist ja niemand auf dem Hof, und die Mauern der Kirche sind dick genug, die schlucken jeden Schall. Was ist da zu Boden gefallen? Ach, die Handfesseln! Metzendorf hat ihm eingeschärft, er soll die Handschellen durchfeilen und nach gelungener Flucht in den Gefängnishof zurückwerfen, damit man glauben soll, Petersen sei ordnungsgemäß gefesselt gewesen.

Jetzt heißt es Warten! Petersen setzt sich auf eine der harten Holzbänke und beginnt zu feilen. Was wird er tun, wenn er draußen ist? Erst einmal sicherstellen, dass die Angehörigen der Verhafteten versorgt sind. Die Konten sind beschlagnahmt, das weiß er, aber er hat genug anderes Geld verborgen, das die Polizei nicht gefunden hat. Wenn das Geld verteilt ist, kehrt endlich wieder Ruhe ein, und keiner wird sich mehr danach drängen, sein Maul aufzureißen.

Die Zeit vergeht. Die Fessel ist durchgefeilt, Petersen weiß nicht mehr, was er noch machen soll. Unruhig geht er in der Kirche auf und ab. Es gibt keine Uhr, natürlich nicht, nur das Schlagen der Turmuhr draußen alle halbe Stunde. Er hat das Gefühl, dass die halben Stunden länger und länger werden. Und es ist kalt in der Kirche. Er friert.

Endlich halb eins! Petersen steht schon seit mehr als zehn Minuten am Fenster, späht durch die bunten Scheiben nach draußen. Aber so sehr er sich auch müht, er kann kein Licht entdecken. Nichts. Reinig hat ihn versetzt! Und jetzt? Zurück in die Zelle kann er nicht und will er nicht. Die Freiheit ist doch zum Greifen nah! Aber wie soll er über die Mauer kommen? Auf dem Fremdenhof liegen einige Holzbalken. Wenn er einen davon aufrichtet und daran hochklettert? Bleibt immer noch der Sprung auf der anderen Seite. Die Gefahr ist groß, dass er sich das Bein bricht. Was hilft's? Es muss gewagt werden!

Vorsichtig öffnet er die Kirchentür. Sie quietscht. Petersen verharrt, aber nichts regt sich. Da huscht er hinaus auf den Hof, macht sich an den Balken zu schaffen. Sie sind schwer, zu schwer für ihn. Fast zu schwer. Wenn er sie gegen die Mauer stemmt und Stück für Stück ...

»Halt!«

Er hat die Nachtwache nicht kommen hören. Resignierend lässt Petersen den Balken fallen und dreht sich um. Er ist gefangen.

Eine Viertelstunde später kommt Reinig mit der Leiter, leuchtet mit der Taschenlampe. Vergebens. Im Gefängnis regt sich nichts. Keine Spur von Petersen.

6.

»Ich hab mir die Aussage von Max Windhorst noch mal vorgenommen«, sagt Berger.

»Was ist damit?«

»Irgendetwas stimmt nicht. Als ich das zum ersten Mal gelesen habe, da hab ich ja gedacht, dieser Windhorst sei einfach nur ein grenzenlos dummer Bär. Aber – so dumm wie der, so dumm kann doch gar keiner sein. Kein Einbrecher jedenfalls. Der würde doch in jede Falle tappen!«

»Er ist nicht ganz gesund, dieser Herr Windhorst«, sagt Krohn. »Seine erste Aussage haben wir ja im Krankenhaus aufgezeichnet.«

»Wieso war er im Krankenhaus?« Berger kennt nur das sauber getippte Geständnis Max Windhorsts, da ist von keinem Krankenhausaufenthalt die Rede.

»Er hatte Lähmungserscheinungen«, sagt Krohn.

»Lähmungserscheinungen? Das ist ja seltsam. In welchem Krankenhaus ist er denn gewesen?«

»Langenhorn.«

»Was?« In Langenhorn ist die psychiatrische Klinik.

»Ja, er ist wohl auch nicht so ganz richtig im Kopf, der Herr Windhorst. Aber seine Aussage ist brauchbar. Und der Arzt meint, zur Tatzeit sei er voll handlungsfähig gewesen.«

»Komm, lass dir nicht alles aus der Nase ziehen!« Berger ist ärgerlich.

»Nun, der Arzt sagt, dass es sich bei der Erkrankung um Neurolues handelt.«

»Neurolues? Was heißt das?«

»Nichts Gutes«, sagt Krohn. »Mehr weiß ich nicht. Und mehr will ich auch gar nicht wissen.«

Berger ruft in Langenhorn an.

»Syphilis«, sagt der Arzt. »Wenn die nicht behandelt wird, kommt es später zu einer chronischen Hirnentzündung, die zur Demenz und gleichzeitig zu einer progressiven Paralyse führt.«

»Schwachsinn, Lähmung – mein Gott, im Krieg haben sie uns doch erzählt, dass man Syphilis medizinisch behandeln kann ...«

»Mit Salvarsan, ja, das ist möglich, aber nicht mehr in diesem Stadium. Was bei einer Neurolues passiert, ist, dass der Erkrankte geistig mehr und mehr abbaut, Sprachstörungen treten auf, das Rückenmark wird geschädigt, am Ende ist der Patient gelähmt. Ach ja, Blindheit kann auch noch dazukommen. Hab ich irgendetwas vergessen?«

»Danke, mir reicht das jedenfalls«, sagt Berger. Damit ist das Geständnis Windhorsts eigentlich wertlos. Wenn die Verteidigung davon erfährt, wird Jastorf damit vor Gericht nicht weit kommen. Aber im Augenblick erfüllt es natürlich seinen Zweck. Die Kumpane wissen ja nicht, dass der Mann nicht mehr zurechnungsfähig ist. Max Windhorst hat gestanden! – Das wird eine wahre Lawine von weiteren Geständnissen auslösen. Dass der Untersuchungsrichter dieses Geständnis einem hilflosen Kranken praktisch diktiert hat, das weiß ja keiner.

7.

Die Nachricht erreicht Reinig über einen Kassiber. *Max Windhorst hat gestanden!* Nun gibt es keine Rettung mehr. Reinig weiß, dass er nicht mehr heil aus der Geschichte herauskommen kann. Er muss endgültig untertauchen. Bisher hatte er sich bei seiner Schwägerin in der Ahrensburger Straße versteckt. Das reicht jetzt nicht mehr aus. Er muss ins Ausland. Herta bringt ihn zur Bahn.

»Hast du auch wirklich alles mit?«

Ja, er hat alles dabei, was er braucht. Er reist mit leichtem Gepäck.

»Den Pass, hast du auch den Pass?«

Ja, hat er. Es ist der Pass seines Halbbruders, den er sich ausgeliehen hat. Damit wird er sicher unbehelligt über die Grenze kommen. Herta weint.

»Ich komm ja wieder«, sagt Reinig. »Sowie etwas Gras über die Sache gewachsen ist, komm ich ja wieder!« Er denkt: Wann fährt denn dieser verdammte Zug endlich ab? Noch bin ich nicht weg, noch bin ich nicht in Sicherheit!

Da setzt sich der Zug in Bewegung.

8.

Buhl ist bereit, ein Geständnis abzulegen.

»Na, dann erzählen Sie mal«, sagt Wilhelm Berger.

»Womit soll ich anfangen?«

»Mit dem Anfang. Wie sind Sie mit Adolf Petersen und seiner Bande in Kontakt gekommen?«

»Das war gleich nach dem Krieg. Da habe ich bei Mohnsens gewohnt. Und da habe ich dann auch Adolf Petersen kennengelernt. Er hat mir erzählt, dass er viel nach Holland fährt und Stoffe, Seide und Wäsche mitbringt. Er hat vorgeschlagen, mein Vater und ich sollten in das Geschäft mit einsteigen. Es hörte sich so an, als sei da viel Geld zu verdienen. Mein Vater hat einen Gewerbeschein beantragt, Petersen hat dann Hunderte Meter Stoff und Seide und über hundert Blusen geliefert. Ich hab ja nicht wissen können, dass das alles heiße Ware ist!«

Berger sieht Buhl an. Du bist doch nicht doof, denkt er. Das hast du selbstverständlich gewusst!

»Später haben sie mich dann direkt in ihre schmutzigen Geschäfte einbezogen. Ich wollte das nicht. Ich habe versucht, mich als Händler selbstständig zu machen. Im Sommer 1919 ist das gewesen. Ich hab Obst und Gemüse gekauft an der Lühe und in Glückstadt, und das dann in Hamburg wieder verkauft. Das ging ganz gut, aber dann hab ich einmal Pech gehabt: eine Schute mit dreißig Zentnern Birnen ist wegen stürmischen Wetters in Glückstadt liegen geblieben; das Obst ist verschimmelt, konnte nicht mehr verkauft werden. Da musste ich wieder bei Petersen mitmachen.«

»Und was hat Ihre Emmi dazu gesagt?«

»Gar nichts. Die weiß doch gar nichts davon, ist der harmloseste Mensch auf der Welt: Die tut keiner Fliege was zuleide. Dass ihr die eingesperrt habt, das ist einfach – ein Verbrechen.«

»Na, na«, sagt Berger. »Zwei Meineide, das ist ja schließlich nicht nichts.« Außer dem jetzigen falschen Alibi für Adolf Petersen haben sie noch eine alte Geschichte aus dem letzten Jahr wieder ausgegraben. Auch da hat Emmi Schween unter Eid gelogen.

Buhl setzt seinen Bericht fort. Emmi und er sind mit Arnold Petersen und dessen Freundin in eine Wohnung am Lokstedter Weg gezogen. Friedrich Junge hat die besorgt.

»Pfingsten hat Arnold Petersen dann einen Ausflug nach Blankenese vorgeschlagen. Als wir von der Tour zurückgekommen sind, stand die Wohnungstür offen. Bei uns war eingebrochen worden. Unser ganzes Zeug – alles weg! Emmi und ich hatten nur noch das, was wir auf dem Leib trugen. Und auf dem Tisch lag ein Zettel, da stand drauf: Geschäft ist Geschäft! Ich hab das erst nicht verstanden und mich bloß gewundert, dass dem Arnold Petersen und seiner Verlobten fast nichts weggekommen war. Später ist mir dann klar geworden, dass Arnold den Einbruch selbst arrangiert hat.«

»Und wer hat ihn ausgeführt?«

»Junge.«

Das alles hat Buhl nicht daran gehindert, weiterhin mit den Petersens auf Diebestour zu gehen. »Wir haben dann ja stiekum mal hier mal da gewohnt. Ich wurde inzwischen von der Polizei gesucht, konnte daher keine feste Arbeit mehr annehmen. Ich brauchte dringend Geld. Mit Friedrich Junge zusammen hab ich dann dem Fritz Wehner hundertfünfzig Block gefälschte Butterkarten geklaut. Die hab ich unter der Hand zum Preis von fünfundzwanzig bis fünfunddreißig Mark verkauft.«

Berger schüttelt den Kopf. So viel hat er inzwischen gelernt: Mit der sogenannten Ganovenehre ist es nicht allzu weit her.

»Wir sind dann zu Schaefer gezogen.«

»Schaefer?«

»Der Postbeamte aus der Susannenstraße. Von dem haben wir doch den Tipp bekommen ...«

Berger lässt sich nicht anmerken, dass dieser Punkt für ihn neu ist.

»Nun hatte ich Geld, aber ich bin von Adolf Petersen einfach nicht losgekommen. Und dabei hatte ich Emmi doch versprochen, nie wieder – ich hab es einfach nicht geschafft. Irgendwann im Sommer hab ich dann Adolf Petersen, Paul Reinig und Joseph Mattofski am Sternschanzenbahnhof getroffen. Die drei waren unterwegs zu einem Einsteiger. Sie haben gesagt, ich solle mitkommen. Ich war betrunken, ich wollte eigentlich nach Hause, aber sie haben mich dann doch breitgeschlagen. Die Beute – drei kleine Handtaschen voll Silber und ein Zwanzigmarkstück. Das Silber ist für sechstausendfünfhundert Mark beim Schärfer gelandet ...«

»Bei wem?«, fasst Berger nach.

»Beim Hehler.«

»Den Namen meine ich.«

»Gregor.«

»Was für ein Gregor?«

»Petrov. Der macht doch all diese Dinger. – Ich hab tausend Mark und ein halbes Dutzend versilberte Bestecke für Eckel gekriegt; in dessen Wohnung haben wir die Beute geteilt. Ich hab dann das Besteck verkaufen wollen, aber ich war so betrunken, dass ich es am Ende in einem Lokal am Pferdemarkt an zwei Frauen verschenkt habe. Einfach so verschenkt. Die hab ich überhaupt gar nicht gekannt!«

Berger hat das Gefühl, dass Buhl auch schon vor seiner Festnahme ziemlich am Ende gewesen ist.

»Schließlich sind im Winter dann meine Eltern nach Hamburg gekommen, um hier für uns gemeinsam eine neue Existenz aufzubauen. Sie haben sich nicht getraut, in Oberschlesien zu bleiben. Wenn das jetzt am Ende vielleicht doch polnisch wird! Wir haben dann zusammen eine Wäscherei in der Schmilinskystraße gekauft.

Aber das Geld hat nicht ganz gereicht; ich hab mir von Petersen 20.000 Mark leihen müssen. Die hab ich nach fünf Wochen zurückgezahlt, aber da war es schon zu spät.«

»Wieso?«

»Weil der Adolf Petersen nun meine Eltern kannte. Und da hat er versucht, sie unter Druck zu setzen. Er hat gesehen, dass mein Vater ein rechtschaffener Mann ist. Von dem hat er verlangt, er solle einen Meineid leisten. Mein Vater hatte ja überhaupt keine Ahnung, in was für Geschäfte ich inzwischen verwickelt war. Petersen hat ihm alles in den schwärzesten Farben dargestellt. Und dann hat er gesagt: ›Wenn Sie den Schwur nicht leisten, geht Ihr Sohn ins Gefängnis! Wollen Sie das?‹ Da hat mein Vater ihn rausgeschmissen.«

»Bravo!«, sagt Berger.

»Ja, bravo, das hab ich auch gedacht. Aber dann kam es: Petersen verhaftet, ich verhaftet, Emmi Schween verhaftet; die Wäscherei war schon vorher wegen eines technischen Mangels stillgelegt worden. Da hat mein Vater sich dann erschossen.«

»Mein Gott, wie furchtbar!«, sagt Berger. Das hat er nicht gewusst.

»Ich hätte mich am liebsten auch erschossen – wenn ich es gekonnt hätte. Aber ich saß ja schon im Gefängnis ...«

»Das dürfen Sie nicht tun«, sagt Berger. »Das dürfen Sie nicht einmal denken! Sie haben doch Verantwortung! Denken Sie an Ihre Emmi, die braucht Sie!«

Buhl schüttelt den Kopf. »Ich komme hier doch nie wieder raus!«

»Unsinn!«

Viel kann Berger nicht tun für Buhl. Den Pfarrer zu ihm schicken, vielleicht hilft das. Und dann geht es daran, das Geständnis auszuwerten. Fritz Wehner und Joseph Mattofski haben sie schon. Gregor Petrov wird verhaftet; aber die wichtigste Ausbeute ist Eckel, der Tippgeber für den Postraub in der Susannenstraße. Der Fall ist damit restlos aufgeklärt.

9.

Ein Geheimnis ist nur so lange geheim, wie es nur einer weiß. Von Reinigs Flucht wissen zu viele seiner Freunde und Verwandten. Schon nach wenigen Tagen erfährt die Polizei, dass der Mann sich nach Holland abgesetzt hat. Angeblich will er auf einem griechischen Dampfer anheuern. Jastorf schickt ein Telegramm an den deutschen Konsul in Rotterdam. Der handelt rasch, aber nicht rasch genug. Er schreibt:

Nach Auskunft der hiesigen Polizeibehörde ist Reinig unter dem Namen Willy Blome auf dem griechischen Dampfer »Nicolas Zafirahie« angemustert worden und nach Barry bei Cardiff abgefahren. Von dort soll das Schiff nach Triest gehen. Über die Rückkehr des Dampfers nach Rotterdam ist nichts bekannt. Die Angelegenheit wird im Auge behalten.

10.

Richard Buhl schreibt an seine Braut:
Meine Liebe Emmi,
Du glaubst gar nicht, wie lieb ich dich habe. Ich weiß wohl, ich bin ein komischer Mensch, und wenn ich mal keine gute Laune hatte, so hat das daran gelegen, dass ich gern Geld ver-

diene und mit den Geschäften irgendwas nicht geklappt hat.
Hier kümmert sich kein Mensch um mich, ich bin ganz ner-
vös vor Wut, dass man mich hier festhält. Dann denke ich
auch immer viel an dich, mein süßer Schatz. Halte den Kopf
hoch! Ich möchte dich doch so gerne wiedersehen. Mein süßer
Liebling, sei gegrüßt und geküsst
von deinem Männe.

Jeder Brief der Untersuchungsgefangenen geht über
den Schreibtisch von Dr. Davidsohn. Dort wird er gelesen, und dann wird verfügt, was weiter damit zu geschehen hat. Dr. Davidsohn schreibt:

Der anliegende Brief wird zu den Akten genommen, weil
er keine wichtigen Mitteilungen enthält und nur die Be-
sprechung unaufschiebbarer oder dringend notwendiger Ge-
schäfts-, Familien- oder persönlicher Verhältnisse in Briefen
von Untersuchungsgefangenen oder an diese gestattet wer-
den kann (§ 116 StPO).

11.

Adolf Petersen hat kaum noch Kontakte zur Außenwelt.
Reinig hat auf seine letzten zwei Kassiber nicht mehr
geantwortet. Ist er womöglich verhaftet worden? Nein,
wahrscheinlich hat er sich abgesetzt. Post von Hatzel
lassen sie nicht durch. Aber jetzt kommt ein Brief von
Helmi. Adolf Petersen denkt: Wenn der Teufel Jastorf
ihn durchgelassen hat, wird sicher wenig Erbauliches
drinstehen! Ah ja, natürlich. Seine geschiedene Frau
stellt neue Forderungen. Garderobe für Hatzel will sie.

Von Flügge erhielt ich seinerzeit nur Fetzen für Hatzel
ausgeliefert, und von deinem Zeug kann ich Hatzel gut etwas

arbeiten lassen ...

Das ist wirklich dreist! Nach der Geschichte mit dem Luden jetzt dasselbe noch einmal? Mein Zeug für Hatzel umarbeiten? Das geht doch gar nicht. Sie will die Sachen nur ihrem lieben Hillesheim weitergeben, damit der was Gutes zum Anziehen hat.

Ferner möchte ich dich noch bitten, die Ehelichkeit des Kindes anzufechten ...

Petersen braucht einen Augenblick, bis ihm klar ist, was Helmi mit »das Kind« meint. Für ihn ist Hatzel »das Kind«. Dass letztes Jahr ein Jonni Helmut geboren worden ist, hat er kaum registriert. Aber für Helmi ist dieser Bastard jetzt »das Kind«! Armer Hatzel! – Jetzt will Helmi, dass er an die Vormundschaftsbehörde schreibt und die Vaterschaft bestreitet, denn sonst heißt das Kind in allen Papieren Jonni Petersen.

Mache es bitte meinetwegen, denn ich habe oft Zerwürfnisse deswegen.

Aha, hat sie also einen echten Goldschatz geheiratet! Geschieht ihr recht. Aber dieses Schreiben, das kann sie haben. Ein fremdes Kind mit seinem Namen – das wäre nun wirklich das Letzte, was er sich wünschen würde.

Hatzelmann besucht die Volksschule in der Forsmannstraße und ist in seinen Arbeiten oftmals sehr flüchtig, aber verhältnismäßig gut. Werde dich auch von seinem Zeugnis, das er zu Ostern erhält, benachrichtigen, auch ob er mit versetzt wird. Wenn ich ihn frage, antwortet er stets: »Ja natürlich, Mutti. Du kannst gern nun schon das Luftdruckgewehr (dieses will er sehr gern haben, kostet nur hundertfünfundsiebzig Mark) kaufen, denn mit rüber komme ich ganz bestimmt.«

Hätte ihn auch gern in eine Realschule umgemeldet, aber

Flügge hat sich geweigert, das Schulgeld zu zahlen, und drei Mark Fahrgeld pro Tag war mir auch zu teuer und konnte ich nicht aufbringen ...

Warum soll mein Schwager das Schulgeld zahlen? Es ist dein Sohn, Helmi! Und wenn du ihn mir wegnimmst, dann muss eben dieser Hillesheim zahlen! Du hast es so gewollt, nicht ich!

Kannst du nicht dafür sorgen, dass ich in den Genuss der Zinsen von Hatzels Geld komme? Es ist doch sein Geld, und niemand kann es ihm streitig machen.

Doch, das machen sie, diese Geier! Mündelsichere Anlage, haben sie behauptet – und jetzt?

Deine Antwort erwartend, grüßen dich herzlich Hatzel und Helmi.

Wahnsinn

1. Februar 1922

D ie schreiben, dieser Buhl, der ist jetzt wahnsinnig geworden«, sagt Krohn.

»Als ich ihn zuletzt gesehen habe, war er noch ganz normal!« Jastorf hat ihn vor zwei Wochen zuletzt gesehen.

»Jedenfalls ist er gestern nach Langenhorn eingeliefert worden.«

»In die Irrenanstalt?«

»So heißt das nicht mehr. Das ist heute das Staatskrankenhaus Langenhorn.«

»Es ist mir egal, wie das heißt. Das ist ja eine schöne Schweinerei! Erst macht er einen Fluchtversuch, und als das nicht klappt, schwups, wird er wahnsinnig! Aber damit kommt er nicht durch. Das wäre ja noch schöner, wenn sich einer einfach irgendeine Krankheit ausdenkt und dann nicht ins Gefängnis braucht!«

»Was schreibt denn das Krankenhaus?«, fragt Berger.

»Laut Überführungsschein ist er deprimiert, zerfahren, abstiniert vollkommen, hat Wahnvorstellungen.«

»Das reicht aus? Da können sie mich gleich mit einliefern! Mein Gott, bin ich deprimiert, wenn ich mir hier diesen Haufen Arbeit ansehe, und all die Scheißer, die uns ins Handwerk pfuschen! – Was war das nächste?

Zerfahren? Nach zwölf Stunden Arbeit bin ich auch zerfahren, das könnt ihr mir glauben. Kein Wunder, dass meine Alte damals abgehauen ist; kann ich ihr nicht verdenken. – Und was weiter? Abstiniert? Was soll das denn heißen? Abstinent meinen sie wahrscheinlich. Na ja, wenn ich kein Bier kriege, da kann ich auch ganz schön ungemütlich werden. – Und Wahnvorstellungen? Ja, das stimmt, das sehe ich auch so! Der gute Richard Buhl hat die Wahnvorstellung, dass er mit diesem Trick durchkommt! Aber nicht bei Dr. Davidsohn und mir!«

»Reg dich ab«, sagt Krohn. »Dieses Geschimpfe kann mein König nicht vertragen.« Er hat das Bild mit dem Gesicht nach unten auf den Schreibtisch gelegt.

»Du kannst dich auch gleich mit anmelden in Langenhorn«, sagt Jastorf, jetzt etwas ruhiger.

Berger nimmt den Bericht aus Langenhorn zur Hand.

Vor seiner Einlieferung hatte Buhl vier Tage im Gefängnislazarett gelegen, wo gar nichts mit ihm aufzustellen war. Er war abweisend, wollte nichts essen, schimpfte auf »den Juden«, der ihn ermorden wolle.

Dass Buhl auf »den Juden« schimpft, kann Berger immerhin nachvollziehen. Er meint damit einen ganz bestimmten Juden: Dr. Davidsohn.

Hier in Langenhorn ist er ebenfalls fast unzugänglich. Er blickt mit finsterem Gesichtsausdruck starr vor sich hin, antwortet nicht auf Anreden und gibt auch nicht durch Zeichen, Winke oder dergleichen zu verstehen, dass er den Frager verstanden habe. In seiner Zelle, wohin er als Fluchtverdächtiger gekommen war, lag er still und untätig mit dem Gesicht nach der Wand auf dem Strohsack. Wenn man ihn herumdrehte, ihm die Arme aufhob und so weiter, so ließ er sich alles ge-

fallen, doch fühlte man deutlich einen leisen Muskelwider-
stand (es bestand also ebenso wenig kataleptische Starre wie
Lähmung). Alle Beeinflussungsversuche, alles gütliche Zu-
reden blieben erfolglos. Auch als er aus seiner Zelle heraus in
den Wachsaal gelegt wurde, um ihn im Einzelzimmer nicht
verkommen zu lassen, änderte er sein Verhalten zunächst
gar nicht. Nur einmal rief er einem der Wachsaalpfleger zu:
»Meine Emmi soll herkommen.«

Mein Gott, denkt Berger, was treiben wir hier, was tun wir diesen Menschen an? Dieser Buhl ist ein Einbrecher, kein Mörder! Und selbst dann wäre es nicht gerechtfertigt.

»Der Arzt schreibt, dass es sich um eine Haftpsychose handelt«, sagt er.

»So was gab's früher nicht!« Jastorf ist ruhig jetzt, resigniert.

Krohn sagt:»Der Arzt tut das, was er gelernt hat. Vielleicht stimmt's, vielleicht hat er aber auch was Falsches gelernt, das kann ich nicht beurteilen. Was ich aber sehe, genau wie unser Freund Jastorf hier, ist, dass er den Gang der Ermittlungen stört. Wir brauchen das Geständnis, wir brauchen den Prozess und das Urteil. Und das kriegen wir nicht, wenn dieser Mediziner den Mann da rauszieht. Reicht es denn nicht aus, wenn er den Kerl danach erst in die Klappsmühle steckt?«

Berger schüttelt den Kopf.

»Du bist zu weich, Wilhelm. Aber ich versteh das, du bist noch jung. Jastorf und ich, wir waren auch mal so. Das ist lange her. – Wart mal ab, in zehn Jahren wirst du dich an dieses Gespräch erinnern und feststellen, dass du dann genauso denkst wie wir heute.«

Berger sagt nichts. Nie werde ich so wie ihr, niemals! Krohn sieht ihn bekümmert an. Dann wendet er sich an Jastorf:»Hast du dich nun beruhigt? Kann ich jetzt bitte den König wieder aufstellen?«

2.

»Ihr Bruder Arnold war über Weihnachten zu Hause«, sagt Jastorf.»Hafturlaub. Glauben Sie nicht, dass Ihr Hatzel sich auch gefreut hätte, wenn sein Papa nach Hause gekommen wäre?«

Petersen ballt in ohnmächtiger Wut die Fäuste.

»Herr Petersen«, sagt Jastorf,»ich bin gekommen, um Ihnen noch einmal Ihre Lage zu verdeutlichen ...«

»Ich kenne meine Lage.«

»... und die ist nicht besonders rosig: Vermögen beschlagnahmt, Frau im Gefängnis, Mutter im Gefängnis, Geliebte im Gefängnis ...«

»Das verstößt gegen Recht und Gesetz, was Sie hier machen. Das ist allein Ihre Schuld, dass diese unschuldigen Menschen ...«

»Nein, Herr Petersen, das stimmt nicht. Die Frauen könnten längst frei sein. Sie wären lägst wieder zu Hause, wenn Sie ein umfassendes Geständnis ablegen würden.«

»... aber ich habe jeden Ihrer Schritte genau registriert, und vor Gericht werden all Ihre Untaten zur Sprache kommen, da werden Sie sich verantworten müssen, Punkt für Punkt!«

»Sie werden sich am Ende vor einem ganz anderen Richter verantworten müssen, Herr Petersen, und da möchte ich dann nicht in Ihrer Haut stecken! – Wenn

Sie so weitermachen, haben Sie demnächst auch noch den Tod Ihrer Mutter auf dem Gewissen, genau wie den Tod Ihres Vaters; der hat sich ja seinerzeit auch aus Gram über Ihre Verbrechen das Leben genommen ...«

»Du Teufel!«, brüllt Petersen, »du elender Teufel!« Er spuckt in Jastorfs Richtung.

»Mäßigen Sie sich!«, sagt Jastorf. Er hat Petersen in Fesseln vorführen lassen, so lässt es ihn nahezu unberührt, dass der Gefangene tobt und schreit. Er weiß, seine Botschaft ist angekommen. Mal sehen, was Petersen daraus macht. Er erhebt sich. »Ich komme wieder!«, sagt er.

3.

Es klopft. Herta Reinig schreckt hoch. Wer kann das sein? Um diese Zeit? Draußen ist es schon dunkel. Polizei, denkt sie. Das ist bestimmt wieder die Polizei! Obwohl sie bereits mehrere Besuche der Kripo hinter sich hat, ist sie doch jedes Mal aufs Neue erschrocken.

»Ja, bitte?«, ruft sie.

Keine Antwort. Zögernd öffnet sie die Tür. Draußen steht ihr Mann.

»Paul!«, ruft sie überglücklich.

»Nicht so laut!«, mahnt er. Er geht rasch in die Wohnung, schließt die Tür hinter sich. »Ich habe es nicht mehr ausgehalten. Ich musste einfach zu dir!«

»Oh, mein Paul, wie schön, dass du wieder da bist!«

»Ja.« Er zögert. »Aber ich kann nicht bleiben. Die suchen mich ja noch immer. Ich muss zurück ins Ausland. – Kommst du mit?«

»Ich gehe überall mit dir hin!«

Er hat mit Einwänden und allen möglichen Schwierigkeiten gerechnet, aber Herta kommt einfach mit. Ist das nicht wunderbar?»Hör zu! Wir müssen so rasch wie möglich verschwinden. Morgen früh nehmen wir den ersten Zug nach Kiel. Da kommen wir für ein paar Tage bei meinem Schwager unter ...«
»Bei Kurt? – Aber wenn sie uns suchen, werden sie doch dort zuerst ...«
»Nein, nicht direkt bei Kurt. Er kennt da eine Frau in Gaarden, das ist auf der anderen Seite der Förde. Die Frau ist bereit, uns für ein paar Tage aufzunehmen, bis wir unsere Papiere beisammen haben. Und von da aus gehen wir über Schweden nach Dänemark.«
»Aber wir könnten doch auch direkt mit dem Zug nach Dänemark fahren?«
»Wir müssen doch unsere Spuren verwischen! – Mein Bruder muss dann die Sachen hier verkaufen; er schickt uns das Geld nach Dänemark nach. Postlagernd nach Hadersleben; das habe ich schon alles für uns arrangiert.«

4.

»Es gibt da noch eine leidige Geschichte, die erledigt werden muss«, sagt Jastorf.»Richard Buhl. Einer muss mit Buhl sprechen. Wir glauben, dass du der richtige Mann bist.«
»Sie werden mich gar nicht zu ihm lassen«, gibt Berger zu bedenken.»Ich kann mir nicht vorstellen, dass die im Krankenhaus in Langenhorn mich so einfach an sein Bett marschieren lassen und dann ...«
»Er ist nicht mehr in Langenhorn«, sagt Jastorf.»Da-

vidsohn hat ihn da rausholen lassen. Er liegt jetzt im Untersuchungsgefängnis.«

»Ist er denn geheilt?«, fragt Berger überrascht.

Jastorf sieht ihn nicht an. »Ja, da ist wohl etwas schiefgegangen«, sagt er. »Die haben hier angerufen, weil sie offenbar bei Davidsohn nichts erreicht haben. Einer von uns muss hin. Machst du's?«

»Ja, natürlich.«

Berger schwant Fürchterliches. Als Erstes greift er zum Telefon und lässt sich mit Dr. Sierau in Langenhorn verbinden. Jastorf und Krohn haben auf einmal wichtige andere Termine; Berger kann völlig ungestört mit dem Mediziner sprechen.

»Ja«, sagt der, »es ist ziemlich skandalös. Am 6. August sind hier plötzlich zwei Kriminalbeamte erschienen, ohne vorherige Anmeldung. Die hatten offenbar den Auftrag, den Buhl gefesselt mit der Hochbahn zum Untersuchungsgefängnis zurückzubringen. Ich habe ihnen erklärt, dass ich dem unmöglich zustimmen kann. Aber gegen die Verfügung des Untersuchungsrichters bin ich natürlich zunächst einmal machtlos.«

»Dr. Davidsohn?«, fragt Berger nach.

»Ja, so heißt der wohl. Natürlich ging das nicht so, wie die sich das vorgestellt haben. Als die Polizisten das versucht haben, hat er sich geweigert, sich überhaupt anzuziehen. Er hat sich gesträubt, geweint, an Türgriffen und an unseren Pflegern festgeklammert, es war zum Steinerweichen. Da haben auch die Beamten einsehen müssen, dass es so nicht geht und den Buhl dann später mit dem Sanitätsauto abholen lassen.«

»Und was war der Sinn dieser Aktion?«

»Dr. Davidsohn hat geglaubt, dass unsere Diagnose falsch ist, dass der Mann nur simuliert, und er wollte dazu ein Gegengutachten einholen. Wie ich inzwischen erfahren habe, hat er dabei an Dr. Glüh aus dem Krankenhaus Friedrichsberg gedacht. Nun, Glüh ist ein Kollege, den ich sehr schätze, auch wenn ich nicht immer mit ihm einer Meinung bin, aber hier hat er genau das richtige getan: Er hat sich geweigert, unter diesen Umständen ein Gutachten zu erstellen.«

»Entschuldigen Sie, dass ich das jetzt so direkt frage, aber ob der Dr. Glüh nun von Friedrichsberg nach Langenhorn gefahren wäre oder zum Untersuchungsgefängnis, das hätte doch kaum zusätzlichen Aufwand bedeutet!«

»So wie ich es verstanden habe«, und hier zittert die Stimme des Mediziners ein wenig, »kam es Dr. Davidsohn vor allem darauf an, den Patienten meinem Einfluss zu entziehen.«

»Und das lassen Sie sich gefallen?«

»Ich habe mich natürlich bei den zuständigen Stellen beschwert, aber bisher keine Antwort erhalten.«

Kaum hat Berger den Hörer aufgelegt, läutet das Telefon.

»Berger?« Das kommt ihm jetzt sehr ungelegen.

»Spreche ich mit der Kriminalpolizei?« Eine Frauenstimme.

»Ja. Worum geht es?«

»Hier ist Else Kant aus der Desenißstraße. – Sie wissen vielleicht, dass hier neben uns im Haus ein Mitglied dieser berüchtigten Petersen-Bande gewohnt hat. Der Paul Reinig.«

»Aha.«

»Ja, und jetzt ist seine Frau plötzlich weg.«

Es ist Berger völlig egal, ob die Frau Reinig weg ist oder nicht. »Das tut mir sehr leid«, sagt er, »aber da kann ich auch nicht viel machen.«

»Ja, aber der Reinig, der ist doch noch flüchtig, und da dachte ich ...«

Er wird sich drum kümmern müssen. Aber nicht jetzt! »Könnten Sie mir bitte sagen, wo Sie genau wohnen? Einer von uns wird nachher bei Ihnen vorbeikommen ...«

5.

Richard Buhl liegt nicht im Untersuchungsgefängnis, sondern im Hafenkrankenhaus. Doch die Erleichterung, die Berger bei dieser Information empfindet, verfliegt, als er den Patienten sieht. Buhl liegt abgewandt und völlig unzugänglich auf einem Strohsack, die Augen zugekniffen, beide Fäuste in die Augenhöhlen gedrückt. Er ist blass, abgemagert; in der Zelle stinkt es nach Urin und Kot.

»Wir können nichts tun«, sagt der Mediziner. »Er macht einfach unter sich.«

Berger sieht ihn nur groß an.

»Er verweigert die Nahrungsaufnahme. Wir sind dazu übergegangen, ihn mit einem Schlauch zu füttern. Seit seiner Ankunft hier hat er vierzehn Kilo Gewicht verloren. Wenn wir ihn nicht zwangsweise künstlich ernähren, stirbt er uns weg.«

»Sie sind Arzt«, sagt Berger. »Können Sie das hier verantworten?«

»Danach werde ich nicht gefragt.«

»Ich verlange, dass der Patient sofort in die Klinik nach Langenhorn zurückgebracht wird!«

»Dazu sind Sie nicht befugt.«

»Sie sind doch Arzt! Haben Sie da nicht diesen Eid geschworen? *Ärztliche Verordnungen werde ich treffen zum Nutzen der Kranken nach meiner Fähigkeit und meinem Urteil und so weiter* – alles schon vergessen? – Kommen Sie mit!«

Befehlen kann er. Das jedenfalls hat er gelernt im Weltkrieg. Berger marschiert mit dem Arzt zum Geschäftszimmer. Er zückt seinen Dienstausweis. »Polizei. Darf ich mal bitte?« Er wartet die Antwort nicht ab, schiebt die Sekretärin kurzerhand zur Seite und greift zum Telefon. »Das Landgericht. Herrn Dr. Davidsohn bitte!«

»Einen Moment bitte!«

Es vergeht eine kleine Ewigkeit. Schließlich die Antwort:

»Der Herr Dr. Davidsohn ist leider zur Zeit in einer Sitzung und kann nicht gestört werden!«

Ist das ein Grinsen, was da über das Gesicht des Mediziners huscht?

»Dann geben Sie mir bitte den Präsidenten des Landgerichts.«

»Moment bitte!«

Berger hat Glück. Der Mann ist in der Tat an seinem Arbeitsplatz. Berger reißt sich zusammen und schildert dem Mann so sachlich wie möglich, was er hier vorgefunden hat. »Wenn der Buhl stirbt, geraten wir in eine sehr schwierige Situation«, sagt er. Am liebsten würde er ganz andere Dinge sagen. Aber das führt hier nicht weiter; seine Sachlichkeit überzeugt schließlich, der Herr Präsident verspricht sofortige Abhilfe.

»Danke!« Berger legt auf, wendet sich dem Mediziner zu, der immer noch wie erstarrt da steht. Er weist auf das Gerät: »Das ist ein Telefon«, sagt er. »Wie man das bedient, haben Sie jetzt gesehen. Und wenn Ihnen jemals wieder ein Fall wie dieser vorkommen sollte, dann nutzen Sie es gefälligst!«

»Wie reden Sie denn mit mir?«

»Genau so, wie Sie es verdient haben!«

6.

»Da sind Sie ja endlich!« Jastorf ist ungnädig.

»Ich habe mich um Buhl gekümmert.«

»Ja, ja, das ist alles schön und gut, aber der Buhl, der läuft uns doch nicht weg! Inzwischen hat hier eine Frau Kant angerufen: Reinig ist wieder in Deutschland ...«

»Ja, das habe ich schon gehört.«

»Die Marta Reinig ist verschwunden. Krohn hat die Wohnung durchsucht. Hals über Kopf abgehauen, wie es scheint. Wahrscheinlich zusammen mit ihrem Mann. Es gibt da einen Schwager in Kiel, Waisenhofstraße wohnt der. Da könnten die beiden untergekrochen sein.«

»Dann sollten die Kollegen in Kiel ...«

»Nein, Berger, das kommt nicht infrage. Ich habe mit Kiel telefoniert. Die Kollegen warten auf Sie. Kommissar Blohm. Sie nehmen den nächsten Zug nach Kiel ...«

»Da bin ich ja erst kurz vor Mitternacht da!«, protestiert Berger.

»Macht nichts. Zugriff morgen früh um fünf Uhr. Reinig ist gefährlich. Es ist am besten, wenn wir ihn im Schlaf überraschen.«

7.

»Was für ein Blödsinn! Was für ein hirnverbrannter Blödsinn!« Gustav Marckmann ist außer sich.

Verständlich, denkt Berger. Niemand wird gern um fünf Uhr früh aus den Federn geholt – schon gar nicht von der Polizei. Vor allem dann nicht, wenn es dafür keinen Grund gibt. Und es gibt keinen erkennbaren Grund. Die Polizisten durchsuchen die Wohnung, gucken unter die Betten und in die Schränke, aber es findet sich keine Spur von Paul Reinig und seiner Frau. So dumm sind sie nicht, sich gerade beim Schwager zu verstecken, denkt Berger.

»Was für ein Skandal!«, schimpft Frau Marckmann, eine dicke, rothaarige Person, die sich rasch in einen Morgenmantel gehüllt hat.

»Regen Sie sich ab«, sagt einer der Polizisten.

»Das ist leicht gesagt! Sie haben ja nicht den Ärger – den haben wir! Was glauben Sie denn, was die Nachbarn sagen werden?«

»Nichts vermutlich. Das ist ja nicht das erste Mal, dass hier Polizei auftaucht«, erwidert der Kieler Kripobeamte. Er ärgert sich, dass er so früh aufstehen musste.

Die Kollegen haben inzwischen die Durchsuchung beendet.

»Und?«, fragt Blohm.

»Nichts.«

»Natürlich nichts! Die Reinigs haben wir doch seit Jahren nicht mehr gesehen! Die Entfernung ist doch viel zu groß! Was glauben Sie denn, was so eine Fahrkarte nach Kiel kostet?« Herr Marckmann hat sich inzwischen angezogen.

»Nichts für ungut«, sagt Berger. »Und schönen Dank für Ihre Unterstützung!«

Unten auf der Straße hält Berger seinen Kieler Kollegen zurück. »Da ist was faul!«, sagt er.

Der Kollege nickt. »Ja. Die wissen was.« Mit der Zeit bekommt man ein Gespür für so etwas. Blohm schickt seine Kollegen nach Hause. Zusammen mit Berger legt er sich auf die Lauer.

Sie brauchen nicht lange zu warten. Es dauert keine fünf Minuten, bis Gustav Marckmann in großer Hast das Haus verlässt. Er läuft, ohne sich umzusehen, in Richtung Innenstadt. Die Beamten folgen ihm in großem Abstand.

»Nun wird es schwierig«, sagt Blohm.

Marckmann nimmt sich eine Droschke. Die Polizisten warten, bis er außer Sicht ist, dann folgen sie ihm ebenfalls per Droschke. Die Fahrt geht durch das Zentrum, am Bahnhof vorbei, dann weiter in Richtung Osten. Hoffentlich geht das gut, denkt Berger. Selbst wenn der Mann vor ihnen sich nicht umdreht – der Hufschlag auf dem Straßenpflaster ist kaum zu überhören. In dem Moment, wo der andere anhält, muss er sie bemerken.

»Das ist Gaarden, wo wir hier sind«, sagt Blohm.

Berger nickt. Er kennt sich in Kiel nicht aus. Sie biegen links ab, nach kurzer Zeit noch einmal. »Jetzt sind wir in der Stoschstraße«, sagt Blohm. »Jeden Moment ...« Da verlangsamt die Droschke vor ihnen das Tempo. »Anhalten!«, ruft Berger. Es klappt. Noch bevor der Wagen vor ihnen zum Stehen gekommen ist, hält ihre Droschke. Blohm und Berger springen ab und rennen los. Sie erreichen die Haustür unmittelbar nach Marckmann. Erschrocken sieht der sich um. Drinnen wird bereits Licht gemacht. Marckmann hatte schon geläutet. »Keinen Laut!«, verlangt Blohm. Er hat seine Pistole gezogen. Die Tür wird geöffnet. Paul Reinig steht im Schlafanzug vor ihnen. »Oh Gott!«, sagt er. Damit ist das letzte noch fehlende Mitglied der Petersen-Bande verhaftet.

Paul Reinig legt sofort ein Geständnis ab. Adolf Stade, Arnold Petersen, Fritz Wehner, Friedrich Junge, Karl Lau, Neuberger, Heinrich Drescher, Karl Heitmann – alle haben inzwischen Geständnisse abgelegt. Selbst Rudolf Loesch gibt am Ende zu, den Wachtmeister Brandt erschossen zu haben.

Am 22. April 1922 gibt schließlich auch Adolf Petersen auf. Nun beginnt eine Serie von Prozessen, die sich über mehr als ein Jahr hinzieht. Eines der ersten Verfahren ist der Prozess gegen Rösberg und Genossen. Dazu gehört auch Frieda Goedje.

Sieger und Verlierer

15. November 1922

Da sitzt Frieda Goedje nun und hört sich an, was über sie verhandelt wird. Es sieht schlecht aus für sie.

Der Staatsanwalt fasst zusammen, was gegen sie vorliegt: »Die gestohlene Wäsche lag in der Gepäckaufbewahrung am Dammtorbahnhof. Sie befand sich in einer Handtasche, die der Angeklagten gehört. Der Gepäckschein für die Handtasche fand sich in einem Versteck in der Wohnung der Frau Goedje. Damit ist eindeutig belegt, dass die Angeklagte hehlerische Handlungen begangen hat.«

Wenn man es so formuliert, klingt es hoffnungslos.

Die Verteidigung ruft daraufhin Adolf Petersen als Zeugen auf.

»Nein«, behauptet der, »so ist es nicht gewesen. Frau Goedje war nicht beteiligt. Ich habe damals einen Teil der gestohlenen Wäsche in die Wohnung meiner Mutter gebracht.«

»Dann erklären Sie uns bitte, wie es kommt, dass diese Wäsche, als sie schließlich sichergestellt wurde, bereits getragen war? Sie werden sie doch nicht selbst benutzt haben?«

Petersen schüttelt den Kopf. »Herr Staatsanwalt, die Wäsche war nicht getragen; sie war lediglich gewaschen. Ich hatte sie zunächst im Kohlenkeller des Hauses am Pulverteich untergebracht, und dort war sie schmutzig geworden.«

»Wie ist dann die Wäsche in die Gepäckaufbewahrung gekommen?«

»Nach der Festnahme Rösbergs schien es mir zu unsicher, sie noch länger im Haus zu haben, ich habe sie deshalb zum Dammtorbahnhof gebracht.«

»In der Handtasche der Frau Goedje?«

»Ja, ich hatte mir zu diesem Zweck die Tasche meiner Bekannten geliehen.«

»Und wie ist dann der Gepäckschein in die Wohnung der Goedje gekommen?«

»Ich selbst habe ihn dort hingebracht. Ich hatte ja einen Schlüssel zu der Wohnung.«

»Ohne der Frieda Goedje irgendetwas davon zu sagen?«

»Ohne ihr etwas zu sagen. Herr Staatsanwalt, ich habe mir die größte Mühe gegeben, gegenüber meiner Bekannten die wahre Herkunft meiner Einkünfte zu verschleiern. Ich glaube, dass mir das bis zuletzt gelungen ist.«

Lüge, denkt Frieda. Alles ist so offensichtlich gelogen! Jetzt bricht alles zusammen. Jeder einzelne Punkt ist so unlogisch, dass es geradezu zum Himmel schreit! Was hat Odsche denn wohl ausgerechnet mit diesen paar Wäschestücken für den Bedarf einer jungen Frau im Kohlenkeller seiner Mutter machen wollen? Hatte Frau Mohnsen keine Handtasche, in der er sie hätte wegtragen können? Warum ist er mit meiner Handtasche erst nach Barmbeck gefahren, hat die Wäsche gewaschen, eingepackt und dann wieder zurück zum Dammtorbahnhof gebracht? Die Gepäckaufbewahrung am Hauptbahnhof wäre doch viel näher gewesen! Und wie kommt es, dass dieser verdammte Gepäckschein in ihrem Kassiber erwähnt wird, wenn sie angeblich gar nichts davon weiß?

Auch Wilhelm Berger, der als Zuschauer der Verhandlung beiwohnt, hält den Atem an. Mein Gott, denkt er, das ist alles umsonst gewesen!

Doch der Staatsanwalt hakt nicht nach. Frieda Goedje ist ihm egal. Er muss sich darauf konzentrieren, die Haupttäter aus dem Verkehr zu ziehen. Geht nun doch noch alles gut?

Da kommt das Urteil:

In der Strafsache

1) Wilhelm Karl Christian Rösberg, geboren 9. August 1895 in Hamburg,

2) Julius Adolf Petersen, geboren 7. Oktober 1882 in Hamburg.

3) Heinrich August Emil Drescher, geboren 25. Februar 1883 in Hamburg,

4) Heinrich Christian Neuberger, geboren 27. März 1896 in Rheydt,

5) Alice Ottilie Juliane Rösberg, geborene Brause, geboren 10. Oktober 1896 in Hamburg,

6) Karl Alfred Paul Heitmann, geboren 26. Juli 1881 in Leipzig,

7) Adelheid Franziska Frieda Fiedler, geborene Goedje, geboren 10. Mai 1890 in Hamburg,

wegen gemeinschaftlichen schweren Diebstahls, hat das Landgericht in Hamburg, Strafkammer 4, in der Sitzung vom

15. November 1922 für Recht erkannt: Es werden verurteilt: Petersen, Drescher, Neuberger, Heitmann, Rösberg wegen gemeinschaftlichen schweren Diebstahls, von Petersen, Drescher und Heitmann begangen in wiederholtem Rückfall, Petersen außerdem wegen Beihilfe zur Urkundenfälschung, und zwar:

Petersen zu 2 Jahren, 6 Monaten, 2 Wochen Zuchthaus,
Drescher zu 2 Jahren, 3 Monaten Zuchthaus,
Neuberger zu 1 Jahr 9 Monaten Zuchthaus,
Heitmann zu 2 Jahren 3 Monaten Zuchthaus
Rösberg zu 2 Jahren und 3 Wochen Gefängnis.

Rösberg weint. Oh Gott, denkt Frieda. Hilf mir!

Die Angeklagten Frau Rösberg und Fiedler werden freigesprochen. Soweit Freisprechung erfolgt ist, trägt die Staatskasse, im Übrigen tragen die verurteilten Angeklagten die Kosten des Verfahrens.

Sie ist frei! – Plötzlich wird ihr bewusst, wem sie das zu verdanken hat. Danke, denkt sie. Danke, Odsche! Petersen wirkt völlig ruhig. Eine Viertelstunde noch kann sie ihn ansehen, während der Richter die endlos lange Urteilsbegründung verliest. Einmal schaut er kurz zu ihr herüber. Sie zwinkert ihm zu. Hat er es gesehen? Vielleicht.

Für Petersen ist dies nur einer von einer ganzen Serie von Prozessen, nur eines von einer ganzen Serie von Urteilen. Erst im Mai 1923 sind die Prozesse abgeschlossen. Frieda ist frei, aber ihren Odsche wird sie viele Jahre lang nicht wiedersehen.

2.

»Du hast recht gehabt«, sagt Friedrich Berger. »Wer hätte das vor zwei Jahren gedacht, dass das so kommen würde!«

Ich, denkt Hjalmar Schacht. Er sagt: »Ich hoffe, du hast damals meinen Ratschlag befolgt?«

Berger nickt. Zumindest die Hälfte seines Vermögens hat er in Immobilien umgesetzt; der Rest ist verloren.

»Kredite aufgenommen?«, fragt Schacht.

»Nein, das nicht.«

»Schade. – Zwar ist es noch nicht zu spät, aber es ist inzwischen äußerst schwierig, noch jemand zu finden, der bereit ist, sich von Sachwerten zu trennen.«

»Ach, das macht nichts. Die Hauptsache ist doch, dass diese Spirale des Wahnsinns irgendwann einmal ein Ende findet! Ein paar Millionen Mark für ein Brötchen – ich bitte dich!«

»Es wird aufhören«, verspricht Schacht. »Noch in diesem Jahr.«

»Wie soll das gehen?«

»Das ist nicht so einfach. – Sag mal, hast du noch immer diese köstlichen Zigarren?«

»Nicht mehr viele«, sagt Berger. »Das hier ist der Rest!«

Schacht nimmt sich eine der drei Zigarren aus der Kiste, zündet sie an und raucht genüsslich. »Eine Rückkehr zum Goldstandard ist natürlich nicht möglich«, sagt er.

»Das ist klar, es ist ja kein Gold da.«

»Eben. – Aber es gibt andere Möglichkeiten, und auf deren Durchsetzung werde ich dringen.«

»Aber bist du auch in der Position, deine Vorstellungen durchzusetzen? Ich meine, als Bankier bist du schließlich einer unter vielen, und ich könnte mir vorstellen ...«

»Du weißt wahrscheinlich, dass der Reichsbankpräsident Havenstein nicht länger das Vertrauen der Regierung besitzt.«

»Ja, Helfferich wird der Nachfolger von Havenstein, heißt es.«

Schacht schüttelt den Kopf. »Es ist zwar richtig, dass Karl Helfferich ein ausgewiesener Fachmann in Wirtschaftsfragen ist. Und richtig ist auch, dass das Reichsbankdirektorium geschlossen die Meinung vertritt, dass er der Nachfolger Havensteins werden sollte. Aber das Reichsbankdirektorium hat in dieser Angelegenheit keine Entscheidungsbefugnis. Die liegt bei der Reichsregierung, beim Bundesrat und letztlich beim Reichspräsidenten. Ich habe mich daher nicht weiter um die niederen Chargen gekümmert, sondern um einen Termin beim Reichspräsidenten nachgesucht.«

»Das war schon immer deine Stärke!«, muss Berger bewundernd zugeben. Er nimmt sich die vorletzte Zigarre.

»Ich habe dem Herrn Ebert versichert, dass ich zwar kein Sozialdemokrat bin, aber doch immerhin auf freiheitlich-liberalem Boden stehe, und dass ich politisch damit der ursprünglichen Weimarer Koalition wesentlich näher stehe als der Herr Helfferich von der DNVP, das versteht sich von selbst. Immerhin hat Helfferich ja öffentlich die Republikaner der ersten Stunde als Novemberverbrecher bezeichnet, und die Ermordung Rathenaus und Erzbergers zumindest moralisch mit zu verantworten.«

»Das ist ja starker Tobak. Du wirst am Ende doch noch zum Sozi, Hjalmar!«

»Nein.« Schacht hat auch nicht die Absicht, seinen Freund Berger darüber aufzuklären, dass sein Plan zur Rettung der deutschen Währung im Wesentlichen auf den Ideen seines Widersachers Helfferich beruht und auf dessen Drängen längst in die Wege geleitet ist. Es sind eben Vorstellungen, die sozusagen in der Luft liegen. Man wartet ja nur noch auf die günstigste Gelegenheit. Soll er es Berger sagen? Ach, warum nicht! Der Mann ist harmlos, der kann es ruhig wissen.

»In dem Moment, wo der Wechselkurs den Stand 4.200.000.000.000 Mark gegen einen Dollar erreicht, wird als neue Währung die Rentenmark eingeführt. Die Vorbereitungen sind getroffen. Die Marke 4,2 Billionen ist natürlich von großer symbolischer Bedeutung, weil ja vor dem Krieg 4,2 Goldmark einem Dollar entsprochen haben. Genau das setzen wir jetzt für die Rentenmark fest. Das heißt, es werden jeweils 1.000.000.000.000 Mark gegen eine Rentenmark umgetauscht.« Schacht lässt die großen Zahlen einen Augenblick lang wirken. Dann fügt er hinzu: »Da fällt mir gerade ein, dieser – dieser ›Lord von Barmbeck‹, den dein Sohn gejagt hat, von dem hieß es doch, er habe eine Million erbeutet und auf Bankkonten angelegt? – Du siehst, Friedrich, ich lese in der Zeitung auch solche trivialen Sachen! – Jedenfalls, wenn er das getan hat, dann ist sein Vermögen jetzt noch genau 0,0001 Pfennig wert! Ist das nicht lustig? Er bekommt genau denselben Brief von seiner Bank, wie all die anderen kleinen Privatkunden, dass ihr Konto jetzt wegen Geringfügigkeit aufgelöst wird!«

»Aber die Rentenmark, die du da einführen willst, die ist doch genauso wenig durch Sachwerte abgesichert wie die gute alte Mark!«

»Theoretisch doch. Durch Hypotheken im Wert von umgerechnet schätzungsweise 3,2 Milliarden Goldmark. Was immer das heißen mag. Keine Währung der Welt ist wirklich durch Sachwerte abgesichert. Glaubst du denn im Ernst, dass die Bank von England jedem Überbringer einer Pfundnote ein Pfund Silber aushändigen könnte? Wichtig ist, dass das Volk an die neue Währung glaubt. Und das wird es. Das Volk würde alles glauben, um aus der Hölle der Inflation herauszukommen.«

»Dann bist du, mein Lieber, der Retter Deutschlands?« Unglauben und Bewunderung mischen sich in Bergers Stimme.

»Ja«, sagt Schacht. Er nimmt sich die letzte Zigarre.

3.

»Du bist noch wach?« Friedrich Berger ist schon im Schlafanzug.

»Mach das große Licht aus«, sagt Wilhelm. Seine Stimme klingt etwas undeutlich.

»Hast du getrunken?«

»Hier, nimm dir auch ein Glas!«

»Danke, sehr großzügig.« Es ist Friedrichs eigener Wein, den sein Sohn ihm hier anbietet. Ein teurer französischer Rotwein – und die Flasche ist fast leer.

Friedrich setzt sich. »Wilhelm, so geht das nicht.«

»Nein, Papa, so geht das nicht. Da hast du völlig recht. Ich bin ausgezogen, um Verbrecher zu fangen. Es hat sogar geklappt. Wir haben sie alle gekriegt. Jeden einzelnen. Aber um welchen Preis? Bei dem einen hat sich der Vater erschossen, ein anderer ist auf der Flucht vor uns aus dem Fenster gesprungen und zum Krüppel geworden, einer ist wahnsinnig, und wenn ich nicht im letzten Moment eingeschritten wäre, dann wäre er jetzt tot. Aber das ist ja nicht alles. So viele Hoffnungen zerstört, so viele Leben verpfuscht. Es sind ja doch alles Menschen, die wir gejagt haben, die meisten gar nicht böse, nur dumm und vom Pech verfolgt. Dieser – ach, den kennst du ja sowieso nicht! Dieser Rösberg, dieser Luftikus, zehn Jahre hinter Gittern! Oder diese Mädchen, die geglaubt haben, sie müssen für ihre Männer lügen – aber dann waren es plötzlich keine Lügen mehr, sondern Meineide – hohe, heilige Scheißmeineide, und dafür sitzen sie jetzt im Zuchthaus, während ich hier deinen Wein trinke!«

Jetzt oder nie, denkt Friedrich. »Wilhelm, ich glaube, das ist der falsche Beruf für dich!«

»Ja.«

»Du weißt, dass ich unsere Firma später irgendwann in andere Hände übergeben muss. Ich bin zwar noch keine fünfzig, aber man muss ja vorausplanen. Natürlich kann so ein Wechsel nicht ohne Vorbereitung geschehen, aber wenn du zum Beispiel jetzt ein Studium der Wirtschaftswissenschaften anfangen würdest ...«

»Nein.«

»Am besten natürlich im Ausland. England. Dieser Keynes, der soll ja einfach genial sein. Und Cambridge ist eine wunderbare Stadt. Ich bin vor dem Krieg da gewesen, und ich kann dir versichern ...«

»Nein.«

»Schon gut. – Wilhelm, du musst jetzt gar nichts entscheiden. Denk einfach drüber nach. Komm, wir trinken jetzt diesen Wein zusammen aus; dann hole ich eine neue Flasche aus dem Keller, und dann reden wir nicht mehr über dieses Thema.«

Friedrich steht auf, holt sich ein Glas aus dem Schrank. Wilhelm nimmt die Flasche, verteilt den Rest auf beide Gläser. So nahe wie in diesem Moment sind sie sich seit zehn Jahren nicht mehr gewesen.

»Nein«, sagt Wilhelm schließlich. »Ich will nicht aufgeben. Das tun wir nicht, wir Bergers. Du hast nicht aufgegeben, als die Kolonien plötzlich weg waren, und ich werde auch nicht aufgeben. Ich mache weiter. Aber ...«

»Ein anderer Ort vielleicht?«, fragt Friedrich.

»Ja, vielleicht.«

»Düsseldorf?«, schlägt Friedrich vor.

»Wie kommst du gerade auf ... Ach so, ja klar, deine Freunde ...«

Friedrich schüttelt den Kopf. »Wir haben ein Haus in Düsseldorf«, sagt er. »Hast du das vergessen? Es ist eigentlich schade, wenn es nur von fremden Leuten genutzt wird.«

»Ja, vielleicht. – Und diese, diese – wie heißt sie doch noch gleich? Diese Dagmar, die hat immer noch unser Handtuch. Das werde ich uns zurückholen.«

III. Entscheidung

Falschgeld

Willkommen in Hamburg!« Krohn begrüßt ihn. »Kommissar Berger, Mensch, du hast ja Karriere gemacht!«

»Unsinn!« Wenigstens ein bekanntes Gesicht, denkt Berger. Das Präsidium im Stadthaus ist nahezu unverändert, aber die Belegschaft ist nicht mehr dieselbe. Neun Jahre sind eben doch eine lange Zeit. Es ist erst später Vormittag und schon unerträglich warm.

»Ja, hier hat sich einiges geändert«, sagt Krohn. »Jastorf ist weg.«

Das hat Berger schon gehört.

»Ja. Schade. Ich bin ganz gut mit ihm klargekommen. Aber da gab es andere, die fanden, dass seine Methoden nicht immer ganz den Richtlinien entsprachen, und da hat man ihm nahegelegt, sich was anderes zu suchen. Was er auch gefunden hat, nebenbei bemerkt.«

Berger nickt. Den Verlust wird er verkraften.

»Du arbeitest jetzt ja mit dem Fehlandt zusammen. Junger Mann, sehr tüchtig. Auch schon Kommissar inzwischen.«

»Ja«, sagt Berger, »Fehlandt kenne ich. – Und du? Was ist aus deiner Beförderung geworden?«

Krohn zuckt mit den Achseln. »Zum Inspektor haben sie mich gemacht, das ist alles. Ohne Gymnasium läuft da nichts. Der Chef hat mir nahegelegt, das Abitur nachzumachen, nebenher, in der Abendschule. Aber bei unserem Dienst – du weißt ja, wie das ist.«

Berger nickt.

»Und du – du hast inzwischen geheiratet?« Krohn hat den Trauring entdeckt.

Berger nickt. »Verheiratet und zwei Kinder. Unser kleiner Horst ist jetzt zwei. Und Susanne ist elf. Dagmar hat sie mit in die Ehe gebracht.«

»Und du bist inzwischen in Düsseldorf groß rausgekommen? Hast einen Massenmörder zur Strecke gebracht?«

»Schieres Glück«, sagt Berger. Es ist nicht einmal übertrieben.

»Das gehört dazu in unserem Beruf. – Warum bist du nicht da geblieben?«

Klar, diese Frage musste ja kommen. »Es hat ein paar Entscheidungen gegeben, mit denen ich nicht einverstanden war«, sagt Berger.

»Unfähige Vorgesetzte? – Davon sind wir bisher gottlob verschont geblieben.«

Darüber kann man verschiedener Ansicht sein, denkt Berger. Er sagt: »Heiß habt ihr es hier in Hamburg!«

»Wenn es dich beruhigt: In Düsseldorf ist es im Augenblick noch heißer. Ich habe heute Morgen die Stationsmeldungen gehört.«

»Du hast ein Radio?«

»Irgendeinen Luxus muss ich mir ja schließlich auch mal gönnen! – Übrigens kannst du gleich da weitermachen, wo du vor neun Jahren aufgehört hast. Alle, die wir damals eingelocht haben, sind inzwischen wieder frei – bis auf den Loesch, der ist schon wieder drinnen.«

»Tatsächlich?«

»Ja. Aber selbst der Buhl ist wieder gesund und frei.«

»Buhl auch? Und seine – wie hieß sie noch?«

»Emmi? – Die hat ihn vom Tor abgeholt mit einem großen Blumenstrauß!«

Wilhelm Berger starrt Krohn an. »Du kannst lügen ohne rot zu werden.«

»Ja, das ist gelogen«, gibt der zu. »Von einigen hört man nie wieder etwas.«

»Und Adolf Petersen? Ich denke, der hat fünfzehn Jahre gekriegt damals – der müsste doch noch auf Jahre hinaus ...«

»Wegen guter Führung begnadigt.«

Berger sieht Krohn an. Der Kollege glaubt offenbar nicht, dass Petersen plötzlich ein besserer Mensch geworden ist. »Und sein Bruder?«

»Arnold? Der hatte ja nur zehn Jahre, der ist schon 1930 wieder raus.«

»Und seitdem hat er sich nichts zuschulden ...?«

Krohn lacht. »Das glaubst du doch nicht im Ernst. Die Jungs, die sehen wir doch alle wieder, jeden einzelnen. Nur Luetgens nicht, der ist ja gestorben. Was nun Arnold Petersen betrifft, kein Jahr hat es gedauert, dann war er wieder drin. Diesmal hat er was völlig anderes versucht, aber das war auch nicht besser. Brandstiftung und Versicherungsbetrug. Zwei Jahre Z.«

»Dann sitzt er ja noch ...«

»Der doch nicht. Bei dem heutigen Strafvollzug! Ist gleich wieder ausgebrochen.«

»Und jetzt?«

»Untergetaucht. Vor einem Jahr schon. Wir nehmen an, dass er sich irgendwo in Hamburg versteckt hält.«

»Vielleicht ist er ja doch ehrlich geworden?« Man soll die Hoffnung nie aufgeben, denkt Berger.

»Oder er plant jetzt das ganz große Ding«, sagt Krohn.

2.

Später beim Bier packt Krohn aus. »Wir sind am Ende«, sagt er. »Wir sind völlig am Ende. Der Senat regiert ohne Mehrheit; es ist nur noch eine Frage der Zeit, bis die Regierung abgesetzt wird. Und auf der Straße – es ist wie ein Bürgerkrieg. Altonaer Blutsonntag – das hast du gehört, oder?«

Berger nickt. Ja, das stand in allen Zeitungen.

»Die SA hat einen Werbezug durch das rote Altona unternommen – auf der Suche nach Zoff natürlich. Am 17. Juli war das. Die Polizei hat den Demonstrationszug geschützt – musste sie wohl, nachdem die Veranstaltung genehmigt worden war. Hätte nie genehmigt werden dürfen. Und da ist dann natürlich geschossen worden. Breite Straße – Im Grund – Große Johannisstraße – ich weiß nicht, wie gut du die Gegend kennst? Alles Arbeiterquartiere.«

Berger nickt. Das ist ein Gebiet, in das er freiwillig nicht hineingehen würde. Muss er auch nicht. Altona gehört ja zu Preußen.

»Die Kommunisten haben auf den Dächern gehockt und geschossen.«

»Auf die Nazis«, vermutet Berger.

»Auf die Nazis?«, Krohn lacht. »Die Polizei haben sie

beschossen, die Herren Kommunisten. Mit den Nazis sollen sie sich ja verbrüdern, laut Weisung aus Moskau. Es ist ein völliger Wahnsinn. – In den offiziellen Verlautbarungen wird das heruntergespielt, aber ich habe die echten Zahlen: sechzehn Tote, über sechzig Verletzte.«

»Scheiße«, sagt Berger. Er merkt, dass er zu viel Bier getrunken hat.

»Ja, kannst du wohl laut sagen. – Drei Tage später hat Papen dann ja die preußische Regierung abgesetzt, weil die Polizei nicht mehr Herr der Lage ist. Dabei ist er ja selbst nicht Herr der Lage!«

»Ist jetzt wenigstens Ruhe eingekehrt?«

»Nicht die Bohne. Schießereien und Messerstechereien gehen unvermindert weiter. Im Vergleich dazu sind unsere ›normalen‹ Verbrecher kleine Fische.«

»Trotzdem müssen wir sie fangen«, sagt Berger.

»Natürlich. Trotzdem müssen wir sie fangen, am Ende wählen sonst die verschreckten Bürger noch Thälmann oder Hitler zum Reichskanzler.«

»Du siehst zu schwarz«, sagt Berger.

Krohn starrt in sein Bier. »Weißt du was, Berger?«, sagt er schließlich. »Ich habe keine Lust mehr. Ich habe einfach keine Lust mehr!«

Berger sieht den älteren Kollegen an. Wie oft hat er diesen Spruch schon gehört? Am Ende machen doch alle weiter. »Denk an deinen König Georg! Der hat sich auch nicht unterkriegen lassen!« Als er das gesagt hat, wird Berger schlagartig bewusst, dass das kein gutes Beispiel ist.

»Ja«, sagt Krohn. »Ich denke ständig daran. Die Schlacht gewonnen und den Krieg verloren. Genau so sieht es hier aus. Wir haben unsere Schlacht gegen die Verbrecher gewonnen, 1921-22, aber es hat nichts genützt; jetzt geht alles zum Teufel.«

3.

»Hier ist alles wie früher«, sagt Wilhelm Berger. Es ist nicht als Lob gemeint, aber sein Vater fasst es so auf.

»Es wird immer schwieriger, das große Haus zu halten«, sagt er. »Du weißt ja, dass man kaum noch Personal bekommt heutzutage. Und die man kriegt, die sind zu nichts zu gebrauchen. Da wäre es mir sehr recht, wenn ihr bei mir einziehen würdet.«

»Als dein Personal?«

»Das ist nicht nett, Wilhelm!«, sagt Dagmar. Und an Friedrich Berger gerichtet: »Das meint er nicht so!«

»Ich weiß.« Friedrich lächelt gequält. Zu dem kleinen Horst sagt er: »Komm, wir gehen zusammen spielen.«

»Susanne und ich können uns inzwischen in der Küche nützlich machen«, schlägt Wilhelm vor. Ein Friedensangebot.

»Wir helfen gern«, sagt Dagmar. »Der Empfang – das kannst du doch unmöglich alles allein machen.«

»Ich weiß gar nicht, was du hast«, sagt Dagmar. »Dies ist ein wunderbares Haus. Eine richtige Villa! Und er wohnt ganz allein da drin. Kein Wunder, dass er sich einsam fühlt!«

»Und der riesige Garten!«, schwärmt Susanne. »Wir könnten sicher ein paar von den dunklen Büschen herausreißen und irgendwo eine Schaukel aufhängen. Oder ein Baumhaus bauen!«

»Wahrscheinlich.« Berger geht davon aus, dass sein Vater allem zustimmen würde, was die Schwiegertochter vorschlüge. Wenn es nach ihm gegangen wäre, hätte Wilhelm schon vor zehn Jahren heiraten und hier einziehen sollen. Und nun die Kinder im Haus – einfach großartig. Aber es würde fortwährend Reibereien geben, das weiß er. Es ist einfach eine Frage der Vernunft, in eine eigene Wohnung zu ziehen. Und mit den Mieteinnahmen aus Düsseldorf können sie sich das auch leisten.

»Wo sind denn hier eigentlich die Bratpfannen?«

Berger muss gestehen, dass er keine Ahnung hat. Während er wahllos verschiedene Türen und Schubladen öffnet, hört er aus dem Wohnzimmer plötzlich ein eigenartig schnarrendes Geräusch.

»Was macht ihr?«, fragt er. Keine Antwort. Sein Vater hockt auf der Erde und spielt mit Horst mit der Aufzieheisenbahn.

»Bahn!«, ruft Horst begeistert. »Bahn!«

Wilhelm schluckt. »Ich denke, du hast es im Rücken«, sagt er.

»Das geht noch«, sagt sein Vater. »Mit der Eisenbahn spielen, das geht gerade noch.«

Diese Bahn stammt noch aus der Zeit vor dem Krieg. Vater hat sie gehütet wie einen Schatz; Wilhelm hatte nur selten damit spielen dürfen; Friedrich Berger hatte Angst, dass sein Sohn sie kaputt machen könnte.

»So«, sagt Friedrich. »Und jetzt wollen wir hier mal die Weiche stellen. Kannst du das schon?«

Horst versucht es, aber der Hebel ist zu schwergängig für ihn.

»Warte, ich helfe dir!«

4.

Der Empfang ist wie immer eine steife Angelegenheit. Zwei Senatoren sind erschienen, mit ihren Gattinnen, der englische Generalkonsul, mehrere Reeder und Kaufleute, ein Marineoffizier. Gut, dass sich das Wetter gehalten hat, denkt Wilhelm Berger. So kann man jederzeit in den Garten flüchten, wenn man von der belanglosen Unterhaltung die Schnauze voll hat.

»Haben wir auch etwas anderes als Sekt?«, fragt Susanne.

»Cognac«, sagt Wilhelm.

Dagmar wirft ihm einen Blick zu und holt Saft aus der Küche. »Guckst du mal bitte, was Horst macht?«

Wilhelm nickt.

Sein Vater spricht mit den Reedern. »... noch immer nicht aufwärts«, sagt er. »Ich bin gestern draußen gewesen. Waltershofer Hafen, Griesenwärder Hafen – es ist ein Trauerspiel. Über zweihundert Schiffe!«

»Das ist der Schiffsfriedhof der Nation«, bestätigt sein Gesprächspartner. »Selbst die stolze Cap Polonio! Solch ein schnittiges Schiff! Ein Schnelldampfer von zwanzigtausend Tonnen, mit Platz für über tausend Passagiere! Neunzehn Knoten ist sie gelaufen.«

»Ja, die Hamburg-Süd merkt auch die Krise.«

»Rostet vor sich hin, der Kasten. Ob der noch mal wieder fahren wird? Die Zeit der Dampfschiffe geht natürlich allmählich ...«

Wo steckt Horst?

»Hast du ihn immer noch nicht gesehen?«, fragt

Dagmar. »Draußen – der Teich! Er wird doch nicht ...«

Nein, Horst ist nicht ertrunken. Er steht am Rand des Teiches und wirft kleine Steinchen ins Wasser.

»Nicht tun!«, sagt Dagmar. »Da sind doch Goldfische drin!«

»Wilhelm, könntest du mal bitte nach dem Sekt schauen?«

»Ist der schon alle?« Berger eilt in den Keller. Das ist der Nachteil, denkt er. Für seinen Vater wird er immer der kleine Sohn bleiben, den man nach Belieben herumschicken kann.

Als er zurückkommt, unterhält sich Dagmar mit dem englischen Generalkonsul. »Nein«, sagt sie gerade. »Gar nichts halten wir davon.«

»Selbst in einem solchen Fall?«

Wilhelm ahnt, dass es um die Todesstrafe geht. Nicht schon wieder dieses Thema, denkt er. Er hat zu oft darüber geredet, mit allen möglichen Leuten in Düsseldorf, und am Ende hat er nichts erreicht, außer sich unbeliebt zu machen.

»Damit ist doch gar nichts gewonnen«, sagt Dagmar. »Und im Falle dieses Mörders, auf den Sie da anspielen – der Mann hat doch geredet. Man hätte zuhören sollen, was er zu sagen hatte. Aber das ist unseren Behörden ja zu aufwendig, zu teuer. Wenn man aber die Kriminalität eindämmen will, dann muss man die Ursachen ...«

Der Konsul nickt. Ihm gefällt diese lebhafte junge Frau, die sich so ereifern kann.

»Und was machen Sie jetzt, Rogge?«, begrüßt einer der Kaufleute den Marineoffizier.

»Es heißt, wir bekommen ein neues Schulschiff, nach der Niobe-Katastrophe ...«

»... die Kriminalität«, sagt der Reeder. »Wenn man sich in seinen eigenen vier Wänden nicht mehr sicher fühlen kann, dann ist etwas faul im Staate, das ist meine Meinung.«
»Darf ich Sie mit meinem Sohn bekannt machen«, sagt Friedrich Berger. »Das ist Wilhelm. Er ist einer derjenigen, die dafür sorgen, dass die Sicherheit, die wir alle so schätzen, wieder hergestellt wird.«

5.

»Du bist frei?« Arnold Petersen kann es gar nicht fassen. Er hatte geglaubt, seinen Bruder nie wiederzusehen.
»Seit dem 29. April«, sagt sein Bruder Adolf. »Ein gutes Jahr schon. Aber nur auf Bewährung. Ich muss vorsichtig sein.«
Sein Bruder lacht. »Ich muss noch viel vorsichtiger sein. Ich bin aus dem Zuchthaus abgehauen, Mensch! Mich suchen sie.«
»Warum bist du denn dann nach Hamburg zurückgekommen?«
»Wo soll ich denn sonst hin, Adolf? Hier bin ich doch zu Hause!«
Adolf nickt. Das hatten sie ihm im Knast schon erzählt, sein Bruder sei sentimental geworden. Daher auch dieser verrückte Ausbruch aus dem Zuchthaus in Rendsburg, nur weil er zu seiner Liebsten zurück wollte. »Das ist doch bestimmt ziemlich teuer, hier stiekum zu wohnen, ohne Anmeldung, ohne alles?«

Arnold nickt. »Kostet doppelt.«

»Hättest die paar Monate abwarten sollen.«

»Wozu?«

»Das viele Geld hättest du sparen können.«

»Ach, Geld! Das spielt doch gar keine Rolle. Demnächst haben wir Geld in Hülle und Fülle!«

»Das ganz große Ding?« Adolf ist skeptisch.

»Nee, wir machen jetzt das, was der Staat auch macht. Wir drucken uns unser Geld selber!«

»Du?«, sagt Adolf nur. Sein Bruder kann noch schlechter zeichnen als er, und das will etwas heißen. »Ich hab im Zuchthaus einen kennengelernt, der kann das.«

»Wenn er das wirklich können würde, Arnold, dann wäre er ja wohl nicht in den Knast gewandert!«

»Nee, das war wegen 'ner anderen Sache.«

»Trotzdem. Das ist ungewohnte Arbeit, das geht bestimmt schief.«

»Unsinn! Das Beste weißt du ja noch gar nicht! Das Wichtigste haben wir schon!« Arnold nimmt einen Zettel aus der Brieftasche. »Hier, fühl mal!«

»Papier«, sagt Adolf.

»Richtiges Banknotenpapier ist das! Und jede Menge davon!« Adolf dreht den Schein um. Das Papier ist auf beiden Seiten weiß. »Jetzt müsste man diesen Schein nur noch bedrucken«, sagt er.

Das ist das Problem. »Die Maschine ist noch nicht da«, gibt Arnold zu.

»Wann kommt sie?«

»Sobald wir sie bezahlen können. – Adolf, du hast doch Geld, willst du nicht als Partner in unser kleines

Geschäft mit einsteigen?«
»Kommt nicht infrage. Ich bin sauber. Und das soll auch so bleiben.«
»Als stiller Teilhaber! Niemand muss wissen, dass du mit dabei bist!«
Geld selber drucken, denkt Adolf Petersen. Wenn man das wirklich könnte, das wäre nicht schlecht. Aber kann Arnold das wirklich? »Du kannst mir ja mal die Druckplatten zeigen«, sagt er.

6.

Dagmar zittert vor Kälte. Zwanzig Grad sind für heute angesagt, aber jetzt, wenige Minuten nach sechs Uhr morgens, ist es noch unangenehm kühl.

»Da!« Ein Aufschrei geht durch die Menge.

Berger, der den kleinen Horst auf den Schultern trägt, hat große Mühe, den Kopf zu drehen.

»Da drüben, Wilhelm!«

Ja, nun sieht er auch das riesige Flugboot, das in geringer Höhe über die Häuser am Jungfernstieg hinwegschwebt und dann zur Landung auf der Außenalster ansetzt.

Beängstigend nahe kommt ihnen der Riesenvogel bei der Landung. Vierzig Meter lang, achtundvierzig Meter breit, zehn Meter hoch, getrieben von zwölf Propellern. Kurz hinter der Alsterlust setzt das Flugzeug auf. Wie ein Rennboot pflügt es durch das Wasser, eine gewaltige Schaumwelle hinter sich herziehend, bis es schließlich nach etwa zweihundert Metern zum Stehen kommt. Beifall brandet auf. Auch Horst klatscht in die Hände.

Berger sieht sich um. Überall an den Fenstern und auf den Dächern der Umgebung stehen Menschen. Gut, dass sie so früh gekommen sind. Die Besichtigung beginnt zwar erst um 14 Uhr, aber jetzt stehen sie weit vorn in der Schlange der Schaulustigen, und es kann kein Zweifel bestehen, dass sie es tatsächlich schaffen werden, die Do X zu besichtigen.

Das Flugboot hat inzwischen gewendet und ist in langsamer Fahrt zum Anleger an der Alsterlust zurückgekehrt. Es wird jetzt an einer Boje festgemacht. Breite Laufstege werden montiert, als Verbindung vom Ponton zu den Schwimmern, und dann ist eigentlich alles für die Besichtigung bereit.

»Worauf warten wir?«, fragt Susanne.

Berger weiß es nicht. Fliegende Händler und Fotografen sind inzwischen aufgetaucht. »Möchten Sie ein Foto von sich und Ihrer Familie vor der Do X? Zur Erinnerung?«

Berger lehnt dankend ab. Aber er kauft Eis für sich und die anderen.

»Mmm!«, sagt Horst.

Wilhelm Berger hat ihn wieder auf die Schultern genommen. Ein Fehler, wie er jetzt feststellen muss: Das Eis tropft ihm in den Nacken.

Um zehn Uhr kommen die Honoratioren. Deshalb haben sie also gewartet! Da sind die beiden Bürgermeister und einige der Senatoren.

»Schönfelder ist nicht dabei«, bemerkt Dagmar.

»Das macht nichts.« Der Polizeisenator kennt Berger ja sowieso nicht persönlich.

Plötzlich kommt Unruhe auf:»He, he, so geht das

aber nicht!«, ruft eine ältere Dame empört. Ein Mann drängt sich an den Wartenden vorbei nach vorn.

»Halt du mal den Kleinen«, sagt Berger zu Dagmar. Der Mann, der sich da vordrängelt, das ist Fehlandt.

»Hab mir schon gedacht, dass ich dich hier finde! Komm mit, ich muss dir etwas zeigen!«

»Dauert das lange?« Berger will die Besichtigung nicht verpassen.

»Fünf Minuten!«

»Halt meinen Platz frei, Dagmar, ja?«

Sie setzen sich im Garten des Restaurants an einen der freien Tische. »Hier hast du etwas Kleingeld!« Kommissar Fehlandt reicht Berger einen Zwanzigmarkschein. Berger besieht sich den Geldschein in aller Ruhe. Reichsbanknote. Zwanzig Reichsmark. Ausgegeben auf Grund des Bankgesetzes vom 30. August 1924. Werner von Siemens guckt, als ob er es als Zumutung empfindet, auf diesem Lappen abgebildet zu sein. Nur ein Zwanziger. Noch dazu ein falscher. Allerdings muss Berger zugeben: Auf den ersten Blick ist kein Unterschied zum echten Geld festzustellen. »Saubere Arbeit!«

Fehlandt nimmt einen echten Zwanziger aus der Brieftasche und legt ihn neben die Blüte. »Die Farbe stimmt nicht«, sagt er. »Etwas zu kräftig.«

»Ja, und wenn man genau hinsieht, dann entdeckt man auch die Unsauberkeiten bei den Schnörkeln. Hier zum Beispiel.«

Berger hält den Schein gegen das Licht.

Fehlandt sagt. »Das Wasserzeichen ist natürlich durch einen blassen Aufdruck ersetzt.«

»Das Papier fühlt sich echt an«, sagt Berger.
»Es ist jedenfalls die Art Papier, die zur Herstellung von Banknoten verwendet wird. Irgendwo im Ausland. Dänemark vielleicht. – Die Scheine sind in Itzehoe gefunden worden.«
»In Itzehoe? – Dann kommt womöglich alles aus Dänemark.«
»Kann sein. Wir müssen die Augen offen halten.«
»Und deshalb stöberst du mich hier am Sonntag auf? Wie hast du mich überhaupt gefunden?«
»Ich hab deinen Alten angerufen.«
»Was? – Mensch, Fehlandt, musste das sein? Das ist doch kein Notfall!«
»Es ist ein Notfall, Wilhelm. Ein Mord, so traurig er auch sein mag, der trifft meist nur ein Opfer. Falschgeld trifft uns alle. Falschgeld destabilisiert die Währung. Wenn es gut gemacht ist und in großen Mengen auftaucht. Und diese Blüten sind gut gemacht.«
»Du übertreibst!«
»Haben die Herrschaften schon gewählt?« Die beiden Kriminalisten haben den Kellner nicht kommen hören.
»Ja, am 31. Juli«, sagt Berger. »Ich hab SPD gewählt. Und Sie?«
Fehlandt packt die beiden Zwanziger ein; sie lassen den verdutzten Kellner sprachlos zurück.

»Eindrucksvoll«, muss Berger zugeben. Sie sind über die rechte Seitenflosse der Maschine zu einer kleinen Tür gelangt, und von dort ins Innere des Flugbootes. Statt der erwarteten Kabine, wie man sie sonst aus Flugzeugen kennt, gleicht das Innere der Do X einem luxuriös eingerichteten Wohnhaus. Hier stehen gepolsterte Sessel und richtige Tische, mit Tischdecken versehen. Berger fragt sich, wie schwer der Vogel auf diese Weise wohl sein mag.

»Voll beladen etwa tausend Zentner!« Flugkapitän Christiansen führt sie selbst durch das Flugboot.

»Wie viele Fluggäste können Sie denn mitnehmen?«

»Sechzig Personen. Dazu kommen elf Mann Personal.«

»Und wann fliegen wir los?«, fragt Susanne.

Christiansen lacht. »Heute nicht, meine junge Dame. Aber am Mittwoch, da fliegen wir weiter nach Travemünde, und wenn deine Eltern es erlauben ...«

»Bitte, Papa!«

Sie fragt mich, denkt Berger. Mama würde sowieso ja sagen. Sie weiß, dass ihre Mutter ihr keinen Wunsch abschlagen kann. Berger schiebt alle Zweifel beiseite. Es ist eine einmalige Gelegenheit, denkt er. Sechzig Leute können sie mitnehmen; die meisten sind sicher irgendwelche Wirtschaftskapitäne. Und von Bezahlen ist keine Rede – oder?

»Was würde das kosten?«, fragt Berger.

»Die junge Dame ist unser Gast.«

»Danke, Papa!«, ruft Susanne, dabei hat er noch gar nicht zugestimmt. »Und danke, Herr Kapitän!«

Christiansen zeigt ihnen die Motorenzentrale. Dort ist es deutlich enger. Wie im Inneren eines U-Boots.

Anschließend klettern sie hinauf in den Kommandostand. Von hier aus hat man einen herrlichen Blick über die Alster. Berger reckt den Hals. Die Motoren kann er von hier nicht sehen. Das Flugboot ist natürlich als Hochdecker gebaut, und die Motoren sind oben auf der Tragfläche angebracht. »Zwölf Curtiss-Maschinen«, sagt Christiansen. »Siebentausend PS. – Wir haben es erst mit Siemens-Jupiter-Motoren versucht, aber die haben die Leistung auf Dauer nicht gebracht.«

»Da gehört ja auch einiges zu, dieses Schiff in die Luft zu bringen«, sagt Berger anerkennend.

»Ja, der Treibstoffverbrauch ist natürlich hoch.«

»Wie hoch?«

»Zehn Liter«, sagt Christiansen.

»Auf hundert Kilometer? Der Vogel verbraucht ja kaum mehr als ein Auto«, wundert sich Dagmar.

Der Flugkapitän lacht. »Auf einem Kilometer! – Das sind tausendsiebenhundert Liter in der Stunde.«

»Donnerwetter.« Berger fragt sich: Kann man so ein Fluggerät wirtschaftlich betreiben? Der Weltflug im vergangenen Jahr hat natürlich dazu gedient, diesen Vogel zu vermarkten. »Wie viele Bestellungen liegen denn inzwischen vor?«

Christiansen weicht aus. »Die großen Schifffahrtsgesellschaften haben starkes Interesse«, sagt er. »Und das nächste Modell wird auch noch einige Verbesserungen aufweisen. Es heißt, dass sich damit die Reisegeschwindigkeit auf fast zweihundertfünfzig Kilometer in der Stunde erhöhen lässt.«

»Aber wie viele konkrete Bestellungen ...«, beharrt Berger.

Dagmar fällt ihm ins Wort. »Wilhelm, du bist unmöglich! Du siehst doch, dass der Herr Kapitän uns darüber keine Auskunft geben möchte!« Und an Christiansen gewandt: »Er ist nämlich bei der Kriminalpolizei, müssen Sie wissen! Daher diese ganze Fragerei.«

Christiansen lacht. »Nein, warum soll ich es nicht sagen: Bisher haben wir keine einzige feste Bestellung.«

7.

»Mit dem Falschgeld ist das so eine Sache«, sagt Fehlandt. »Die Scheine können durch mehrere Hände gehen; wenn die Fälschung gut genug ist, wird sie erst gestoppt, wenn jemand versucht, das Geld bei der Bank einzuzahlen. Und dann ist es meist zu spät, noch herauszubekommen, wo der Schein herkommt.«

»Man kann also nur abwarten?«

»Material sammeln und abwarten. Du kennst das aus dem Lehrgang: Fahndungsmaßnahmen versprechen nur dann einen Erfolg, wenn das Falschgeld an verschiedenen Punkten auftaucht und man daraus vielleicht Rückschlüsse auf den Sitz der Werkstatt ziehen kann. Solange man das nicht hat, kann man nur versuchen, wenigstens die Absatztäter durch die Mangel zu drehen. Wenn man denn welche fassen kann.«

»Haben wir aber nicht.«

»Auf lange Sicht ist natürlich eine Schwäche bei der Geldfälscherei, dass man die Sache kaum allein betreiben kann. Man braucht einen Fälscher – also irgendeinen Graveur oder so etwas –, dann einen Drucker, der sich mit der Technik auskennt, ferner verschiedene Leute, die die Scheine an den Mann bringen – und natürlich einen Chef, der das Ganze organisiert.«

»Eine ziemlich große Bande also.«

»Ja, genau. Und seit 1922 wissen wir, dass die großen Banden nur so stark sind wie das schwächste Mitglied. – Wo wir schon bei 1922 sind: Was macht denn dein Petersen?«

»Noch immer nichts«, sagt Berger.

Fehlandt rührt seinen Milchkaffee um, nimmt einen tiefen Schluck. »Ich habe darüber nachgedacht. Es ist schlecht, wenn wir hier nur sitzen und einfach abwarten, dass das große Ding steigt. Ich meine, wir sollten zusehen, dass wir wenigstens Arnold Petersen aus dem Verkehr ziehen. Gegen den liegt ja ein Haftbefehl vor, und vielleicht wirkt es ja wie so eine Art letzter Warnung für den ehemaligen Lord von Barmbeck, es in Zukunft doch lieber mit ehrlicher Arbeit zu versuchen.«

»Leider wissen wir aber nicht, wo Arnold sich versteckt hält!«

»Noch nicht, aber das kann man doch ändern. Wir wissen ja schließlich, wo Adolf Petersen wohnt. Wenn wir den überwachen, wird er uns wohl hinführen.«

»Das wird nicht funktionieren; mich kennt er.«

»Mich aber nicht.«

8.

»Es war irrsinnig aufregend!«, sagt Susanne. Sie glüht noch immer vor Begeisterung.

»Hat alles geklappt?«, fragt Berger.

Das Mädchen nickt. »Allein schon der Start! Wie ein Rennboot sind wir über die Alster geflitzt – schneller und immer schneller, und das ganze Flugzeug hat gezittert, und dann plötzlich hörte das Zittern auf, und wir sind geflogen!«

Berger hatte den Start der Do X im Präsidium mitgehört. Leise war er gerade nicht, der Riesenvogel. »Ich habe immer gedacht, ich kenne die Welt, in der wir uns bewegen. Aber bis heute habe ich sie nicht gekannt. In dem Moment, wo wir höher und immer höher gestiegen sind, da ist das plötzlich ganz deutlich geworden. Es ist, als ob man ein kleiner Käfer ist, der immer nur im Gras herumkrabbelt und denkt, das sei die Welt. Und plötzlich merkt er, dass er fliegen kann, und er fliegt los, und sieht, dass das alles nur ein winziger Teil ist, und dahinter ist so viel mehr, was er gar nicht kennt, und auch darüber ist so viel mehr, was er noch nie beachtet hat, der Himmel, die Wolken – das ist kein Deckel über ihm, sondern das gehört alles mit dazu. – Schade, dass ihr nicht mit dabei sein konntet.«

»Jedenfalls freue ich mich, dass du heil wieder gelandet bist«, sagt Dagmar.

9.

Die beiden Polizisten warten an einem Imbiss am Gänsemarkt.

»Bist du dir sicher, dass er zu Hause ist?«, fragt Berger.

Fehlandt zuckt mit den Achseln. »Wo soll er sonst sein? Bei seiner Frau jedenfalls nicht, die lässt ihn nicht mehr rein, und 'ne andere Freundin? Früher hätte ich gesagt, das ist wahrscheinlich. Aber heute? Der Mann ist fünfzig, Wilhelm, und das Geld, das er jetzt hat, das gehört ihm gar nicht. Ich glaube, die Frieda würde ihm schon was erzählen, wenn er sich von ihrem Geld eine Freundin halten würde.«

»Kennst du die Frieda?«

»Nur aus den Akten. Ich war ja damals noch nicht dabei.«

»Ich kenne sie«, sagt Berger. »Das ist 'ne anständige Frau, würde ich sagen.«

»Ist sie das da?«

Berger guckt rüber in Richtung Colonnaden. »Nee, die nicht. Kleiner, zierlicher. – Aber da kommt Petersen.«

»Gut, den kann ich nicht verfehlen.«

»Pass bloß auf, dass er dich nicht bemerkt. Er ist ziemlich aufmerksam.«

»Ich werd mir Mühe geben!«

Fehlandt lässt seinen Milchkaffee stehen und folgt Petersen in Richtung Dammtorbahnhof.

10.

Eine Wanderung durch Harvestehude an einem sonnigen Oktobertag hat durchaus ihren Reiz. Es ist nicht gerade die ärmste Gegend Hamburgs, und man streift vorbei an gepflegten Gärten und vornehmen Villen. Stundenlang, wenn man will. Und genau dieses scheint Petersen zu wollen. Er verfolgt kein bestimmtes Ziel, geht Straße auf Straße ab, sieht sich in aller Ruhe um, und von Zeit zu Zeit macht er sich Notizen. Fehlandt folgt ihm in großer Entfernung. Dennoch kann er nicht ausschließen, dass Petersen ihn bemerkt hat. Soll er die Beschattung abbrechen? Es ist offensichtlich, dass Adolf Petersen nicht auf dem Weg zu seinem Bruder ist. Vermutlich sucht er nach geeigneten Objekten für einen Einbruch.

Im Grunde könnte das schon reichen, um den Mann aus dem Verkehr zu ziehen, denkt Fehlandt. Diese Entlassung auf Probe ist eine gute Einrichtung. Wenn die Staatsanwaltschaft mitspielt. Aber da kann man sich heute nicht so ganz sicher sein. Die Behörde will Erfolge ihrer Resozialisierung vorweisen; da passt es nicht gut ins Bild, wenn man einen so prominenten Gefangenen wegen bloßer Indizien wieder hinter Gitter schickt. Und überdies ist das im Augenblick nicht das Ziel. Sie wollen den Bruder.

Jetzt hat Petersen seine Wanderung offenbar beendet. Er geht geradewegs zum U-Bahnhof Kellinghusenstraße. Fehlandt muss sich beeilen, dass er nicht den Anschluss verliert. Er rennt die Treppe zu den Bahnsteigen hinauf; die U-Bahn fährt hier oberirdisch, er hat sie von der Straße aus schon kommen sehen.

»Zurückbleiben bitte!«

Fehlandt kümmert sich nicht um den wütenden Einspruch des Aufsichtsbeamten. Er reißt die Tür auf und springt in den ersten Wagen. Geschafft! Eine ältere Frau sieht ihn vorwurfsvoll an. Fehlandt lächelt sie an, bis sie weggguckt. Dann sieht er sich im Wagen um. Wo ist Petersen? Nicht in diesem Wagen jedenfalls.

In der nächsten Station läuft Fehlandt zum zweiten Wagen. Doch auch hier dasselbe Bild. Kein Petersen. Der Mann hat ihn abgehängt.

11.

»Vorhin war einer hinter mir her«, sagt Adolf Petersen.

Sein Bruder starrt ihn an. »Ein Bulle?«

»Weiß ich nicht. Kann auch ein Privater gewesen

sein. – Jedenfalls habe ich ihn abgehängt. Du wolltest mich sprechen?«

»Ja. Wir müssen das Verteilernetz ausdehnen«, sagt Arnold Petersen.

Sein Bruder sieht ihn an. »Vorsichtig«, sagt er. »Arnold, sei vorsichtig! Es ist immer gefährlich, wenn man zu schnell zu viel Geld haben will. Ich bin ja nur der Berater, ich hab mit der Geschichte nichts zu tun. Aber ich bin der Ansicht: Itzehoe – Stade – Hamburg, das reicht. Danach hat jeder von uns zehntausend Mark verdient; wir verschrotten die Presse, und niemand kann uns je etwas nachweisen.«

Arnold schweigt. Du hast gut reden, denkt er. Du bist ja reich. Diese Pension in den Colonnaden – eine Goldgrube ist das. Und was habe ich? Aber er will sich nicht streiten. Er streitet ohnehin zu oft mit seinem Bruder. Dabei braucht er ihn so dringend.

Adolf sieht, dass sein Bruder nicht zufrieden ist. Er zögert. »Berlin«, schlägt er schließlich vor. »Wir könnten nach Berlin gehen.«

»Das dauert zu lange«, sagt Arnold. »Die Fahrt, meine ich. Hin und zurück – da bist du ja tagelang unterwegs!«

»Bald nicht mehr. Ich hab gelesen, die Reichsbahn hat einen neuen Schnelltriebwagen in der Erprobung.«

»Ach, hör auf! Das wird doch nie was.«

»Im letzten Jahr – wann war das? Im Juni, glaube ich – da hat doch dieser Schienen-Zeppelin seine Probefahrt gemacht. Junge, war das eindrucksvoll! Ich hab es ja nicht selbst miterlebt, aber was die anderen so erzählt haben ...«

Arnold Petersen schüttelt den Kopf. »Viel zu gefährlich. Dieser Antrieb mit der Luftschraube. Ich habe gehört, dass der Propeller die Steine aus dem Gleisbett schleudert. Eine Fahrt mit diesem Ding, und der gesamte Schienenstrang von Hamburg nach Berlin ist ruiniert!«

»Blödsinn!« Adolf weiß, dass Kruckenberg in einer Spezialvorführung für die Skeptiker seinen Schienenzepp über ein mit Zeitungen ausgelegtes Gleis hat fahren lassen, und nicht ein Blatt Papier ist hochgeflogen. »Zweihundertdreißig Kilometer in der Stunde«, sagt er. »Unvorstellbar!«

»Bleib auf dem Teppich«, sagt Arnold. »Wir müssen nicht nach Berlin. Noch nicht. Wir grasen erst einmal die Umgebung ab.«

12.

»Jetzt also in Stade.«

»Wieder so ein Nest«, sagt Berger. »Die Täter sind leichtsinnig. In so einem kleinen Ort kennt jeder jeden, und die Geschäftsleute erinnern sich daran, wen sie bedient haben, selbst bei so kleinen Beträgen.«

Fehlandt schüttelt den Kopf. »Die Burschen haben sich dumm angestellt, sonst hätten die Kollegen sie nie erwischt. Sie haben die Dinger auf dem Wochenmarkt abgesetzt, da ist natürlich großes Gedränge, und da kann man auch nicht erst jeden Geldschein gegen das Licht halten und gucken, ob das Wasserzeichen auch echt ist.«

»Aber es ist trotzdem schiefgegangen?«

Fehlandt nickt. »Erster Fehler: Es waren zwei junge

Männer, die das gemacht haben. Achtzehn und zwanzig Jahre alt. Das ist schon einmal auffällig. Die meisten Kunden auf dem Wochenmarkt sind Frauen.«

»Ja, das ist wohl wahr.«

»Zweiter Fehler: Sie haben es zweimal an derselben Stelle versucht! Das darf man natürlich nie machen, aber Stade ist eben eine kleine Stadt, da gibt es nicht Hunderte von Marktständen, und irgendwie will man das Geld ja an den Mann bringen; man hat ja schließlich dafür bezahlt.«

»Wie viel?«, fragt Berger.

»Gleich. So weit bin ich noch nicht. – Da kommt also dieser junge Mann – so schlau waren sie immerhin, dass sie nicht obendrein noch gemeinsam aufgetreten sind – da kommt also dieser junge Mann und kauft ein Pfund Äpfel. ›Ich hab's leider nicht klein‹, sagt er. Und das war der dritte Fehler, denn genau diesen Satz hat er beim ersten Mal auch benutzt. Die Frau wird stutzig, einmal ist sie schon reingefallen auf einen falschen Zwanziger, ein zweites Mal soll ihr das nicht passieren. Sie hält den Schein gegen das Licht, und da rennt der junge Mann los. ›Halt!‹, ruft sie, ›Haltet den Dieb!‹ – Da haben sie dann zugepackt, die anderen Marktbeschicker, oder es jedenfalls versucht. Es gab ein wüstes Gerangel, und vielleicht hätte der junge Mann am Ende doch noch entkommen können, wenn nicht ein Polizist eingegriffen hätte.«

»Ende der Vorstellung«, sagt Berger.

Fehlandt schüttelt den Kopf. »Anfang der Vorstellung. Der Junge streitet natürlich alles ab. Falschgeld? Den Schein habe er irgendwo als Wechselgeld bekommen, wahrscheinlich als er sich die neue Hose gekauft habe. Er hat tatsächlich eine neue Hose an. Warum er weggelaufen sei? Ihm sei nur plötzlich eingefallen, dass er ja mit seiner Freundin verabredet gewesen sei. Hätte er völlig vergessen. Sie durchsuchen ihn natürlich, aber er hat kein Falschgeld dabei, nur eine größere Menge Kleingeld. Warum er das Obst nicht damit bezahlt habe? Darauf weiß er keine Antwort. Ob das denn verboten sei? Nein, verboten ist der Besitz von Kleingeld natürlich nicht.«

»Dreist«, sagt Berger.

»Darauf nehmen sie sich die Ausrede mit der Verabredung vor. Mit wem er verabredet gewesen sei? Mit der Karin aus der Apotheke. Ein Beamter geht zur Apotheke. Es gibt die Karin, und sie ist sogar mit dem jungen Mann verabredet, aber erst für heute Abend. – Ach, dann hat er das wohl verwechselt.«

»Wohnungsdurchsuchung«, sagt Berger.

Fehlandt nickt. »Auch hier kein Falschgeld. Aber große Mengen von Münzen, verteilt auf alle möglichen Schubladen und Schrankfächer. Insgesamt 371,50 Mark.«

»Nicht schlecht.«

»Aber nicht gut genug. Die Kollegen haben sich dann noch den Mülleimer vorgenommen; der war randvoll mit Obst, das er offenbar auf dem Wochenmarkt gekauft hatte. Das sei ihm schlecht geworden, hat er gesagt, es war aber ganz frisch.«

»Selbst das ist nicht verboten«, sagt Berger.

»Nein, aber nun wird es allmählich doch ein bisschen eng für unseren jungen Helden. Und in dem Moment geht die Tür auf, und sein Kollege kommt rein. Der sieht die Polizei und rennt los. – Ja, und dann haben sie ihn natürlich. Und er hat Falschgeld bei sich, zehn falsche Zwanziger. Ja, und da ist es dann natürlich vorbei. Die beiden geben alles zu ...«

»Schön«, sagt Berger. »Aber das ist ja nur das äußerste Endglied der Kette. Wo kommt das Geld her?«

»Sie sagen beide – die Kollegen in Stade haben sie natürlich einzeln verhört – sie sagen beide, dass sie das Geld aus einer Kneipe in Stade haben. Da war ein Mann, der hat ihnen den Krempel angeboten: Hundert Zwanziger für fünfhundert Mark. ›So ein Angebot kommt nie wieder‹, hat er gesagt.«

»Moment mal«, sagt Berger. »Die haben doch bestimmt keine fünfhundert Mark bei sich gehabt?«

»Nein, natürlich nicht. Es gab ein zweites Treffen am nächsten Tag.«

»Wieder in der Kneipe?«

»Nein, diesmal auf dem Bahnhof. Da haben sie dann getauscht: Falschgeld gegen echtes Geld.«

»Das ist der Schwachpunkt«, sagt Berger. »Da kann man sie packen. Wenn sie an jemand geraten, der sich auf das Angebot nicht einlässt ...«

»Aber das ist genau das Problem. Sie suchen sich ihre Kandidaten sehr genau aus. Und wer nur ein bisschen labil ist und die Chance erhält, für fünfhundert Mark zweitausend einzukaufen, der greift natürlich zu.«

»Das ist eine Milchmädchenrechnung«, sagt Fehlandt. »In Wirklichkeit bekommt man ja nur das Wechselgeld der jeweiligen Einkäufe. Also – je nach Risikobereitschaft – hat man nur einen Gewinn von fünfhundert bis tausend Mark. Vielleicht sogar noch weniger. Denn das Zeug muss ja raus, bevor in der Zeitung steht: Falschgeld in Stade!«

»Übergabe am Bahnhof – das heißt, der Verteiler kommt vermutlich aus Hamburg«, sagt Berger.

»Muss nicht, kann aber.«

»Wenn es die gleichen Scheine wie in Itzehoe sind, spricht viel dafür.«

»Es sind die gleichen Scheine.«

»Wie steht es mit der Täterbeschreibung? Die beiden Jungs haben doch den Überbringer des Geldes zweimal gesehen.«

»Alles sehr vage.«

Berger hat nichts anderes erwartet.

»Was werden die Fälscher als Nächstes versuchen?«, fragt Fehlandt. »Lüneburg? Mölln?«

Berger schüttelt den Kopf. »Hamburg«, sagt er. »Hundert Scheine in Stade und vielleicht noch einmal hundert in Itzehoe. Das ist nur ein Test, nichts weiter. Sie wollen feststellen, ob das funktioniert. Aber auf diese Weise können sie nicht reich werden; dazu müssen sie größere Mengen absetzen, und das geht nur in der Großstadt. Und die einzige Großstadt weit und breit ist Hamburg. – Rufst du bitte in Stade an? Die sollen dafür sorgen, dass nichts in die Zeitung kommt! Die Burschen müssen glauben, dass der Absatz problemlos funktioniert.«

13.

»So«, sagt Fehlandt, »nun sind sie da.«

Berger nickt. Fast gleichzeitig sind die Meldungen

heute hereingekommen. Drei falsche Zwanziger in Eimsbüttel, zwei in Winterhude, zehn in Barmbeck, einer in Hamm, einer in der Innenstadt.»Alles dieselbe Produktion.«

Sie haben die bisher beschlagnahmten Scheine vor sich auf dem Tisch ausgebreitet. Kein Zweifel, sie gehören alle zusammen.

»Also los!«

Berger greift zum Telefon. Sie haben sich gut vorbereitet. Das Labor hat gestochen scharfe Aufnahmen der falschen Zwanziger angefertigt. Ein Pfeil zeigt auf den auffälligsten Fehler der Blüten: Das linke Ohr des Werner von Siemens ist etwas verzeichnet, wirkt runder und größer als im Original. Es ist nicht die stärkste Abweichung, aber die Fehler im Gewirr der Linien im Hintergrund der Banknote fallen einem Laien nicht auf. Das Ohr dagegen ist ein markanter Punkt, den man leicht finden und überprüfen kann. Tausend Abzüge dieses Bildes haben sie machen lassen, klein genug, dass sie unauffällig an jeder Kasse angebracht werden können, groß genug, dass man den entscheidenden Punkt auch wirklich sieht. Diese Bilder werden jetzt verteilt an alle Postämter und Sparkassen, aber auch an Kassiererinnen und Marktfrauen. Bei Verdacht sofort die Polizei alarmieren. Wenn möglich, den Kunden festhalten. Zumindest sich sein Aussehen merken. Vielleicht auch ihm unauffällig folgen.

»Wie lange wird das gut gehen?«, fragt Fehlandt.

»Nicht mehr als zwei, drei Tage. Dann haben die Fälscher das gemerkt, oder aber es steht in der Zeitung.« Eine so umfangreiche Aktion kann nicht lange geheim bleiben, denkt Berger. Muss sie aber auch nicht. Die Fälscher sind jetzt dabei, ihr Geld unter die Leute zu bringen. Siebzehn Blüten an einem Tag sichergestellt. Eine unbekannte Menge weiteres Falschgeld im Umlauf. Wie viele Scheine können sie an einem Tag absetzen? Hundert? Noch mehr? Es kommt darauf an, wie viele Verteiler im Einsatz sind. Aber wir erwischen sie. Einer tappt bestimmt in die Falle.

14.

»Alles klar?«, fragt Berger.

Alles ist klar. Niemand ist in die Falle getappt. Ihre große Aktion ist ins Leere gelaufen; dafür haben sie jetzt einen Tipp von einem V-Mann aus der Unterwelt bekommen. Ein gewisser Großkurth soll eine Druckerpresse gekauft haben. Eine echte Notgeldpresse, zehn Jahre alt. Angeblich um Ansichtskarten zu drucken. Das Ding ist in die Eiffestraße geliefert worden. Nummer 49, Hinterhof.

Eiffestraße 49. Zwischen Brekelbaumspark und Ausschlägerweg ist das. Alte Villen aus den Gründerjahren, aber die Hinterhöfe und Gärten sind längst gewerblich genutzt. Ein sehr unübersichtliches Gelände. Zwölf Beamte haben sie eingesetzt, um die Werkstatt großräumig zu umstellen. Jetzt, wo alle in Position sind, nickt Berger seinem Kollegen zu. Die beiden machen sich auf den Weg.

Falschmünzer sind keine Räuber oder gar Mörder. Die Pistole führt er zwar gewohnheitsmäßig mit, aber er ist sich ziemlich sicher, dass er sie nicht brauchen wird.

»Trotzdem vorsichtig sein!« Auch Fehlandt hat seine
Waffe eingesteckt. Erst gestern ist wieder ein Polizist erschossen worden. Hauptwachtmeister Lauckenmann;
es heißt, das waren wieder die Kommunisten.

Der Schuppen ist hell erleuchtet, aber man kann von
außen nicht sehen, was drinnen vorgeht. Die Fenster
sind mit bunten Vorhängen verhängt. Geräusche dringen nach außen. Könnte das eine Druckerpresse sein?
Berger reißt die Tür auf. Es ist eine Druckerpresse.
Die Männer, die eben noch damit beschäftigt waren,
neue Bogen einzuführen, erstarren in der Bewegung.
Fehlandt tritt vor und schaltet das Gerät ab. Der Lärm
erstirbt.

»Kriminalpolizei«, sagt Berger. »Sie sind verhaftet!«

Die Männer lassen sich widerstandslos festnehmen.
Den einen der beiden kennt Berger. Es ist Arnold Petersen.

15.

»So sieht man sich wieder!« Sie sitzen sich im Präsidium
gegenüber.

Arnold Petersen starrt ihn an. »Könnten Sie bitte etwas lauter sprechen? Ich höre nicht mehr so gut.«

»Haben Sie deshalb das Einbrechen aufgegeben und
sich auf die Falschmünzerei umgestellt?« ruft Fehlandt
so laut, dass Berger zusammenzuckt.

»Ja.«

»Das ist also die neue Gemeinschaftsproduktion der
Gebrüder Petersen?«, mutmaßt Berger.

Aber Arnold Petersen schüttelt den Kopf. »Adolf
weiß da nichts von.« Er starrt dem Polizisten dreist ins

Gesicht. Weis mir das Gegenteil nach, denkt er. Das kannst du nicht!

Berger hat zwei Mann vor Ort gelassen und die Druckmaschine wieder eingeschaltet. Wenn noch jemand kommt, soll er keinen Verdacht schöpfen.

»Zwanzigmarkscheine – lohnt sich das denn überhaupt?«, will Fehlandt wissen.

»Jetzt nicht mehr«, brummt Petersen.

»Und vorher?«

»Zwanziger – die wird man am leichtesten los.«

»Und – wie viele sind Sie losgeworden?«

»Knapp tausend.«

Das deckt sich mit Bergers Schätzung. Er sagt: »Blüten im Wert von zwanzigtausend Mark. Nicht schlecht. Aber nun wird die Produktion eingestellt. Und Falschmünzerei – das gibt wieder Zuchthaus. Mindestens sechs Jahre bei Ihren Vorstrafen. Wahrscheinlich eher acht oder zehn.«

16.

Friedrich Berger nimmt sich eine Zigarre. »Du hast dich ja aus allem herausgehalten die letzten Jahre.«

Hjalmar Schacht überhört den leisen Vorwurf. »Anders ging es nicht«, sagt er. »In einer Wirtschaftskrise Deflationspolitik zu betreiben, das ist einfach hanebüchen. Nicht alle Tricks, die man anwenden kann, stehen im Lehrbuch. Aber dieser steht da. Die Herrschaften haben ihren Keynes nicht gelesen. Und meine Schriften natürlich auch nicht. Jetzt muss investiert werden, das ist das Gebot der Stunde.«

»Aber wenn du zu viel investierst, bekommst du sofort wieder eine Inflation. Und – hast du nicht selbst vor Kurzem noch gesagt, dass die Regierung zu viel Geld ausgibt?«

»Für unnütze Sachen, das ist der entscheidende Punkt, Friedrich! Sie geben Geld aus für Kleinkram, der nichts einbringt.«

»Ich nehme an, die Regierung Papen schmeckt dir sowieso nicht?«

»Mit dem Mann rede ich gar nicht. Ich hatte neulich ein persönliches Gespräch mit dem Reichspräsidenten; ich habe ihm vorgeschlagen, dass er jetzt endlich Hitler mit der Regierungsbildung beauftragt.«

»Und? Was hat Hindenburg gesagt?«

Schacht zuckt mit den Achseln. »Er sträubt sich noch immer.«

»Kein Wunder. Er ist immerhin General; Hitler hat es nur bis zum Gefreiten gebracht.«

»Das ist unsachlich, mein Lieber! Darum geht es nicht. Wir brauchen ein Programm, das Deutschland aus der Krise führt.«

»Und das hat der Herr Hitler?«

Schacht weicht aus. »Jedenfalls hat er im Gegensatz zur Konkurrenz bisher noch keine Fehler gemacht. Du weißt ja selbst, wie es aussieht. Hamburg, der Hafen – ich habe mir die Zahlen geben lassen. Im Vergleich zu 1929 liegen die Im- und Exporte immer noch bei unter fünfzig Prozent.«

»Dass wir eine Krise haben, bestreitet niemand. Die Frage ist nur, wie wir da herauskommen. Ich habe mir das Programm dieser Partei sehr genau angesehen, Hjalmar. Ich habe nichts, aber auch gar nichts gefunden, was der deutschen Wirtschaft weiterhelfen würde. Diese Nazis, das sind Schwätzer, die nur dem Volk nach dem Maul reden.«

»Du unterschätzt sie. Gerade da sie sich nicht auf ein konkretes Programm festgelegt haben, sind sie für Anregungen offen! Ausgaben in großem Stil, darauf kommt es jetzt an. Straßenbau, Rüstung – besonders für Hamburg dürfte die Aufrüstung attraktiv sein. Die ist doch schon längst überfällig. Eine Belebung des Schiffbaus ...«

»Das geht nicht«, sagt Berger. »Was du da sagst, das verstößt gegen den Versailler Vertrag und – davon abgesehen – es ist überhaupt nicht zu finanzieren. Das kostet mehrere Milliarden, das gibt der Haushalt nicht her.«

»Es gibt Mittel und Wege ...« Schacht ist ungeduldig.

»Gibt es nicht. Geld drucken kommt nicht infrage. Das wäre nicht gedeckt, dann ist sofort wieder die Inflation da, und die Wirtschaft geht noch tiefer in den Keller.«

»Man muss kein Geld drucken. Es gibt doch Kredite...«

»Ich bitte dich, mein lieber Hjalmar. Das scheitert doch an zwei Dingen. Erstens: Niemand gibt dieser Regierung Kredite. Schon gar nicht für Rüstungsaufträge. Wir dürfen ja gar nicht aufrüsten. Und zweitens: Wenn du Kredite aufnimmst, wird das Ausland doch sofort alarmiert, denn die Kredite müssen ja in der Bilanz ausgewiesen werden, und damit ist eine mögliche heimliche Aufrüstung von vornherein gescheitert.«

»Die Kredite müssen nicht ausgewiesen werden«,

sagt Schacht.

Berger schüttelt den Kopf.

»Glaub's mir, altes Haus! Wir finanzieren es über Wechsel. Die sind so gut wie Geld und tauchen im Staatshaushalt nirgendwo auf.«

Berger kratzt sich den Kopf. Sein Gegenüber erläutert ihm, wie das Geschäft im Einzelnen ablaufen soll.

Es wird eine eigene Firma gegründet, sogar über den Namen dieses Unternehmens hat er sich schon Gedanken gemacht: MEFO, Metallurgische Forschungsanstalt GmbH. Diese Firma, die von verschiedenen Großbetrieben getragen wird, erhält eine Million Mark Geschäftskapital. Das ist natürlich nicht viel, aber mehr braucht sie auch gar nicht. Der einzige Sinn dieser Firma ist es, reichsbankfähige Wechsel auszustellen.

»Reichsbankfähige Wechsel«, wirft Friedrich Berger ein. »Das müssen gute Handelswechsel sein, von zwei oder drei zahlungsfähigen Wechselverpflichteten unterschrieben ...«

»In diesem Fall nur von einem«, widerspricht Schacht.

Berger hebt die Augenbrauen.

»Du darfst nicht vergessen, mein Lieber, es wird auch eine Veränderung an der Spitze der Reichsbank geben. Wenn es soweit ist – die Reichsbank, das bin dann ich!«

»Und – was glaubst du, wie viel Geld man über deine MEFO-Wechsel erzeugen kann?«

»Mittelfristig – also über einen Zeitraum von vielleicht drei oder vier Jahren – mindestens zehn bis zwölf Milliarden Reichsmark!«

»Zehn bis zwölf Milliarden!« Berger überschlägt,

wie groß die gesamten Steuereinnahmen des Deutschen Reiches wohl sein mögen. Kaum mehr als fünf Milliarden im Jahr, so viel steht fest.»Das könnt ihr nie zurückzahlen«, sagt er.»Die Wechsel sind durch nichts gedeckt. Das ist blanker Betrug.« Schacht bläst einen Rauchring in die Luft.»Betrug? – Nein, mein lieber Friedrich, das ist Wirtschaft!«

17.

»Du wirkst so versonnen«, sagt Berger.

»Ja. Denk nur«, sagt Dagmar,»mir ist heute etwas ganz Seltsames passiert: Wir haben doch zur Zeit Besuch von unseren amerikanischen Geschäftspartnern.«

»Aus Philadelphia, ja, das hast du erzählt.«

»Und auf einmal, als die Herren heute Mittag bei uns durchgehen, da bleibt der eine bei mir stehen, fasst mich an der Schulter und sagt: ›Schöne Grüße aus Philadelphia!‹ – Ich war vielleicht platt!«

»Aus Philadelphia? Wen kennst du denn in Philadelphia?«

»Niemand – hatte ich jedenfalls gedacht. Aber als ich ihn so verblüfft angeguckt habe, da hat der Mann gelacht und gesagt, die Grüße seien von meinem Freund!«

»Von deinem Freund?«

»Ja, von meinem früheren Freund. Roth.«

»Friedhelm? Susannes Vater? – Ich dachte, der ist irgendwo in Südamerika verschollen!«

»Das hatte ich ja auch gedacht. Die letzte Nachricht war eine Postkarte aus Buenos Aires – und das ist Jahre her. Das war noch bevor wir beide uns kennengelernt haben.«

»Das ist ja eine Überraschung!«

»Ja. Er ist inzwischen verheiratet, mit einer Amerikanerin ...«

»Die sei ihm gegönnt!«

»Ja«, sagt Dagmar, »die sei ihm gegönnt.« Sie denkt: Amerika. Wir kennen jemand in Amerika. Wenn es hier unerträglich wird in Deutschland, dann gehen wir da hin.

Hannack ist raus!

5. *Dezember 1932*

Hannack ist ausgebrochen.«
Wer ist Hannack?«, fragt Berger.
»Richtig, das kannst du ja nicht wissen!« Fehlandt schiebt ihm die Akte rüber. »Da warst du ja noch in Düsseldorf, als das passiert ist.«

Berger überfliegt den Text. Ernst Hannack hat am 26. Juni 1928 bei einem missglückten Banküberfall in Bramfeld wild um sich geschossen und dabei den Kassierer Bienwald getötet.

»Brutal«, sagt Berger.

Fehlandt nickt. »Wie in Amerika! – Unser Freund Krohn würde sagen, das kommt alles von den Gangsterfilmen. Fest steht jedenfalls, dass wir es mit einer neuen, brutaleren Generation von Verbrechern zu tun haben.«

»Ihr habt ihn aber trotzdem gekriegt.«

»War schwierig genug. – Und im Zuchthaus haben sie ihn nicht festhalten können; jetzt ist er schon wieder raus. Ausgebrochen.«

Berger runzelt die Stirn. Krohns pessimistische Äußerungen fallen ihm ein. Die Schlacht gewonnen, den Krieg verloren? Unsinn, der Mann darf nicht recht be-

273

halten!»Wenn er ausgebrochen ist, fangen wir ihn eben wieder ein! – Wenn er denn überhaupt in Hamburg ist.«
»Er ist in Hamburg. Seine beiden Kumpane haben wir heute Mittag festgenommen.«

So sieht jemand aus, der gerade verhaftet worden ist, denkt Berger. Enttäuscht und trotzig sitzt der junge Mann vor ihm. Vor allem trotzig.
»Tja, Herr Steinberg, Ihr Ausflug in die Freiheit hat ja nicht lange gedauert!« Steinberg und seinen Kumpanen Schulenburg haben sie heute früh in der Großen Reichenstraße erwischt.
»Pech«, sagt Steinberg.
»Pech? Ich würde sagen, in Ihrem Fall ist es ausgesprochenes Glück. Was haben Sie sich denn bisher zuschulden kommen lassen? Einbrüche in Serie. Na schön. Aber die beiden Herren, mit denen Sie sich auf Wanderschaft begeben haben, die sind doch ein ganz anderes Kaliber. Kaltblütige Mörder. Besonders der Hannack, mit dem ist nicht zu spaßen.«
Steinberg schweigt.
»Da hätten Sie leicht in irgendetwas hineingezogen werden können, wofür sie am Ende für immer hinter Gitter wandern.«
»Mit Hannack habe ich nichts zu tun.«
»Immerhin sind Sie zusammen ausgebrochen.«
»Wir haben uns getrennt.« Steinberg zuckt mit den Schultern. »War wohl besser so.«
So kommen wir nicht weiter, denkt Berger. »Zigarette?«, fragt er.
Steinberg nickt.

Eine Weile raucht er schweigend. Schließlich sagt er:
»Es war Hannack, der das organisiert hat.«
»Den Ausbruch?«
»Ja.«
»Wie ist das gelaufen?«
»Hannack hatte ein Seil, Schlüssel und Dietriche. Hannack hat uns die Zellen aufgeschlossen, und dann sind wir über das Dach zu einem Bodenraum, wo wir uns erst mal versteckt haben. Bis zum Abend.«
»Und das hat keiner gemerkt?«
Steinberg schüttelt den Kopf.
Villa Sonnenberg! Das ist mal wieder typisch. Berger weiß, dass das für seinen modernen Strafvollzug berühmte Zuchthaus in Oslebshausen nicht besonders ausbruchsicher ist.
»Da auf dem Boden, da hatten wir schon vorher eine Wärteruniform deponiert.«
»Wer hat die besorgt?«
»Hannack. Da gab es dann so eine Wendeltreppe. Über die hat er uns nach unten geführt. Er hat den Aufseher gespielt, wir waren seine Gefangenen. Er hatte einen echten Schlüssel unten für die Tür. Wir mussten raus und dann warten, bis er wieder zugeschlossen hatte. Dann sind wir mit ihm über den Hof marschiert, ganz gemächlich, damit das nicht auffällt.«
»War da kein Posten auf dem Hof?«, fragt Berger,
»Doch, natürlich. Aber wir hatten ja die Uniform. Der Wachtposten hat gegrüßt, und Hannack hat zurückgegrüßt.«
»Der Mann hat nichts gemerkt?«
»Er hat wohl gedacht, dass der Wärter uns zur Kü-

che führt. Oder zum Lazarett. Hätte ja sein können. Und dann sind wir durch diesen Durchgang; da war so eine kleine Tür, ein Nebenausgang. Der ist immer verschlossen, aber Hannack hatte ja den Schlüssel. Er hat aufgemacht, und das war's.«

»Das muss doch sofort aufgefallen sein«, sagt Berger.

»Nee, der Hannack, der hat ja wieder zugeschlossen.«

Na, denkt Berger, das wird Ärger geben in Oslebshausen. Da wird sich der Herr Direktor wohl einiges anhören müssen. Berger hat ja nichts gegen einen modernen Strafvollzug, aber was der Sonnenberg da treibt, das geht ihm doch entschieden zu weit. »Und wo ist Hannack jetzt?«, fragt er.

Steinberg zuckt mit den Achseln. »Hab ich doch gesagt: Wir haben uns getrennt. Gleich nach dem Ausbruch.«

»Und dann sind Sie einfach so in Ihrer Anstaltskleidung in den Zug gestiegen ...«

»Nee, natürlich nicht. Erst haben wir noch einen Bruch gemacht in Bremen; wir mussten ja was zum Anziehen haben.«

Berger nickt. Bis dahin hatten die Bremer Kollegen die Spur leicht verfolgen können. Die Ausbrecher hatten ihre Anstaltskleidung und die Wärteruniform in der Wohnung zurückgelassen.

»Und Hannack?«, fragt er.

»Der war da schon weg.«

»Die lügen«, sagt Fehlandt, der den anderen Ausbrecher vernommen hat. »Die lügen beide. Am 5. Dezember sind sie in Oslebshausen ausgebrochen. Und heute, drei Tage später, nehmen wir zwei von ihnen in Hamburg fest. Steinberg kommt aber aus Hannover, und dieser Schulenburg, der stammt aus Trier. In Hamburg sind sie beide noch nie vorher gewesen. Der Einzige, der aus Hamburg kommt und sich hier auskennt, das ist Hannack.«

»Ja«, sagt Berger. »Da sind die Kollegen etwas zu voreilig gewesen. Anstatt die beiden festzunehmen, hätten sie warten sollen, bis sie sich mit Hannack treffen.«

»Die Kneipe wird überwacht«, sagt Fehlandt. »Wenn der Hannack noch auftauchen sollte, nehmen wir ihn fest.«

Berger sieht auf die Uhr. Um elf sind die beiden Ausbrecher festgenommen worden. Jetzt ist es halb fünf.

»Der kommt nicht mehr.«

»Abwarten«, sagt Fehlandt.

Sie warten bis kurz nach Mitternacht, bis die Kneipe zumacht. Hannack ist nicht gekommen.

2.

»Und ich habe ihn nicht sehen können!« Susanne ist noch immer empört. »Nie bin ich dabei, wenn irgendetwas Wichtiges passiert!«

Dagmar erinnert sie an den Flug mit der Do X. »War das etwa gar nichts?«

Ja, das war schön, aber das zählt jetzt nicht. Kinder sind unersättlich.

»Nächstes Mal bist du wieder dabei«, tröstet sie Berger. »Aber diesmal ging es wirklich nicht. Es ist ja Montag, und du hattest schließlich Schule!«

»So kurz vor Weihnachten, das lohnt sich doch gar nicht mehr!«

Berger lacht. »Die meisten Hamburger haben den Zug nicht sehen können!« Er verrät nicht, dass er die Ankunft und Abfahrt des Schnelltriebwagens von der Brücke Rentzelstraße aus beobachtet hat.

Susanne liest aus der Zeitung vor. Sie sagt: »Hier steht, der Zug ist vom Lehrter Bahnhof aus gestartet. Also von Lehrte nach Hamburg, nicht von Berlin!«

Dagmar klärt sie auf, dass der Lehrter Bahnhof mitten in Berlin ist.

Horst zeigt auf das Foto des Triebwagens auf der Titelseite des *Fremdenblatts* und sagt: »Bahn!«

Es ist selten, dass das *Fremdenblatt* Fotografien auf der ersten Seite bringt; schon das unterstreicht die Bedeutung dieses Ereignisses. Und dazu die fette Schlagzeile: *Der schnellste Zug der Welt pünktlich in Hamburg.* »Bahn!«

Dabei sieht der Schnelltriebwagen gar nicht so aus wie die Bahnen, die Horst bisher kennengelernt hat.

Die Fahrt ist in allen Einzelheiten beschrieben, als ob es ein Flug zum Mond sei. Aber der ist und bleibt natürlich unmöglich.

Zwei Minuten vor acht Uhr werden die Motoren angelassen. Ihr Geräusch ist nicht so groß, wie man bei der Stärke der Motoren vermuten könnte. Aus den Auspuffrohren, die senkrecht über dem Kopf und dem Ende des Wagens angebracht sind, steigt kerzengerade der bläuliche Qualm empor. Punkt acht Uhr ertönt ein Hupensignal. Der schnellste Zug Deutschlands setzt sich in Bewegung. Schon nach wenigen Sekunden geht er in eine unerhörte Geschwindigkeit über ...

»Ist das nicht gefährlich, so schnell zu fahren?«, fragt Susanne.

Berger weiß, dass die Signale für die hohe Geschwindigkeit neu aufgestellt werden mussten. Der Abstand zwischen Vor- und Hauptsignal ist von siebenhundert auf tausendzweihundert Meter vergrößert worden, um dem längeren Bremsweg des Schnelltriebwagens Rechnung zu tragen.

Punkt acht Uhr vom Lehrter Bahnhof abgefahren und fahrplanmäßig um 10.22 Uhr in Hamburg eingetroffen. Damit ist die 286,8 Kilometer lange Strecke, für die bisher der schnellste FD-Zug 179 Minuten brauchte, in 142 Minuten zurückgelegt worden.

»Hier steht«, sagt Dagmar, die über Kopf mitliest, »dass der Zug im Normalbetrieb noch dreizehn Minuten schneller sein soll als heute bei der Probefahrt. Das heißt, man ist demnächst praktisch in zwei Stunden in Berlin!«

»Ja«, freut sich Susanne, »wir leben in einer herrlichen Zeit!«

»In einer herrlichen Zeit«, sagt Wilhelm Berger, plötzlich ernüchtert. Er weiß von den umfangreichen Sicherheitsvorkehrungen entlang der gesamten Strecke, die getroffen werden mussten, um einen Terroranschlag von Rechts oder Links auszuschließen. Nicht ohne Grund hatte er selbst auf der Brücke stehen müssen. Alle Bahnübergänge waren scharf bewacht; das Betreten der Bahnanlagen, etwa zum Fotografieren, streng verboten. Aber es gab keine Zwischenfälle.

Das *Fremdenblatt* schließt die Berichterstattung mit einem kleinen Scherz:

In Berlin wird der Zug schon als »*Der fliegende Hamburger*« bezeichnet. Wie wäre es, wenn wir uns revanchierten und ihn »*Der rasende Berliner*« nennen! Auch die Ernennung Hitlers zum Reichskanzler am 30. Januar vermag das *Fremdenblatt* nicht sonderlich aufzuregen. *Ruhige Aufnahme des Kabinetts Hitler im In- und Auslande*, schreibt die Zeitung.

Und die nächtliche Huldigung des neuen Kanzlers per Fackelzug bezeichnet sie leicht ironisch als Regierungswechsel in neuer Form. Nur zwei der neuen Minister sind Nationalsozialisten, und: Die neben Hitler stehenden Politiker sind Persönlichkeiten, die sich durch den Reichskanzler nicht ohne Weiteres ausschalten lassen.

3.

»Herrn Berger bitte. Oder Herrn Fehlandt.«

»Hier ist Berger. Wer spricht dort?«

»Schmolke, Polizeiwache 48. Hören Sie, wir haben hier einen Privatdetektiv, der uns gerade berichtet, dass er den Raubmörder Hannack gefunden hat.«

»Ja, prima«, erwidert Berger, der von den Fähigkeiten irgendwelcher Privatdetektive keine besonders hohe Meinung hat. »Hat er ihn festgenommen? Dann schlage ich vor ...«

»Herr Berger, es ist ernst«, unterbricht ihn der Wachhabende. »Der Mann hat den Kerl durch die halbe Stadt verfolgt und schließlich gesehen, wie er in einem Haus in der Fruchtallee verschwunden ist.«

Berger blickt auf die Wandkarte. Fruchtallee, Fruchtallee, irgendwo in Eppendorf oder Eimsbüttel ist das doch – ah, hier. Und die Polizeiwache 48 ist sogar direkt in der Fruchtallee. Hervorragend.

4.

Beim ersten Morgengrauen treffen sie sich. Schmolke hat Landkarten besorgt. Karten im Großmaßstab, frisch aus der Lichtpauserei. Sie riechen penetrant nach Salmiakgeist. Das Haus, in dem der Verdächtige verschwunden ist, liegt in einem dicht bebauten Gebiet mit unübersichtlichen Hinterhöfen, sogenannten Terrassen, alles irgendwie miteinander verbunden und verschachtelt.

»Fast wie im Gängeviertel«, brummt Fehlandt.

Das stimmt nicht ganz. Das Gängeviertel der Neustadt ist aus polizeilicher Sicht eine wahre Hölle, ein Himmel dagegen für gesuchte Verbrecher. Die Bebauung hier ist wesentlich neuer, alles erst Ende des vorigen Jahrhunderts errichtet. Typische Mietshäuser; die Toiletten später auf der Rückseite angebaut.

Haben wir alles bedacht, fragt sich Berger. Ja, haben wir. Eigentlich kann nichts schiefgehen. Der Häuserblock ist umstellt. Eppendorfer Weg – Weidenstieg – Fruchtallee. Auch bei der Christuskirche und in den nächstgelegenen U-Bahn-Stationen sind Posten aufgestellt. Das müsste reichen. Diesmal haben wir ihn.

»Los!«, sagt Berger.

Zu viert gehen sie in das Haus. Die Wohnung ist im obersten Stock. Berger stellt fest, dass er zugenommen hat und nicht mehr so sportlich ist, wie er sein sollte. Die vier Treppen bringen ihn fast aus der Puste.

Jetzt stehen sie vor der verdächtigen Wohnung. Bollmann steht an der Tür. Klingeln oder nicht? Sie entscheiden sich dagegen. Zwei Polizisten stellen sich rechts und links der Tür auf, die Waffe im Anschlag. Berger nimmt Anlauf, wirft sich gegen die Tür. Es kracht gewaltig; die Tür wankt, aber sie hält. Neuer Anlauf. Fehlandt und Berger werfen sich gemeinsam gegen die Tür; die fliegt mit einem erneuten Krach aus den Angeln. Die beiden Polizisten rappeln sich auf. Vor ihnen steht ein etwa dreißig Jahre alter Mann im braunen Anzug, der sie überrascht anstarrt.

»Herr Bollmann?«

»Ja, der bin ich.«

»Herr Bollmann, Sie sind verhaftet!«

Handschellen klicken. Diesmal kommst du uns nicht davon, denkt Berger. Jetzt haben wir dich. Oder ist es am Ende gar nicht Hannack? Doch, kein Zweifel, das ist er. Das muss er sein.

Fehlandt ist sofort in das Schlafzimmer gestürmt, er reißt das Bett auseinander. Und er wird fündig. Unter dem Kopfkissen liegt eine geladene Schusswaffe.

»Was liegt gegen mich vor?«, fragt Bollmann, der sich inzwischen wieder gefasst hat. »Ich war gerade auf dem Weg ...«

»Unerlaubter Waffenbesitz!«

»Das ist mein Revolver«, sagt Bollmann.

»Haben Sie einen Waffenschein?«

Bollmann schüttelt den Kopf.

5.

Während die Wohnung ordnungsgemäß durchsucht wird, bringen sie Bollmann zur Wache 48. Sie führen den Mann in den Aufenthaltsraum. Er muss seine Taschen ausleeren. Dann legen sie ihm die Handschellen wieder an. Sicher ist sicher. Der Mann schweigt. Er sieht die Polizisten an. Als ob er abschätzen will, ob sie ihn wirklich aufhalten können, wenn er es darauf anlegt, denkt Berger. Aber jeder Fluchtversuch ist sinnlos. »Das ist Hannack«, sagt Fehlandt. Er hat noch einmal das Gesicht mit dem Fahndungsplakat verglichen.

Berger nickt. Zwei Beamte halten bei dem Mann Wache, während Berger und Fehlandt in einem Nebenraum seine Sachen inspizieren.

Unter dem Krempel, den die Kollegen aus der Wohnung mitgebracht haben, finden sich zwei Pässe, einer auf den Namen Bollmann und einer auf den Namen Hannack. Berger hält dem angeblichen Bollmann die beiden Dokumente unter die Nase.

Der bleibt völlig ungerührt. »Ja«, sagt er. »Ich bin Ernst Hannack.«

Berger geht zurück zu Fehlandt; der hat inzwischen drei Taschenuhren auf dem Tisch ausgebreitet. »Scheint ein Pünktlichkeitsfanatiker zu sein, der Herr Hannack«, sagt er.

Hannack hört ihn nicht. Die bei ihm zurückgebliebenen Polizisten versuchen, ihn in ein Gespräch zu verwickeln. Der Moment unmittelbar nach der Festnahme ist entscheidend. Das ist die beste Gelegenheit, Dinge zu erfahren, die man sonst später nicht mehr zu hören bekommt. Der Festgenommene ist zwangsläufig erschüttert, und da gibt manch einer schon mal etwas preis, was er bei ruhiger Überlegung niemals zugeben würde.

Schmolke gibt sich als Kumpel:»Na, Herr Hannack, wie ist's denn gelaufen die letzte Zeit?«

Hannack schweigt.

»Ach kommen Sie, das ist doch jetzt sowieso alles egal«, behauptet Schmolke.

Hannack stellt sich stur.»Nee«, sagt er.»Ich hab ja noch nicht mal gefrühstückt. Erst einmal brauch ich einen Kaffee und was zu essen, vorher sag ich gar nichts.« Schmolke wirft seinem Kollegen einen auffordernden Blick zu. Der geht nach drüben und setzt Kaffee auf. Einen Augenblick durchzuckt Schmolke ein ungutes Gefühl, als ob hier etwas laufen könnte, das er nicht mehr unter Kontrolle hat. Aber das ist Unsinn. Zur Tür hinaus kann der Gefangene nicht, da müsste er ja bei den Kollegen vorbei. Und durch die Fenster kann er auch nicht. Die sind seit dem Hamburger Aufstand vergittert. Außerdem hat Hannack ja Handschellen an. Nein, der Mann hat keine Chance.

Der Wachtmeister kommt mit dem Kaffee. Er bringt auch zwei mit Wurst belegte Stullen mit; sein eigenes Frühstück. Er wird sich später etwas Neues besorgen müssen.

»Das sieht ja gut aus«, lobt Hannack, dem der Duft des Kaffees in die Nase steigt.

»Ist nur Ersatzkaffee«, gibt der Wachtmeister zu, »aber etwas Besseres haben wir hier nicht.«

»Tausendmal besser als im Knast.«

»Ja, das ist wohl wahr.«

Einen Augenblick passiert gar nichts. Hannack sieht die Brote an; die Beamten sehen ihn an.

»Greif doch zu!«, sagt Schmolke schließlich.

»Geht nicht«, sagt Hannack. »Mit der Acht kann ich nicht essen.« Er hält ihm die gefesselten Hände hin.

»Ach, das geht schon«, widerspricht der Wachtmeister.

Hannack schüttelt den Kopf.

Schmolke denkt: Was soll passieren? Wir sind zu zehnt hier in der Wache, dazu kommen noch die zwei Hanseln von der Kripo aus dem Stadthaus. Wir sind bewaffnet, er nicht – er kann hier nicht weg. Wichtig ist, dass wir in Kontakt kommen, dass er redet. Er schließt ihm die Handschellen auf.

»Ach, das ist schon besser!« Hannack reibt sich die Handgelenke. Dann greift er zu der bereitgelegten Stulle. »Lecker! So feine Sachen gibt's im Knast nicht.«

»Der Einbruch neulich in der Isestraße ...«, sagt Schmolke.

»Moment.« Hannack deutet auf seinen vollen Mund. Er kaut. Er kaut gründlich. Wie war das noch, denkt Schmolke, wie oft soll man jeden Bissen kauen, bevor man ihn runterschluckt? Hannack scheint gewillt, in dieser Hinsicht alle Rekorde zu brechen. Schließlich ist er aber doch soweit; er spült den letzten Rest des Bissens mit einem ordentlichen Schluck Kaffee herunter.

»Isestraße«, erinnert Schmolke.

»Affenfett«, sagt Hannack, der so tut, als habe er die Frage nicht gehört.

»Das ist gute Butter!«, verteidigt sich der Wachtmeister.

»Ja, natürlich. Danke. – Nein, ich meinte doch im Knast, da kriegen wir dann wieder Affenfett zu essen.«

Der Wachtmeister guckt zweifelnd.

»Isestraße«, versucht es Schmolke noch einmal, aber Hannack hat schon wieder abgebissen und ist nicht ansprechbar.

Er kaut und sieht sich in aller Ruhe im Raum um. Schade, dass die Fenster vergittert sind. Von außen, als Schutz gegen Angriffe von der Straße her. Aber außen oder innen – der Effekt ist derselbe, man kann nicht raus. Oder?

»Diese Uhren stammen wahrscheinlich aus dem Einbruch in der Isestraße«, sagt Fehlandt. Er hat die gefundenen Objekte mit der Beschreibung der gestohlenen Gegenstände verglichen. »Das ist ja erst ein paar Tage her, die hat er noch nicht absetzen können.«

»Wenig Bargeld«, bemerkt Berger. »Das wundert mich. Bei einem erfolgreichen Einbrecher hätte ich erheblich mehr erwartet.« Ganze 7,50 Mark hatte er bei sich.

»Er hat es versteckt«, mutmaßt Fehlandt. »Aber das werden die Kollegen schon noch finden; die nehmen jetzt die ganze Wohnung auseinander. Die Nachbarn sagen, er sei da so etwa um Weihnachten rum eingezogen. Das wäre zwei Wochen nach dem Ausbruch aus Oslebshausen.«

»Das ergibt Sinn. Er musste sich ja erst Geld beschaffen, um neue Papiere herstellen lassen zu können.«

Schmolke sagt: »Hol uns auch mal zwei Becher.« Er sieht es gar nicht ein, dass der Verhaftete Kaffee trinkt und er nicht.

Der Wachtmeister erhebt sich.

»Wunderbar«, sagt Hannack. Er kaut noch immer; das Wort ist kaum zu verstehen. Ernst Hannack legt jetzt das angebissene Brot zur Seite, reckt sich; der Stuhl knackt.

»Ise...«, setzt Schmolke an. Weiter kommt er nicht.

Hannack ist aufgesprungen und knallt dem Polizisten die Faust unter das Kinn, dass er samt Stuhl hintenüber fliegt. Hannack wirbelt herum; unter dem Fenster steht ein Tisch, die Lüftungsklappe des Fensters ist nicht vergittert, Hannack springt auf den Tisch und verschwindet mit einem Hechtsprung durch das geschlossene Fenster nach draußen.

Schmolke brüllt vor Schmerz und Wut; der heiße Kaffee ist ihm ins Gesicht gespritzt.

»Er ist weg! Verdammt, er ist weg!«

»Los, raus, raus, hinterher!« Berger und Fehlandt rennen an Schmolke vorbei in Richtung Ausgang. Die anderen Polizisten folgen ihnen.

»Der liegt unten«, sagt einer. »Wetten, dass er unten auf der Straße liegt? Das sind fünf Meter von hier oben, das schafft keiner, ohne sich das Bein zu brechen. Oder den Hals«

Sie stürzen ins Freie, die Waffen in der Hand. Da liegt die Fruchtallee im Sonnenschein. Autos fahren vorbei, Fußgänger bleiben stehen, blicken neugierig auf die Gruppe von Polizisten. Hannack ist weg.

»Da drüben ist er lang!«, ruft jemand. Er weist in Richtung Christuskirche.

Sie laufen los. Wir hätten die Posten nicht abziehen dürfen, denkt Berger. Herrgott, was für eine Dummheit! Na, das wird Ärger geben!

Sie rennen bis zur Christuskirche. Niemand zu sehen. Auch im U-Bahnhof nicht. Schließlich müssen sie einsehen: Der Flüchtige ist spurlos entwischt.

»Spurlos?«, sagt Berger. »Das kann ich nicht glauben.« Sie gehen langsamen Schrittes zurück zur Polizeiwache. Nur ein Häufchen Glasscherben auf dem Gehweg zeugt noch von dem tollkühnen Ausbruch des Raubmörders. Ein Polizist ist gerade dabei, die Splitter zusammenzufegen. »Halt!«, ruft Berger. »Alles liegen lassen! Ruft sofort in der Zentrale an; wir brauchen einen Fährtenhund.« Doch die Fährte ist so klar erkennbar, dass es des Hundes eigentlich gar nicht bedarf. Hannack hat sich beim Sprung durch das Fenster geschnitten; es gibt Blutflecke auf den Gehwegplatten. Einen großen Fleck wo der Mann aufgekommen ist; kleinere Flecke weisen in die Richtung, in die er geflohen ist.

Berger sieht Fehlandt an: »So viel zum Thema Mithilfe der Bevölkerung«, sagt er. Die Blutspur weist in die entgegengesetzte Richtung.

Fehlandt zuckt mit den Achseln. »Die Beliebtheit der Polizei hat in den letzten Wochen arg gelitten«, sagt er. »Kann ja keiner wissen, dass wir hier nicht gerade hinter irgendeinem armen verfolgten Kommunisten herrennen, sondern hinter einem äußerst gefährlichen Mörder.«

Zu zweit machen sie sich auf den Weg; der Hundeführer soll nachkommen.

»Vielleicht hat er sich ja ordentlich verletzt«, sagt Berger. »Vielleicht ist er nicht weit gekommen.«

Die Blutspritzer führen zu einem Hauseingang. Hier hat Hannack wohl gestanden und abgewartet, bis die Polizisten in die falsche Richtung davongerannt sind. »Wir hätten ihn gehabt«, sagt Berger. Er rüttelt an der Eingangstür, aber die ist verschlossen. Hannack ist nicht in das Haus geflüchtet.

»Hier geht es weiter!« Fehlandt hat den nächsten Blutspritzer auf dem Gehweg entdeckt.

Ein paar Häuser weiter ist Hannack über ein niedriges Gitter in freies Gelände und weg von der Straße gekommen. Von dieser Stelle an werden die Blutspritzer kleiner und seltener.

Sie wollen schon entmutigt aufgeben, als schließlich der Hundeführer eintrifft. Dem Hund macht es keine Schwierigkeit, die Fährte weiter zu verfolgen. Tornquiststraße – Sillemstraße – Apostelkirche. Doch da endet die Spur.

»Er ist wahrscheinlich nach Langenfelde rüber oder nach Altona«, sagt Schmolke, der inzwischen auch herangekommen ist.

Der Hundeführer schüttelt den Kopf. »Er ist wahrscheinlich in die Straßenbahn eingestiegen«, sagt er. »Deshalb ist für Hasso hier die Spur zu Ende!«

6.

Geschafft, mein Gott, denkt Hannack, ich habe es tatsächlich geschafft! Den Rest des Tages hält er sich in dem unübersichtlichen Kleingartengelände nördlich der Landesgrenze verborgen. Bei jedem Geräusch zuckt er zusammen. Ob die preußische Polizei auch alarmiert ist inzwischen? Wahrscheinlich. Aber Preußen ist groß, viel größer als Hamburg, und die Polizei kann nicht überall sein. Und dennoch: Ewig kann er sich hier nicht verbergen. Er beobachtet, wie jemand einige Parzellen weiter seinen Garten umgräbt. Und da kommt noch jemand, ein alter Mann mit einem Fahrrad. Hannack fürchtet, dass irgendwann jemand kommt, um genau nach diesem Garten zu sehen, in dem er hockt. Aber er muss es darauf ankommen lassen. Er muss warten. Nur bis es dunkel wird. Ihm knurrt der Magen. Doch darauf kann er jetzt keine Rücksicht nehmen.

Gegen sieben Uhr abends schließlich macht er sich auf den Weg. Ihm ist klar, dass er eine sehr auffällige Erscheinung abgibt. Er hat Schnittwunden im Gesicht und an den Händen. Der eine tiefe Riss an der Hand blutet noch immer. Das teure Jackett – es ist zerrissen. Beim Sprung über den Eisenzaun ist er damit hängen geblieben. Das kann er wegwerfen. Aber noch nicht, noch braucht er es.

Hannack klingelt an der Tür eines Hauses in Lokstedt. Hoffentlich ist es nicht gerade die falsche Adresse, denkt er.

Die Frau, die die Haustür öffnet, schreit erschrocken auf, als sie den blutverschmierten Mann vor sich sieht. Sie will die Tür rasch wieder zuschlagen, aber schon hat Hannack den Fuß dazwischen. »Um Gottes willen, bitte helfen Sie mir! Ich bin – ich bin von politischen Gegnern überfallen und zusammengeschlagen worden!«

»Das ist ja furchtbar! Kommen Sie herein.«

»Politische Gegner?« Der Ehemann kommt dazu. Er scheint misstrauisch. »Waren das wieder diese verdammten Nazis? Das ist wirklich eine elende ...«

»Nicht so laut!« Die Frau fällt ihrem Mann erschrocken ins Wort.

»Ja, die Nazis«, sagt Hannack. Nun weiß er jedenfalls, woran er ist mit diesen Leuten. »Sie müssen mich erkannt haben. Ich bin – ich bin SPD-Mitglied.«

»Soll ich die Polizei anrufen?«, fragt die Frau.

Blitzschnell überlegt Hannack, ob er damit durchkommen könnte. Hier in Preußen – vielleicht kennen sie ihn nicht. Nein, Hamburg wird seine Flucht gemeldet haben; das Risiko wäre zu groß.

»Schönen Dank«, sagt er. »Aber das gäbe nur Scherereien. Sie wissen ja, wie das ist – die Polizei heute ...«

Der Mann nickt.

»Könnten Sie mir vielleicht ein Taxi besorgen?«, fragt Hannack. »Ich habe Angst, allein nach Hause zurückzugehen. Wenn diese Kerle mir irgendwo auflauern ...«

»Sind Sie denn verfolgt worden?«, fragt der Mann erschrocken.

Hannack beruhigt ihn: »Ich hab sie abgeschüttelt. – Aber ich muss vorsichtig sein; sie wissen natürlich, wo ich wohne ...«

Das leuchtet ein.

Der Mann telefoniert. Hannack überlegt, ob es hier irgendetwas gibt, was er mitnehmen könnte. Er entscheidet sich dagegen. Es reicht, wenn er unbeschadet entkommt. Und es gibt hier nichts, was sich wirklich lohnen würde.

»Das Taxi muss jeden Moment kommen.«

»Entschuldigen Sie«, sagt Hannack. »Das ist mir jetzt entsetzlich peinlich, aber bei dem Überfall – meine Brieftasche, mein ganzes Geld ...«

»Ich bitte Sie, das Taxi, das bezahlen wir natürlich.«
Sehr gut, da braucht er das eingenähte Geld aus der
Hose nicht erst anzugreifen. Er wird jede Mark brau-
chen, um sich neu auszustatten; Papiere und Waffen
sind teuer, jetzt noch teurer unter dem neuen Regime.
Das Taxi kommt. »Wo soll's denn hingehen?«
»Zur Telemannstraße«, sagt Hannack.

7.

»Telemannstraße!« Lange hat es nicht gedauert, bis die
Kripo den Fluchtweg Hannacks rekonstruiert hat. Aber
dennoch zu lange. Und sie kommen nur bis zu diesem
Punkt. Da ist Hannack aus dem Taxi gestiegen und ver-
schwunden.
»Ist er in eines der Häuser gegangen?«
Das weiß der Taxifahrer nicht. »Ich bin gleich weiter-
gefahren. Die Fahrt war ja bezahlt; damit war der Fall
für mich erledigt.«
Berger sieht den Mann an. Der verzieht keine Miene. Wahrscheinlich hat er genau gesehen, wo der Mann
hingegangen ist, aber er will es uns nicht sagen.
»Das ist Hannack, den wir suchen«, sagt Berger.
»Ernst Hannack, der Raubmörder.«
»Ich hab nichts gesehen«, sagt der Mann. »Sind viele Räuber und Mörder unterwegs diese Tage«, setzt er
hinzu. »Kommt auf einen mehr oder weniger nicht an.«
Berger seufzt. »Danke für Ihre Hilfe; Sie können gehen.«

8.

Die Polizisten inspizieren die Ausbeute der Wohnungsdurchsuchung. Das Ergebnis ist überaus mager. Die Pässe und die Pistole hatten sie ja sofort gefunden. Sonst gibt es nur alte Kleidung, alte Zeitungen und einen einzelnen Dietrich.

Berger nimmt den Sperrhaken in die Hand, betrachtet ihn von allen Seiten. »Damit hat er nun seine ganzen Einbrüche gemacht?«

»Er wird sein Werkzeug woanders untergebracht haben«, mutmaßt Fehlandt. »Holla, was ist denn das?«

Fehlandt hat sich die alten Kleidungsstücke vorgenommen. »Hier ist etwas eingenäht!« Er betastet das Futter. »Papier«, sagt er. »Geld!«

Aber es ist kein Geld, was da zum Vorschein kommt, als sie die Naht auftrennen, sondern ein kleines schwarzes Notizbuch.

»Lass sehen«, sagt Berger.

Auf der ersten Seite steht in sauberer Handschrift: Ernst Hannack, Hamburg, Wachtelstraße 12.

»Na bitte!«

Aber Fehlandt schüttelt den Kopf. »Da hat er früher gewohnt.« Die Anschrift ist mit Bleistift durchgestrichen. »Und das hier, K – damit meint er Külsen, seinen Partner von damals. Die Adresse kenne ich.« Aber auch die ist durchgestrichen, nicht mehr aktuell. Eine neue findet sich nicht.

Sie blättern das Heft durch. »Das hier«, sagt Berger, »das scheint noch zu gelten. Berlin. Er kennt also jemand in Berlin. Kannst du die Straße lesen?«

Fehlandt schüttelt den Kopf. »Und der Name – der wird uns auch nicht viel weiterhelfen!«

Berger nickt. Fotze steht da.

9.

»Papa – oh, du hast Besuch.«

»Komm rein. Wir haben gerade über dich gesprochen!«

»Guten Abend«, sagt Wilhelm Berger erschrocken. »Oder vielmehr – Heil Hitler!«

»Hier doch nicht.« Karl Kaufmann lacht gutmütig. »Hier sind wir unter uns.«

»Was verschafft uns denn die Ehre Ihres Besuches?« Wilhelms Vater zieht die Augenbrauen hoch. Der Gauleiter reagiert gelassen. »Ihr Vater ist ein Fachmann für Wirtschaftsfragen. Auch wenn er seit einigen Jahren im wohlverdienten Ruhestand ist – mehr oder weniger –, so ist sein Wissen für uns doch von unschätzbarem Wert.«

»Als Berater?«, fragt Berger. Er wirft seinem Vater einen wütenden Blick zu. Du berätst also die Nazis?

»Wir stimmen nicht in allen Punkten überein, das muss ich zugeben, aber in einem sind wir uns einig: Auch in der neuen Regierung wird es ganz wesentlich darauf ankommen, dass der hanseatische Geist darin maßgeblich vertreten ist.«

»Der Herr Kaufmann hat in diesen Dingen sehr vernünftige Ansichten«, sagt Friedrich Berger. »Irgendwelche Raufbolde haben im Senat keinen Platz. Der Bürgermeister für Hamburg wird auch in Zukunft ein alteingesessener Geschäftsmann sein.«

Wilhelm fragt sich, wo in den Reihen der NSDAP wohl ein namhafter Hamburger Geschäftsmann zu finden sein könnte. Soweit er weiß, haben sich die echten

Pfeffersäcke bisher bezüglich des politischen Engagements vornehm zurückgehalten.

»Sie gucken so skeptisch«, sagt Kaufmann. »Krogmann. Sagt Ihnen der Name etwas?«

»Alte Kaufmannsfamilie«, hilft ihm sein Vater auf die Sprünge. »Und noch nicht einmal Mitglied in der NSDAP.«

»Das wird sich natürlich ändern. Und auch der Stellvertreter – ach, mein Gott, ich langweile Sie mit diesen Dingen. Sie kommen müde nach Haus und wollen bestimmt nichts von Politik hören.«

»Sie hatten über mich gesprochen?«, fragt Wilhelm.

»Ja, richtig. Ihr Herr Vater hat mir gesagt, dass Sie ganz maßgeblich an der Jagd auf die gefährlichsten Verbrecher Hamburgs beteiligt sind.«

»Zu viel der Ehre«, sagt Wilhelm. Der Gedanke durchzuckt ihn, jetzt müsste er den Kopf schütteln und sagen: Der gefährlichste Verbrecher steht mir gerade gegenüber! Aber das sagt er nicht.

»Seien Sie nicht zu bescheiden. Ihre Arbeit ist wichtig. Für Hamburg, für die Volksgemeinschaft, für uns alle.«

Berger nimmt sich zusammen. Er berichtet, dass ihnen gerade heute der Raubmörder Hannack wieder entwischt ist.

Kaufmann sagt: »Wenn ich das so höre, muss ich schon sagen, dass dieser Ernst Hannack ein toller Bursche ist. Hut ab! Schade, dass er ganz offensichtlich auf der falschen Seite steht.«

War das jetzt eine Ohrfeige für die Polizei? Nein.

Kaufmann fährt fort: »Sie kriegen ihn, das ist sicher.

Wenn Sie dafür jemals Hilfe brauchen, die sie auf normalem Wege nicht bekommen können, Herr Berger, wenden sie sich an mich. Direkt an mich. Denn eines müssen Sie wissen: Ich bin kein Freund der Bürokratie; ich bin ein Freund der Tat.«

»Danke«, sagt Berger. Er ist sich sicher, dass er dieses Angebot niemals annehmen wird.

Sein Vater begleitet den Gauleiter zur Tür. Als er zurückkommt, sagt er:»Da hast du einen echten Bewunderer deiner Arbeit!«

»Unsinn!«

»Doch, doch!«

Wilhelm greift zu der Kristallkaraffe und schenkt sich ein großes Glas Cognac ein. Er nimmt einen kräftigen Schluck.

»So trinkt man den nicht!«, sagt sein Vater vorwurfsvoll.

»Vater!«, sagt Wilhelm.»Dieser Mann, dem du hier eben die Hand gegeben hast, das ist der ranghöchste Nazi in Norddeutschland! Dass du konservativ bist, weiß ich, habe ich immer gewusst, aber dass du dich mit diesen – diesen Verbrechern einlässt, das hätte ich nie für möglich gehalten.«

Sein Vater bleibt ruhig.»Die Zeiten ändern sich«, sagt er.»Am 5. März ist Wahl. Danach ist die NSDAP an der Macht. Im Reich und in Hamburg – überall. Da halte ich es für wichtig, dass die neue Regierung keinen Unsinn macht, verstehst du, denn das ist unsere Stadt, das ist unser Land, um das es hier geht.«

Berger schüttelt den Kopf. Die Haltung seines Vaters ist ihm unbegreiflich. Aber was ihn noch mehr erschüttert, ist, dass es ihm nicht gelingt, den höchsten Nazi Norddeutschlands unsympathisch zu finden. Karl Kaufmann hat ihn beeindruckt.

Führungswechsel

Sie sitzen gemeinsam vor dem Radiogerät. An normale Arbeit ist nicht zu denken. Heute entscheidet es sich, welchen Weg Deutschland einschlägt. Die Hamburger Regierung hat den Tag mit einem starken Votum für die Demokratie begonnen. Berlin hatte gewünscht, dass der SA-Standartenführer Alfred Richter zum Hamburger Polizeichef ernannt werden sollte. Das hat der zuständige Senator abgelehnt.

»Glück gehabt«, sagt Fehlandt schließlich, als am Abend die ersten Ergebnisse der Reichstagswahl über den Sender Hamburg der NORAG bekanntgegeben werden.

»Abwarten!«, brummt Berger. Zwar sieht es so aus, als hätten die Nazis wieder die absolute Mehrheit verfehlt, aber da gibt es ja noch diese neu gegründete Kampffront Schwarz-Weiß-Rot aus DNVP und Stahlhelm, und deren Stimmen liegen deutlich über fünf Prozent. Die Kampffront wird mit Sicherheit für einen Reichskanzler Hitler stimmen.

Hitler oder nicht Hitler, das war das einzige Thema des Wahlkampfs. Und die Nazis haben sich als Retter der Nation dargestellt. Der Reichstag in Flammen! Von Kommunisten in Brand gesteckt! So würde das ganze

Land aussehen, wenn der Kommunismus und die mit ihm verbündete Sozialdemokratie auch nur auf ein paar Monate an die Macht kämen!

Das ist der Text eines der Nazi-Wahlplakate. Berger hat sich gefragt: Können die Deutschen so dumm sein, auf diesen Quark hereinzufallen? Sicher nicht, hat er geglaubt. Jetzt fürchtet er, dass er sich geirrt hat.

Das Telefon klingelt. Fehlandt geht ran. »Unfassbar«, sagt er schließlich.

»Was ist passiert?«, fragt Berger.

»Auf nichts einlassen, abziehen, abwarten!« Er legt auf. Er ist kreidebleich geworden. »Das war die Rathauswache«, sagt er. »Soeben haben SA und SS das Hamburger Rathaus besetzt. Sie haben die Fahne der Republik heruntergeholt und zerrissen und stattdessen die Hakenkreuzfahne gehisst.«

»Wo ist der Bürgermeister? Und der Senat?«

»Keine Ahnung. Jedenfalls nicht im Rathaus.«

»Und – wieso ruft der Mann dich an?«

»Das ist mein Bruder«, sagt Fehlandt.

Jemand reißt die Tür auf. Berger und Fehlandt fahren hoch. Es ist Krohn.

»Kannst du nicht anklopfen?«

Krohn schüttelt den Kopf. »Das wisst ihr noch nicht«, sagt er. »Das wisst ihr noch nicht!«

»Dass das Rathaus besetzt ist?«

»Quatsch, Unsinn, das ist völlig unwichtig. – Nein, eben ist ein Fernschreiben aus Berlin eingetroffen. Unterzeichnet von Frick.«

Dem Innenminister, denkt Berger. Das kann nichts Gutes bedeuten.

»Die Hamburger Regierung wird angewiesen, den SA-Standartenführer Alfred Richter zum kommissarischen Leiter der Polizei zu machen.«

»Den Bock zum Gärtner!«, sagt Berger. Fehlandt sieht ihn an. »Die Stimmen sind noch nicht einmal ausgezählt, und schon gebärden sie sich wie die Herren der Welt. Das ist das Ende.«

Krohn schüttelt den Kopf. »Sie brauchen nicht mehr weiter zu zählen. Die kommunistischen Stimmen werden annulliert, das hat der Frick auch gesagt. Damit sind die Mehrheitsverhältnisse im Reichstag klar.«

»Das ist ein klarer Bruch der Verfassung.«

»Die Verfassung kannst du dir in den Arsch stopfen«, sagt Krohn. »Was willst du denn damit machen? Sie den Nazis an den Kopf schmeißen?«

»Die Reichswehr ist verpflichtet, die Republik zu schützen«, sagt Fehlandt. »Sie muss dieses unwürdige Schauspiel beenden.«

»Und? Marschiert die Reichswehr?«, fragt Berger.

Krohn schüttelt den Kopf.

2.

»Es gibt nichts Schöneres«, sagt Friedrich Berger.

»Ja«, sagt Block. Er ist ein erfahrener Ballonfahrer. »Schade nur, dass es so kalt ist!«

»Das macht gar nichts, das wissen Sie doch. Der Auftrieb beruht allein auf dem Dichteunterschied von Luft und Wasserstoff, und der ist im Winter nicht geringer als im Sommer.«

»Trotzdem ist mir der Sommer lieber.« Er hat sich warm angezogen; es weht ein unangenehmer Nordostwind – auch das keine günstige Voraussetzung für ihren Flug.

Friedrich Berger sieht zu, wie die Hülle mit Gas gefüllt wird. Einen Moment lang fragt er sich, ob es nicht doch besser gewesen wäre, Helium zu verwenden. Sicherer jedenfalls. Aber der Auftrieb wäre viel geringer, und sie könnten nicht so lange oben bleiben. Das Helium entweicht auch durch die beste Ballonhülle; Wasserstoff hält sich länger. Und er will lange oben bleiben.

»Wie lange soll's denn diesmal dauern?«, fragt einer der Helfer.

»Sechs Stunden. Mindestens sechs Stunden.« Die politische Entwicklung der letzten Tage hat ihn überrascht. Zu brutal ist die neue Führung mit der Opposition umgesprungen. Wie kann man da gegensteuern? Er braucht Zeit zum Nachdenken.

»In sechs Stunden, da sind Sie doch schon über der Nordsee!«

Friedrich Berger schüttelt den Kopf. »Der Wind dreht sich«, sagt er.

Endlich ist es soweit. Block winkt ihm. Sie steigen in den Korb. Noch einmal sieht Berger sich um. Alles frei. Um diese Zeit ist in Fuhlsbüttel noch kein Flugbetrieb. Und dann geht es ab. Der Korb ruckt an, der Ballon steigt langsam in die Höhe. Zu langsam.

»Zu viele Vorräte mitgebracht, was?«, fragt Block.

»Die Stromleitung«, sagt Berger. »Vorsicht!«

»Das schaffen wir.«

Der Wind fasst den Ballon. Das schaffen wir nicht, denkt Berger. Er sieht, wie die Leute am Boden winken und in die Richtung zeigen, in die der Ballon treibt.

»Raus mit dem Ballast!«, schreit er.

Block wirft Ballast ab. Berger greift selbst mit zu, will helfen, nestelt verzweifelt an einem der Sandsäcke, kriegt ihn nicht los.

»Das schaffen wir«, sagt Block. Aber Friedrich Berger ist in Panik. Er schreit auf. Block sieht, wie der alte Mann sich ans Herz greift.

Der Ballon steigt. Block wirft weiter Ballast ab, und sie schweben ruhig und sicher über die Stromleitung hinweg. Als sie in Sicherheit sind, sieht Block sich um. Berger ist in seiner Ecke zusammengesunken.

»Herr Berger?«

Friedrich Berger antwortet nicht. Er liegt still da.

3.

»Jedenfalls war es ein schneller Tod«, sagt Dagmar.

»Ja.« Wilhelm Berger sieht sich um. Es ist nur eine kleine Trauergemeinde, die dem Sarg folgt. Wilhelm hat es so gewollt. Er hat die Trauerkarten erst heute verschickt; die Todesanzeige erscheint erst morgen, und auch nur im *Fremdenblatt*. Wilhelm Berger will mit den Geschäftsfreunden seines Vaters so wenig wie möglich zu tun haben.

Er wird uns nicht fehlen, denkt er. Mir nicht. Jedenfalls redet er sich das ein. Aber ganz stimmt es nicht. Es lässt ihn nicht unberührt, dass sein Vater tot ist. Warum haben wir uns nicht verstanden? Hätten wir mehr Zeit füreinander gebraucht? Wie dem auch sei – jetzt ist es zu spät.

Horst wird ihn am meisten vermissen, auch wenn er das jetzt noch nicht merkt. Er ist der Einzige von uns, für den Vater sich wirklich interessiert hat. Die Eisenbahn – er hat mit dem kleinen Knirps auf dem Fußboden gehockt und mit ihm mit der Eisenbahn gespielt. Susanne hat er akzeptiert, die war eben da, die hat er in Kauf genommen, genau wie Dagmar. Korrekt hat er sich ihnen gegenüber verhalten, das muss man zugeben, völlig korrekt. Aber mehr auch nicht. Dass wir in sein Haus ziehen, das hat er ja schon immer gewollt. Jetzt tun wir es.

Schon sind sie am Grab angelangt. Der Pastor spricht ein paar Worte, der Sarg wird hinuntergelassen. Berger zuckt zusammen, als Susanne Blumenzwiebeln ins Grab wirft. Die Knollen poltern auf den Sarg.

»Ein Blumenstrauß geht doch kaputt, wenn man Sand drauf wirft«, sagt sie. »Ich will, dass meine Blumen leben.«

Berger nickt. Er sagt ihr nicht, dass auch die Tulpenzwiebeln in dieser Tiefe keine Chance haben.

4.

In einer verräucherten Kaschemme haben sie sich nach Dienstschluss zusammengesetzt.

»Das ist schön«, sagt Berger. »Die Not ist jetzt per Gesetz abgeschafft worden!«

Fehlandt sieht ihn besorgt an. Berger trinkt zu viel, denkt er. Sie haben es sich zur Gewohnheit gemacht, bei Ärger abends noch einen trinken zu gehen. In der letzten Zeit hat sich der Ärger vervielfacht.

»Hast du dir das durchgelesen?«, fragt Berger.

Ja, Fehlandt hat sich das »Gesetz zur Behebung der Not von Volk und Reich« sehr genau durchgelesen.

Es ist ebenso kurz wie klar, und der Inhalt hat mit der Überschrift wenig zu tun. Fehlandt hat den Text dabei. Er zitiert: »Der Artikel 1 sagt: Reichsgesetze können außer in dem in der Reichsverfassung vorgesehenen Verfahren auch durch die Reichsregierung beschlossen werden. Dies gilt auch für die in den Artikeln 85 Abs. 2 und ... – Der Rest ist unwichtig.«

»Im Klartext heißt das«, sagt Berger, »im Klartext heißt das, dass unser verehrter Herr Reichskanzler sich die Gesetze jetzt selber machen kann und niemanden mehr fragen muss.«

»Jede Art von Gesetzen«, bestätigt Fehlandt. »Im Artikel 2 heißt es ja ausdrücklich, dass die Gesetze auch gern von der Reichsverfassung abweichen können!«

»Die Affen haben freie Bahn, und der Reichstag hat zugestimmt«, lallt Berger.

»Gegen die Stimmen der SPD«, wirft Fehlandt ein. »Und du solltest besser etwas leiser sprechen!«

Die Leute vom Nebentisch gucken schon zu ihnen herüber.

Berger kümmert sich nicht um Fehlandts Bedenken. »Der Reichstag hat zugestimmt, alle haben zugestimmt, diese Idioten, das Zentrum, die Bayrische Staatspartei, die DVP, der Christlich-Soziale Volksdienst, bloß die SPD nicht und die Kommunisten nicht, aber die sind ja sowieso längst verhaftet.«

Fehlandt legt ihm die Hand auf den Arm. »Lass gut sein, Berger! Dies ist ein öffentliches Lokal hier!«

Berger hört nicht. »Wär alles gar nicht nötig gewesen«, sagt er. »Hätte er gar nicht zu verhaften brauchen, dieser Oberaffe. Alles überflüssig. Bis auf die SPD haben alle demokratischen Kräfte für dieses – dieses Ermächtigungsgesetz – oder wie soll man das nennen? – jedenfalls haben sie dafür gestimmt. Die Weimarer Republik hat sich selbst abgesetzt. – Abschießen sollte man sie, diese Nazis!«

»Komm«, sagt Fehlandt, »ich glaube, ich bring dich jetzt besser nach Hause.«

5.

»Berger?« Wilhelm Berger ist ans Telefon gestolpert. Wer ruft denn jetzt noch an – jetzt, mitten in der Nacht.

»Hör zu!«, sagt der Mann am anderen Ende der Leitung. »Es klappt tatsächlich!«

»Das ist gut«, sagt Berger. Dieser Anruf ist nicht für ihn. Das ist irgendeiner der Freunde seines Vaters, der noch nicht weiß, dass der Alte tot ist. Die Verbindung ist nicht besonders klar, wahrscheinlich ein Ferngespräch.

»Ich habe alles mit dem Reichskanzler besprochen.«

Mit dem Reichskanzler? Hitler? Das wird ja interessant, denkt Berger. Er kennt die Stimme, aber er kann sie im Augenblick nicht zuordnen.

»Hjalmar, hat er gesagt, so machen wir das!«

Jetzt weiß Berger, wen er am anderen Ende der Leitung hat. »Entschuldigung«, sagt er, »mir ist im Augenblick ...«

»Du hast das Gesetz ja sicher gesehen.«

»Ja, ja«, sagt Berger. »Das Gesetz zur – zur Behebung ...«

»Eben«, unterbricht ihn der andere. »Das Entscheidende steht im Kleingedruckten. Hast du das bemerkt? Artikel 1. Da heißt es nämlich: Dies gilt auch für die in den Artikeln 85 Abs. 2 und 87 der Reichsverfassung bezeichneten Gesetze.«

»Ja, hab ich gesehen«, brummt Berger. Was für Gesetze das auch immer sein mögen ...

»Und was sind das für Gesetze?«, fragt Schacht. Berger hat keine Ahnung, aber er braucht nicht lange nachzudenken. Schacht beantwortet seine Frage selbst.

»Haushaltsplan und Kreditaufnahme!«

»Aha«, sagt Berger.

»Der Weg für die MEFO ist frei!«

»Für was?«

»Für – wer spricht da eigentlich?«

Scheiße, nun hat er es doch gemerkt, denkt Berger.

»Wilhelm Berger.«

Stille am anderen Ende der Leitung. Schließlich sagt Schacht: »Ich würde gern Ihren Herrn Vater sprechen!«

»Würde ich auch gern«, sagt Berger. »Geht aber nicht. Meinen Herrn Vater haben wir gestern beerdigt.«

6.

Zwei Männer gehen über das Heiligengeistfeld. Es ist später Nachmittag, leichter Dunst hängt in der Luft.

»Das kommt von der Kohlenfeuerung«, sagt Weinberg.

Sein Kollege Albers nickt. Da kann man nichts machen. Es ist kalt; geheizt muss werden, auch wenn das Geld noch so knapp ist.

Ein anderer Mann kommt ihnen entgegen. Als er vorbei ist, stößt Albers seinen Nachbarn an. »Das ist doch der Hannack!«

»Wer?«

»Hannack, der Raubmörder!«

»Blödsinn.«

»Doch, ganz bestimmt! Ich kenn doch die Fahndungsbilder!«

Sein Nachbar glaubt ihm nicht. Allerdings hat er keine Ahnung, wie der gesuchte Raubmörder aussehen könnte.

»Komm!«, sagt Albers. »Hinterher!«

Zögernd folgt der andere. Wenn das wirklich Hannack ist, denkt er, dann sollten wir das nicht tun. Der Mann ist gefährlich, der schießt uns über den Haufen.

Die drei Männer gehen hintereinander her in Richtung Neuer Pferdemarkt. Der Unbekannte mit großen Schritten vorneweg, Albers hastig hinterher, in kurzem Abstand dahinter sein Kollege. Auch Albers hat inzwischen Bedenken. Was soll das werden, denkt er. Was sollen wir tun, wenn der Kerl sich nun plötzlich umdreht und fragt, was wir von ihm wollen? Aber der Mann dreht sich nicht um.

Da sieht Albers einen Polizisten. Aufgeregt winkt er den Schutzmann heran.

»Na, wo brennt's denn?«

»Der Mann da vorn«, keucht Albers. »Das ist der Hannack!«

»Der Große da? – Das werden wir gleich haben!« Im Nu hat der Schutzmann den Unbekannten eingeholt. »He, Sie da!«

Der Mann bleibt stehen, dreht sich um.

»Dürfte ich bitte mal ihre Papiere sehen?«

Das ist Hannack, denkt der Polizist. Mein Gott, das ist wirklich Hannack!

Der Angesprochene bleibt völlig ruhig. »Ja, bitte?«

»Ihre Papiere«, wiederholt der Wachtmeister. Sie stehen auf dem Neuen Pferdemarkt; um sie herum herrscht reges Treiben.

»Ich habe im Augenblick – im Augenblick, glaube ich, keinen Ausweis dabei...«

»Dürfte ich Sie dann bitten...«

»Oder tut es auch ein Meldeschein?«

Der Polizist greift instinktiv nach seiner Pistole, aber sein Gegenüber zieht tatsächlich nur ein amtliches Formular aus der Jackentasche.

Es ist Hannack, denkt der Polizist. Es ist Hannack. Genau, wie sie ihn beschrieben haben, die Größe von gut 1,80 Meter, das kommt hin, der schwarz gefärbte Schnurrbart, die Narbe an der Nase ...

»Hier, bitte!«

... und die Narbe an der rechten Hand. Alles passt. Aber der Meldeschein, den der Mann ihm vorweist, ist auf einen August Behrendal ausgestellt, wohnhaft in Eimsbüttel, Hohe Weide 18. Ein Katzensprung von hier. Aber in der anderen Richtung. Wenn der Mann nach Hause will, geht er falsch.

Der Wachtmeister sieht den Mann zweifelnd an. Hannack oder nicht Hannack? Hannack!

In dem Augenblick reißt der Mann eine Pistole aus der Tasche und richtet sie auf den Beamten.

»Nein!«, schreit der Polizist. Instinktiv, wenn auch vergeblich, hält er die Hände vor die Mündung der Waffe.

Klick macht es. Die Pistole hat versagt. Der Polizist rettet sich hinter einen Baum.

Wie der Blitz wirbelt Hannack herum, wirft Hut und Mantel von sich und rennt davon.

Es dauert eine Sekunde, bis der Polizist sich gefasst hat. Eine Sekunde zu viel. »Bleiben Sie stehen!«, schreit er. Er reißt die Pistole heraus. Aber Hannack ist schon zwischen den Passanten; der Polizist kann nicht schießen, ohne die Menschen zu gefährden. Feierabendverkehr. Die Leute streben nach Hause.

»Stehen bleiben!«, ruft er noch einmal. Dann rennt er los. Doch er ist nicht mehr der Jüngste.

Hannack dreht sich um und schießt. Der Schuss geht ins Leere, ohne zu zielen, dient nur dazu, sich die Leute vom Leib zu halten. Das gelingt, aber nun ist die Bahn auch frei für den Wachtmeister. Der bleibt stehen und schießt auf den Flüchtenden.

Hannack hat jetzt in jeder Hand eine Waffe und feuert abwechselnd mit links und rechts auf den Polizisten. Das ist das Ende, denkt der. Irgendwann erwischt er mich. Aber ich kann nicht stehen bleiben, muss hinterher. Der Kerl rennt nach Süden, der will nach St. Pauli. Er glaubt wohl, dass er sich da verkriechen kann. Tatsächlich biegt Hannack gerade in die Sophienstraße ein.

Der Abstand ist zu groß geworden, der Polizist kann nicht mehr schießen, aber im Laufen bläst er seine Trillerpfeife, um Verstärkung herbeizurufen. Und da kommen sie auch schon von vorn, von der Reeperbahn her, SA-Männer und Hilfspolizei. Der Wachtmeister fragt sich, was die wohl auf der Reeperbahn gemacht haben. Egal. Jetzt sitzt Hannack in der Falle. Wir haben ihn!

Sie haben ihn noch nicht. An der Ecke Sophienstraße/Seilerstraße verschwindet Hannack blitzartig in einem

Hauseingang. Als der Polizist hinterher will, ist die Tür verschlossen.»Schnell, schnell! Einer läuft zur Davidwache und holt Verstärkung!«, ruft der Wachtmeister.»Das schaffen wir auch so, Opa!«, erwidert einer der SA-Männer großkotzig.

Der Polizist schüttelt den Kopf.»Das ist Hannack, der da drinsteckt! Wir brauchen Verstärkung! Sie sollen alles abriegeln!«

Einer rennt los, die anderen brechen die Haustür auf. Zwei Mann durchsuchen den Keller.»Los, rauskommen!«, schreit der eine.

Es kommt niemand heraus.

»Wir wissen, dass du hier bist, Hannack! Komm raus, oder wir holen dich!«

Aber die Kohlen geben keine Antwort.

Endlich kommt Verstärkung. Zwei Polizisten bleiben als Wache draußen auf der Straße, während die anderen das Haus durchsuchen, Stockwerk für Stockwerk. Wo auf ihr Läuten niemand öffnet, werden die Türen kurzerhand aufgebrochen. Doch die Suche ist erfolglos. Einen nackten Mann finden sie in einem Schrank in der Erdgeschosswohnung, aber es ist nicht Hannack. Das junge Mädchen im Bett könnte seine Tochter sein. Gut sieht sie aus. Die SA-Männer grinsen. Einer zieht ihr die Decke weg.

Da schreit jemand von oben:»Hier ist er lang! Da geht eine Luke aufs Dach!«

Der Wachtmeister ist zuerst auf der Leiter, schwingt sich nach oben. Vorsichtig geht er in die Hocke, sieht sich nach allen Seiten um. Hier ist niemand.

Die Polizisten unten auf der Straße sind auf die ge-

genüberliegende Seite gelaufen, versuchen zu erfassen, was sich auf den Dächern abspielt. Aber der Winkel ist ungünstig.

Und doch: »Da drüben ist er!«

»Wo?« Das hat er jetzt nicht gesehen, der Polizist.

»Da! Auf dem Dach!« Eckernförder Straße 62 muss das sein, das vierte Haus von hier.

Oben beugt sich der Wachtmeister über die Kante. »Seht ihr ihn noch?«

»Da hinten!«

Haus steht an Haus, die meisten Dächer sind flach, sodass man darauf gut vorankommt. Das nächste nicht. Der Wachtmeister steigt hinüber auf die schräge Fläche. Er weiß, dass man darauf gehen kann, auch wenn es einiger Überwindung bedarf. Was Dachdecker können, können Polizisten auch!

»Los, kommt!«

Aber die anderen zögern. Der Wachtmeister gerät ins Stolpern, fängt sich, läuft allein weiter. Nummer 62, denkt er. Da hinten. Aber die Häuser sind unterschiedlich hoch, und was sich bei Nummer 62 abspielt, das kann man von hier nicht erkennen.

Der Wachtmeister wird ungeduldig. Ungeduld macht leichtsinnig; er geht aufrecht über das nächste Flachdach, springt auf der anderen Seite herunter. Der Sprung ist tiefer, als er gedacht hat. Er landet auf allen Vieren; seine Hände brennen. Als er sich aufrichtet, merkt er, dass seine Finger feucht sind. »Verdammt!« Es dauert einen Moment, bis ihm bewusst wird, das das nicht sein Blut ist, das er da an den Händen hat. »Hierher!«, schreit er. »Hier ist er! Er ist angeschossen!«

Niemand kommt. Und nun geht er doch wieder in die Hocke. Angeschossenes Wild, denkt er. Ein verwundeter Bär, in die Enge getrieben. Zum Äußersten entschlossen. Der Hannack, der zögert nicht. Der versucht noch bis zum letzten Moment, ein paar von uns mitzunehmen. Da vorn – liegt er da etwa? Es ist inzwischen fast dunkel geworden. Vorsichtig bewegt sich der Polizist voran. Doch das, was da am Boden liegt, halb durch den Schornstein verborgen, das rührt sich nicht mehr.

»Hannack?«, sagt der Wachtmeister.

Keine Antwort. Ich hab ihn erschossen, denkt er, und ihm ist nicht wohl bei dem Gedanken. Vorsichtig blickt er um den Schornstein herum.

»Hannack?«

Doch es ist nicht Hannack, was da liegt. Nur dessen Jacke. Hannack ist verschwunden.

7.

»Es gibt etwas Neues«, sagt Fehlandt. Er legt einen Zwanzigmarkschein auf den Tisch.

»Falschgeld? Schon wieder?« Berger nimmt die Lupe, betrachtet den Schein. Schließlich sagt er: »Der ist alt, der gehört zu den Dingern, die Arnold Petersen gedruckt hat.«

»Er ist aber jetzt erst aufgetaucht.«

»Das gibt's,« sagt Berger, »das ist doch gar nicht so ungewöhnlich. Manche Leute geben ihr Geld nicht sofort aus, die tun es in Strümpfe oder Spardosen, und erst wenn sie eine größere Anschaffung machen wollen, dann kommt dieser Schein ...«

Fehlandt legt noch einen Zwanziger auf den Tisch.

»Gleich zwei?«

Fehlandt schüttelt den Kopf. Er zieht ein ganzes Bündel falscher Zwanziger aus der Brieftasche. »Zweiunddreißig Scheine«, sagt er.

»Das kann doch gar nicht sein«, sagt Berger. »So viele falsche Zwanziger – und wo sind die aufgetaucht?«

»Über das ganze Stadtgebiet verteilt.«

»Die Druckerei haben wir doch beschlagnahmt – das müssen noch Restbestände von damals sein. Aber wer soll die gehabt haben? Wir haben die ganze Bande doch hochgehen lassen, und alle sind noch im Gefängnis, der Prozess ist ja noch nicht einmal abgeschlossen!«

»Einer sitzt nicht im Gefängnis«, sagt Fehlandt. »Der Lord von Barmbeck.«

»Das kann ich nicht glauben. Keiner hat ihn belastet. Ich habe mir all die Protokolle angesehen. Das wäre doch rausgekommen, wenn er dabei gewesen wäre!«

»Vielleicht ja, vielleicht nein. Vielleicht ist er im Hintergrund geblieben, hat Geld gegeben und Geld kassiert.«

»Und warum soll er jetzt plötzlich diesen Haufen Blüten in Umlauf gebracht haben?«

»Weil er Geld gebraucht hat. Ich habe mich erkundigt. Bei Frieda Goedje wird eine neue Heizung eingebaut.«

»Klingt logisch«, sagt Berger. »Aber glaubst du, wir können ihm das beweisen?«

Fehlandt schüttelt den Kopf.

8.

Dagmar hat sich nichts dabei gedacht. Natürlich hat sie

die beiden SA-Männer vor der Ladentür gesehen, aber sie hat dem keine Bedeutung beigemessen. Es laufen viele Leute in braunen Uniformen herum. Alle haben plötzlich entdeckt, dass sie im Grunde ihres Herzens doch eigentlich Nazis sind. Die NSDAP musste einen Aufnahmestopp verhängen, um der Flut der Anträge Herr zu werden. Einer der beiden Männer tritt ihr in den Weg. »Ich würde da nicht reingehen«, sagt er. Dagmar ist eine mutige Frau. »Und wenn ich es doch tue?«

Der zweite SA-Mann fasst den ersten am Ärmel. »Wir haben strikte Anweisung, jede Anwendung von Gewalt zu unterlassen«, sagt er. »Wir sollen lediglich die Bevölkerung aufklären.«

»Ich bin aufgeklärt«, entrüstet sich Dagmar.

Der Mann lächelt nicht. »Sie sollten sich dieses Plakat hier durchlesen«, schlägt er vor, »und dann lieber nach Hause gehen. Oder woanders einkaufen.« Es klingt wie eine Anweisung.

Das Plakat hat Dagmar erst jetzt bemerkt, obwohl es groß genug ist. »Ich kann es nicht lesen, Sie stehen davor!«, behauptet sie.

Die beiden SA-Männer treten zur Seite. Der Text ist ebenso kurz wie dämlich:

Deutsche verteidigt euch gegen die jüdische Gräuelpropaganda, kauft nur bei Deutschen!

»Ich gehe da jetzt trotzdem rein«, sagt Dagmar.

»Wir haben unsere Anweisungen«, sagt der SA-Mann. Als Dagmar die Tür öffnet, ruft er ihr nach: »Wenn das nicht so wäre, würde ich Ihnen jetzt die Fresse polieren, junge Frau!«

9.

Als Dagmar nach Hause kommt, zittert sie am ganzen Körper. Sie hat es zwar gewagt, den Laden zu betreten, aber danach hat sie dann doch der Mut verlassen. Die ganze Szenerie, die weinende Frau Nussbaum hinter dem Ladentisch.

»Was sollen wir denn machen? Was sollen wir denn bloß machen?«

Darauf hatte Dagmar keine Antwort gewusst.

Aber jetzt, in der Sicherheit ihrer Wohnung, jetzt weiß sie, was getan werden muss. Und zwar rasch, bevor Wilhelm nach Hause kommt und alles wieder in Zweifel zieht. Ein Brief muss geschrieben werden, jetzt sofort. Eine vorsichtige Kontaktaufnahme.

Lieber Friedhelm, schreibt sie. Nein, das ist schlecht. Außerdem zittert sie noch immer. Sie zerknüllt den Bogen, wirft ihn in den Papierkorb. Einen Augenblick lang atmet sie tief durch. Dann beginnt sie von vorn:

Friedhelm! Schön, nach so langer Zeit einmal von dir zu hören. Ich freue mich, dass es dir gut geht. Ich habe inzwischen auch geheiratet, und seit drei Jahren einen kleinen Sohn. Er heißt Horst. Ich werde dir demnächst einmal ein Foto schicken. Was nun unsere kleine Susanne betrifft ...

Das ist gut, denkt sie, »unsere Susanne« – da muss er sich angesprochen fühlen. Und von dem Boykott der jüdischen Geschäfte und all den Drangsalierungen muss er in Amerika auch gehört haben. Er wird sofort zurückschreiben. Er wird anbieten, uns zu helfen.

Berufsbeamte

7. April 1933

W o haben wir denn unsere Geburtsurkunden?«,
fragt Berger.
»Im Stammbuch wahrscheinlich. Wofür brauchst du
denn die?«
»Ach, unwichtig. Nur so eine neue Vorschrift. Ich
muss nachweisen, dass ich arisch bin.«
»Arisch?«
»Ja, jedenfalls nicht jüdisch. Innerhalb von vierzehn
Tagen muss ich den Krempel vorlegen: Geburtsurkunde, Geburtsurkunden der Eltern und Großeltern, Hei-
ratsurkunden.«
»Das haben wir nicht«, sagt Dagmar. »Ich jedenfalls
nicht.«
»Bei uns sieht das wahrscheinlich besser aus. Papa
hat ja diesen ganzen Kram irgendwo aufbewahrt. Im
Keller wahrscheinlich. Müssen wir am Wochenende
mal suchen. Aber meine eigenen Urkunden – ach, da ist
es ja, das Stammbuch.«
Berger hat den schmalen Band zwischen den Büchern im Wohnzimmer gefunden. Familienstammbuch
für die Familie Berger. Berger blättert darin herum. Die
meisten Seiten sind leer. Da ist der Heiratsschein, da ist

der Geburtsschein von Horst, aber den braucht er jetzt nicht. Susanne hatten sie nachtragen lassen wollen – vergessen. Und dann der Teil mit den »Nichtamtlichen Eintragungen«. Familien-Chronik. Die Eltern des Ehemannes, die Eltern der Ehefrau, die Großeltern des Ehemannes ... Er hat gewusst, dass diese Seiten leer sind. Immerhin liegt klein zusammengefaltet am Ende des Hefts seine Geburtsurkunde.

Dagmar hat zugesehen, wie er zwischen den Büchern herumwühlt. Jetzt fragt sie:»Wilhelm, brauche ich auch diesen Nachweis?«

»Nein, keine Sorge, das ist nur für Beamte«, sagt Berger.»›Gesetz zur Wiederherstellung des Berufsbeamtentums‹, so heißt das.«

»Wiederherstellung? Ich denke, du bist Beamter!«

»Ja, weiß ich auch nicht, warum das so heißt. Es geht wohl in erster Linie darum, alle Juden und alle Gegner der Nazis aus dem Staatsdienst zu entlassen.«

Als er das Buch wieder zurückstellen will, fällt ein kleiner Zettel heraus, den er beim Durchblättern übersehen hat. Entlassungsschein steht darauf, mit der Schreibmaschine getippt. Ausgestellt auf den 15.1.1919. Gestempelt und unterschrieben vom Soldatenrat.

»Das reicht!«, sagt er.»Ich brauche nicht weiter zu suchen. Frontkämpfer sind von dem Gesetz ausdrücklich ausgenommen. – Ich hoffe jedenfalls, dass dieser Wisch gilt.« Er denkt: Vielleicht hatte Papa doch recht, als er gesagt hat, ich hätte mir das von der Reichswehr bestätigen lassen sollen.

Dagmar denkt: alle Juden. Was ist, wenn nur ein Elternteil jüdisch ist? Weiß Wilhelm eigentlich, dass mein

Vater Jude ist? Haben wir je darüber gesprochen? Wahrscheinlich nicht. Es hatte ja überhaupt keine Bedeutung. Bislang.

»Hier sind die Fotos«, sagt Fehlandt. Er legt das *Fremdenblatt* auf den Schreibtisch.

»Ja, habe ich schon gesehen.« Berger ist nicht interessiert. »*Der Fliegende Hamburger, seit dem 15. Mai regulär im Fahrplan.* War ja in allen Zeitungen!«

»Gar nichts hast du gesehen«, sagt Fehlandt. Er weist auf eines der Bilder. Als Berger immer noch nicht darauf anspringt, malt er mit dem Bleistift einen Kreis um das, worauf es ihm ankommt. »Da!«

Berger schüttelt den Kopf. »Diese Leute – du glaubst, dass das Hannack und Petersen sind? Ich bitte dich, auf einem Foto von so schlechter Qualität, das ist ja alles aufgerastert für den Druck, da kannst du doch gar nichts erkennen.«

»Hannack hat ein sehr markantes Gesicht«, gibt Fehlandt zu bedenken.

»So markant nun auch wieder nicht. Das könnte – das könnte genauso gut Max Schmeling sein, der da steht. Oder irgendein beliebiger anderer Kerl.«

Fehlandt zieht ein Foto aus der Tasche. Eine gestochen scharfe Ausschnittsvergrößerung des Bereichs, den er eben eingekreist hat. »Jetzt immer noch?«

Berger schüttelt den Kopf. »Du bist ein Genie«, muss er zugeben. »Der Rechte ist jedenfalls Petersen. Da gibt es wohl keinen Zweifel. Und der andere – ja, das könnte Hannack sein.«

»Hier sind noch ein paar Aufnahmen!« Fehlandt

blättert die Abzüge vor Berger auf den Tisch. Der Zeitungsfotograf hat eine ganze Serie von Bildern geschossen. Kein Zweifel: Hannack und Petersen zusammen auf dem Hauptbahnhof.

»Gut gesehen«, muss Berger zugeben. »Und gut reagiert. Bleibt nur die Frage, was die beiden auf dem Bahnhof gewollt haben. – Vielleicht die Stadt verlassen? Sich ins Ausland absetzen?«

Fehlandt schüttelt den Kopf. »Gestern ist eine Wohnung in St. Georg leer geräumt worden«, sagt er. »Am helllichten Tag. Als die Bewohner von der Arbeit zurückgekommen sind, waren Geld und Schmuck verschwunden. Und der Tresor war auch angeknabbert.«

»Na gut«, sagt Berger. »Für Adolf Petersen mag das reichen. Mal sehen, was der Staatsanwalt dazu sagt.«

3.

»So ein Zufall! Hamburg ist doch wirklich ein Dorf!« Dagmar lächelt. Sie hat Mr. Fletcher sofort wiedererkannt, als sie ihn auf der Mönckebergstraße getroffen hat. Der englische Generalkonsul hat sie zum Kaffee eingeladen. Jetzt sitzen sie auf der Terrasse des Alsterpavillons und schauen hinaus auf das Becken der Binnenalster. Die Hakenkreuzfahne hängt schlapp am Mast.

»Wie gefällt Ihnen denn unsere neue Regierung?«

Der Konsul zieht die Stirn kraus. Dies ist nicht der Ort, an dem man über die Nazis vom Leder ziehen könnte. »Für mich als Engländer ist es zumindest eine ungewöhnliche Regierungsform«, sagt er diplomatisch.

Dagmar lacht.

»Aber für Sie als direkt Betroffene hat es doch ver-

mutlich einiges an Umstellungen mit sich gebracht.«
»Ja, das kann man sagen. Alles ist heller und freundlicher geworden. Blumen und Fähnchen überall ...«
Fletcher braucht einen Augenblick, bis ihm klar ist, dass die junge Frau ihn ganz offensichtlich auf den Arm nimmt. »Auch für Ihren Mann dürfte die Arbeit jetzt leichter geworden sein!«, nimmt er ihren Ton auf.

»Es ist ein so viel angenehmeres Arbeiten!«

»Hat es denn auch personelle Veränderungen gegeben? Eine Beförderung für Ihren Mann vielleicht?«

Dagmar macht eine verschwörerische Miene, lehnt sich über den Tisch und haucht dem Engländer ins Ohr: »Noch nicht! – Kann aber noch kommen! Immerhin hat er ja vor einiger Zeit einen der gefährlichsten Verbrecher Hamburgs verhaftet: den ›Lord von Barmbeck‹.«

»Donnerwetter«, sagt Fletcher mit gespielter Bewunderung. »Das war sicher ein kriminalistisches Meisterstück!«

»O ja!« Dagmar verschweigt, dass Petersen ganz einfach in der Wohnung der Goedje festgenommen wurde. Sie denkt: Gut sieht er aus, der Herr Konsul. Adrett gekleidet. Ganz anders als diese Polizisten!

Fletcher gefällt das Spiel. Ein zarter Hauch von Dagmars Parfüm umweht ihn. Er weiß sehr wohl, dass Wilhelm Berger kein Anhänger der neuen Regierung ist, und er geht davon aus, dass das auch für seine Frau gilt. Wahrscheinlich werden bei diesem absurden Gedankenaustausch am Ende doch einige Informationen für ihn abfallen. Außerdem macht es ihm Spaß, mit der jungen Frau zu flirten; dass sie verheiratet ist, stört ihn nicht im Geringsten.

»Dieser Schlips, den Sie da tragen – ist das Ihre Schulkrawatte?«

Fletcher lächelt.»Nein. Das ist die Krawatte vom Jesus College. Ich habe in Cambridge studiert, Wirtschaftswissenschaften. Und diese Hahnenköpfe hier in dem Wappen ...«, er rückt nahe an sie heran, um ihr den Schlips zeigen zu können,»... die weisen auf den Gründer des College hin: Bischof Alcock von Ely.«

»So etwas haben wir hier in Deutschland nicht.«

»Vielleicht sollten Sie es einführen? Die neue Regierung scheint auf Symbole ja großen Wert zu legen.«

»Ja, vielleicht. – Es muss schön sein, drüben bei Ihnen zu leben. London, Cambridge – das kenne ich ja alles nur aus Büchern!«

Das ist also ihr Thema. Sie ist Jüdin, denkt Fletcher. Oder mindestens Halbjüdin. Sie flirtet mit mir, aber sie will etwas anderes von mir, genauso wie auch ich etwas von ihr will. Schade, dass wir nicht genau dasselbe wollen! Er sagt:»Sie sollten einfach hinfahren!«

»Ja, vielleicht!« Sie lächelt ihn an. Er lächelt zurück.

Drei Stunden später lächelt er immer noch. Er hat Dagmar zu Hause abgesetzt und unterwegs noch so manches von ihr erfahren. Er schreibt:

An die Britische Botschaft, Berlin.

Bericht des Generalkonsuls Lawrence Marc Fletcher über die Lage in Hamburg.

Bei der Polizei scheint es bisher keine größeren Umbesetzungen gegeben zu haben. Lediglich die Führungsspitze ist ausgetauscht worden, und die politische Polizei erheblich verstärkt. Die auch hier verbreiteten Verhaftungen von Regime-

gegnern werden von der Hilfspolizei durchgeführt. Obwohl nicht alle Polizisten mit der neuen Regierung übereinstimmen, ist von einer spürbaren Opposition jedenfalls nichts festzustellen ...

4.

»Sie machen nichts«, sagt Fehlandt. »Verstehst du das? Sie sind doch nicht dumm, sie wissen, dass wir gegen sie sind. Aber das ignorieren sie einfach. Es gibt keine Repressalien, gar nichts.«

»Sei doch froh! Ich nehme an, sie wollen die Polizei nicht durcheinanderwirbeln, denn die Aufrechterhaltung von Ruhe und Ordnung liegt ihnen ja sehr am Herzen«, sagt Berger.

Es hat auch ihn überrascht, bei aller Brutalität, die die Nazis sonst an den Tag gelegt haben, dass ihnen bisher nichts passiert ist. Na gut, für die Drecksarbeit haben die Nazis ja das »Kommando z.b.V.« – eine Sondertruppe zur Unterstützung der Staatspolizei, wie es offiziell heißt, aus Schutzpolizisten, SA- und SS-Angehörigen. Und was die im Keller des Stadthauses treiben, das will er lieber nicht wissen. Die Kriminalpolizei arbeitet ungestört weiter. Bis jetzt jedenfalls. Vielleicht geht alles gut, solange wir uns aus der Politik heraushalten.

»Ich habe mit dem Staatsanwalt gesprochen«, sagt Fehlandt. »Ich habe ihm meinen Plan erläutert. Er wäre damit einverstanden.«

»Ich weiß nicht«, sagt Berger. »Wenn das schiefgeht, sind wir am Ende diejenigen, die den Petersen rausgelassen haben. Das ist dann wirklich ein Fehler zu viel. Da deckt uns keiner.«

»Aber wenn es gut geht und wir Hannack auf diese Weise kriegen, dann stehen wir blendend da.«

»Wenn du das sagst!« Berger denkt: Es war falsch, Petersen zu verhaften. Wir hätten ihn beschatten sollen, observieren, bis wir ihn mit Hannack zusammen gefasst hätten. Aber genau wie Fehlandt hatte er geglaubt, einen schnellen Erfolg vorweisen zu müssen. Niemand hatte Notiz davon genommen. Und jetzt? Er denkt: Ganz gleich, was wir tun, selbst wenn wir die größten Erfolge zu verzeichnen hätten – ob die Nazis sich davon beeindrucken lassen, das ist völlig ungewiss. Es gibt keine klaren Vorgaben, keine Rechtssicherheit mehr; wir bewegen uns im luftleeren Raum.

Fehlandt sagt. »Lass es uns versuchen!«

5.

»Wir geben Ihnen eine Chance«, behauptet Fehlandt. Der Staatsanwalt hat zugestimmt, aber Fehlandt fühlt sich nicht wohl in seiner Haut; Berger entgeht das nicht. Berger hält sich im Hintergrund. Dies ist Fehlandts Spiel, denkt er. Fehlandt war früher in der SPD; jetzt braucht er den großen, möglichst sensationellen Erfolg, um den Job nicht zu verlieren. Daher auch sein unglaublicher Diensteifer in den letzten Monaten.

»Eine Chance?« Petersen ist wenig begeistert. »Solche Sprüche hab ich schon öfter gehört«, sagt er. »Ich hab dann meinen Teil der Verabredung eingehalten; die Polizei leider nicht.« Dabei sieht er Berger an. Der wird rot.

»Uns ist bewusst«, sagt Fehlandt, »dass man nicht immer ganz fair mit Ihnen umgegangen ist. Ich kann nur sagen, dass es an keinem von uns beiden gelegen hat. Und denjenigen, die Sie schlecht behandelt haben, denen hat das am Ende auch keinen Vorteil gebracht.«

»Ihr seid alle gleich«, sagt Petersen.

»Stimmt nicht. Und in diesem Fall erfolgt die Bezahlung gewissermaßen vor der Arbeit. Wir lassen Sie frei, ohne besondere Auflagen und nur mit einem einzigen Auftrag: Finden Sie Hannack!«

»Das ist nicht euer Ernst!«

»Doch«, sagt Fehlandt. »Das ist unser voller Ernst.«

»Wie oft habt ihr ihn schon gehabt? Dreimal? Viermal? Und jedes Mal habt ihr ihn wieder entwischen lassen! Selbst wenn ich es schaffen sollte, Hannack zu finden, was ich nicht glaube, selbst wenn das gelingen sollte – was dann? Soll ich zum nächsten Schutzmann laufen, ihn am Ärmel zupfen und sagen: Hallo, da drüben, da geht ein ganz böser Onkel?«

»Geschenkt«, sagt Fehlandt. »All diese Sprüche können Sie sich sparen. Ich möchte Ihnen nur Folgendes zu bedenken geben: Es ist Sommer, ein wunderbarer Sommer – wollen Sie die beste Zeit des Jahres in der Zelle verbringen oder lieber draußen?«

Einen Augenblick herrscht Stille. Dann fragt Petersen: »Wie viel Zeit habe ich?«

»Sagen wir – ein halbes Jahr?«

Petersen schüttelt den Kopf. »Das geht nicht. Der Hannack, der ist doch nicht dumm. Der ist längst weg aus Hamburg, nach Berlin oder München, was weiß ich ...«

»Hannack ist hier«, sagt Berger. »Und Sie müssen uns helfen, ihn zu kriegen.«

324

»Ich muss gar nichts.«
Die Polizisten schweigen, warten ab.
»Ich werd's mir überlegen«, sagt Petersen schließlich.

Als Petersen wieder in der Zelle ist, sehen die beiden Polizisten sich an.
»Das geht schief«, sagt Berger.
Fehlandt nickt. »Wir müssen vorsichtig sein.«
»Ich bin mir ziemlich sicher, dass Petersen morgen bereit ist, das Angebot anzunehmen. Aber das heißt gar nichts. Er wird versuchen, uns aufs Kreuz zu legen.«
»Warum glaubst du das? Nur so ein Gefühl?«
Berger schüttelt den Kopf. »Er hat zwar eine ganze Menge gesagt, aber etwas, das ich eigentlich erwartet hatte, das hat er nicht gesagt: ›Ich mach so etwas nicht. Ich verpfeife keine Leute.‹«
»Vielleicht glaubt er, dass ihm das nach seinem Geständnis von 1922 sowieso keiner mehr abkauft?«
»Er sieht sich anders, ganz anders als wir ihn sehen. Er hat auch damals nicht geglaubt, dass er irgendwen verpfiffen hat. Er hat sich stets als Opfer gefühlt, nie als Täter.«
»Wir müssen es probieren.«
Berger denkt: Es geht noch aus einem anderen Grunde schief. Die letzten Wochen waren so unnatürlich ruhig. Hannack ist gar nicht mehr in der Stadt.

6.

Sommer an der Ostsee – dass er das noch erleben darf! Strandkörbe, Strandburgen, spielende Kinder. Auf der

Promenade eine Mutter, die ihre Tochter zurechtweist:
»Du sollst doch die Möwen nicht füttern!«

Die Möwen protestieren kreischend und verziehen sich. Sie werden sicher anderswo auf ihre Kosten kommen.

»Was machst du denn hier?« Hannack hat den Mann, der da wie ein Urlauber auf der Bank sitzt, sofort erkannt.

»Hallo Ernst«, sagt Petersen. »Freut mich, dich zu sehen!« Warum klingt seine Stimme so belegt?

»Lass den Schmus«, sagt Hannack. Unauffällig sieht er sich um. Nichts Verdächtiges zu sehen. Oder doch? Nein. »Wieso bist du draußen?«

»Mich haben se entlassen«, sagt Petersen.

»Ja, weil demnächst Weihnachten ist«, brummt Hannack. »Sind ja nur noch fünf Monate. – Du bist getürmt, Petersen.«

Der Lord schüttelt den Kopf. »Ganz echt entlassen«, sagt er.

»Das kann nicht sein, bei deinen Vorstrafen!«

»Sie haben mir in der Falschgeldsache nichts nachweisen können.«

»Ach.«

»Und außerdem haben sie gesagt, ich soll losgehen und dich suchen ...«

Weiter kommt er nicht. Hannack hat ihn am Kragen gepackt und schreit ihn an: »Mich verpfeifen, ja? – Das versuch mal, Petersen, da schieß ich dich über den Haufen, hier vor allen Leuten, wenn es sein muss.«

»Sei doch still!« Petersen hat Mühe, den Kerl zu beruhigen.

Hannack lässt ihn los, sieht sich um. In der Tat sind einige Spaziergänger stehen geblieben und starren ihn an. Hannack lächelt. »Ein Scherz«, sagt er. Vermutlich glaubt das keiner. Aber als sich nichts weiter tut, gehen die Leute zögernd weiter.

»Hör zu«, sagt Petersen. »Wenn ich dich verpfeifen wollte, dann hätte ich doch die Polizei gleich mitgebracht. Dann würden die jetzt von allen Seiten auf dich losstürmen. Tun sie aber nicht. Oder?«

Misstrauisch sieht sich Hannack um. »Wie hast du mich überhaupt gefunden?«, fragt er.

»Ich hab einfach ein paar Leute gefragt.«

Hannack kratzt sich den Kopf. So einfach kann das nicht gewesen sein. Es gibt nicht viele Leute in Hamburg, die wissen können, dass er jetzt hier in Travemünde sitzt. Ob Anni geredet hat?

»Du hast Glück«, sagt Hannack. »Ich wollte gerade weiterziehen. Hier ist nichts mehr zu holen; die Polizei wird allmählich aufmerksam.« Er überlegt. Soll er Petersen abschütteln?

Das wäre riskant. Besser ist es, ihn einzubinden, denkt er. Wenn er mit mir zusammen auf Diebestour geht, dann hängt er mit drin. Wenn er dann immer noch glaubt, mich der Polizei verraten zu können, dann lochen sie ihn ein bis zum Ende aller Tage. Und mich – mich kriegen sie nicht!

»Bist du bereit?«, fragt er.

»Wie bereit?« Petersen hat dagesessen und den Möwen zugesehen.

»Das Haus hier hinter uns«, sagt Hannack. »Die Villa steht leer. Gehört irgendeinem Hamburger Anwalt.

Jetzt in der Woche ist er nicht da. Die räumen wir aus.«
»Jetzt, am helllichten Tag?« So hat Petersen sich die Sache nicht vorgestellt. »Natürlich. Das fällt am wenigsten auf. Und vielleicht haben sie ja einen Tresor, dann kannst du deine Fähigkeiten gleich einsetzen.«
»Ich hab kein Gerät dabei«, sagt Petersen.
»Los«, sagt Hannack. »Oder traust du dich nicht? Bist du weich geworden im Knast?«
Zögernd erhebt sich Petersen und geht mit Hannack zusammen auf die Villa zu.

7.

Einbrechen lohnt sich noch immer. Und sie ergänzen sich hervorragend, denkt Petersen. Seine Intelligenz gepaart mit Hannacks Brutalität – da kann gar nichts schiefgehen. Den ganzen September bleiben sie an der Ostsee. Erst als das Wetter kühler wird und die Urlauber seltener, müssen sie ihr Tätigkeitsfeld verlagern.
»Wir fallen langsam auf«, sagt Petersen. »Lass uns nach Hamburg zurückfahren.«

Ein Einbruch zu viel

1. Oktober 1933

Schön, dass du wieder da bist, Odsche!« Frieda Goed-je hatte schon befürchtet, sie würde ihren Adolf gar nicht mehr wiedersehen.

Petersen stellt den Koffer ab. »Ich bin an der Ostsee gewesen«, sagt er. »Zusammen mit ...«

»Das will ich gar nicht wissen«, fällt ihm Frieda ins Wort. »Was ich nicht weiß, das kann ich auch niemand verraten.«

»Du würdest mich doch sowieso nicht verraten«, sagt Petersen.

»Sicher ist sicher«, widerspricht Frieda. »Du kennst doch die Polizei.«

Ja, die kennt er wirklich. Frieda hat recht. Die quetschen jeden aus, ob er nun reden will oder nicht. Dabei hatte er so sehr gehofft, endlich mit jemand sprechen zu können, dem er alles anvertrauen könnte. Jemand, der ihn verstand, jemand mit Herz – nicht nur dieser eiskalte Raubmörder Hannack.

»Kann ich bei dir wohnen?«, fragt Petersen.

»Natürlich. – Du musst dir aber darüber klar sein, dass sie hier zuerst nach dir suchen werden.«

»Sie suchen mich gar nicht«, behauptet Petersen. »Ich bin ganz normal entlassen worden.«

»Wie schön.« Frieda glaubt ihm kein Wort. Sie weiß, dass sie aufpassen muss, dass sie hier nicht in irgendeine Geschichte mit hineingezogen wird. Das war knapp genug damals. Sie hat ihre Lektion gelernt. Sie will nicht riskieren, ihre gesicherte Position einzubüßen. Die Pension macht Gewinn, trotz der schlechten Zeit, und die Einnahmen würden für zwei reichen. »Wir können von meinem Geld leben«, sagt sie.

»Ja.« Geld ist im Augenblick nicht das Problem; die Einbruchsserie mit Hannack hat genug eingebracht. Ein paar tausend Reichsmark. Aber Petersen ist klar, dass das nicht ewig so weitergehen kann. Ein grundsätzlicher Schnitt ist erforderlich – früher oder später. »Was hältst du von Amerika?«

»Amerika?« Das kommt jetzt völlig überraschend.

»Ja, warum nicht? Mein Bruder lebt doch schon lange drüben. Er hat einiges Geld von mir, wir könnten dort ein völlig neues Leben anfangen ...« Hannack hat von Amerika geredet. Er hatte damals mit seiner Freundin nach Amerika auswandern wollen, alles hatte er schon arrangiert, falsche Pässe, das Einreisevisum – aber dann hatten sie ihn geschnappt.

Frieda schüttelt den Kopf. »Ich gehe nicht nach Amerika«, sagt sie. »Aber du – vielleicht solltest du wirklich auswandern? Sie haben die Gesetze verschärft, hast du das gehört?«

Petersen schüttelt den Kopf.

»Hier, am 2. August war das; ich hab's ausgeschnitten. Irgendein Staatssekretär, Kreisler oder Freisler oder so ähnlich, der hat das verkündet. Künftig soll die Strafe wieder eine echte Sühne sein. Auf die übertriebene

Humanität, die in der Weimarer Republik um sich gegriffen hat, wird jetzt verzichtet, sagt er. Die Strafe soll so hart sein, dass der Häftling alles tut, um nie wieder in den Knast – wo habe ich denn bloß diesen Artikel ...« Petersen winkt ab. »Nicht nötig«, sagt er. »Ich bin sauber.«

»Schön«, sagt Frieda. »Und schön, dass du wieder da bist! Komm, jetzt essen wir zusammen, du musst ja ordentlich Hunger haben nach der langen Fahrt. Ich mache eine Flasche Wein auf, und dann wird alles wie früher.«

Nichts ist wie früher. Als Frieda schläft, steigt Petersen vorsichtig aus dem Bett. Im Dunkeln zieht er sich an. Frieda hat die Vorhänge zugezogen, damit die Nachbarn nicht hereingucken können. Übertrieben natürlich. Die Colonnaden sind fast fünfzehn Meter breit. Und viele der Häuser gegenüber beherbergen Arztpraxen und Büroräume, in denen sich nachts sowieso niemand aufhält.

Petersen tappt zur Tür. Er hat Socken über die Schuhe gezogen, um keinen Lärm zu machen, aber die Dielen der Holzbalkendecke knarren dennoch verräterisch, sodass Petersen stehen bleibt und lauscht. Nichts. Frieda schläft weiter.

Nun steht Petersen im Treppenhaus. Er macht kein Licht, sondern schleicht im Schein seiner Taschenlampe nach oben. Es ist genau so, wie er gedacht hat: Über dem obersten Treppenabsatz gibt es eine Luke, die aufs Dach führt. Der Schornsteinfeger benutzt diesen Weg. Aber der hat wahrscheinlich eine Leiter dabei. Die Luke ist zu hoch; Petersen kann sie nicht erreichen. Er sieht sich um. In der Ecke steht ein großer Farn in einem Blumenkübel. Und dieser Kübel steht auf einer Art Hocker. Petersen wuchtet den Kübel herunter und stellt den Hocker unter die Dachluke. Jetzt geht es. Wenn er sich streckt, kann er die Luke öffnen. Und dann? Mit äußerster Kraftanstrengung stemmt er sich nach oben. Er ist nach wie vor schlank und kräftig, aber es fällt ihm doch schwer, sich über die Kante hinaus auf das Dach zu schwingen. Das Alter! Ein Kater faucht böse und springt zur Seite.

Geschafft. So sieht es also aus auf dem Dach. Nicht schlecht. Nach beiden Seiten gibt es Fluchtmöglichkeiten. Wenn sie ihn wirklich suchen sollten, kann er auf diesem Wege verschwinden.

2.

... Der Herr Stern sprach: »*Sein se froh,*
s ist mein schönster Paletot.
Gebn se acht auf die Pracht
Wird gestohln bei Tag und Nacht
Sind se mal im Lokal ...

»Hast du die Garderobenmarken?«, fragt Frieda.

Petersen nickt. Ja, hier wird ihnen der Überzieher nicht gestohlen. Ob das der Otto Reutter ist, der da singt? Petersen hat sich die Ankündigung nicht genau durchgelesen; den Mann hat er sich älter vorgestellt.

»Hast du 'ne Zigarette?«, fragt Frieda.

Petersen weist auf das Schild, das über ihr an der Wand klebt: *Die deutsche Frau raucht nicht.*

Berger und Dagmar sitzen weiter vorn. Susanne ist zu Hause geblieben, passt auf den Kleinen auf. Auch wenn der Sänger nicht Otto Reutter ist und an dessen Qualitäten nicht heranreicht, ist es ein gelungener Abend. Reutter ist ja leider vor zwei Jahren gestorben.

Die Veranstaltung nähert sich dem Ende. Den fleißigen Maurer haben sie schon gehört, und jetzt kommt das Finale.

Denk stets, wenn etwas dir nicht gefällt,
es währt nichts ewig auf dieser Welt.
Der kleinste Ärger, die größte Qual,
Sind nicht von Dauer, sie enden mal ...

Auch Petersen und Frieda Goedje amüsieren sich königlich.

Petersen hört plötzlich auf zu lachen. Da vorn, ganz auf der linken Seite, ist das nicht dieser Polizist? Ja, kein Zweifel, das ist Berger. Dem will er jetzt nicht begegnen. Auf keinen Fall.

Und fürchte dich nicht, ist der Tod auch nah,
Je mehr du ihn fürchtest, um so eher ist er da.
Vorm Tod sich zu fürchten, das hat keinen Zweck,
Man erlebt ihn ja nicht, wenn er kommt, ist man weg ...

Petersen stößt Frieda an.

»Was ist denn?«

»Komm, lass uns gehen, dann sind wir die Ersten an der Garderobe!«

»Ach was, dein Überzieher wird schon noch da sein!«

Drum hast du noch Wein, dann trink ihn aus,
Und hast du ein Mädel, dann bring's nach Haus.
Und freu dich hier unten beim ersten Licht.
Wie's unten ist, weißt du, wie's oben ist nicht!

Petersen steht auf, zupft Frieda am Ärmel. Unwillig folgt sie ihm.

Nur einmal blüht im Jahre der Mai,
Und in fünfzig Jahren ist alles vorbei!
Du Rindvieh! Dann ist es vorbei!

3.

Zu Hause ist Licht in allen Zimmern. Schon im Garten hören sie die Musik.

»Was ist denn das Grauenvolles?«, fragt Berger.

»Das ist Jazz«, sagt Dagmar.

»Negermusik!«, brummt Berger. Gut, dass sie nicht irgendwo zur Miete wohnen.

Dagmar schließt die Tür auf. Susanne hört gar nicht, wie sie hereinkommen. Aufgekratzt tanzt sie durch die Wohnung.

Jedenfalls ist sie allein. Ihr Vater hatte schon befürchtet, ihre ganze Klasse wäre zu Besuch.

Erst als die Platte zu Ende ist, merkt das Mädchen, dass die Eltern in der Tür stehen. »Huch!«, sagt sie. »Habt ihr mich aber erschreckt!«

»Was machst du für einen Lärm«, sagt Berger.

»War das zu laut? – Das sind Schallplatten, die Sarah mir geliehen hat. Ihr Papa hat sie aus Amerika mitge-

bracht. Jazz ist das. Das muss so laut sein.«
»Dann ist es ja gut«, sagt Berger.
Susanne sieht ihn überrascht an. »Seid ihr etwa sauer?«, fragt sie.
Dagmar schüttelt den Kopf. »Nein, wir sind nicht sauer. Solange der Kleine davon nicht aufwacht ...« Sie eilt ins Kinderzimmer.
Da liegt Horst in seinem Bettchen und schläft fest und ruhig.

4.

Neuyork, die größte Stadt der Erde.
Petersen hat das farbige Titelbild zusammengeklappt und überfliegt den Artikel. Nicht alles scheint rosig zu sein drüben in Amerika:

Schon jetzt ist trotz aller Verkehrsampeln und ähnlicher Maßnahmen die Verstopfung der Fahrdämme in Downtown so schlimm, dass man mit jedem öffentlichen Verkehrsmittel und sogar zu Fuß viel schneller vom Fleck kommt. Die Zustände sind hier so weit gediehen, dass man bereits von einer Götterdämmerung der Wolkenkratzer sprechen kann. Weiter aber gesellt sich dazu auch eine physische Dämmerung. Die alten, engen, von Wolkenkratzern umsäumten Straßen in Downtown sind wirklich dämmerig, weil niemals ein Sonnenstrahl bis zu den Tiefen ihres Pflasters dringt.

Hannack rumort im Nebenzimmer. »Doktor ist er!«, ruft er. »Und so wenig Geld im Haus! Unglaublich!«
Drüben klirrt es. Eine Vase ist zu Bruch gegangen.

Aber auch diese reiche Riesenstadt im reichsten Lande der Welt ist von der großen Wirtschaftskrise schwer betroffen ... Viele der Aktiengesellschaften, die die einzelnen großen

Wolkenkratzer finanziell repräsentieren, stehen vor dem Zusammenbruch. Auch das neueste und größte Hochhaus, das Empire State Building, ist nur mit Mühe und Not zum vierten Teil vermietet worden, während drei Viertel seiner Räume leer stehen.

Petersen setzt sich in einen der Sessel. Auf dem Empire State Building gibt es einen Ankermast für Luftschiffe. Dort jetzt hinfahren, denkt er. Mit dem Luftschiff womöglich. Karl treffen, noch einmal völlig von vorn anfangen!

Hannack hat die Beute zusammengeräumt. Was macht Petersen? Petersen sitzt da, völlig in Gedanken versunken, und liest in einem Buch.

»Schlaf nicht ein!«

»Ich komm ja gleich!« Petersen lässt sich nicht stören. Er wird alt, denkt Hannack. Es hat keinen Sinn mehr, mit ihm zusammenzuarbeiten. »Was liest du denn da? Nimm doch mit, den Scheiß!«

Aber Petersen will das Buch nicht mitnehmen. *Das Neue Universum.* Dafür hat er keine Verwendung mehr. Hatzel ist achtzehn geworden. Dem kann er damit nicht mehr kommen.

5.

Er muss ihn sehen. Er hat Helmi geschrieben, gleich nach seiner Entlassung, aber sie hat nicht geantwortet. Sie will nichts mehr mit ihm zu tun haben. Und natürlich wird sie nicht zulassen, dass ihr Sohn sich mit dem Zuchthäusler trifft. Das ist er jetzt für sie geworden, ein Zuchthäusler.

So haben sich die Verhältnisse umgedreht, denkt er.

Als wir uns kennen gelernt haben, da hat sie gebettelt, und ich hatte das Geld. Heute habe ich kein Geld mehr. Ehrliche Arbeit? Die ist nicht leicht zu finden. Ich habe ja nichts gelernt, und jetzt bin ich fünfzig, fast schon einundfünfzig – mich will keiner mehr.

Den Briefumschlag hat Frieda ihm schreiben müssen; falls Helmi den Brief findet, soll sie den Absender nicht gleich an der Schrift erkennen. Petersen hat den Umschlag selbst bei Helmi und Hatzel in den Briefkasten eingeworfen, am Vormittag; da ist sie hoffentlich bei der Arbeit. Und wenn Hatzel von der Schule kommt – er geht doch wahrscheinlich noch zur Schule? – wenn er nach Hause kommt, dann wird er den Brief vorfinden. Er wird sehen, dass er für ihn ist, und er wird ihn gleich aufreißen. In dem Umschlag steckt die Titelseite aus dem Neuen Universum; Petersen hat sie herausgerissen und darauf geschrieben: *Heute Abend, 19 Uhr, Dammtor-Bahnhof.*

Vielleicht war das dumm, denkt er. Vielleicht lässt Helmi ihn abends nicht raus; sie ist manchmal so übertrieben fürsorglich. Oder er hat ihr den Brief gezeigt, und sie hat natürlich gewusst, was es damit auf sich hat, und er darf nicht gehen.

Jetzt steht er mitten in der Bahnhofshalle und wartet. Der Bahnhof ist unübersichtlich, daran hat er nicht gedacht. Es gibt zwei Eingänge, und die Halle ist durch zwei Reihen von Läden und durch die Treppen stark untergliedert. Und dann gibt es natürlich noch die Fahrkartenschalter und die Gepäckaufbewahrung. Und es ist Feierabend. Wahre Menschenmassen hasten an ihm vorüber.

Er fährt zusammen, als ihm plötzlich jemand auf die Schulter tippt. »Hatzel!«, ruft er. Doch es ist nicht Hatzel.

»Ich bin lieber selbst gekommen«, sagt Helmi. Ihre Stimme klingt kühl.

»Helmi, das ist ja eine Überraschung!«

»Ja – das war auch für uns eine Überraschung. Keine besonders angenehme, wie du dir vielleicht denken kannst.«

»Helmi, ich bitte dich, wir haben doch immer...« Sie schüttelt den Kopf. »Das Leben ist auch so schon hart genug. Hatzel hat Glück gehabt. Er kriegt seine Lehrstelle. Ich hatte dafür gesorgt, dass er rechtzeitig in die HJ eingetreten ist. – Schmuck sieht er aus in seiner Uniform!«

»Das will ich gern glauben.« Petersen schluckt. Sein Sohn in der Hitler-Jugend. Und in Uniform. Er hat es stets vermieden, Uniform zu tragen. Aber Arnold, sein Bruder ... Verdun fällt ihm ein, der Kampf um Douaumont, wo Arnold verschüttet wurde. Er ist nie wieder derselbe geworden danach.

»Endlich geht es aufwärts«, sagt Helmi. »Als ob ein Ruck durch Deutschland gegangen ist. Auf einmal sind alle wieder stolz darauf, Deutsche zu sein. Und wir gehören dazu. Und wir wollen auch weiterhin dazugehören. Da geht es nicht an, dass wir Verkehr mit Verbrechern haben.«

»Das ist doch alles längst vorbei«, behauptet Petersen. Er lügt, so gut er nur lügen kann, aber er weiß schon, dass es vergeblich ist.

Helmi schüttelt den Kopf. »Ich kenne dich zu gut. Du

wirst dich niemals ändern!« Sie dreht sich um und geht.

»Helmi!«, ruft er.

»Mach's gut!« Sie sieht sich nicht einmal um.

6.

Berger holt Dagmar von der Bank ab. Zur Sicherheit, wie er sagt. Er glaubt nicht, dass etwas passieren könnte, aber Dagmar ist unruhig. Wenn Berger Überstunden macht, bleibt sie so lange in der Bank, bis er kommt.

Heute sind sie spät dran. Susanne sollte längst schlafen, aber in der Wohnung brennt Licht.

»Oh Gott, es wird doch nichts passiert sein?«

Berger fasst Dagmars Hand. »Wird schon nicht«, sagt er.

Er hat recht. Im Wohnzimmer sind Tisch und Stühle zur Seite geräumt. Auf der freien Fläche hat Susanne die Bücher aufgebaut, in konzentrischen Kreisen, aufrecht stehend, halb aufgeschlagen, die Rücken nach außen. Es sieht aus, wie die Stacheln eines Igels, denkt Berger. Kleine, wirkungslose Stacheln.

»Susanne!«, ruft Dagmar. »Wie oft habe ich dir gesagt, dass du nicht mit den Büchern bauen sollst! – Hörst du mich, Susanne?«

Aber Susanne hört nicht. Sie liegt zusammengerollt in der Mitte ihrer kleinen Festung, die Puppe im Arm, und schläft.

Dagmar fängt an, die Bücher aufzunehmen und ins Regal zurückzustellen.

»Lass doch«, sagt Berger. Was bedeutet das Ganze? Susanne ist anders als ich, denkt er. Völlig anders. So hat er nie gespielt. Und sein Vater hätte es ihm auch nicht erlaubt.

»Das ist schlecht für die Bücher«, sagt Dagmar. »Guck mal, der Umschlag ist verknickt. Vielleicht kann ich das bügeln ...«

»Nicht nötig«, sagt Berger. »*Im Westen nichts Neues* – das sollte hier sowieso nicht herumstehen. Die Dinger haben sie doch verbrannt neulich, am Kaiser-Friedrich-Ufer, am 15. Mai, weißt du das nicht?«

»Willst du etwa deine Bücher wegschmeißen? Das ist nicht dein Ernst.«

»Wir werden sie zumindest wegschließen müssen. Es muss ja nicht gleich jeder sehen, was wir für Leute sind. Und das hier erst recht nicht!«

Das Buch, das er aufhebt, ist der Band von John Reed, *Zehn Tage, die die Welt erschütterten*. Berger schüttelt den Kopf. Ein paar Tage mehr als die Kommunisten damals in Petersburg haben die Nazis schon gebraucht. Aber nicht viel mehr als zwei Monate, und schon ist aus der Weimarer Republik eine braune Diktatur geworden. Berger schlägt das Vorwort auf. Ja, da steht es, er hat sich recht erinnert:

Was man auch vom Bolschewismus denken mag, unbestreitbar ist, dass die russische Revolution eine der größten Taten in der Geschichte der Menschheit ist ...

Ob er das wohl heute noch so sehen würde, wenn er noch am Leben wäre, der gute John Reed? Und ob er am Ende gar dasselbe über diese Revolution schreiben würde?

»Wir stellen das alles in die zweite Reihe. Morgen. Und jetzt gehen wir schlafen.«

Er trägt Susanne rüber in ihr Bett.

7.

»Schaffst du den?«, fragt Hannack. Hinter dem Bild im Wohnzimmer hat er einen Tresor freigelegt.

Petersen nickt. Älteres Modell, damit hat er keine Schwierigkeit. Er packt das Knabbergeschirr aus; Hannack sieht sich indessen im Raum um. Er zuckt zusammen, als Petersen dem Panzerschrank mit dem Stemmeisen zu Leibe rückt.

»Mach nicht solch einen Krach!«

»Ist gleich vorbei!«

Nervös läuft Hannack zur Tür, lauscht durch den Briefschlitz nach draußen. Da kommt jemand. Verdammt, da kommt jemand! Er rennt zurück ins Wohnzimmer. Petersen, alarmiert, legt den Hammer zur Seite.

»Da kommt einer!«, haucht Hannack.

»Kann gar nicht«, sagt Petersen. »Du hast doch gesagt, dass die beide arbeiten. Und die Kinder sind in der Schule und ...«

»Ja. Scheiß-Doppelverdiener!«, zischt Hannack. Dann sagt keiner mehr etwas. Deutlich vernimmt man jetzt Schritte, die vor der Haustür enden. Hannack zieht die Pistole, zielt auf den Eingang.

»Was soll das, Hannack! Mach keinen Unsinn!«

Hannack hört nicht. »Dem puste ich den Kopf vom Hals!«

In dem Augenblick rappelt es am Briefschlitz; die Post fällt auf den Fußboden.

»Nur die Post«, sagt Hannack. Er steckt die Waffe wieder ein.

Noch ist der Mann nicht weg, denkt Petersen. Noch ist der Mann nicht weg! Hoffentlich hat er jetzt nicht auch noch ein Einschreiben dabei! Kein Einschreiben. Der Briefträger setzt sich wieder in Bewegung. Hannack späht ihm durch die Gardine nach; der Mann klappt die Gartenpforte hinter sich zu, schwingt sich auf sein Fahrrad und radelt ein Haus weiter.

Im Wohnzimmer quietscht gequältes Metall; Petersen macht sich daran, den Tresor aufzuknabbern. Ist die Panzerung nun dicker als sonst, oder ist Petersen einfach aus der Übung? Es fällt ihm ungewohnt schwer, die äußere Hülle des Stahlschrankes aufzubiegen. Es knirscht und kracht; schließlich rutscht Petersen die Zange aus den schweißnassen Händen; sie fällt polternd zu Boden.

»Du machst mich nervös!«, ruft Hannack, der seine Einbrüche sonst lautlos über die Bühne bringt. »Kauf dir mal einen Schweißbrenner!« Er entschwindet ins Nebenzimmer.

Der Panzerschrank sieht jetzt aus, als habe in seinem Inneren eine Explosion stattgefunden. Zerfetztes Metall ragt scharfkantig nach außen. Endlich kriegt Petersen den Schließmechanismus zu fassen. In dem Augenblick klirrt es im Nachbarzimmer.

»Was machst du?«, fragt Petersen besorgt.

Keine Antwort.

Petersen würgt die Tresortür auf. »Jetzt hab ich ihn!«

Hannack antwortet nicht. Drüben zerscheppern Gegenstände. Als Petersen die Tür öffnet, sieht er, dass Hannack das Büffet aufgerissen hat und Teller, Tassen und Gläser auf den Boden schmettert.

»Hör auf!«, sagt Petersen. Vandalismus ist ihm zuwider.

»Diese elenden Blutsauger!«

»Komm rüber, der Tresor ist auf! – Mein Gott, komm doch!« Petersen sieht zu seinem Entsetzen, wie Hannack einen wunderschönen Spielzeugkran vom Fußboden aufhebt, und das teure Stück mit beiden Händen verdreht und zusammendrückt. Und die Eisenbahn – die Schienen hat er schon zertreten.

Petersen starrt den Rasenden fassungslos an.

Der bemerkt schließlich den Kollegen. »Was gibt's denn? Was glotzt du mich so an?«

»Der Tresor ist auf«, sagt Petersen tonlos.

8.

»Putt«, sagt Horst. »Putt«. Er sitzt zwischen den Trümmern.

Susanne weint.

»Warum tun Menschen so etwas?«, fragt Dagmar.

Berger schweigt. Er hat einen Massenmörder gejagt, er weiß, dass Menschen noch ganz andere Dinge tun, vom Krieg ganz zu schweigen.

Dagmar fegt die Scherben zusammen.

Es läutet an der Tür. Berger geht hin. Draußen stehen Fehlandt und zwei Mann von der Spurensicherung.

»So, denn wollen wir mal sehen, was wir hier noch ausrichten können. Geh mal aus dem Weg, Wilhelm, und Sie auch, junge Frau!«

Susanne lässt sich zur Seite schieben. Sie hört auf zu weinen und starrt die fröhlichen Männer an.

Berger nimmt Fehlandt zur Seite. »Was geht hier

denn ab? Das hier ist ein Einbruch, weiter nichts!«

»Schlimm genug, alter Junge. Du hast recht – normalerweise würden wir ein Protokoll aufnehmen, und das war's. Aber Einbruch beim Kollegen, da sieht die Geschichte dann schon ein bisschen anders aus!«

»Ich will keine Extrawurst ...«

»Du bist jetzt mal still und lässt die Männer arbeiten. Oder noch besser, du erzählst mir erst einmal, was nun genau vorgefallen ist.«

»Da gibt es nicht viel zu erzählen. Als wir heute Abend von der Arbeit gekommen sind, da haben wir dies hier vorgefunden.«

»Klassisch«, sagt einer der Techniker.

»Was ist klassisch?«

»Der Tresor. Wie der aufgeknabbert ist – das macht nur einer auf diese Weise!«

»Das glaube ich nicht«, sagt Berger. »Das kann doch überhaupt nicht sein! Der wird doch nicht so dämlich sein und bei einem Polizisten den Tresor knacken. Ausgerechnet bei einem derjenigen, die ihn jetzt gerade wieder freigelassen haben! Und dieses ganze Chaos hier – das ist doch überhaupt nicht sein Stil!«

»Wenn sie nun vielleicht zu zweit gewesen sind? Petersen und Hannack?«

»Nein, das ist zu unwahrscheinlich.«

»Draußen steht nicht dran, dass hier ein Polizist wohnt«, sagt Fehlandt. »Und so aussehen tut es hier auch nicht. Du bist der einzige Polizist, den ich kenne, der einen eigenen Tresor hat. Und sein eigenes Meißener Porzellan. Gehabt hat jedenfalls. Bis jetzt.«

»Das ist alles von meinem Vater«, sagt Berger. »Und

von diesem Tresor haben wir überhaupt nichts gewusst. Den hätten wir jahrelang nicht gefunden, wenn die Einbrecher ihn nicht entdeckt hätten.«

»Dann weißt du also auch nicht, was drin war?«

Berger schüttelt den Kopf.

»Igitt!« ruft Susanne. »Das ist ja eklig! Wie geht das wieder ab?« Der Beamte hat ihre Fingerabdrücke genommen.

»Waschen«, sagt er. »Irgendwann ist es weg.«

»Bist du versichert?«, fragt Fehlandt.

»Weiß ich gar nicht. Da hat mein Vater sich drum gekümmert – wahrscheinlich geht das alles immer noch auf seinen Namen.«

»Dann kriegst du nichts. Schade.«

»Bei Vandalismus gibt es sowieso nichts«, sagt Berger.

»Vandalismus?«, fragt Fehlandt. »Seht ihr hier irgendwelche Spuren von Vandalismus?«

Die Techniker schütteln den Kopf. »Das Porzellan – das muss wohl alles geklaut sein!«

»Schluss jetzt«, sagt Berger. »Das gibt's nicht, das machen wir nicht. Wir brauchen kein Geld von der Versicherung und kein Meißener Porzellan und keinen Tresor.«

Fehlandt schüttelt den Kopf. »Dich sollte man ausstopfen«, sagt er. »Ich hab schon verrückte Typen bei der Polizei kennengelernt, aber du bist der verrückteste von allen! ›Wir brauchen kein Geld!‹ – Wenn ich das den Kollegen erzähle, die lachen sich schlapp.«

Berger wird rot. »Es tut mir leid«, sagt er. »Ich kann nichts dafür. Es ist doch alles nicht mein Geld. Stammt

doch alles von meinem Vater. Und ich – ich hab ihn noch nicht einmal gemocht!«
»Entschuldige«, murmelt Fehlandt. »Das hab ich nicht gewusst.«

Der kleine Horst drängt sich zwischen die beiden Männer. Er hält Fehlandt die Lokomotive hin:»Putt!«
»Ja«, sagt Fehlandt. »Das kann man wohl sagen.« Er ruft den einen der Techniker:»Schult!«
Schult kommt. Fehlandt hält ihm die Lok hin. »Putt!«
»Ach du Scheiße«, sagt Schult.
»Du bist doch technisch begabt«, sagt Fehlandt. »Kriegst du das hin?«
»Das weiß ich nicht. Also – ich würde in diesem Fall eigentlich sagen: Neu kaufen!«
»Es geht aber um diese spezielle Lok.«
»Ich versuch's.«
»Danke«, sagt Berger.
»Danke«, wiederholt Horst. »Danke, danke, danke!«

Später, als alle gegangen sind und die Kinder im Bett liegen, sagt Dagmar:»Du hast irrsinnig nette Kollegen.«
»Ja«, sagt Berger. »Die meisten sind ganz in Ordnung. – Morgen fangen wir an und gucken, was wir alles neu kaufen müssen.«
»Ja, das tun wir.« Dagmar gibt Wilhelm einen Kuss. Sie lächelt. Aber sie denkt: So wie früher wird es nicht mehr werden.

9.

Eine Nacht lang überlegt er es sich, dann steht sein Entschluss fest. Er wird das Bild des rasenden Hannack nicht wieder los. Der schreckt vor nichts zurück; der würde auch Kinder über den Haufen schießen, wenn sie ihm im Weg sind.

Und er, Petersen, hat geglaubt, dies wäre der Partner für die nächsten Jahre. Das ist unmöglich. Verrat – wie weit hat er das von sich gewiesen damals auf der Parkbank an der Ostsee – und jetzt? Nur ein ganz kleines bisschen sticht es noch irgendwo da unten, im Bauch, wo wohl das Gewissen sitzt, als er in der Telefonzelle den Hörer abhebt.

»Bitte verbinden Sie mich mit der Kriminalpolizei, mit Kommissar Berger.«

»Einen Moment bitte!«

Noch könnte er umkehren. Er hat sich nichts anmerken lassen gestern, hat mit Hannack die Beute geteilt, und sie haben sich verabredet, auf dieselbe Weise wieder in Kontakt zu treten. Per Brief, postlagernd. Petersen weiß nicht, wo Hannack in Hamburg wohnt. Am Anfang hat er versucht, es herauszubekommen, aber Hannack hat gemerkt, dass er ihm nachgestiegen ist und hat ihm Prügel angedroht für den Fall, dass er das noch einmal versuchen sollte. Prügel und Schlimmeres.

»Berger?«

Endlich! »Kommissar Berger, guten Abend, hier ist Adolf Petersen.«

»Das wird auch Zeit, dass Sie sich melden«, sagt Berger. »Ich hatte schon befürchtet, sie wären wieder in ihren alten Trott zurückgefallen.«

»Ich doch nicht«, wehrt Petersen ab. »Herr Kommissar, ich habe Ihnen damals hoch und heilig versprochen, dass ich nicht wieder rückfällig werde, und wenn ich das einmal zugesichert habe, dann halte ich das auch.

Auf mein Wort ist Verlass, das sollten Sie wissen; Sie kennen mich ja inzwischen lange genug ...« Ganz automatisch kommen ihm diese Sätze.

Berger glaubt ihm kein Wort, und Petersen weiß, dass er ihm kein Wort glaubt.

»Nun hören Sie schon auf«, sagt Berger. »Das will ich alles gar nicht hören. Mich interessiert nur eines: Wo ist Hannack?«

»Ich habe mich mit ihm verabredet«, sagt Petersen. »Morgen Abend um siebzehn Uhr bei der Johanniskirche in Harvestehude. Wissen Sie, wo das ist?«

»Ja, natürlich.« Jetzt kriege ich euch, denkt Berger. Jetzt kriege ich euch beide!

10.

»Papa?«

Susanne sieht verheult aus. »Was gibt es denn?«

»Die Jungs haben mich geärgert. Sie haben gefragt, ob ich jüdisch bin. Ich hätte so eine jüdische Nase.«

»Unsinn«, sagt Berger. »Doch nicht dein kleines, süßes Näschen ...«

»Tut mir leid«, sagt Dagmar. »Aber deine Nase ist wirklich ein bisschen zu groß ausgefallen. Da hab ich wohl bei der Geburt nicht aufgepasst!«

Susanne lacht.

»Aber wenn ihr zusammen nach Hause geht, die Sarah und du, dann werden sie euch schon in Ruhe lassen. Ihr seid doch beide große, kräftige Mädchen.« Gut, dass sie in dem Alter meist noch größer sind als die Jungs, denkt sie.

»Die Sarah ist weg.«

»Was?«

»Sie sind weg, die Rosenbaums.«

»Wie weg?«

»Haben alles stehen und liegen lassen, nur ein paar Taschen gepackt und dann ab ins Ausland. Dänemark oder so.«

»Warum denn das?«

»Gleich als Sarahs Papa aus dem Lager zurück war. Die hatten ihn ja verhaftet und in dieses – dieses Lager gesteckt. Er war doch in der SPD und hat Sachen gegen Hitler gesagt und Flugblätter verteilt. Ja und jetzt ist er zurückgekommen. Sarah sagt, er sah ganz alt aus, und sein Rücken – auf dem Rücken – er hatte lauter Narben, quer über den Rücken ...«

Susanne sieht Berger an.

»Sarah sagt, das war Polizei, die das gemacht hat. Aber ich hab gesagt, so was macht die Polizei nicht. Das stimmt doch, Papa?«

»Ich mache so was nicht.« Die Konzentrationslager werden von der Hilfspolizei geleitet. SS und SA im Wesentlichen. Damit hat Berger nichts zu tun.

Susanne sieht ihren Papa an. Das war nicht die Antwort auf meine Frage, denkt sie.

Sie ist zutiefst erschrocken. Sie sieht Berger mit großen Augen an, aber mehr sagt ihr Papa nicht.

11.

Als Susanne nebenan bei ihren Schularbeiten sitzt, fragt Dagmar: »Sollen wir auch ins Ausland gehen wie die Rosenbaums?«

»Wohin denn? Nach Dänemark vielleicht? Ich spreche kein Dänisch.«

»Aber Englisch.«

»Kaum. Was wir in der Schule gelernt haben, das ging kaum über *How do you do?* hinaus. Der Unterricht ist meistens ausgefallen; es war ja Krieg. Und später, als ich Soldat war – da habe ich dann auch nicht mehr viel dazugelernt. *Hands up!* – Das war alles.«

»Das reicht doch schon, um bei der englischen Polizei anzufangen!«, scherzt Dagmar.

Berger überlegt. Ins Ausland gehen? Nach England? Womöglich einen der Männer wieder treffen, auf die er 1918 geschossen hat? Außerdem – die Bestimmungen sind verschärft worden; sie würden ihr Vermögen nicht mitnehmen können. »Ich denke, wir bleiben besser hier.«

Dagmar sieht ihren Mann an. Ob er dasselbe sagen würde, wenn wir eine Einladung aus Amerika hätten?

Die Falle

Hannack holt seine Post jeden Morgen beim Postamt 6 in der Susannenstraße ab. Mit wachen Augen sucht er die Umgebung ab, bevor er die Schalterhalle betritt. Diese Schreiberei – das ist natürlich ein Schwachpunkt. Irgendwann wird jemand Wind davon bekommen und ihm auflauern. Aber bis jetzt ist alles gut gegangen, und es sieht auch nicht so aus, als ob das heute anders wäre. Er fühlt sich sicher.

Hannack schreibt sich regelmäßig mit einer früheren Freundin, die jetzt in Berlin wohnt. Wer weiß, ob er die nicht noch einmal braucht, als Anlaufstation, falls er aus Hamburg verschwinden muss.

Außerdem kommt natürlich die Post von Petersen. Es gefällt ihm nicht, mit dem alten Mann zusammenzuarbeiten, aber es muss wohl sein. Er braucht das Geld, und die Tipps, die der Lord von Barmbeck beisteuert, die sind Gold wert. Dieser Tresor zum Beispiel! – Fast tausend Mark waren da drin. Ein hübsches Sümmchen.

Hannack setzt sich an einen der Tische. Was schreibt er denn diesmal, der Lord? In dem Briefumschlag steckt eine Ansichtskarte. Spielende Kinder, irgendwelche Geschenke, dazu die Aufschrift Herzlichen Glückwunsch! – Wo er dieses Ding wohl aufgetrieben hat? Nach der

Kleidung zu urteilen stammt die Karte aus der Zeit vor dem Krieg.

Hannack dreht die Karte um. *Johanniskirche, 17 Uhr* steht da. *Einzelhaus, Heimhuder Straße. Ruhige Lage, Inhaber verreist.* Kein Datum, keine Unterschrift. Aber es ist klar, dass das heutige Datum gemeint ist. 17 Uhr – er wird dort sein. Hannack zerreißt Umschlag und Karte und wirft beides in einen der großen Papierkörbe.

2.

»So«, sagt Fehlandt. »Hier ist der Bericht von der Spurensicherung.«

Schnee von gestern, denkt Berger. »Und? Was haben sie herausbekommen?«

Fehlandt legt wortlos die Fotografien auf den Tisch. Es sind die Aufnahmen der Fingerabdrücke. Links die Abdrücke, die sie bei ihm in der Wohnung gefunden haben, rechts die Abdrücke aus der Kartei.

»Identisch«, sagt Berger.

Fehlandt nickt. »Petersen und Hannack. – Dieses Treffen nachher, willst du dich da nicht raushalten?«

»Wieso? – Keine Angst, ich drehe den Burschen schon nicht den Hals um!«

Fehlandt zuckt mit den Achseln. »War nur ein Vorschlag.«

»Danke.«

»Ach ja, ich habe noch etwas für dich!« Er gibt Berger die Lokomotive.

»Donnerwetter!«

»Besser ging es nicht. Sie fährt wieder. Aber wo das Blech geknickt war, das kriegt man nicht völlig weg. Du musst halt denken, dass die Lokomotive schon mal irgendeinen Unfall gehabt hat.«

3.

»Geh nicht hin«, sagt Frieda Goedje. Petersen hat ihr alles gebeichtet. »Die Polizei ist doch sowieso da. Die liegen im Versteck, und wenn der Hannack da auftaucht, dann schnappen sie ihn sich.«
Petersen schüttelt den Kopf. »Ich muss hin«, sagt er. »Wenn der Hannack mich da nicht stehen sieht, dann kommt er gar nicht erst.«
»Wenn er dich da stehen sieht, und wenn dann plötzlich die Polizei auftaucht, dann knallt er dich ab. Dich zuerst!«
»Keine Angst, Frieda, ich hab ja selbst meinen Kracher dabei.« Er zeigt seiner Freundin die Pistole. Groß und gefährlich sieht sie aus. Gut gepflegt; kein bisschen Rost angesetzt. Petersen schiebt die Patronen in das Magazin. Sechs Stück; mehr hat er nicht, das muss reichen.
»Ist ja nur für den Notfall«, sagt er, als er Friedas besorgtes Gesicht sieht.
»Adolf«, fragt sie ganz sanft, »wann hast du denn zum letzten Mal mit so einer Waffe geschossen?«
»Ach, so vor zwei, drei Wochen erst!«, behauptet er.
»Vor zwei, drei Wochen?« Frieda seufzt. Sie weiß, dass das gelogen ist.

4.

»Komm Mädchen, wir gehen hier quer durch, dann kommen wir zur U-Bahn in der Hallerstraße und können von da nach Hause fahren.«

Susanne nickt. Mama ist enttäuscht, denkt sie. Da wäre es nicht richtig, vorzuschlagen, doch lieber noch einmal mit dem Alsterdampfer zu fahren. Die Anlegestelle in der Alten Rabenstraße wäre gar nicht weit gewesen. Aber wahrscheinlich ist die U-Bahn schneller. Die U-Bahn ist schneller, denkt Dagmar. Sie fühlt sich erschlagen. Erst die Arbeit, dann das lange Warten im amerikanischen Konsulat, und am Ende doch nur der abschlägige Bescheid. Kein Visum für Amerika. Ja, wenn eine Einladung vorliegen würde ... Aber es liegt keine Einladung vor. Sie muss es noch einmal versuchen. Allen Stolz überwinden und bei ihm betteln, dass er doch bitte wenigstens das Mädchen zu sich holen möge. Nur so lange, bis der Spuk hier vorbei ist. Er hat doch selbst geschrieben, dass es höchstens ein paar Monate dauern könne. Das Land der Dichter und Denker werde sich doch nicht auf Dauer von einem Mann wie diesem Hitler regieren lassen.

Sie selbst glaubt nicht, dass es so schnell vorüber geht. Sie sitzen fest im Sattel, die Nazis, alles, was sie anpacken, das gelingt ihnen, und die Deutschen sind damit hochzufrieden. Bis auf die Kommunisten und die Juden natürlich. Aber wer ist schon Kommunist oder gar Jude? Zwei Prozent, hat sie irgendwo gelesen. Zwei Prozent sind Juden. – Dichter und Denker! Ist nicht auch Heine ein Jude gewesen? Hat er sich nicht auch ins Ausland absetzen müssen?

Die Zeitung fällt ihr ein. Irgendjemand hatte das Hamburger Fremdenblatt vom letzten Wochenende liegen gelassen, und sie hatte darin gelesen. Alles voll von Aufrufen für die Reichstagswahl am 12. November.

Diesmal allerdings nur von einer Seite. *Der 12. November als Treuebekenntnis zu Hitler*, so lautet die Schlagzeile auf der Titelseite der nach eigener Einschätzung »größten politischen Tageszeitung Nordwestdeutschlands«. Und darunter der Aufruf des Reichsstatthalters:

Während die Regierung Adolf Hitlers einen gigantischen Kampf um den wirtschaftlichen Wiederaufstieg Deutschlands und damit der Welt führt, während Millionen deutscher Volksgenossen zurückkehren an Schraubstock und Maschine, wachsen die Rüstungen der Länder der Erde ins Unermessliche. Die Regierung Adolf Hitlers ist nicht gewillt, den Rüstungswahnsinn anderer Staaten mitzumachen. Sie will nicht, dass noch einmal Menschenleiber zerfetzt, dass Städte und Provinzen zur Wüste werden ...

Schöne Worte, Herr Kaufmann! Und doch hat diese Regierung die Abrüstungskonferenz verlassen und ist aus dem Völkerbund ausgetreten.

Den Posten bei der Bank – sie wird ihn wohl aufgeben müssen. Zwar hat sie noch niemand direkt darauf angesprochen, aber wenn diese Kampagne gegen das Doppelverdienertum anhält, dann muss sie aufhören. Dabei ist es wenig genug, was sie beide zusammen verdienen. Und wenn sie allein von Wilhelms Gehalt leben sollen – sie werden sich einschränken müssen.

Susanne reißt sie aus den Gedanken. »Mama, da steht jemand!«

»Wo?«

Sie sind jetzt bei der Johanniskirche. Das Mädchen deutet auf die Büsche vor der Kirche.

»Unsinn!« Dagmar sieht niemand. Aber jetzt, wo sie darauf achtet, hört sie, dass da etwas raschelt. »Komm, gehen wir schnell weiter!«

Die Kirchturmuhr beginnt zu schlagen. Es ist fünf Uhr.

Der Weg könnte besser beleuchtet sein, denkt sie. Es gibt Laternen, aber sie stehen in großem Abstand, und ausgerechnet hier ist keine. Aber da vorn – da ist noch ein einsamer Spaziergänger. Das heißt – er geht gar nicht; er steht im Licht der Laterne und wartet. Auf sein Mädchen wahrscheinlich, denkt sie. Nein, vielleicht doch nicht. Dazu ist er wohl zu alt.

Wieder raschelt es in den Büschen rechts neben ihr. Eine Maus, denkt Dagmar. Bestimmt ist das eine Maus! Aber jetzt wird ihr doch ein wenig unheimlich. Und als sie sich umdreht, aus einem irgendwie unbehaglichen Gefühl heraus, da sieht sie, dass jemand hinter ihnen hergeht. Auch ein einzelner Mann. Er geht zügig, mit sicheren Schritten.

»Was meinst du«, sagt sie, und ihre Stimme zittert ein wenig, »wollen wir ein Stück laufen?«

Susanne nickt.

»Komm!«

In dem Augenblick als sie losrennen, fällt ein Schuss.

5.

»Stehen bleiben!«, ruft Berger.

Hannack antwortet nicht. Er rennt davon, in Richtung Alster. Einer der Beamten versperrt ihm den Weg. Hannack stößt ihn zur Seite.

»Schieß doch!«, ruft Berger.

Aber es ist Hannack, der stehen bleibt, sich kurz umdreht und schießt. Zwei gezielte Schüsse in rascher Folge. Berger hört die Kugel vorbeisirren, die ihm gegolten hat.

»Los«, ruft Krohn, »den haben wir!«

Von allen Seiten kommen sie jetzt, die Polizisten. Es sieht so aus, als hätten sie ihn diesmal wirklich. Aber die Abstände sind zu groß, Berger hat die Beamten zu weit vom Treffpunkt postiert, damit sie dem misstrauischen Hannack nicht auffallen. Das rächt sich nun.

In wilder Jagd stürmen sie über die Straße. Entrüstete Autofahrer hupen. Sie kümmern sich nicht darum. Hannack schießt wieder. Er ist der Einzige, der hier schießt. Es sind Menschen auf der Straße, die jetzt aufgeregt in die Hauseingänge fliehen. Aber bei der wilden Verfolgungsjagd kann auch ein Hannack nicht genau zielen. Alle Schüsse gehen ins Leere.

Wir müssen ihn kriegen, denkt Berger. Herrgott, wir müssen ihn doch kriegen! Es geht um Fehlandt. Wenn wir ihn nicht packen, ist Fehlandt endgültig erledigt. Dieser Plan, der ist einfach zu hirnrissig gewesen. Jetzt haben wir zwei Ganoven zu jagen statt nur den einen.

Und dieser eine, auf den es ankommt, ist abermals schneller. Die Verfolger trauen sich nicht nah an ihn heran. Sie hoffen darauf, dass ihm die Munition ausgeht, und dass sie ihn irgendwo in eine Ecke treiben können, aus der er nicht mehr weg kann. Aber Hannack kennt sich aus im Gewirr dieser kleinen Straßen in Harvestehude, besser als Berger. Die Jagd geht um mehrere Ecken, und schließlich, als die Polizisten in die nächste Straße einbiegen, ist Hannack weg.

Schwer atmend bleibt Berger stehen. Er lauscht in die Dunkelheit, doch er hört nur seinen eigenen Atem. Und

die Schritte der heraneilenden Kollegen. »Wo ist er?«
»Hier in einem der Gärten«, sagt Berger. »Los, die
Straßenecken besetzen! Er muss hier noch drin sein!«
Diesmal haben sie vorgesorgt, diesmal sind genü-
gend Polizisten im Einsatz. Sie können den Häuserblock
abriegeln und gleichzeitig das Gelände durchkämmen.
Er ist in Richtung Alster. Durch das Wasser kann er
nicht entkommen; jetzt haben sie ihn.

6.
Eine Stunde später müssen sie sich eingestehen: Han-
nack ist weg. Wieder einmal entwischt. Berger ist wü-
tend. Als die Jagd abgebrochen wird, treffen sie sich bei
der Johanniskirche.
»Er ist angeschossen«, sagt einer. Er deutet auf ein
paar dunkle Flecke auf dem Boden. Berger tritt hinzu,
leuchtet mit der Taschenlampe. Ja, kein Zweifel, das ist
Blut.
»Das ist nicht von Hannack, das ist der andere!«
Der andere! Den hat er jetzt völlig vergessen. Die
Jagd hat sich ganz auf Hannack konzentriert. Aber wo
ist Petersen?
»Es war eindeutig Hannack, der zuerst geschossen
hat«, sagt einer der Männer. Es klingt nach einer Recht-
fertigung.
Ja, denkt Berger, Hannack hat zuerst geschossen.
Aber warum? Er muss etwas Verdächtiges bemerkt ha-
ben. Er muss unsere Männer im Gesträuch entdeckt ha-
ben. Das haben wir gründlich verpatzt. Ärgerlich.
»Den hat's ganz schön erwischt!« Der Polizist deutet auf eine Reihe von Blutspritzern unterschiedlicher

Größe, die sich in Richtung Westen, zum Rothenbaum hinziehen. Petersen ist offenbar in die entgegengesetzte Richtung gelaufen wie sie.

»Der ist gerannt!«, stellt der Polizist fest.

Die Form der Spritzer zeigt eindeutig, dass der Mann sich im Laufschritt abgesetzt hat. Also kann die Verletzung nicht so schwer gewesen sein. Im Schein der Taschenlampe folgen sie der Blutspur. Doch nach knapp hundert Metern hört die Spur plötzlich auf.

»Hier ist er stehen geblieben«, sagt einer.

Tatsächlich ist der letzte Blutfleck etwas größer als die anderen und beinahe kreisrund.

»So eine Wunde hört nicht einfach auf zu bluten«, sagt Berger. »Er muss stehen geblieben sein, um sich zu verbinden.«

»Ende«, sagt jemand.

Als die anderen nach dem Fährtenhund telefonieren, stößt Fehlandt Berger an: »Komm mit, wir sind schneller als der Spürhund!«

»Wo willst du denn hin?«, fragt Berger.

»Colonnaden.«

Die Haustür ist unverschlossen. Sie hasten die Treppe hinauf, Berger voran. Er läutet an der Tür. Niemand antwortet.

»Nicht da«, sagt Berger.

»Oder er macht nicht auf«, brummt Fehlandt. »Vermutlich sind sie beide da, Petersen und die Goedje. Komm, wir sehen nach!«

»Du kannst doch nicht einfach ...«, sagt Berger.

Bevor er den Satz zu Ende gesprochen hat, hat Fehlandt schon die Wohnungstür geöffnet. »Diese alten Schlösser sind ein Witz«, sagt er. »Kommen Sie raus, Petersen, wir wissen, dass Sie hier sind!«

Niemand antwortet. Petersen ist nicht hier. Niemand ist hier.

»Schade«, sagt Fehlandt. »Aber das wäre natürlich auch zu einfach gewesen.«

Petersen beobachtet von einem Hauseingang auf der gegenüberliegenden Straßenseite, wie die beiden Polizisten unverrichteter Dinge wieder abziehen. Unter dem Bogengang der Colonnaden steht er vollständig im Schatten.

Nirgendwo ist man so sicher wie in einem Versteck, das gerade durchsucht worden ist, denkt er. Außerdem hat er keine Wahl. Der Arm ist zwar notdürftig verbunden, aber er schmerzt höllisch. Hannack hat ihn voll erwischt.

7.

»Weißt du, was sie heute bei uns in der Bank erzählt haben?«, fragt Dagmar.

»Was denn?«, fragt Wilhelm. Es interessiert ihn nicht. Hannack entwischt! Petersen entwischt! Er kann an gar nichts anderes denken.

»Ein Bankbote aus Wedel, den haben sie angezeigt, weil er sich in der S-Bahn abfällig über Hitler geäußert hat.«

»Ja.« Berger hat davon gelesen. Wie Fehlandt wohl mit dieser Pleite fertig wird?

»Gestern war die Verhandlung.«

Berger reißt sich zusammen. Jetzt geht es um etwas anders.

»Weißt du, was der Mann bekommen hat?«

Ja, das weiß er. »Zwei Monate Gefängnis. Stand heute im *Fremdenblatt*. – Die Zeitung schreibt, das Urteil sei so milde ausgefallen, weil der Mann sich damit entschuldigt hat, dass er im Krieg schwer verwundet worden sei, seit jener Zeit sei er leicht reizbar und nervös.«

»Mildes Urteil?«, fragt Dagmar. »Wilhelm – glaubst du wirklich, dass dieses Land noch unser Land ist?«

Berger schweigt. Nein, ist es nicht. Nicht drüber nachdenken! Auch er ist inzwischen angezeigt worden. Er habe sich beim Bier abfällig über die neue Regierung geäußert. Aber das fragliche Gespräch, das ist doch schon Monate her. Das muss sich klären lassen – irgendwie.

»Es wird schon besser werden«, sagt er schließlich. »Wenn die Nazis erst einmal etwas fester im Sattel sitzen, dann werden sie sich schon beruhigen.« Berger glaubt nicht, was er da sagt. Und dass er seit gestern das Zimmer mit einem SS-Mann teilt, das erzählt er Dagmar lieber gar nicht erst.

8.

Der SS-Mann heißt Herbert. Mit seiner Uniform wirkt er hier völlig fehl am Platze.

»So kannst du nicht rumlaufen«, sagt Berger. »Wir sind hier nicht bei der Schutzpolizei.«

Herbert zuckt mit den Schultern. »Ich muss fragen«, sagt er.

Berger sieht den Neuling an.

»Tut mir leid, dass ich hier so auf diese Weise reingekommen bin«, sagt der. »Ich weiß, dass ich noch viel lernen muss.«

»Wie bist du denn überhaupt zur Kripo gekommen?«, fragt Fehlandt.

»Ganz einfach. Ich hab gesagt, dass ich mich für die Kriminalpolizei interessiere, und schon war ich hier.«

Berger sieht Fehlandt an. Der denkt vermutlich dasselbe: Den haben sie hier reingesetzt, damit wir ihn ein bisschen anleiten, und am Ende soll er dann einen von uns ersetzen. Wen wohl? Wir sind beide unsichere Kandidaten.

»Bist du schon lange bei der SS?«, fragt Fehlandt.

Herbert schüttelt den Kopf. »Erst seit einem Jahr ungefähr.« – Er guckt die beiden Kollegen an. »Ihr guckt beide so skeptisch. Ich bin – ich bin einer von den Guten!«

Das ist jetzt bestimmt nicht die Tonart, die die SS ihm beigebracht hat, denkt Berger. Ein richtiges Milchgesicht. Wie alt mag er sein? Kaum über zwanzig, würde ich schätzen. Wahrscheinlich ist er harmlos.

»Herbert Richter«, sagt Fehlandt. »Bist du irgendwie – verwandt?«

»Mit dem Standartenführer? – Ja, über ein paar Ecken.«

Au Backe, denkt Berger. Irgendeinen Haken musste die Sache ja haben.

Herbert Richter starrt sie an. »Seid ihr – ich meine, ihr seid doch sicher – seit wann seid ihr denn in der Partei?«

»Bisher noch gar nicht«, sagt Fehlandt. »Wir sind einfach noch nicht dazu gekommen.«

Da läutet das Telefon.

»Das ist wahrscheinlich für mich!« Herbert nimmt den Hörer ab.

Fehlandt zieht die Stirn kraus. Aber es ist nicht für Herbert Richter. Die Stimme ist laut genug, dass alle im Raum sie verstehen:

»Berger zum Chef!«

9.

»Reiß dich zusammen«, hat Fehlandt gesagt. »Wilhelm, reiß dich zusammen!«

Und er reißt sich zusammen. »Heil Hitler!« Es klingt zackig und fast überzeugend.

»Heil.« Richter ist ungnädig. »Sie wissen, weshalb ich Sie hergebeten habe?«

»Die Vorladung?«, fragt Berger.

»Die Vorladung«, bestätigt der Chef. »Das ist eine ernste Sache, Berger, so eine Verhandlung vor dem Sondergericht. Wenn Sie verurteilt werden, heißt das beinahe sicher, dass Sie eine Haftstrafe bekommen. Wenn Sie eine Haftstrafe bekommen, müssen Sie aus dem Dienst ausscheiden.«

Amerika, denkt Berger. Wenn das passiert, gehen wir nach Amerika! – Aber da fällt ihm ein, dass er dann vorbestraft ist und Amerika ihn wahrscheinlich gar nicht einreisen lässt.

»Ist das klar?«, fragt Richter.

»Jawohl.« Berger ist rot geworden. Arschloch, denkt er.

»Bis zum Abschluss des Verfahrens sind Sie natürlich vom Dienst suspendiert.«

»Das geht nicht«, empört sich Berger,»wir sind doch gerade ...«

»Haben Sie mich nicht verstanden? Sie sind mit sofortiger Wirkung vom Dienst suspendiert!«

10.

Als Berger in sein Zimmer zurückkommt, ist er kreidebleich.

»Was ist dir denn passiert?«, fragt Fehlandt.

»Wo ist dieser Herbert?«

»Weiß nicht. Wahrscheinlich nach Hause gegangen.«

»Darf ich – darf ich mal eben telefonieren?« Bergers Stimme zittert.

»Bist du verrückt geworden? Natürlich darfst du telefonieren, Mensch!«

Berger schüttelt den Kopf.»So natürlich ist das nicht. Ich bin suspendiert.«

»Scheiße. – Ich meine, das weiß ich ja noch gar nicht. Das kann ich doch noch gar nicht wissen. Und auch sonst. Natürlich kannst du telefonieren. Wen willst du denn anrufen? Die Reichsbahn? 10.51 Uhr ab Altona, das kann ich dir so sagen, dann bist du kurz nach zehn Uhr abends in Fredericia. – Oder willst du einen Anwalt anrufen? Ich könnte dir da ...«

Berger schüttelt den Kopf.»Den Gauleiter.«

11.

Petersen beißt die Zähne zusammen.»Um einen Gefallen muss ich dich noch bitten«, sagt er zu Frieda.»Der

Kracher, der muss weg. Ich habe ihn nicht benutzt, aber es ist schon besser, wenn ich ihn überhaupt gar nicht gehabt habe, verstehst du? Ich war unbewaffnet.«

»Ich bringe ihn weg«, sagt Frieda Goedje.

Sie bleibt an Petersens Bett sitzen, bis er eingeschlafen ist. Dann nimmt sie die Pistole aus seinem Jackett und legt sie in ihre Handtasche.

Und jetzt? Alle Absprachen mit der Polizei sind ungültig. Petersen wird jetzt genauso gesucht wie Hannack, das ist klar. Und es ist naheliegend, dass er sich hierher zurückgezogen hat. Frieda Goedje macht sich keine Illusionen. Wahrscheinlich wird das Haus schon überwacht.

Sowie ich einen Schritt vor die Tür setze, nehmen sie mich fest! – Nein, wahrscheinlich lassen sie mich durch. Sie kennen mich nicht. Mit diesem Hut und der Brille sehe ich aus wie eine uralte Frau.

Gebückt geht sie, auf einen Stock gestützt. Schon ist sie durch die Haustür. Nichts, denkt sie. Hier ist keiner. Sie humpelt weiter. Ist da jemand hinter ihr? Nicht umdrehen! Ach, es ist nur ein kleiner Junge auf dem Fahrrad. Er bremst, steigt ab. »Frau Goedje, sind Sie das?«

»Ja, Junge, ich hab mir den Fuß verknackst. – Müsstest du nicht längst zu Hause sein?«

»Ja, ich hab mich verspätet.«

»Na, dann mach!«

Er radelt davon. Auffälliger ging's nicht, denkt Frieda. Wenn irgendjemand hier ist, muss er das mitgekriegt haben. Aber es kommt niemand. Und Frieda Goedje humpelt die ganzen langen Colonnaden lang bis zur Alster.

Auf dem Neuen Jungfernstieg hört sie auf zu humpeln. Sie überquert die Straße, geht rasch unter den Bäumen entlang bis zu einer Stelle, an der ein kleiner Bootssteg auf die Binnenalster hinausführt. Nur für Mitglieder steht auf dem Schild. Das ignoriert sie. Sie geht ein Stück weit auf die Planken hinaus, bückt sich und lässt schließlich die Pistole ins Wasser gleiten, sodass sie unter dem Bootssteg zu liegen kommt. Das war's dann, denkt sie. Ruhe sanft! Hier im Modder des Seegrundes wird dich niemand finden.

12.

»Na, haben Sie Petersen und Hannack endlich gefasst?«, fragt der Gauleiter.

»Nein.« Berger muss gestehen, dass ihm beide erneut entwischt sind.

»Ein Erfolg wäre nicht schlecht«, sagt Kaufmann. »Sicherheit und Ordnung, das ist es, was wir brauchen.«

Berger stimmt zu. »Aber deshalb bin ich nicht hier.«

»Ich weiß – Was machen Sie denn für Sachen?« Karl Kaufmanns Stimme klingt noch immer erstaunlich wohlwollend.

Berger zuckt mit den Schultern. Er erzählt, was geschehen ist. Er schämt sich zutiefst, ausgerechnet diesen Mann um Hilfe bitten zu müssen. »Die Worte, die hier in dem Schreiben erwähnt sind – die sind tatsächlich gefallen«, gibt er zu.

»Das können Sie doch gar nicht wissen!«

»Doch.«

Kaufmann schüttelt den Kopf. »Das weiß ich besser. Sie waren betrunken, das ist alles. Sie haben irgendetwas vor sich hingemurmelt, und die Zeugen haben das missverstanden.«

»Nein, ich habe wirklich …«

»Reden Sie keinen Unsinn! – Sie wollen gesagt haben – wie heißt es hier? – ›Diese Nazis sollte man abschießen‹? Das kann ich nicht glauben. Ich stelle Sie einfach auf die Probe. Wir sind hier allein, ganz unter uns. Sie haben Ihre Dienstwaffe vermutlich nicht dabei?«

Berger schüttelt den Kopf.

»Macht nichts, nehmen Sie meine!« Karl Kaufmann greift in die Schreibtischschublade, hält ihm eine Pistole hin.

Berger starrt ihn an.

»Na los, Mensch, greifen Sie zu!«

»Nein.«

»Sehen Sie?« Kaufmann legt die Pistole weg. »Ich will ganz offen mit Ihnen sprechen. Wenn wir noch unter der alten Regierung wären, dann wären Sie jetzt dran, Berger, da könnte niemand mehr etwas für Sie tun. Aber die Zeiten haben sich geändert. Justitia waltet nicht mehr blindwütig. Jetzt ist es möglich, dass Menschen in das Räderwerk eingreifen. Und genau das tue ich hiermit.«

»Aber die Wahrheit …«

»Mein lieber Herr Berger: Auch in dieser Hinsicht haben sich die Verhältnisse geändert. Recht ist, was dem deutschen Volke nützt, das hat Dr. Frick ja gerade auf dem Juristentag eindeutig zum Ausdruck gebracht. Und was hier die Wahrheit ist, das bestimme ich!«

»Danke«, sagt Berger. Was bleibt ihm anderes übrig?

»Sind Sie eigentlich schon in der Partei?«

»Ich hatte noch nicht ...«

»Sie sollten eintreten, Berger. Das ist ein gut gemeinter Rat: Sie sollten eintreten!«

Dagmar, denkt Berger. Und vor allem Susanne. Weiß er das? Kann er das wissen? Oder ist das einfach nur, wie er sagt, ein ganz allgemeiner Ratschlag? »Ich werde mich drum kümmern«, verspricht er. »Und – was wird jetzt mit meiner Suspendierung?«

»Ich rufe Richter an«, sagt Kaufmann. »Sie sind jetzt wieder im Dienst.«

13.

»Du kannst hier nicht bleiben!«, hat Anni gesagt. Hannack weiß, dass sie recht hat. Er hat die Nacht bei der alten Frau gegenüber von Annis Wohnung verbracht. Anni hat die Alte überredet. Das war nicht schwer. Sie weiß, dass er ein Raubmörder ist, und dass er ohne zu zögern schießt. Sie hat Angst vor ihm.

Er hat auf dem Fußboden geschlafen, gleich hinter der Wohnungstür. Mitten in der Nacht ist er hochgeschreckt. Jemand hat gegen die Tür getreten und gerufen: »Aufmachen! Polizei!« Es hat einen Moment gedauert, bis ihm klar war, dass es nicht seine Tür war, sondern gegenüber, bei Anni. Er hört, wie Anni aufmacht. »Ja, was ist denn?« Es klingt überzeugend ahnungslos. Hannack lacht leise.

»Wir müssen die Wohnung durchsuchen!«

»Kann ich mich wenigstens anziehen?«

Was die Polizisten darauf antworten, hört er nicht mehr. Drüben fällt die Tür ins Schloss.

»Soll ich einen Kaffee machen?«

Hannack fährt herum. Die Alte ist barfuß, im Nachthemd; er hat sie nicht kommen hören.

»Ich glaube, jetzt brauchen wir einen Kaffee!« Ihre Stimme zittert leicht.

Kein Wunder, denkt Hannack. Er steckt die Pistole ein. »Ja, ein Kaffee wäre jetzt nicht schlecht.«

Sie schlurft davon. Einen Augenblick lauscht Hannack noch an der Tür; dann folgt er der Alten in die Küche. Er sieht zu, wie sie den Kaffee aufgießt. »Das ist echter Bohnenkaffee«, sagt sie.

Hannack glaubt ihr kein Wort, bis der Duft in seine Nase dringt. Ja, das ist wirklich richtiger Kaffee. Dabei kostet das Kilo immer noch 5,50 Mark – viermal so viel wie ein Kilo Schweinefleisch.

Hannack setzt sich auf den besten Stuhl; er knackt bedenklich, als der Mann sich streckt. Die Frau – sie heißt Marquardt, das hat er inzwischen herausgefunden – nimmt zwei Tassen aus dem Schrank. Schönes Porzellan mit Goldrand. Ob das Service wohl noch vollständig ist?

»Hier, trinken Sie!«

Hannack nimmt seine Tasse. Zu heiß! Schon hat er sich den Mund verbrannt.

»Soll ich kaltes Wasser dazugeben?«

»Nein, ist schon gut so.« Das fehlte noch, denkt er, dass sie den guten Kaffee verwässert!

»Sie wundern sich wahrscheinlich über das Porzellan?«, fragt Frau Marquardt.

Hannack nickt.

»Ich bin nicht auf St. Pauli geboren«, sagt die Alte. »Aber wir haben Pech gehabt. Erst die Inflation und

nun die Weltwirtschaftskrise – da ist nicht viel nachgeblieben.«
Ich hab weniger, denkt Hannack. »Auch ich bin nicht als Raubmörder geboren«, sagt er. »Manchmal – manchmal wünschte ich, ich könnte noch einmal neu anfangen.«
In dem Augenblick wird es auf der Treppe laut. Hannack springt auf, reißt die Pistole raus, zielt auf die Tür. Doch die Polizei verabschiedet sich nur von Anni. »Wir kommen wieder!«, ruft jemand. »Verlassen Sie sich drauf! Und wir kriegen ihn, da können Sie Gift drauf nehmen!«
Hannack schüttelt den Kopf.

14.

Hannack sitzt im Zug. Alles überstanden, denkt er. Alles gut gegangen. Am Hauptbahnhof hat er die Fahrkarte nach Berlin gelöst. Niemand hat ihn erkannt. Jetzt, im Berufsverkehr, herrscht dichtes Gedränge an den Schaltern, in der Wandelhalle, auf den Bahnsteigen. Da fällt er nicht auf. Erst hat er erwogen, direkt mit dem *Fliegenden Hamburger* zu fahren. Das ginge am schnellsten. Aber das wäre auch am auffälligsten. Sicher kontrollieren sie die Züge. Das kann er nicht riskieren.
Er entscheidet sich, keinen der Fernzüge zu benutzen, sondern zunächst mit der Vorortsbahn nach Bergedorf zu fahren. Dort vermutet ihn keiner. Da steigen vermutlich die Polizisten aus dem Berliner Schnellzug aus, und er steigt ein. Ganz einfach.
Hannack sieht aus dem Fenster und erschrickt. Bahnpolizei! Doch die Männer haben keine Augen für den

Vorortszug, sie gehen zur anderen Seite, zu einem der D-Züge. Als sie drüben einsteigen, kommt endlich der erlösende Pfiff, und seine Bahn setzt sich in Bewegung. Tschüss, Hamburg! Auf Nimmerwiedersehen! Jetzt muss er nur achtgeben, dass ihn niemand erkennt. Das ist der Nachteil, wenn man so ein markantes Aussehen hat, dass die Leute sich an das Gesicht erinnern. Den kennen wir doch! Ist das nicht der, der gesucht wird? Dessen Foto auf diesen roten Fahndungsplakaten an jeder Litfaßsäule hängt? Nein, dazu wird es nicht kommen. Hannack entfaltet das *Hamburger Fremdenblatt*.

Hitlers Appell an Ehre und Gewissen – so ein Quark! Der Mann hat genauso wenig Ehre und Gewissen wie Hannack selbst, das steht mal fest. Überhaupt diese ganzen Burschen da oben in Berlin. Und dieser Hjalmar Schacht, der ist auch wieder mit dabei. War der nicht gerade noch bei den Sozis? Aber so ist das: Scheiße schwimmt immer oben, das hat er gelernt im Leben.

Mit der Titelseite ist er rasch durch. Die lokalen Nachrichten kommen später, auf Seite 5. *Roter Terror in Barmbeck*. Ob da dieser verdammte Petersen seine Finger im Spiel hat? Nein, offenbar nicht. Die Zeitung spricht von einem von langer Hand vorbereiteten kommunistischen Terrorakt, und die Täter stehen bereits vor Gericht. Saubande. Schießen aufeinander, bloß wegen irgendwelcher Politik. Für nichts also. Hannack schüttelt den Kopf.

Fassadenkletterer macht große Beute. Wo ist das gewesen? Am Rehhagen? Eppendorf ist das, Nähe Krankenhaus. Reiche Gegend; da hat er auch schon mal was geholt. Zwei goldene Herren-Taschenuhren, etwa sechs bis acht goldene Brillantringe – Teufel auch, diese Pfeffersäcke wissen nicht einmal, wie viele Brillantringe sie eigentlich haben! Ja, denkt Hannack, das klingt wirklich nach reicher Beute. Und was hab ich gekriegt? In dem Portemonnaie von der alten Marquardt waren nur zwanzig Mark. Na ja, besser als gar nichts. Schade, dass er keine Möglichkeit gehabt hat, das Service mitzunehmen. Er ist sich sicher, dass es vollständig ist. So pfleglich, wie die Alte damit umgeht. Dabei braucht sie es gar nicht mehr. Zwölf Tassen, zwölf Teller – sie ist doch allein!

»Die Fahrkarten bitte!« Unwillig legt Hannack die Zeitung zur Seite.

»Hier, bitteschön!«

»Nach Berlin? – Da müssen Sie in Bergedorf umsteigen.«

»Danke.« – Hannack denkt: Das weiß ich doch! Muss dieser Idiot durch den ganzen Zug schreien, dass ich nach Berlin will? Jetzt gucken natürlich alle. Hannack verbirgt sich wieder hinter der Zeitung.

Da steht auch etwas über ihn drin; das hätte er jetzt fast übersehen. *Raubmörder Hannack gestellt. Nach wilder Schießerei abermals entkommen.* Ja, das stimmt. Den kriegt ihr nicht, den Hannack. Den kriegt ihr nicht! Was schreiben sie da? ... *einer der gefährlichsten Verbrecher der früheren Hamburger Unterwelt* ... Wieso früheren? Glauben diese Heinis denn, sie hätten das Verbrechen ausgerottet inzwischen? Wohl kaum! – Und doch muss Hannack zugeben, dass es schwerer geworden ist in Hamburg. Keiner will mehr etwas mit ihm zu tun haben. Hannack in Hamburg – das bringt zu viel Unruhe. Dauernd irgendwelche Razzien, bei denen ganz andere Sachen auffliegen, viel wichtigere Sachen – das will keiner. Deshalb ist er ja auch an die Ostsee ausgewichen. Das Pflaster war ihm zu heiß geworden.

Selbst Anni – aber die kann ja nichts dafür. Die holt er nach, nach Berlin, so schnell wie möglich. Wenn er ein bisschen Geld zusammen hat, dass sie sich falsche Papiere besorgen können. Und dann reisen sie aus. Nach Amerika. Mit dem Flugzeug. Ja, warum nicht? Seit Kurzem gibt es Postflüge nach Südamerika mit einer Zwischenlandung mitten auf dem Atlantik. Mit einem Dornier-Wal-Flugboot. Sicher kann man da mitfliegen. *Flieger, grüß mir die Sonne!*

Wie schreibt das Fremdenblatt so treffend: Ihr Schicksal liegt in Ihrer Hand. Genau. Da haben sie recht, diese Schreiberlinge. Und die Wahrsagerin Alessandra, die das vermutlich gesagt hat. *Roosevelt besitzt eine Genielinie, und auch Lindbergh steht unsterblicher Ruhm in die Hand geschrieben* ... Und was steht mir in die Hand geschrieben? Hannack betrachtet seine rechte Hand. Keine Genielinie, denkt er. Die auffälligsten Linien sind die Narben von einer Messerstecherei.

Bevor Hannack dazu kommt, über die Bedeutung seiner speziellen Handlinien nachzudenken, sind sie in Bergedorf. Hannack faltet die Zeitung zusammen und steigt aus.

15.

Berger ist bei Anni. Zu spät haben sie ihn unterrichtet, viel zu spät! Die Spur ist schon kalt. »Wo ist er hin?«

Anna Hansen schweigt.

»Sie tun sich keinen Gefallen und ihrem Freund auch nicht«, sagt Berger. »Wir erwischen ihn sowieso. Je eher desto besser. Noch ist nichts passiert, noch geht es bloß um Einbruch, aber Sie wissen doch selbst, wie er ist. Er ist mit dem Schießeisen schnell bei der Hand, ihr Freund, und wenn da etwas passiert, dann gute Nacht!«

Anni schweigt.

»Beihilfe«, sagt Berger. »Das ist Beihilfe, was Sie da machen.«

Sie schüttelt den Kopf.

»Waren Sie schon mal im Gefängnis?«, setzt Berger nach. Er weiß, dass sie nicht vorbestraft ist. »Ich kann Ihnen versichern, dass das kein sehr angenehmer Aufenthaltsort ist. Schon gar nicht für hübsche junge Damen.«

»Ich bin keine Dame«, sagt Anni, »und ich sage nichts.«

»Okay«, sagt Berger. »Wie Sie wünschen. Sie sind vorläufig festgenommen ...« Er nennt ihr die Paragraphen, die hier in Anwendung kommen könnten.

»Arschloch«, sagt Anni.

»... und wegen Beamtenbeleidigung«, fügt er hinzu.

Ihm ist klar, dass er nicht viel gegen sie in der Hand hat, aber sie muss aus dem Verkehr gezogen werden, damit sie sich nicht mit Hannack in Verbindung setzen und ihm weiterhelfen kann.

»Die Wohnung wird versiegelt!«

In der versiegelten Wohnung lässt er einen Beamten zurück. Vielleicht klappt's ja, denkt er. Vielleicht kommt er wirklich zurück. Wenn er sieht, dass die Wohnung versiegelt ist, denkt er, wir sind weg und geht rein. Und dann haben wir ihn.

16.

»Nach Berlin wollen Sie?« Der Mann an der Sperre sieht Hannack überrascht an: »Hier von Bergedorf aus? Die Schnellzüge halten hier nicht. Am besten fahren Sie wieder zurück nach Hamburg ...«

Hannack schüttelt den Kopf.

»Oder aber – ja, Sie können den Personenzug nach Ludwigslust nehmen. Von da aus dann mit dem Schnellzug nach Schwerin. Ja, das würde klappen. Dann sind Sie bis heute Abend in Berlin.«

»Da kann man nichts machen«, sagt Hannack. »Wann geht der Zug nach Ludwigslust?«

Der Mann sieht auf die Uhr. »In genau drei Stunden. Wir haben hier leider keinen Wartesaal ...«

»Danke«, sagt Hannack. »Ich sehe mir noch ein bisschen die Stadt an.

Als Hannack sich auf den Weg macht, starrt der Bahnbeamte ihm nach.

»Entschuldigung!« Der nächste Fahrgast, der noch eine Frage hat.

»Moment mal bitte!« Der Bahnbeamte überlegt. Wer war das? Der Mann vom Fahndungsplakat! Das ist Hannack!

»Ich möchte gern ...«

»Jetzt nicht! Ich muss – das ist Hannack, der da eben weggegangen ist!«

»Wer?«

»Der Mörder Hannack! – Ich muss telefonieren!«

17.

Hannack sieht sich um. Die Bergedorfer Innenstadt ist belebt. Und unübersichtlich. Hier fällt er nicht auf. Da hinter ihm – sind das nicht Polizisten? Hannack bleibt stehen, guckt in ein Schaufenster. Ein Blick zur Seite – ja, es sind Polizisten. Warum auch nicht? Hier im Zentrum, warum sollen hier keine Polizisten herumlaufen? Soll er stehen bleiben und sie vorbei lassen? Nein, am besten ist es, er geht ihnen aus dem Weg. Wo ist er hier? Große Straße? Er biegt nach links ab.

Kaiser-Wilhelm-Platz. Na schön. Hier ist es schon deutlich ruhiger. Und die Polizisten – nicht zu sehen.

Doch, jetzt! Er sieht sie, und sie sehen ihn. Kein Zweifel, sie sind aufmerksam geworden. Ärgerlich. Auf die Entfernung können sie ihn unmöglich erkannt haben. Aber sie kommen hinter ihm her.

Eilig geht er nach links in den Schlosspark hinein. Für eine Sekunde oder zwei ist er den Blicken seiner Verfolger entzogen. Diesen Augenblick nutzt er, streift den Mantel ab und wirft ihn ins Gebüsch. Kann er die Polizisten damit verwirren? Er eilt weiter.

Nein, sie sind hinter ihm. »Halt, stehenbleiben!« – Da rennt er los.

Ein Warnschuss.

Nicht stehenbleiben! Er muss rennen; er ist schneller als sie. Bis jetzt ist er immer schneller gewesen.

18.

Berger hat inzwischen begonnen, alle Polizeidienststellen der Umgebung anzurufen. Hannack ist auf der Flucht; sie haben seinen Hamburger Unterschlupf aufgestöbert; nun kann er nirgendwo hin. Die Bahnhöfe sind bewacht; er muss sich ins Umland absetzen.

»Polizei Bergedorf.«

»Berger hier, Kripo Hamburg. Hören Sie, wir sind auf der Suche nach Ernst Hannack, dem Raubmörder. Wir haben den dringenden Verdacht ...«

»Vorhin hat schon irgendein Spinner angerufen, dass er hier bei uns ...« Der Sprecher bricht mitten im Satz ab.

Berger stutzt. »Dieses Geräusch da eben, war das ein Schuss?«

»Moment mal.«

Berger hört weitere Schüsse, dann die aufgeregte Stimme des Wachhabenden: »Er ist hier, der Hannack, er ist tatsächlich hier!«

Hannack flucht und feuert im Laufen auf seine Verfolger. Das kommt davon, wenn man sich nicht auskennt! Musste er ausgerechnet auf die Polizeiwache zu rennen? Noch hat er eine Chance, noch sind sie nicht heran. Sie versuchen, ihn einzukreisen, aber der Weg von der Stadt weg, der ist noch offen. Und wenn er erst da hinten in den Gärten ist ...

Hannack schreit auf. Ein Schuss hat ihn von den Beinen gerissen. Seine Schulter! Irrsinnig weh tut das. Er rappelt sich wieder auf, presst sich die eine Hand auf die verletzte Schulter, in der anderen hält er den Revolver, schießt blindlings um sich.

Da kommt mehr Polizei. Überfallwagen. Aber jetzt hat er es fast geschafft. Da ist der erste Garten, wenn er bis dort hinter die Büsche kommt – er schwingt sich über den Zaun. Da erwischt ihn die zweite Kugel, diesmal am Kopf. Blut läuft ihm in die Augen, er kann nicht mehr weiter. Er wirft den Revolver weg.

»Ich gebe auf!«

19.

»Wilhelm?« Ihr Mann ist müde, das weiß sie, aber den Brief muss sie ihm zeigen.

»Was gibt es, Dagmar?«

»Post aus Amerika!«

Eine schlechte Nachricht, denkt Berger. »Was schreibt er denn, der Herr Roth?«

Dagmar liest vor: »*Beste Dagmar! Danke für deinen ausführlichen Brief. Ich hätte schon längst antworten sollen, aber im Geschäft ist im Augenblick so viel los, da bin ich gar nicht dazu gekommen. Auch jetzt habe ich nur Zeit für ein paar Zeilen. Ja, wir lesen in der Zeitung von den Ereignissen in Deutschland. Natürlich wird unglaublich übertrieben, wie immer. Jedenfalls scheint es ja wirtschaftlich jetzt aufwärts zu gehen. Bei uns auch. Dieser Roosevelt hat einiges bewegt. – Was die Benachteiligung von Juden angeht, so muss ich sagen, dass ich es hier auch nicht leicht gehabt habe. Man denkt ja immer, dass Amerika so ein freies Land sei, aber auch hier ist es so, dass zum Beispiel viele Hotels keine Juden aufnehmen. Aber da lachen wir drüber; man muss sich einfach – man muss sich einfach – darauf – darauf einstellen ...«*

Dagmar weint.

20.

»Diese Einladungen, die wir verschicken sollen, sind die so in Ordnung?«

»Ja, natürlich.« Konsul Fletcher sieht seinen Stellvertreter überrascht an. »Gibt es irgendwelche Probleme?«

»Keine Probleme. Aber diese Frau Berger, die da mit auf der Liste steht, wer ist das?«

Fletcher lacht. »Mein kleines Geheimnis«, sagt er. Dann überlegt er es sich anders. Warum soll Potter es nicht wissen? »Sie hat Verbindungen zur Polizei.«

»Sie wollen sie aushorchen?«

»Nicht nur aushorchen. Sie ist eine sehr attraktive Frau. – Kennen Sie Jesus College in Cambridge?«

»Nein, ich habe in Oxford studiert.«

»Das College stammt aus dem 15. Jahrhundert. Eine Gründung von Bischof Alcock von Ely. Überall an den Zäunen, an den Türen, an den Fenstern findet man diese schwarz-roten Hähne. Cocks eben, als Anspielung auf Alcock. Muss einen köstlichen Humor gehabt haben, der Junge. Und wissen Sie, was er auf eines der alten Fenster hat schreiben lassen – sozusagen als Motto für die Studenten?«

Potter weiß es nicht.

»*Ich bin ein Hahn* steht da! Auf Griechisch.« Der Konsul lacht.

Potter sieht seinen Vorgesetzten an. Ja, denkt er, das ist ein passender Wahlspruch für dich.

21.

»Wie spät ist es?« Petersen reckt sich. »Au!«

»Esel reck dich, Esel streck dich!«, sagt Frieda.

»Au, mein Arm.« Nein, Petersen ist kein Goldesel mehr. Das bisschen Geld, das die Einbrüche mit Hannack eingebracht haben – einen großen Teil davon hat er verbraucht. Natürlich brauchte er Kleidung zum Wechseln, natürlich musste er auch sein Aussehen verändern. Der blonde Bart – er hat ihn abrasiert. Fing sowieso an, grau zu werden.

»Komm, ich verbinde dich neu.«

»Wie spät ist es?«, fragt Petersen noch einmal.

»Kurz nach neun. Du hast lange geschlafen. – Komm, ich mach deinen Verband neu.«

»Ist die Zeitung schon da?«

»Ja. Steht aber nichts Wichtiges drin.« Frieda wickelt den Verband ab. »Das ziept jetzt ein bisschen!«

Petersen beißt die Zähne zusammen.

»Den Hannack, den haben sie jetzt übrigens erwischt!«

Petersen fährt hoch.

»Sitz doch still, wie soll ich dich denn verbinden, wenn du so rumzappelst!«

Hannack verhaftet. Aus, denkt er. Jetzt ist alles aus.

»Das sieht aber nicht gut aus mit deiner Wunde«, sagt Frieda. »Ich glaube, du solltest doch besser mal zum Arzt gehen damit. Ich kenn da einen, der nicht so viele Fragen stellt.«

Petersen schüttelt den Kopf. »Unwichtig. – Frieda, ich glaube, meine Freikarte ist jetzt abgelaufen.«

Frieda schüttelt den Kopf.

»Frieda, das – das muss ich dir unbedingt sagen. Schon damals in der Schule, weißt du, da hab ich dich immer bewundert. So selbstbewusst, wie du warst, deiner Sache so sicher. Und ich dagegen? Ein schwächlicher Knirps, gezeichnet von der Englischen Krankheit, wie so viele andere auch. Arbeiterkind aus der Kellerwohnung am Borstelmannsweg.«

»Schwächlich? Das ist mir nicht aufgefallen.«

»Ich hab mich nicht unterkriegen lassen. Ich war mir immer sicher: Ich schaff das, ich komm da raus, eines Tages bin ich einer von diesen reichen Bürgern, und dann heirate ich Frieda.«

Frieda lacht. »Das denkst du dir jetzt aus; davon hast du mir nie was erzählt!«

»Nein. Es ist dann ja auch ganz anders gekommen. Ich bin in den Knast gekommen, und du, du hast ...«

»Odsche, wir können immer noch heiraten! Selbst wenn sie dich jetzt verhaften, in ein paar Jahren bist du doch wieder draußen, und dann ...«

Petersen lächelt.

Sie kommen um halb elf. Wie hatte er sich das vorgestellt? Frieda soll sie in die Wohnung führen, während er hinter der Tür steht, und dann Flucht über das Dach. Und jetzt? Undurchführbar! Er wartet im Bett, bis sie da sind. Den einen kennt er; es ist Berger.

»Julius Adolf Petersen«, sagt er. »Ich verhafte Sie wegen ...«

Weiter kommt er nicht; Frieda Goedje spuckt ihm ins Gesicht.

»Lass sein, Frieda«, sagt Petersen. »Ich komme mit.«

22.

»Herr Hannack«, sagt Berger. »Sie sind in einer sehr ernsten Lage.«

Hannack sitzt ihm gegenüber in der Sprechzelle und schweigt.

»Sie können Ihre Situation nur verbessern, wenn Sie

endlich reinen Tisch machen. Wenn Sie alles, aber auch wirklich alles, was sie jemals getan haben, hier auspacken und dann auf einen milden Richter hoffen.«

Hannack schweigt.

Er weiß es natürlich, denkt Berger. Das »Gesetz zur Gewährleistung des Rechtsfriedens« vom 13. Oktober 1933. Darin heißt es im §1: *Wer es unternimmt, auf Beamte, die sich in dienstlicher Tätigkeit befinden, zu schießen, wird mit dem Tode bestraft.* Ausnahmen sind nicht vorgesehen.

»Ist es nicht besser, über alles zu reden?«

Hannack schweigt.

»Sie müssen sich natürlich nicht selbst belasten. Aber uns würde zum Beispiel auch interessieren, was Sie über ihren Bekannten Adolf Petersen sagen können. Die Geschichte mit der Falschmünzerei. War er nun daran beteiligt, oder nicht?«

Hannack schweigt.

Schließlich, als Berger schon gehen will, murmelt er: »Ihr Ärsche, ihr kommt auch noch dran!«

Petersen ist wesentlich redseliger. Ohne lange Umstände gibt er seine Beteiligung an vierunddreißig Einbrüchen zu, alle gemeinschaftlich mit Ernst Hannack ausgeführt.

»Aber – das war doch alles nur, um den Hannack zu kriegen.«

»Vierunddreißig Einbrüche? Einen, das könnte ich ja vielleicht noch verstehen, aber gleich vierunddreißig?«

»Ich musste den Hannack doch erst nach Hamburg locken!«

Alles gelogen! Berger sagt: »Auch in Travemünde gibt es Polizei. Und in Sierksdorf und in Scharbeutz und wo Sie noch zusammen gewesen sein mögen.«

»Es war vereinbart, dass ich Ihnen Hannack liefere, und genau das habe ich getan.«

Nein, denkt Berger, das stimmt so nicht. Er schreibt schon lange nicht mehr mit; dieser Teil ihrer Unterhaltung ist nicht für die Öffentlichkeit bestimmt. »Und wie war das mit der Falschmünzerei?«

»Damit habe ich nichts zu tun.«

»Herr Petersen, ich bitte Sie. Sie haben doch ständig mit ihrem Bruder in Verbindung gestanden.«

»Nein.«

»Sie haben ihm außerdem die ganze Einrichtung für dieses Unternehmen finanziert. Die Geräte, die Druckerpresse und nicht zuletzt das Papier. Diese Dinge sind teuer. Sie haben das bezahlt.«

»Nein.«

»Warum sagen Sie das? Es gibt eine Zeugin. Die Frau, der die Lagerhalle gehört, in der die Druckerei ...«

»Die Zeugin lügt.«

Das alte Spiel, denkt Berger. Wir werden wieder Monate brauchen, bis wir alles beisammen haben. »Sie haben mir selbst erzählt, dass Sie in der Wohnung von Frieda Goedje Heizung legen lassen wollten. Das sollte doch aus dem Erlös der Falschmünzerei bezahlt werden!«

»Jetzt widersprechen Sie sich aber, Herr Berger. Erst behaupten Sie, ich hätte meinem Bruder jede Menge Geld gegeben, damit er seinen Betrieb gründen konnte, und im nächsten Moment behaupten Sie, ich hätte kein

Geld gehabt, um für Frieda eine Heizung bauen zu lassen ...«

»Seien Sie doch nicht spitzfindig! Sie haben selbst Verbesserungsvorschläge für den Druck der Banknoten gemacht!«

Petersen sagt:»Geben Sie sich keine Mühe, Herr Berger. In meiner heutigen Lage, wo ich doch nie wieder aus dem Knast rauskomme, würde ich Ihnen doch die Wahrheit sagen. Aber ich habe damit nichts zu tun.«

Das glaubt Berger nicht. Aber er kommt hier nicht weiter. Er sieht Petersen eine Weile an, sagt nichts mehr. Auch Petersen schweigt.

»Überlegen Sie es sich!«, sagt Berger.»Ich komme wieder!«

Berger steht auf. Auch Petersen erhebt sich.

»Mehr erfahren Sie von mir nicht.«

Der Lord von Barmbeck wird ins Untersuchungsgefängnis in seine Zelle zurückgeführt.

Berger wird ihn nicht wiedersehen. Einige Tage später heißt es, Petersen habe sich in seiner Zelle umgebracht.

23.

Berger holt Dagmar von der Bank ab. Er hat Susanne und Horst mitgenommen; den Kleinen trägt er auf den Schultern. Die Wahl vom 12. November wirft ihre Schatten voraus. Überall Spruchbänder und Parolen. Dabei gibt es ja gar keine Wahl im eigentlichen Sinne mehr; alle Parteien außer der NSDAP sind inzwischen verboten oder haben sich selbst aufgelöst, und die Neugründung von Parteien ist per Gesetz untersagt.

Auf der Straße zieht eine SA-Kolonne vorbei, zackig, im Gleichschritt. Als sie auf der Höhe der Bergers sind, fangen sie an zu singen:

SA marschiert, die Reihen fest geschlossen,
SA marschiert, mit ruhig festem Tritt.

»Das Bäckerlied!« Horst wippt auf Bergers Schultern und singt begeistert mit: »Das A marschiert!«

Kam'raden, die Rotfront und Reaktion erschossen,
Marschier'n im Geist in unsern Reihen mit!

»Solange sie nur singen, sind sie ganz harmlos«, sagt Berger. »Warum ist das das Bäckerlied?«

»Zweite Strophe. *Der Tag für Freiheit und für Brot bricht an*«, erläutert Dagmar.

»Jetzt, wo die Zeit des Terrors erst einmal vorbei ist, wo die Regierung fest im Sattel sitzt – vielleicht normalisiert sich ja alles!«

»Ja.«

»Das A marschiert, das A marschiert!«, ruft Horst fröhlich. Er winkt den jungen Männern hinterher.

»Es gibt auch weiterhin Verbrechen. Solange ich meine Arbeit tun kann, solange ich nicht unmittelbar zum ...« Berger sieht sich rasch um. Niemand hört zu. »... zum Handlanger dieser Leute werde, solange mag es ja noch angehen.«

»Ja.« In der Tasche ihres Mantels spürt sie den Einladungsbrief, den Fletcher ihr zugeschickt hat. Soll sie Wilhelm davon erzählen?

Susanne stößt sie an:»Da winkt einer!«

Tatsächlich, auf der anderen Straßenseite winkt ihnen jemand aufgeregt zu.»Das ist Fehlandt«, ruft Berger.»Da muss etwas passiert sein!« Er setzt Horst von der Schulter.

Fehlandt rennt über die Straße, ein Auto bremst scharf.»Gut, dass ich dich erwischt habe – Entschuldigung, Frau Berger, tut mir leid – gut, dass ich dich erwischt habe!«

»Was ist denn los, Mensch?« Fehlandt ist völlig außer Atem.

»Sprengstoffanschlag auf den Reichsstatthalter! Vor einer Stunde!«

»Ist er ...?

»Karl Kaufmann ist unverletzt, aber einen der Polizisten hat's erwischt. Alle Kräfte müssen sofort zum Tatort, Spuren sichern und so weiter. Der Täter muss um jeden Preis gefasst werden.«

Dagmar sieht Berger an:»Wie hattest du das eben so schön formuliert?«

Berger sagt nichts. Er hat keine Wahl.

»Das A marschiert!«, wiederholt Horst.

»Genau«, sagt Fehlandt. Und zu Berger:»Komm!«

Warnung!

Dieses Buch ist kein Kinderbuch, obwohl Kinder darin vorkommen. Die Kinder sind am 20. April 1945 am Bullenhuser
Damm in Hamburg ermordet worden. Die Geschichte ist ein
Beispiel dafür, wozu Menschen fähig sind. Ganz gewöhnli-
che Menschen.

BoD 2020, ISBN 9 783751 952187

FSC
www.fsc.org

MIX

Papier aus ver-
antwortungsvollen
Quellen
Paper from
responsible sources

FSC® C105338